MEMÓRIAS DE ADRIANO

COLEÇÃO 50 ANOS

MEMÓRIAS DE ADRIANO

SEGUIDO DO CADERNO DE NOTAS DAS *MEMÓRIAS DE ADRIANO* E DA NOTA

Marguerite Yourcenar

Tradução
Martha Calderaro

Apresentação
Victor Burton

Editora Nova Fronteira Participações S.A.
Rua Nova Jerusalém, 345 – Bonsucesso – 21042-235
Rio de Janeiro – RJ – Brasil
Tel.: (21) 3882-8200 – Fax: (21)3882-8212/8313

CIP-Brasil. Catalogação na fonte
Sindicato Nacional dos Editores de Livros, RJ

Y74m Yourcenar, Marguerite, 1903-1987
Memórias de Adriano / Marguerite Yourcenar ; tradução Martha Calderaro. [Ed. especial] - Rio de Janeiro : Nova Fronteira.
(Coleção 50 anos)

Tradução de: Mémoires d'Hadrien
Apêndice
ISBN 978.85.209.2448-8

1. Adriano, Imperador de Roma, 76-138 - Ficção. 2. Ficção francesa. I. Calderaro, Martha. II. Título. III. Série.

15-25385 CDD: 843
CDU: 821.133.1-3

Sumário

Animula vagula, blandula,
Hospes comesque corporis,
Quæ nunc abibis in loca
Pallidula, rigida, nudula,
Nec, ut soles, dabis iocos...

— P. Ælius Hadrianus, Imp.

Pequena alma terna flutuante,
Hóspede e companheira de meu corpo,
Vais descer aos lugares pálidos duros nus
Onde deverás renunciar aos jogos de outrora...

— P. Élio Adriano, Imp.

Apresentação amadora

Era um professor estranho. Em sua aula de história, no ano anterior, não tínhamos aberto um livro sequer. Em vez disso, montamos uma peça de teatro: "A batalha de Salamina". A antiguidade clássica era o tema do currículo daquele ano e ele decidiu que toda a classe iria encenar a famosa batalha naval que salvara Atenas e seus aliados da invasão persa, como se esta fosse uma obra do repertório dramatúrgico grego, com "orkestra", "coro", e todos os deuses do Olimpo. A mim couberam os cenários e figurinos. Lembro-me de ter pintado um imenso e dramático céu. Um amigo meu guarda até hoje um elmo grego que eu tinha feito usando papelão e um capacete de brinquedo.

Jamais esqueci a batalha de Salamina. Jamais esqueci a ira tremenda de Zeus destruindo a armada dos pérfidos persas.

E lá estava ele, este ano, nos falando de Roma. E então, um dia, ao final da aula, ele me emprestou um livro com a mesma história que o leitor tem agora em suas mãos.

Tinha eu 16 anos. Vivia em Milão, uma cidade bem distante da luz mediterrânea que, segundo Durrel, só começa depois de Florença, descendo rumo ao sul.

Comecei a ler o livro. Uma autora com um nome estranho. Um romance escrito em nossa época, mas quem falava era um imperador. O maior de todos, do maior dos impérios, Adriano. Este imperador tão imensamente poderoso simplesmente falava de si. E eu podia ouvir este longo monólogo de um ser, que até então era apenas mais uma daquelas estátuas belíssimas e mudas, entalhadas no gélido mármore, reproduzidas em meu livro de história, já todo rascunhado e amassado, no qual eu lia a História e não uma história.

De repente, tudo tomou vida, o sopro grandioso e imenso de um mundo real e ao mesmo tempo maravilhoso me submergiu, abrindo minha mente como um clarão inesquecível naquela triste cidade do norte. Os gritos das caçadas de Adriano, o vento a correr com Borístenes, seu fiel cavalo, em terríveis e sangrentas mortandades de leões na Mauritânia, a revelação embriagante do sublime em Antínoo no misterioso Egito... Tudo isso e o furor que clareou a mente ingênua daquele adolescente ficou gravado até hoje como aquelas belíssimas e incorruptíveis inscrições em mármore dos monumentos romanos.

Muitos livros e muitas viagens se seguiram a estas "memórias" então devoradas, mas todos foram consequência delas. Descobrir um mundo esquecido, reviver um tempo escondido na história fria dos manuais não foram os únicos resultados daquela leitura. Algo da alma humana, do desejo do sublime, do horror da morte, queimou a mente de um jovem que certamente não podia compreender inteiramente aquele mundo.

Uma frase de Flaubert, transcrita pela autora em suas notas, ficou gravada para sempre na memória daquele rapaz, como que a censurar toda tentação religiosa e colocando ali o germe de um humanismo hoje tão fora de moda ou mesmo absurdo: "Os deuses, não existindo mais, e o Cristo não existindo ainda, houve, de Cícero a Marco Aurélio, um momento único em que só existiu o homem." E este homem, quase sábio, estaria personificado para sempre naquele imperador que dispensava as muletas das crenças.

Esta obra é uma aposta impossível. A autobiografia de um monarca nascido pouco mais de cem anos depois de Cristo. Que deixou pouquíssimos textos de própria lavra, a maioria oficiais, e um singelo poema, que serve de título para o primeiro capítulo. Num mundo que pouco escrevia e menos ainda lia, o imperador, dirigindo-se àquele que será seu sucessor, fala-nos como confidente próximo, compondo um livro que é ao mesmo tempo romance, história e poesia. Em suas palavras, a autora quis "refazer por dentro aquilo que os arqueólogos do século XIX fizeram por fora", trazer até nós a maneira de sentir e sofrer daquele que foi um autocrata em um tempo longínquo, até então mostrado apenas nos compêndios de história ou no colorido enganador de Hollywood e nunca revivido pela literatura.

Através de Adriano, Yourcenar apresenta o mundo clássico como um modelo de tolerância e sabedoria. Roma aparece como uma possibilidade real de convivência entre povos, crenças e valores díspares, protegidos por um mesmo conjunto de leis e regras — prefigurando o que hoje chamamos cidadania. Os complôs, assassinatos e perseguições aparecem como necessários à manutenção da *pax romana* e, sobretudo, de um modo superior de vida e civilização. Adriano é um imperador implacável na defesa dos interesses do Estado, mas, ao mesmo tempo, capaz de uma completa aceitação da diferença e, mais do que isso, da busca do convívio e do conhecimento do outro. Partas, egípcios, gauleses, dácios, númidas e tantos outros: neste imperador, recriado por uma escritora francesa, não cabe o desprezo pelo outro tão característico do império em seu início. O império de Adriano é, antes de mais nada, um ideal, na verdade bastante moderno, da convivência na diferença.

Aqui o narrador, herói do romance de sua vida, nos fala como contemporâneo, como habitante de um mesmo tempo resgatado para um presente totalmente crível. Trata-se de um homem que nos fala aqui, mostrando todo o desamparo da alma por trás do poder marmóreo. Alguém que nos conta sem complacência alguma sua vida e sua obra política, mostrando-nos o exercício do poder e também o exercício da vida. Adriano deixa clara sua falta de ilusão quanto ao seu poder e ao de Roma, que ele sabe um dia condenado a fenecer. Seu realismo, esta que é a maior qualidade do caráter romano, aliado ao humanismo herdado da Grécia que ele tanto admira, levam-no a servir com abnegação este Estado até o fim. Em um determinado momento, Adriano/Marguerite nos diz: "...sentia-me responsável pela beleza do mundo."

Convém, talvez, circunstanciar a figura sem dúvida engrandecida pela autora. A historiografia contemporânea, com seu olhar pretensamente objetivo, certamente contesta uma visão tão depurada do personagem histórico. Mas mesmo ela não deixa de reconhecer a grandeza daquele que foi o autocrata de um império em seu apogeu. Aquele que seus contemporâneos chamaram, num misto de admiração e irritação, de *Graeculum* (o pequeno grego), em alusão à sua paixão pela Grécia — o que um orgulhoso romano não poderia aceitar sem restrições —, dominou seu tempo com sua inteligência, cultura e curiosidade insaciável. Adriano foi o único imperador que conheceu *todo* o império em incessantes viagens, e também o primeiro a compreender e aceitar que este havia chegado à sua máxima extensão. Em seu reinado consolidou, muitas vezes com campanhas vitoriosas, posto que era grande guerreiro, as conquistas de seu antecessor, Trajano. De sua vontade nasceu, entre inúmeras outras obras arquitetônicas, o mais impressionante exemplo da arquitetura romana — o Panteon (é uma pena que o Papa Urbano VII tenha mandado fundir o forro em bronze do teto para fazer o baldaquim que ainda hoje está em São Pedro). Também criou o primeiro e até hoje mais espetacular exemplo de residência real extramuros: a Vila Adriana, que evocava, em sua extensão desmesurada, os recantos mais notáveis do vasto império, constituindo assim uma espécie de microcosmo. Adriano foi também o primeiro exemplo de colecionador de arte do Ocidente, tendo reunido, sempre em sua vila de Tívoli, um imenso conjunto de estátuas gregas, que hoje se encontra nos museus do Vaticano. Sua sabedoria muito irritou seus contemporâneos, sobretudo os senadores, que viam então desaparecer suas prerrogativas. O poder de um só homem se tornava inconteste, mas talvez jamais ele tenha estado, antes ou depois, em mãos tão sábias.

Sua dedicação à unidade do império, que pressupunha a tolerância à diversidade e à convivência entre diferentes crenças, levou Adriano a perceber o judaísmo e o cristianismo como ameaças a serem combatidas com firmeza e, poderíamos dizer, crueldade. A afirmação da tolerância levou-o paradoxalmente à mais intransigente intolerância: a ele se deve a primeira grande repressão ao povo judeu, logo no começo do seu reinado.

O texto de Yourcenar, escrito em primeira pessoa com um tom de desnudamento interior, dá credibilidade a Adriano, não apenas como grande e poderoso imperador, mas sobretudo como ser humano. Suas vicissitudes são as mesmas que afligem os homens de todos os tempos: os perigos mortais que, tanto de dentro como de fora, ameaçam as civilizações, a busca de um compromisso entre a felicidade pessoal e a "disciplina augusta", entre a inteligência, como conhecimento de si, e a vontade.

Victor Burton

Animula Vagula Blandula
Pequena alma terna flutuante

Meu caro Marco,

Estive esta manhã com meu médico Hermógenes, recém-chegado à Vila depois de longa viagem através da Ásia. O exame deveria ser feito em jejum; por essa razão havíamos marcado a consulta para as primeiras horas da manhã. Deitei-me sobre um leito depois de me haver despojado do manto e da túnica. Poupo-te detalhes que te seriam tão desagradáveis quanto a mim mesmo, omitindo a descrição do corpo de um homem que avança em idade e prepara-se para morrer de uma hidropisia do coração. Digamos somente que tossi, respirei e retive o fôlego segundo as indicações de Hermógenes, alarmado a contragosto pelos rápidos progressos do meu mal e pronto a lançar no opróbrio o jovem Iolas, que me assistiu em sua ausência. É difícil permanecer imperador na presença do médico e mais difícil permanecer homem. O olho do prático não via em mim senão um amontoado de humores, triste amálgama de linfa e sangue. Esta manhã, pela primeira vez, ocorreu-me a ideia de que meu corpo, este fiel companheiro, este amigo mais seguro e mais meu conhecido do que minha própria alma, não é senão um monstro sorrateiro que acabará por devorar seu próprio dono. Paz... Amo meu corpo. Ele me serviu bem e de muitas maneiras: não lhe regatearei agora os cuidados necessários. Mas já não creio — como Hermógenes pretende ainda — nas maravilhosas virtudes das plantas, na dosagem exata dos sais minerais que ele foi buscar no Oriente. Esse homem, embora perspicaz, cumulou-me de vagas expressões de conforto, demasiado banais para iludir a quem quer que seja. Ele sabe quanto odeio esse gênero de impostura, mas não é impunemente que se exerce a medicina durante mais de trinta anos! Perdoo a esse bom servidor a tentativa de ocultar-me minha própria morte. Hermógenes é um sábio e é também bastante judicioso. Sua probidade é superior à de qualquer outro médico da corte. Tenho a fortuna de ser o mais bem tratado dos doentes. Mas nada pode ultrapassar os limites estabelecidos; minhas pernas intumescidas já não me podem sustentar durante as longas cerimônias romanas. Sufoco! Tenho sessenta anos!

Numa coisa não te iludas porém; não estou ainda bastante enfraquecido para ceder às alucinações do medo, quase tão absurdas quanto as da esperança, e naturalmente muito mais incômodas. Fosse-me necessário exceder-me e preferiria fazê-lo no sentido de confiar: nada teria a perder e sofreria menos. Esse fim tão próximo não é necessariamente imediato: deito-me ainda, cada noite, com a esperança de acordar pela manhã. Dentro dos limites intransponíveis de que falava ainda há pouco, conto defender minha posição passo a passo e até mesmo reconquistar algumas polegadas do terreno perdido. Ainda não atingi a idade em que a vida para cada homem é uma derrota consumada. Dizer que meus dias estão contados nada significa! Assim foi sempre. E assim sempre será para todos nós. Mas a incerteza do lugar, da ocasião e do modo, incerteza que nos impede de ver distintamente esse fim para o qual avançamos inexoravelmente, diminui para mim à medida que progride minha mortal enfermidade. Qualquer um de nós pode morrer a qualquer instante, mas um enfermo sabe, por exemplo, que não mais estará vivo dentro de dez anos. Minha margem de hesitação já não abrange anos, apenas alguns meses. Minhas probabilidades de morrer de uma punhalada no coração ou de uma queda de cavalo são mínimas; a peste parece improvável; a lepra ou o câncer estão definitivamente afastados. Já não corro o risco de tombar nas fronteiras atingido por um machado caledônio, ou trespassado por uma flecha parta. As tempestades não souberam aproveitar-se das ocasiões oferecidas e o feiticeiro que me predisse morte por afogamento parece não ter tido razão. Morrerei no máximo em Tíbur, em Roma, ou em Nápoles, e uma crise de sufocação se encarregará da tarefa. Serei abatido pela décima ou pela centésima crise? Aí está toda a questão. Como o viajante que navega entre as ilhas do arquipélago vê a bruma luminosa levantar-se à tarde, descobrindo, pouco a pouco, a linha do litoral, começo a discernir o perfil de minha morte.

Alguns aspectos de minha vida já se assemelham às salas desguarnecidas de um vasto palácio que o proprietário empobrecido desiste de ocupar por inteiro. Já não caço: se não houvesse senão eu para perturbá-los nas suas ruminações e nos seus folguedos, os cabritos monteses das colinas da Etrúria poderiam ficar completamente tranquilos. Sempre entretive com a Diana das Florestas as múltiplas e apaixonadas relações de um homem com o objeto amado. Adolescente, a caça ao javali proporcionou-me os primeiros contatos com o comando e com o perigo. Entregava-me a esse desporto com paroxismo e meus excessos levaram Trajano a admoestar-me. A distribuição aos cães, numa clareira da Espanha, das entranhas dos animais abatidos é minha mais antiga experiência da morte, da coragem, da piedade pelas criaturas e do prazer trágico de vê-las sofrer. Homem feito, a caça aliviava-me o espírito de tantas lutas secretas com adversários ora muito sagazes, ora muito obtusos, ora demasiado fracos, ora fortes demais para mim. A luta equilibrada entre a inteligência humana e a astúcia dos animais selvagens parecia-me extraordinariamente adequada à comparação com os embustes dos homens. Imperador, minhas caçadas na Toscana serviram-me para avaliar a coragem e os recursos dos altos funcionários; nessas ocasiões, escolhi ou eliminei mais de um homem de Estado. Mais tarde, na Bitínia e na Capadócia, fiz das grandes batidas um pretexto para festas, um triunfo outonal nos bosques da Ásia. Morreu jovem, porém, o companheiro de minhas caçadas e, depois de sua partida, meu gosto pelos prazeres violentos diminuiu bastante. Entretanto, mesmo aqui em Tíbur, o resfolegar súbito de um cervo sob a folhagem é suficiente para despertar em mim o mais antigo dos instintos, por obra e graça do qual me sinto tanto leopardo quanto imperador. Quem sabe? É possível que eu seja assim avesso ao derramamento de sangue humano por tê-lo derramado tanto quando se tratava de animais ferozes. E dizer que, não raro e secretamente, eu os preferia aos homens! De qualquer modo, porém, a lembrança das feras é-me tão familiar ainda, que me custa não prosseguir narrando intermináveis histórias de caça que poriam à prova a paciência dos meus convidados da noite. Sem dúvida, a reminiscência do dia da minha adoção é deliciosa, mas a recordação dos leões abatidos na Mauritânia não o é menos.

A renúncia à equitação é sacrifício mais penoso ainda; uma fera não era senão um adversário; o cavalo era um amigo. Se me fosse dado optar por minha condição neste mundo, teria escolhido a de Centauro. Entre mim e Borístenes o entendimento era de uma precisão matemática: o cavalo obedecia-me como a seu próprio cérebro e não como a seu dono. Terei algum dia conseguido tanto de um homem? Uma autoridade tão absoluta comporta, como qualquer outra, riscos de erro por parte do homem que a exerce, mas o prazer de tentar o impossível em matéria de saltos de obstáculos era intenso demais para que eu lamentasse um ombro deslocado ou uma costela partida. Meu cavalo substituía as mil noções em torno do título, da posição e do nome, que complicam as relações humanas, pelo simples conhecimento do meu peso. Partilhando meus entusiasmos, ele sabia exatamente — e melhor do que eu mesmo, talvez — o ponto onde minha vontade se divorciava de minha força. Ao sucessor de Borístenes já não inflijo o fardo de um corpo doente, de músculos amolecidos, e fraco demais para içar-se por si mesmo à sela. Meu ajudante de campo, Céler, exercita-o neste momento na estrada de Prenesta. Minhas antigas experiências com a velocidade dos galopes permitem-me agora partilhar o prazer de cavalo e cavaleiro lançados a toda a velocidade sob o sol e o vento. Quando Céler salta do cavalo, com ele retomo contato com o solo. Outro tanto passa-se com a natação: a ela renunciei, mas continuo participando do prazer do nadador acariciado pela água. Correr, mesmo no mais curto percurso, ser-me-ia hoje tão impossível quanto para a pesada estátua de um César de pedra. Posso, entretanto, lembrar-me de minhas carreiras de criança pelas colinas secas da Espanha, do brinquedo brincado comigo mesmo, no qual ia até os limites do fôlego, seguro de que o coração perfeito e os pulmões intactos restabeleceriam o equilíbrio. Tenho, com o mais insignificante dos atletas que treina sua corrida ao longo do estádio, um entendimento tão perfeito que a inteligência por si só nunca me poderia proporcionar. Assim, de cada arte praticada, retiro hoje um conhecimento que me compensa em parte dos prazeres perdidos. Acreditei, e nos meus bons momentos ainda acredito, que seria possível partilhar da existência de todos os homens e que essa simpatia seria uma das formas irrevogáveis da imortalidade. Momentos houve em que essa compreensão tentou ultrapassar o humano, indo do nadador à própria vaga. Mas ali nada de positivo me foi explicado porque entrara no domínio das metamorfoses do sonho.

Comer em excesso é hábito romano. Eu, porém, fui sóbrio por volúpia. Hermógenes nada teve que modificar em meu regime a não ser talvez a impaciência que me obrigava a devorar, não importa onde fosse e a qualquer hora, a primeira iguaria servida para saciar de uma só vez as exigências da minha fome. Não seria próprio do homem rico, que não conheceu jamais senão uma privação voluntária e disso não fez mais do que uma experiência a título provisório, como um dos incidentes mais ou menos excitantes da guerra e da viagem, vangloriar-se de não se exceder à mesa. Embriagar-se em certos dias de festa foi sempre a ambição, a alegria e o orgulho dos pobres. Agradava-me o odor das carnes assadas e o ruído das marmitas raspadas nas festas do exército, e que os banquetes do acampamento (ou o que num acampamento se pode chamar de banquete) fossem o que deveriam ser sempre: um alegre e grosseiro contrapeso às privações dos dias de trabalho. Tolerava bastante bem o odor das frituras nas praças públicas no tempo das Saturnais. Entretanto, os festins romanos causavam-me tanta repugnância e tanto tédio que, acreditando às vezes morrer no curso de uma exploração ou de uma expedição, dizia a mim mesmo para reconfortar-me: pelo menos nunca mais jantarei! Não me faças a injustiça de tomar-me por um vulgar renunciador: uma operação que tem lugar duas ou três vezes por dia, e cuja finalidade é alimentar a vida, merece certamente todas as nossas atenções. Comer um fruto é fazer entrar em si mesmo um belo objeto vivo, estranho e nutrido como nós pela terra. É consumar um sacrifício no qual nós nos preferimos ao objeto. Jamais mastiguei a crosta do pão das casernas sem maravilhar-me de que essa massa pesada e grosseira pudesse transformar-se em sangue, calor e, talvez, em coragem. Ah! por que o meu espírito, nos seus melhores momentos, não possui senão uma pequena parte dos poderes assimiladores do meu corpo?

Foi em Roma, durante os longos banquetes oficiais, que me aconteceu meditar nas origens relativamente recentes do nosso luxo e naquela raça de fazendeiros parcimoniosos e de soldados frugais, acostumados a nutrir-se de alho e cevada, subitamente deslumbrados pela conquista, devorando as iguarias complicadas da cozinha asiática com a rusticidade de camponeses esfomeados. Nossos romanos empanturram-se agora de aves delicadas, afogam-se em molhos e envenenam-se com especiarias. Um gastrônomo, um discípulo de Apácio, orgulha-se da sucessão dos serviços, da série de pratos doces ou picantes, leves ou pesados que compõem a magnífica sequência dos seus banquetes. Seria mais desejável que cada iguaria fosse servida separadamente, assimilada em jejum, sabiamente degustada por um apreciador de papilas intactas. Apresentadas confusamente, numa profusão banal e cotidiana, elas formam no paladar e no estômago uma mistura detestável, na qual o odor, o gosto e a própria substância essencial perdem seu valor peculiar e sua deliciosa identidade. O pobre Lúcio comprazia-se outrora em preparar-me pratos raros; suas tortas de faisão, com a sábia dosagem de presunto e especiarias, revelavam uma arte tão consumada como a do músico ou do pintor. Entretanto, eu deplorava secretamente a carne pura da linda ave. A Grécia era bastante superior nesse sentido: seu vinho resinoso, seu pão salpicado de sementes de gergelim, seus peixes assados na grelha, à beira-mar, escurecidos aqui e ali pelo fogo e temperados de quando em quando pelo estalido de um grão de areia, satisfaziam simplesmente o apetite sem cercar de excessivas complicações a mais pura das nossas alegrias. Saboreei, numa sórdida espelunca de Egina ou de Falera, alimentos tão frescos, que se conservavam divinamente puros a despeito dos dedos imundos do moço da taverna. Eram escassos, mas tão suficientes que pareciam conter, sob a forma mais resumida, uma certa essência de imortalidade. A carne cozida nas noites das caçadas possuía uma espécie de qualidade sacramental que nos levava muito longe, quase além das origens selvagens das raças. O vinho inicia-nos nos mistérios vulcânicos do solo e nas riquezas minerais ocultas. Uma taça de Samos degustada ao meio-dia, em pleno sol, ou, ao contrário, saboreada numa noite de inverno, num estado de fadiga tal que nos permita sentir no fundo do diafragma seu fluxo quente, sua abrasadora dispersão ao longo das artérias, é uma sensação quase sagrada e, por vezes, demasiado forte para um cérebro humano. Não reencontro essa sensação no mesmo estado de pureza nos vinhos numerados das adegas de Roma, e impacienta-me o pedantismo dos grandes conhecedores de vinhos. Mais primitivamente ainda, a água bebida na concha da mão ou na própria fonte faz correr em nós o sal mais secreto da terra e toda a chuva do céu. A água, ela mesma, é uma delícia da qual o doente que sou agora não deve usar senão com parcimônia. Não importa, mesmo na agonia e ainda que de mistura com o amargor das últimas poções, tentarei sentir sua fresca insipidez nos meus lábios.

Experimentei rapidamente a abstinência de carne nas escolas de filosofia, onde acontece provarmos, um a um, todos os métodos de conduta. Mais tarde, na Ásia, vi os gimnosofistas indianos desviarem a cabeça dos quartos de gazela e dos cordeiros fumegantes servidos na tenda de Osroés. Mas essa prática, na qual tua jovem austeridade descobre tamanho encanto, exige cuidados mil vezes mais complicados do que os da própria gastronomia. Ela nos afasta com exagero ostensivo do comum dos homens, numa função quase sempre pública e à qual preside geralmente a amizade ou a pompa. Prefiro nutrir-me por toda a vida de patos gordos e galinhas-d'angola a ser acusado por meus convidados de ostentação de ascetismo. Muitas vezes, valendo-me de alguns frutos secos, ou do conteúdo de um copo lentamente absorvido, tentei evitar que meus convidados percebessem que os pratos elaborados por meus *chefs* o eram sobretudo para eles e que a minha curiosidade por essas iguarias há muito se esgotara. Falta ao príncipe a latitude de que goza o filósofo: não pode permitir-se discordar dos demais ao mesmo tempo. E os deuses sabem que meus pontos de discordância eram numerosos, embora estivesse persuadido de que muitos deles eram invisíveis. Os escrúpulos religiosos dos gimnosofistas e sua repugnância pelas carnes sangrentas ter-me-iam impressionado, se não perguntasse a mim mesmo em que o sofrimento da erva que se corta diferia essencialmente do sofrimento dos carneiros que se degolam. E refletia se nosso horror ante os animais assassinados não estaria condicionado ao fato de nossa sensibilidade pertencer ao mesmo reino. Mas em certos momentos da vida, nos períodos de jejum ritual, por exemplo, ou no curso das iniciações religiosas, conheci as vantagens espirituais e também os perigos das diferentes formas de abstinência e até da inanição voluntária. Falo desses estados próximos da vertigem em que o corpo, em parte alijado do seu peso, penetra num mundo para o qual não foi feito e que prefigura a fria leveza da morte. Em outros momentos, essas experiências permitiram-me brincar com a ideia do suicídio progressivo, da morte por inanição como a de certos filósofos, espécie de deboche ao inverso, no qual se vai até o esgotamento da substância humana. Mas desagradou-me sempre aderir totalmente a um sistema: jamais teria permitido que um escrúpulo me privasse do direito de empanturrar-me de salsichas se acaso me apetecessem ou se este fosse o único alimento disponível.

Os cínicos e os moralistas concordam em colocar a volúpia do amor entre os prazeres ditos grosseiros, como o prazer de comer e de beber, declarando-a, contudo, menos indispensável do que aqueles, visto que eles podem perfeitamente prescindir dela. Do moralista tudo se espera, mas espanto-me que o cínico se tenha enganado. Admitamos que uns e outros receiem seus próprios demônios, seja porque lhes resistam, seja porque se lhes entreguem, esforçando-se por aviltar o prazer a fim de lhe tirar o poder quase terrível sob o qual sucumbem, e diminuir o estranho mistério no qual se sentem perdidos. Acreditaria nessa associação do amor às alegrias puramente físicas (supondo-se que tais alegrias existam) no dia em que visse um gastrônomo soluçar de prazer diante do seu prato favorito, tal como o amante sobre um ombro amado. De todos os jogos, o do amor é o único capaz de transtornar a alma e, ao mesmo tempo, o único no qual o jogador abandona-se necessariamente ao delírio do corpo. Não é indispensável que aquele que bebe abdique da razão, mas o amante que conserva a sua não obedece inteiramente ao deus do amor. Tanto a abstinência quanto o excesso não engajam senão o homem só. Salvo no caso de Diógenes, cujas limitações e caráter de racional pessimista definem-se por si mesmos, toda experiência sensual nos coloca em face do Outro, acarretando-nos as exigências e as servidões da escolha. Não conheço, fora do amor, outra situação em que o homem deva decidir-se por motivos mais simples e mais inelutáveis. No amor, o objeto escolhido deve valer exatamente seu peso bruto em prazer, e é ainda no amor que o amante da verdade tem maiores probabilidades de julgar a nudez da criatura. A partir do desnudamento total, comparável ao da morte, de uma humildade que ultrapassa a da derrota e a da prece, maravilho-me ao ver renovar-se, cada vez, a complexidade das recusas, das responsabilidades, das promessas, das pobres confissões, das frágeis mentiras, dos compromissos apaixonados entre nosso prazer e o prazer do Outro, tantos laços impossíveis de se romper e tão depressa rompidos! Esse jogo cheio de mistérios, que vai do amor de um corpo ao amor de uma pessoa, pareceu-me belo o bastante para consagrar-lhe uma parte de minha vida. As palavras enganam, especialmente as do prazer, que comportam as mais contraditórias realidades, desde as noções de aconchego, doçura e intimidade dos corpos, até as da violência, da agonia e do grito. A pequena frase obscena de Posidônio sobre o atrito de duas parcelas de carne, que te vi copiar nos teus cadernos escolares com aplicação de menino ajuizado, é incapaz de definir o fenômeno do amor, assim como a corda que o dedo faz vibrar não pode explicar o milagre dos sons. Essa frase insulta menos a volúpia do que a própria carne, esse instrumento de músculos, sangue e epiderme, essa nuvem vermelha de que a alma é o relâmpago.

Confesso que a razão permanece confusa em presença do prodígio do amor, da estranha obsessão que faz com que essa mesma carne, que tão pouco nos preocupa quando compõe nosso corpo, limitando-nos somente a lavá-la, nutri-la e, se possível, impedi-la de sofrer, possa inspirar-nos uma tal paixão de carícias simplesmente porque é animada por uma personalidade diferente da nossa e porque representa certos traços de beleza sobre os quais, aliás, os melhores juízes não estariam de acordo. Aqui, como nas revelações dos Mistérios, tudo se passa além do alcance da lógica humana. A tradição popular não se enganou ao ver no amor uma forma de iniciação e um dos pontos onde o secreto e o sagrado se tocam. A experiência sensual equipara-se ainda aos Mistérios quando a primeira aproximação provoca nos não iniciados o efeito de um rito mais ou menos assustador, escandalosamente desligado de todas as funções até então familiares, como comer, beber e dormir, parecendo antes motivo de gracejo, vergonha ou terror. Da mesma maneira que a dança das mênades ou o delírio dos coribantes, nosso amor arrasta-nos para um universo diferente, onde, em situação normal, nos é vedada a entrada e onde cessamos de nos orientar, uma vez apagado o ardor e extinto o prazer. Cravado no corpo amado como um crucificado à sua cruz, penetrei em certos segredos da vida que começam a desvanecer-se da minha lembrança por efeito da mesma lei que faz com que o convalescente, depois de curado, cesse de encontrar-se nas misteriosas verdades do seu mal, e que o prisioneiro posto em liberdade esqueça a tortura, e o triunfador a embriaguez da glória.

Por vezes sonhei elaborar um sistema de conhecimento humano baseado no erotismo. Uma teoria do contato na qual o mistério e a dignidade de outrem consistiriam precisamente em oferecer ao Eu esse ponto de ligação com um mundo desconhecido. A volúpia seria, nessa filosofia, a forma mais completa e mais especializada de aproximação com o Outro, uma técnica a mais colocada a serviço do conhecimento de uma individualidade estranha à nossa. Nos encontros, mesmo os menos sensuais, é ainda no contato que a emoção nasce ou morre, tal como acontece com a mão um tanto repugnante da velha que me apresenta uma petição, a fronte úmida do meu pai em agonia, ou a chaga lavada de um ferido. As próprias relações mais intelectualizadas, ou as mais neutras, ocorrem através desse sistema de sinais materiais: o olhar subitamente iluminado do tribuno a quem explico determinada manobra numa manhã de batalha; a saudação impessoal do subalterno que nossa passagem imobiliza em atitude de obediência; o olhar amistoso do escravo a quem agradeço por trazer-me uma bandeja; ou a expressão apreciadora de um velho amigo ante o camafeu grego com que acabamos de presenteá-lo. Com a maior parte das pessoas, os mais ligeiros ou superficiais desses contatos bastam a nosso desejo, ou até o excedem. Que esses mesmos contatos insistam e se multipliquem em torno de uma criatura única até bloqueá-la inteira; que cada detalhe de um corpo apresente para nós tantas significações perturbadoras como os traços de um rosto; que um único ser, em vez de inspirar-nos quando muito irritação, prazer ou aborrecimento, nos obsidie como uma melodia ou nos atormente como um problema; que esse ser passe da periferia do nosso universo ao seu centro, que se torne mais indispensável do que nós próprios, e estará realizado o admirável prodígio: assistiremos então à invasão da carne pelo espírito, e não mais um passatempo do corpo.

Tais conceitos sobre o amor poderiam conduzir-me a uma carreira de sedutor. Se não a empreendi foi, sem dúvida, por ter feito coisa melhor. À falta de gênio, semelhante carreira requer cuidados e estratagemas para os quais não me sentia dotado. As armadilhas preparadas, sempre as mesmas, a rotina condicionada a contínuas aproximações e limitada pela própria conquista entediaram-me. A técnica do grande sedutor exige, na passagem de um a outro objeto, uma facilidade e uma indiferença de que não me sinto capaz. Por outro lado, devo dizer que as pessoas que amei deixaram-me mais vezes do que as deixei. Jamais compreendi que alguém pudesse saciar-se de um ser. A ânsia apaixonada de aquilatar exatamente todas as riquezas que um novo amor nos traz, de observá-lo transformar-se, vê-lo envelhecer talvez, não condiz com a multiplicidade de conquistas. Acreditei outrora que um certo gosto pela beleza substituiria em mim a virtude, que eu saberia imunizar-me contra as solicitações demasiado grosseiras. Enganei-me, todavia. O apreciador da beleza acaba por descobri-la não importa onde, como o filão de ouro nos mais ignóbeis veios, para experimentar, ao manusear essas obras-primas fragmentárias, sujas ou quebradas, a emoção de um conhecedor solitário ao colecionar uma peça supostamente vulgar. O obstáculo mais sério para o homem de gosto é uma posição de eminência nos negócios humanos, onde o poder quase absoluto comporta os maiores riscos de adulação e hipocrisia. O simples pensamento de que alguém possa dissimular em minha presença, por pouco que seja, é capaz de levar-me a lastimá-lo, desprezá-lo e até odiá-lo. Tenho sofrido essas desvantagens da minha fortuna como um homem pobre sofre os inconvenientes da sua miséria. Um passo a mais e teria aceitado a ficção que consiste em acreditar que seduzimos quando sabemos que apenas nos impomos, coisa que é o começo do desencanto ou do cabotinismo.

Aos estratagemas da sedução aqui expostos, acabaríamos por preferir as verdades simples do deboche, se aí também não prevalecesse a mentira. Em princípio, estou pronto a admitir que a prostituição seja uma arte, como a massagem ou os penteados, mas a custo suporto barbeiros e massagistas. Nada mais sórdido do que um cúmplice. O olhar oblíquo do proprietário da taverna que me reserva seu melhor vinho e, consequentemente, dele priva a outro, bastava, na minha juventude, para saturar-me dos divertimentos de Roma. Desagrada-me que alguém julgue poder satisfazer meu desejo, prevê-lo e adaptar-se mecanicamente ao que supõe ser minha preferência. Esse reflexo imbecil e deformado de mim mesmo, que me oferece nesses momentos um cérebro humano, por pouco me faria preferir os lamentáveis efeitos do asceticismo. Se a lenda não exagera os excessos de Nero, os sábios requintes de Tibério, teria sido preciso que esses consumidores de prazeres possuíssem sentidos muito embotados e um singular desprezo pelos homens para se sujeitarem a um sistema tão complicado e, ao mesmo tempo, tolerarem assim que outros os ridicularizassem ou que se aproveitassem deles. Quanto a mim, se renunciei de certa maneira a essas formas maquinais de prazer, ou nelas não me aprofundei muito, devo-o mais à minha sorte do que a uma virtude incapaz de resistir a coisa alguma. Naturalmente, ao envelhecer, poderia cair nessas práticas, como não importa em que espécie de confusão ou de esgotamento. A enfermidade e a morte relativamente próxima salvar-me-ão da repetição monótona dos mesmos gestos, semelhante à sabatina da lição há muito decorada.

De todas as venturas que lentamente me abandonam, o sono é uma das mais preciosas, embora seja das mais comuns também. Um homem que dorme pouco e mal, apoiado sobre dezenas de almofadas, medita com vagar sobre essa volúpia diferente. Concordo que o sono mais perfeito é necessariamente um complemento do amor: repouso tranquilo, refletido sobre dois corpos. Mas o que me interessa aqui é o mistério específico do sono saboreado por si mesmo, o incontrolável e arriscado mergulho a que se aventura todas as noites o homem nu, só e desarmado, num oceano onde tudo é novo: cores, densidades, o próprio ritmo da respiração, e onde reencontramos os mortos. O que nos tranquiliza no sono é a certeza de que dele retornamos, e retornamos os mesmos, já que uma estranha interdição nos impede de trazer conosco o resíduo exato dos nossos sonhos. Outra coisa nos tranquiliza ainda: é que ele nos cura temporariamente da fadiga pelo mais radical dos processos, isto é, arranjando para que cessemos de existir durante algumas horas. Nisso, como em outras coisas, o prazer e a arte consistem em nos abandonarmos conscientemente a essa bem-aventurada inconsciência, consentindo em sermos sutilmente mais fracos, mais leves, mais pesados e mais confusos do que nós mesmos. Voltarei mais tarde aos habitantes extraordinários de nossos sonhos. Por ora, prefiro falar de certas experiências do sono puro e do puro despertar, um e outro confinando com a morte e com a ressurreição. Hoje, procuro reencontrar a antiga sensação dos sonos fulminantes da adolescência, quando adormecemos completamente vestidos sobre os livros, de súbito transportados para fora da matemática e dos tratados de direito, e mergulhados num sono sólido e profundo, tão cheio de energia não consumida, que poderíamos experimentar, por assim dizer, a exata sensação de existir através das pálpebras baixadas. Evoco ainda os sonos repentinos sobre a terra nua, dentro da floresta, após fatigantes jornadas de caça. Despertava-me o ladrido dos cães ou o peso de suas patas apoiadas sobre meu peito. O eclipse era tão absoluto que eu poderia, cada vez, encontrar-me outro. Admirava-me ou, às vezes, entristecia-me o rígido ajustamento que me trazia de tão longe para este estreito cantão de humanidade que sou eu próprio. De que valem as particularidades às quais damos tanto valor, visto que contavam tão pouco para o ser adormecido e livre que, por um segundo, antes de reentrar a contragosto na pele de Adriano, chegava a saborear quase conscientemente a sensação de ser um homem vazio com uma existência sem passado?

Por outro lado, a doença e a idade operam também seus prodígios e recebem do sono outras formas de bênção. Foi em Roma, há cerca de um ano, depois de um dia particularmente exaustivo, que conheci uma dessas tréguas em que o esgotamento das forças operava os mesmos milagres, ou antes, outros milagres semelhantes às reservas inesgotáveis de outrora. Não vou senão raramente à cidade, onde procuro cumprir, num só dia, o maior número possível de obrigações. O dia fora desagradavelmente sobrecarregado: uma sessão do Senado seguira-se de outra no tribunal e de uma discussão interminável com um dos magistrados das finanças, e, finalmente, de uma cerimônia religiosa impossível de ser abreviada, durante a qual a chuva caiu sem cessar. Eu próprio programara tantas atividades diferentes sem intervalos, deixando entre elas o menor espaço de tempo possível para as importunações e bajulações inúteis. O regresso a cavalo foi um dos meus últimos trajetos no gênero. Cheguei à Vila indisposto, doente, sentindo frio como só se sente quando o sangue se recusa a circular nas artérias. Céler e Chábrias desdobraram-se em cuidados, mas a própria solicitude pode ser fatigante, ainda quando sincera. Recolhido a meus aposentos, engoli algumas colheradas de um caldo quente que eu mesmo preparei, não por suspeita como muitos pensam, mas porque só assim poderia dar-me ao luxo de estar só. Deitei-me em seguida. O sono parecia estar tão distante de mim como a saúde, a juventude e a força. Todavia, adormeci. Ao despertar, a ampulheta provou-me que eu não havia dormido senão uma hora. Um curto momento de adormecimento total na minha idade torna-se o equivalente dos sonos que duravam outrora toda uma meia revolução dos astros. Meu tempo passou a medir-se por unidades infinitesimais. Uma única hora fora suficiente para operar o humilde e surpreendente prodígio: o calor do sangue reaquecia-me as mãos; meu coração e meus pulmões recomeçavam a funcionar com uma espécie de boa vontade. A vida corria como um manancial não muito abundante, mas fiel. O sono, em curto espaço de tempo, havia reparado meus excessos na virtude com a mesma imparcialidade com que teria reparado os do vício. A divindade desse grande restaurador quer que seus efeitos benéficos se exerçam sobre a pessoa adormecida sem qualquer indagação, da mesma forma que a água carregada de poderes curativos não se preocupa com a identidade de quem a bebe na nascente.

Mas se meditamos tão pouco num fenômeno que absorve quase um terço de nossa existência, é porque é necessária uma certa modéstia para apreciar seus dons. Adormecidos, Caio, Calígula e o justo Aristides equivalem-se. Eu próprio renuncio a meus vãos e importantes privilégios e já não me distingo do guarda negro que dorme atravessado no umbral de minha porta. Que é nossa insônia senão a obstinação maníaca da nossa inteligência em manufaturar pensamentos e formular uma série de raciocínios, silogismos e definições que lhe são próprios? Ou, ainda, a recusa em abdicar em favor da divina estupidez dos olhos fechados ou da sensata loucura dos sonhos? O homem que não dorme — e tenho tido, desde alguns meses, frequentes ocasiões de constatá-lo em mim mesmo — recusa-se mais ou menos conscientemente a confiar no fluxo das coisas. Irmãos da Morte... Isócrates estava enganado. Sua frase não passa do exagero de um retórico. Começo a conhecer a morte; ela tem outros segredos muito mais estranhos ainda à nossa atual condição humana. E, contudo, tão ligados, tão profundos sob esses mistérios de ausência e de parcial esquecimento, que podemos sentir perfeitamente a confluência, em algum lugar, da fonte branca com a fonte escura. Propositadamente, jamais olhei dormir aqueles a quem amava: descansavam de mim, bem sei; sei também que de mim se escapavam. Todo homem se envergonha do seu rosto alterado pelo sono. Quantas vezes, tendo-me levantado muito cedo para ler ou estudar, eu próprio coloquei em ordem as almofadas amassadas e os lençóis amarrotados, evidências quase obscenas dos nossos encontros com o nada, provas de que a cada noite deixamos de existir...

Pouco a pouco, esta carta, começada para te informar sobre os progressos do meu mal, transformou-se no entretenimento de um homem que já não tem a energia necessária para se dedicar longamente aos negócios do Estado. É a meditação escrita de um doente que dá audiência a suas recordações. Já agora pretendo ir mais longe: proponho-me contar-te minha vida. É certo que no ano passado fiz um relatório oficial dos meus atos, assinado por Flégon, meu secretário. Menti o mínimo possível. O interesse público e a decência forçaram-me, contudo, a retocar certos fatos. A verdade que pretendo narrar aqui não é particularmente escandalosa, ou melhor, não o é senão na medida em que toda verdade escandaliza. Não espero que teus 17 anos compreendam qualquer coisa disso. Empenho-me, porém, em instruir-te e também em chocar-te. Teus preceptores, que eu próprio escolhi, deram-te uma educação austera, fiscalizada e excessivamente protegida talvez, da qual espero, apesar de tudo, que resulte um grande bem para ti mesmo e para o Estado. Ofereço-te aqui, como corretivo, uma narrativa desprovida de ideias preconcebidas e de princípios abstratos, tirada da experiência de um só homem, isto é, de mim mesmo. Ignoro a que conclusões esta narrativa me conduzirá. Conto com este exame dos fatos para definir-me, para julgar-me talvez ou, quando muito, para melhor conhecer a mim mesmo antes de morrer.

Como toda gente, não disponho senão de três meios para avaliar a existência humana: o estudo de si mesmo, o mais difícil e o mais perigoso, mas também o mais fecundo dos métodos; a observação dos homens, que se arranjam frequentemente para ocultar-nos seus segredos ou por nos fazer crer que os têm; os livros, com os erros peculiares de perspectiva que surgem entre suas linhas. Li quase tudo que nossos historiadores, poetas e narradores escreveram, embora estes últimos tenham reputação de frívolos. A todos devo talvez mais informações do que as recolhidas nas mais diversas situações da minha própria vida. A palavra escrita ensinou-me a apreciar a voz humana, tanto quanto a grande imobilidade das estátuas levou-me a valorizar os gestos. Em compensação, e no decorrer dos tempos, a vida me fez compreender os livros.

Mas estes mentem, ainda os mais sinceros. Os menos hábeis, na falta de palavras e frases com que possam representá-la, traçam da vida imagem pobre e vulgar. Alguns, como Lucano, fazem-na pesada e obstruída por uma solenidade que ela não possui. Outros, pelo contrário, como Petrônio, fazem-na leve, transformando-a numa bola saltitante e vazia, fácil de receber e de atirar num universo sem peso. Os poetas transportam-nos a um mundo mais vasto ou mais belo, mais ardente ou mais suave, por isso mesmo diferente do nosso e, na prática, quase inabitável. Os filósofos, a fim de estudarem a realidade pura, submetem-na quase às mesmas transformações que o fogo ou o pilão operam nos corpos: nada de um ser ou de um fato, tal como os conhecemos, parece subsistir nesses cristais ou nessas cinzas. Os historiadores apresentam-nos as imagens do passado através de sistemas excessivamente completos, com uma série de causas e efeitos demasiado exatos e demasiado claros para serem inteiramente verídicos. Recompõem a dócil matéria morta, e tenho certeza de que mesmo a Plutarco escapará Alexandre. Os narradores, os autores de fábulas milésias, à maneira dos açougueiros, não fazem senão pendurar no balcão do açougue os pedaços de carne apreciados pelas moscas. Adaptar-me-ia dificilmente a um mundo sem livros, mas a realidade não está ali porque eles não a contêm completamente. A observação direta dos homens é um método menos completo ainda, limitado frequentemente pelas deduções excessivamente torpes com as quais se satisfaz a malevolência humana. A categoria social, a posição e todos os nossos acasos restringem o campo de visão do conhecedor dos homens. Meu escravo dispõe, para observar-me, de facilidades completamente diferentes das que eu tenho para observá-lo; elas são tão limitadas quanto as minhas. O velho Eufórion me apresentou, há vinte anos, meu frasco de óleo e minha esponja, mas meu conhecimento sobre ele se limita a seu serviço e o conhecimento que ele tem de mim não vai além do meu banho. Toda tentativa no sentido de ampliar esse conhecimento surtiria rapidamente, tanto no imperador quanto no escravo, o efeito de uma indiscrição. Quase tudo o que sabemos de outrem é de segunda mão. Quando um homem se confessa, ele defende sua causa. Se o observarmos, veremos que não está só: sua apologia está antecipadamente preparada. Censuraram-me o gosto pela leitura dos relatórios da polícia de Roma. É que neles descubro sempre motivos de surpresa: amigos ou suspeitos, desconhecidos ou familiares, toda essa gente me perturba e suas loucuras servem de desculpa às minhas. Não me canso de comparar o homem vestido ao homem nu. Mas esses relatórios, tão ingenuamente circunstanciais, juntam-se às pilhas dos meus apontamentos sem me auxiliarem a encontrar o veredicto final. Que tal magistrado de aparência austera tenha cometido um crime, de modo algum me ajuda a conhecê-lo melhor. Daquele momento em diante, passo a estar em presença de duas incógnitas: a aparência do magistrado e seu crime.

Quanto à observação de mim mesmo, a ela me obrigo não só para entrar num acordo com o indivíduo junto do qual serei obrigado a viver até o final, como também porque uma intimidade de quase sessenta anos comporta não poucas probabilidades de erro. No fundo, meu conhecimento de mim mesmo é obscuro, interior, informulado e secreto como uma cumplicidade. São noções quase tão frias e tão impessoais quanto as teorias que posso elaborar a respeito dos números. Emprego toda a minha inteligência para observar minha vida de tão longe e de tão alto, que ela me aparece como a vida de um outro e não a minha própria. Mas esses processos de conhecimento são difíceis e requerem um mergulho dentro de nós mesmos e uma saída totalmente para fora de nós. Por comodismo, inclino-me, como todo mundo, a substituir esses processos por um sistema de pura rotina, ou seja, uma concepção de minha vida parcialmente modificada pela imagem que o público tem dela através de julgamentos pré-fabricados, isto é, malfeitos. Uma espécie de modelo pronto, ao qual o alfaiate inábil adapta laboriosamente o tecido que é nosso. Trata-se de um equipamento de valor desigual, com instrumentos mais ou menos embotados. Mas não possuo outros: é com esses que devo compor, bem ou mal, uma ideia do meu destino de homem.

Quando examino minha vida, espanto-me ao encontrá-la informe. A existência dos heróis, tal como nos contam, é simples. Vai direta ao fim como uma seta. A maioria dos homens prefere resumir sua vida numa fórmula, não raro uma fórmula de louvor ou uma queixa, e quase sempre uma recriminação. Sua memória fabrica-lhes complacentemente uma existência explicável e clara. Contudo, minha vida tem contornos menos firmes. Como acontece frequentemente, é justamente aquilo que não fui que a define com maior exatidão: bom soldado, mas não grande guerreiro; apreciador da arte, mas não o artista que Nero acreditava ser na hora da morte; capaz de crimes, mas não um criminoso. Ocorre-me pensar que os grandes homens se caracterizam justamente por sua alta posição e que seu verdadeiro heroísmo consiste em manter-se nela durante toda a vida. Eles são nossos polos, ou nossos antípodas. Quanto a mim, ocupei sucessivamente todas as posições mais altas, mas não me mantive nelas. A vida obrigou-me sempre a mudar. Não posso, pois, como um lavrador ou um carregador virtuoso, vangloriar-me de uma existência sem altos e baixos.

A paisagem dos meus dias parece compor-se, como as regiões montanhosas, de material heterogêneo desordenadamente acumulado. Aí encontro minha natureza, já realizada, formada por partes iguais de instinto e de cultura. Aqui e ali surgem os granitos do inevitável e, por toda parte, os desmoronamentos do acaso. Esforço-me por voltar sobre meus passos para tentar encontrar um plano inicial e seguir um veio qualquer, de chumbo ou de ouro, ou mesmo o curso de um rio subterrâneo, mas esse plano inteiramente fictício não é mais que uma aparência enganosa da lembrança. De quando em quando, julgo reconhecer uma fatalidade num encontro, num pressentimento, numa série definida de acontecimentos, mas muitos caminhos não conduzem a parte alguma e muitas somas não se adicionam jamais. Distingo perfeitamente, nessa multiplicidade e nessa desordem, a presença de uma pessoa, mas seus contornos parecem traçados quase sempre pela pressão das circunstâncias e seus traços baralham-se tal como acontece com uma imagem refletida na água. Não sou daqueles que dizem que suas ações não se lhes assemelham. Pelo contrário. É imprescindível que elas se pareçam comigo porque são minha única medida e o único meio de me delinear na memória dos homens, ou na minha própria, pois que a impossibilidade de continuar a exprimir-se e a modificar-se pela ação é talvez a única diferença entre os mortos e os vivos. Mas, entre mim e esses atos de que sou feito, existe um hiato indefinível. A prova disso é que experimento continuamente a necessidade de pesá-los, explicá-los e deles prestar contas a mim mesmo. Alguns trabalhos que duraram pouco são certamente omissíveis, mas as ocupações que se estenderam por toda a vida não significam muito mais. Por exemplo, no momento em que escrevo isto, o fato de ter sido imperador a custo parece-me essencial.

Três quartos da minha vida escapam, aliás, a esta definição pelos atos: a soma das minhas veleidades, dos meus desejos e até dos meus próprios projetos permanece tão nebulosa e fugidia quanto um fantasma. O resto, a parte palpável, mais ou menos autenticada pelos fatos, é apenas um pouco mais distinta, e a sequência dos acontecimentos é tão confusa como a dos sonhos. Tenho minha cronologia pessoal, impossível de conciliar com a que se baseia na fundação de Roma ou com a era das Olimpíadas. Quinze anos no exército duraram menos do que uma manhã de Atenas. Existem pessoas com quem convivi durante toda a minha vida e que não reconhecerei no Limbo. A concepção de distância entre os acontecimentos torna-se confusa e os fatos sobrepõem-se uns aos outros: o Egito e o vale de Tempe estão continuamente próximos e já não me acho sempre em Tíbur quando aqui de fato me encontro. Em certos momentos, minha vida parece-me banal a ponto de não valer a pena ser não somente escrita, mas até mesmo contemplada longamente e, de modo algum, mais importante, mesmo aos meus próprios olhos, do que a vida de um desconhecido qualquer. Em outros momentos, ela me parece única e, por isso mesmo, sem valor e inútil, porque é impossível tomá-la como experiência para o comum dos homens. Nada me define: meus vícios e minhas virtudes são insuficientes para tanto; minha felicidade talvez o faça melhor, embora por intervalos, sem continuidade e, sobretudo, sem motivo aceitável. O espírito humano, porém, reluta em se aceitar como obra do acaso e a não ser senão o produto fortuito do imprevisto ao qual nenhum deus preside, nem mesmo ele próprio. Uma parte de cada vida, e mesmo das vidas pouco dignas de atenção, passa-se à procura das razões de ser, dos pontos de partida, das origens. Minha incapacidade de descobri-los é que me fez, por vezes, inclinar-me às explicações sobrenaturais, procurando nas alucinações do ocultismo o que o senso comum não me proporcionava. Quando todos os cálculos complicados se evidenciam falsos, quando os próprios filósofos não têm nada mais a nos dizer, é desculpável que nos voltemos para o gorjeio fortuito dos pássaros, ou para o longínquo contrapeso dos astros.

Varius Multiplex Multiformis
Vário múltiplo multiforme

Marulino, meu avô, acreditava nos astros. Esse grande velho alto, magro e encardido pelos anos dedicava-me o mesmo grau de afeição sem ternura, sem sinais exteriores, quase sem palavras, que voltava aos animais da sua propriedade, à sua terra e à sua coleção de pedras caídas do céu. Descendia de uma longa sucessão de antepassados estabelecidos na Espanha desde a época dos Cipiões. Era, na linha senatorial, o terceiro do nome: a nossa família até então fora da ordem equestre. Tomara parte, aliás modesta, nos negócios públicos sob o reinado de Tito. Esse provinciano desconhecia o grego e falava o latim com um acento espanhol gutural que me transmitiu e que foi motivo de riso mais tarde. Todavia, seu espírito não era de todo inculto. Após sua morte, foi encontrada em sua casa uma arca cheia de instrumentos de matemática e de livros nos quais ele não tocava há vinte anos. Possuía conhecimentos meio científicos, meio camponeses, naquela mistura de preconceitos rígidos e de velha sabedoria que caracterizaram Catão, o Velho. Mas Catão foi durante toda a sua vida o homem do Senado romano e da guerra de Cartago, o perfeito representante da impiedosa Roma da República. A rudeza quase impenetrável de Marulino remontava a mais longe, a épocas mais antigas. Era o homem da tribo, a encarnação de um mundo sagrado e quase terrível, de que encontrei, por vezes, vestígios junto aos necromantes etruscos. Andava sempre de cabeça descoberta, costume que me transmitiu e que me valeu muitas críticas. Seus pés, ressequidos como o couro, dispensavam sandálias. Seu vestuário dos dias comuns pouco diferia das vestes dos velhos mendigos e dos graves meeiros acocorados ao sol. Diziam-no feiticeiro e os aldeões evitavam-lhe o olhar. Dispunha de singulares poderes sobre os animais: vi sua velha cabeça aproximar-se prudentemente, amistosamente de um ninho de víboras e seus dedos nodosos executarem uma espécie de dança diante de um lagarto. Costumava levar-me para observar o céu durante as noites de verão, do alto de uma colina árida. Cansado de contar os meteoros, eu adormecia dentro de um fosso. Quanto a ele, permanecia sentado, a cabeça erguida, girando imperceptivelmente com os astros. Devia conhecer os sistemas de Filolau e de Hiparco, e também o de Aristarco de Somos que adotei mais tarde. Tais especulações, entretanto, já não o interessavam mais. Os astros eram para ele pontos inflamados, objetos como as pedras, ou os vagarosos insetos dos quais ele retirava os presságios, partes constituintes de um universo mágico que abarcava também as volições dos deuses, a influência dos demônios e o quinhão reservado aos homens. Certa noite, havendo ele construído o tema da minha natividade, veio ter comigo, sacudiu-me para despertar-me e anunciou-me o império do mundo com o mesmo laconismo resmungão com que teria anunciado uma boa colheita ao pessoal da fazenda. Depois, tomado de desconfiança, foi procurar um tição na pequena fogueira de sarmentos que mantinha acesa para nos aquecer durante as horas mais frias. Aproximou-o da minha mão, lendo, na minha palma cheia de menino de 11 anos, não sei que confirmação das linhas inscritas no céu. O mundo era para ele um só bloco; a mão confirmava os astros. Sua mensagem perturbou-me menos do que se poderia crer: as crianças tudo esperam. A seguir, creio que esqueceu sua própria profecia, naquela indiferença pelos acontecimentos presentes e futuros que é peculiar à idade avançada. Uma manhã, encontraram-no no bosque de castanheiros, nos confins do nosso domínio, completamente frio e bicado aqui e ali pelas aves de rapina. Antes de morrer, tentara ensinar-me sua arte, mas sem sucesso. Minha curiosidade natural saltava às conclusões sem se preocupar com os detalhes complicados e um tanto repugnantes da sua ciência. Conservei, porém, talvez em demasia, o gosto por certas experiências perigosas.

Meu pai, Élio Afer Adriano, era homem sobrecarregado de virtudes. Sua vida passou-se em administrações inglórias; jamais teve voz ativa no Senado. Ao contrário do que acontece ordinariamente, seu governo na África não o enriqueceu. Em nossa casa, no nosso município espanhol de Itálica, ele se consumia resolvendo conflitos locais. Não tinha ambições, nem alegrias. Como todos os homens que, de ano para ano, se apagam cada vez mais, entregou-se com aplicação maníaca aos pequenos misteres a que ficou reduzido. Eu próprio conheci essas respeitáveis tentações da minúcia e do escrúpulo. A experiência havia desenvolvido em meu pai um extraordinário ceticismo a respeito do próximo, no qual ele me incluía desde pequeno. Meus êxitos, se os tivesse presenciado, não o teriam absolutamente deslumbrado; o orgulho da família era tão forte que ninguém poderia esperar que eu contribuísse para lhe acrescentar qualquer coisa. Tinha 12 anos quando esse homem extremamente cansado nos deixou. Minha mãe se instalou para o resto da sua vida numa austera viuvez. Não a revi depois do dia em que, chamado por meu tutor, parti para Roma. Conservo do seu rosto alongado de espanhola, marcado por uma doçura cheia de melancolia, uma lembrança que o busto de cera da galeria dos antepassados confirma. Como as filhas de Gades, tinha os pés pequenos calçados em sandálias, e o suave balanço dos quadris, que caracteriza as bailarinas dessa região, reaparecia nessa jovem matrona irrepreensível.

Refleti frequentemente a respeito do erro que cometemos quando supomos que um homem, uma família, participa necessariamente das ideias ou dos acontecimentos da sua época e do século. A repercussão das intrigas romanas afetava muito superficialmente meus parentes nesse recanto da Espanha, conquanto, na época da revolta contra Nero, meu avô houvesse hospedado Galba por uma noite. Vivíamos no culto da memória de um certo Fábio Adriano, queimado vivo pelos cartagineses no cerco de Útica, de um segundo Fábio, soldado infortunado que perseguiu Mitridates nas estradas da Ásia Menor, heróis obscuros de alguns arquivos sem importância. Dos escritores contemporâneos, meu pai ignorava quase tudo: Lucano e Sêneca eram-lhe desconhecidos, se bem que, como nós, oriundos da Espanha. Meu tio-avô, Élio, que era letrado, limitava-se à leitura dos autores mais conhecidos do Século de Augusto. Esse desdém pelos usos contemporâneos o poupava de possível falta de gosto e o protegia de qualquer espécie de afetação. O Helenismo e o Oriente eram ali desconhecidos, ou olhados de longe com um severo franzir de sobrancelhas. Não havia, creio, uma só boa estátua grega em toda a península. A economia caminhava a par com a riqueza; à solenidade quase pomposa aliava-se certa rusticidade. Minha irmã, Paulina, era grave, silenciosa e retraída. Casou-se jovem com um velho. A probidade era rigorosa, mas mostravam-se inflexíveis para com os escravos. Embora não nutrissem curiosidade por coisa alguma, observavam-se mutuamente, pensando sobretudo no que convinha a um cidadão romano. De tantas virtudes — se a isso se pode chamar virtude — fui o grande dissipador.

A convenção oficial exige que um imperador romano nasça em Roma, mas foi em Itálica que nasci. Foi a esse país seco e, no entanto, fértil que sobrepus mais tarde muitas regiões do mundo. A convenção tem a vantagem de provar que as decisões do espírito e da vontade transcendem as circunstâncias. O verdadeiro lugar de nascimento é aquele em que lançamos pela primeira vez um olhar inteligente sobre nós mesmos: minhas primeiras pátrias foram os livros. Em menor escala, as escolas. As da Espanha ressentiam-se dos ócios da província. A escola de Terêncio Escauro, em Roma, ensinava mediocremente os filósofos e os poetas, mas nos preparava bastante bem para as vicissitudes da existência humana: os mestres exerciam sobre os discípulos uma tirania que eu me envergonharia de impor aos homens. Cada qual, confinado dentro dos estreitos limites do seu saber, desprezava os colegas, que, por sua vez, conheciam as outras matérias de maneira igualmente limitada. Esses pedantes discutiam até ficarem roucos. As querelas de precedência, as intrigas, as calúnias familiarizaram-me com o ambiente que encontraria mais tarde em todas as sociedades em que vivi. Não obstante, estimei alguns dos meus mestres. Gostava das relações estranhamente íntimas e singularmente indefinidas que existem entre professores e alunos, como um canto de sereia no fundo de uma voz trêmula que, pela primeira vez, nos revela uma obra-prima, ou nos dá a conhecer uma ideia nova. O maior sedutor não é, afinal, Alcibíades e, sim, Sócrates.

Os métodos dos gramáticos e dos retóricos são, talvez, menos absurdos do que eu imaginava na época em que lhes estava sujeito. A gramática, com sua mistura de regras lógicas e de uso arbitrário, propõe ao espírito jovem um antegosto do que lhe oferecerão mais tarde as ciências da conduta humana, o direito ou a moral, todos os sistemas, enfim, em que o homem codificou sua experiência instintiva. Quanto aos exercícios de retórica, em que éramos sucessivamente Xerxes e Temístocles, Otávio e Marco Antônio, arrebatavam-me e eu me sentia um novo Proteu. Tais exercícios ensinaram-me a penetrar alternadamente no pensamento de cada homem e a compreender que cada um se decide, vive e morre segundo suas próprias leis. A leitura dos poetas surtiu efeitos mais perturbadores ainda: não estou certo de que a descoberta do amor seja necessariamente mais deliciosa do que a da poesia. Esta me transformou: a iniciação à morte não me levará mais longe num outro mundo do que o crepúsculo de Virgílio. Mais tarde, preferi a rudeza de Ênio, tão próxima das origens sagradas da raça, ou a sábia amargura de Lucrécio, ou a graça generosa de Homero, ou ainda a humilde parcimônia de Hesíodo. Apreciei, sobretudo, os mais complicados e os mais obscuros poetas que obrigavam meu pensamento à ginástica mais difícil, fossem mais recentes ou mais antigos, desde que me franqueassem novos caminhos ou que me ajudassem a encontrar as pistas perdidas. Naquela época, porém, eu preferia, na arte dos versos, aqueles que falavam mais diretamente aos sentidos, como o metal polido de Horácio ou a brandura voluptuosa de Ovídio. Escauro desanimou-me ao afirmar que eu nunca seria mais do que um poeta medíocre: faltavam-me o dom e a aplicação. Acreditei por muito tempo que ele se enganara: tenho em certo lugar, sob chave, um ou dois volumes de versos de amor, na maior parte imitados de Catulo. Mas agora me importa muito pouco que minhas produções pessoais sejam detestáveis ou não.

Serei, até o final, reconhecido a Escauro por me haver iniciado desde jovem no estudo do grego. Era menino ainda quando ensaiei pela primeira vez traçar com o uso do estilete os caracteres de um alfabeto desconhecido: começava então minha grande emigração e minhas longas viagens e o sentimento de uma escolha tão deliberada e tão involuntária como a do amor. Amei essa língua por sua flexibilidade, sua elasticidade, sua riqueza de vocabulário, no qual se atesta, em cada palavra, o contato direto e variado com a realidade. Amei-a também porque quase tudo que os homens disseram de melhor o foi em grego. Existem, sei, outras línguas, mas estão petrificadas ou ainda por nascer. Os sacerdotes egípcios mostraram-me seus antigos símbolos, antes sinais do que propriamente palavras, esforços muito antigos para classificar o mundo e as coisas, linguagem sepulcral de uma raça extinta. Durante a guerra judaica, o rabino Joshua explicou-me literalmente certos textos dessa língua de sectários, tão obcecados pelo seu Deus a ponto de negligenciarem o lado humano. Familiarizei-me no exército com a linguagem dos auxiliares celtas; lembro-me especialmente de certos cantos... Mas os jargões bárbaros valem, no máximo, pelas reservas de palavras que eles acrescentam à linguagem humana e por tudo o que, sem dúvida, exprimirão no futuro. O grego, ao contrário, tem atrás de si tesouros de experiência, abrangendo a sabedoria do homem e a sabedoria do Estado. Dos tiranos jônicos aos demagogos de Atenas, da pura austeridade de um Agésilas aos excessos de um Denys ou de um Demétrio, da traição de Demarato à fidelidade de Filopemen, tudo que cada um de nós pode tentar para prejudicar os seus semelhantes ou para servi-los já foi feito, pelo menos uma vez, por um grego. Sucede o mesmo com as nossas escolhas pessoais: do cinismo ao idealismo, do ceticismo de Pirro aos sonhos sagrados de Pitágoras, nossas recusas ou nossos consentimentos já existiram, nossos vícios e nossas virtudes têm modelos gregos. Nada se compara à beleza de uma inscrição latina votiva ou funerária: umas poucas palavras gravadas sobre a pedra resumem com majestade impessoal tudo o que o mundo necessita saber de nós. Foi em latim que administrei o império; meu epitáfio será talhado em latim sobre a parede do meu mausoléu, às margens do Tibre, mas em grego terei vivido e pensado.

Tinha 16 anos; voltava de um período de aprendizagem junto à Sétima Legião, acantonada nessa época em plenos Pireneus, numa região selvagem da Espanha Citerior, muito diferente da parte meridional da península onde cresci. Acílio Atiano, meu tutor, julgou de bom alvitre contrabalançar pelo estudo esses poucos meses de vida rude e de caçadas bravias. Prudentemente, deixou-se persuadir por Escauro da necessidade de enviar-me a Atenas para junto do sofista Iseu, homem brilhante, dotado sobretudo de raro gênio de improvisador. Atenas conquistou-me imediatamente. O estudante desajeitado, o adolescente de coração desconfiado, experimentava pela primeira vez aquele ar vivo, aquelas conversações rápidas, aqueles passeios sem rumo sob os longos crepúsculos rosados, aquela incomparável liberdade tanto nas discussões como na voluptuosidade. As matemáticas e as artes ocuparam-me alternadamente, em pesquisas paralelas. Em Atenas, tive também ocasião de seguir o curso de medicina de Leotíquides. A profissão de médico ter-me-ia agradado; seu espírito não diverge essencialmente daquele com o qual procurei aceitar meu ofício de imperador. Apaixonei-me por essa ciência demasiado próxima de nós e, por isso mesmo, incerta e sujeita ao entusiasmo e ao erro, conquanto retificada sem cessar pelo contato do imediato e do nu. Leotíquides tomava as coisas do ponto de vista mais positivo: elaborara um admirável sistema de redução de fraturas. Quando, ao entardecer, caminhávamos à beira-mar, esse homem universal se interessava pela estrutura das conchas e pela composição do lodo marinho. Carecia, entretanto, dos meios de experimentação, e ressentia-se da falta dos laboratórios e das salas de dissecação do Museu de Alexandria, que frequentara na juventude, do choque das opiniões e da proveitosa concorrência dos homens. Espírito positivo, ensinou-me a preferir as coisas às palavras, a desconfiar das fórmulas, a observar mais do que julgar. Esse grego amargo ensinou-me o método.

A despeito das lendas que me cercam, amei muito pouco a juventude, a minha menos que qualquer outra. Considerada em si mesma, essa juventude tão elogiada aparece-me mais frequentemente como uma época malpolida da existência, um período opaco e informe, frágil e fugidio. Não é preciso dizer que encontrei certo número de deliciosas exceções a essa regra, duas ou três admiráveis, a mais pura das quais foste tu mesmo, Marco. Quanto a mim, era aos vinte anos mais ou menos o que sou hoje, apenas sem a mesma consistência. Nem tudo em mim era mau, mas poderia sê-lo: o bom ou o melhor contrabalançavam o pior. Não medito, sem corar, na minha ignorância do mundo, que acreditava conhecer, na minha impaciência, espécie de ambição frívola e de grosseira avidez. Seria preciso confessá-lo? No seio da vida estudiosa de Atenas, onde até os prazeres eram desfrutados com sobriedade, sentia falta de Roma, não por ela mesma, mas pela atmosfera do lugar onde se fazem e se desfazem continuamente os negócios do mundo, onde se pode ouvir o ruído das polias e das rodas de transmissão da máquina do poder. O reinado de Domiciano chegava ao fim; meu primo Trajano, coberto de glória nas fronteiras do Reno, transformava-se em grande homem popular; a tribo espanhola implantava-se em Roma. Comparada a esse mundo de ação imediata, a bem-amada província grega parecia modorrar numa poeira de ideias já respiradas: a passividade política dos helenos me parecia uma forma demasiado inferior de renúncia. Era inegável meu apetite de poder, de riqueza, que entre nós é frequentemente a primeira forma de ambição e de glória, para dar esse nome belo e apaixonante a nosso desejo ardente de ouvir falar de nós mesmos. A isso se misturava confusamente o sentimento de que Roma, inferior em tantas coisas, ganhava superioridade na familiaridade com as grandes ações que ela exigia dos seus cidadãos, pelo menos daqueles que pertenciam à ordem senatorial ou equestre. Atingira o ponto em que a mais banal discussão sobre a importação do trigo do

Egito parecia ensinar-me mais sobre o Estado do que toda *A República* de Platão. Já alguns anos antes, jovem romano acostumado à disciplina militar, eu acreditava compreender, melhor do que meus professores, os soldados de Leônidas e os atletas de Píndaro. Abandonava Atenas, seca e dourada, pela cidade onde os homens encapuzados em pesadas togas lutam contra o vento de fevereiro, onde o luxo e o deboche são destituídos de encanto, mas onde as decisões mais insignificantes afetam a sorte de uma parte do mundo; onde um jovem provinciano ávido, mas não demasiadamente obtuso, acreditando a princípio não obedecer senão a ambições bastante grosseiras, deveria pouco a pouco perdê-las ao realizá-las, aprendendo a adaptar-se às medidas dos homens e das coisas, a comandar e, coisa finalmente um pouco menos fútil, a servir.

Nem tudo era perfeito nesse advento de uma virtuosa classe média que se firmava em razão de uma próxima mudança de regime. A honestidade política ganhava a partida com a ajuda de estratagemas bastante ambíguos. O Senado, colocando aos poucos toda a administração nas mãos dos seus protegidos, fechava o círculo em torno de Domiciano já no fim de suas forças; os homens novos, aos quais me ligavam laços de família, não eram talvez muito diferentes daqueles que pretendiam substituir. Apenas ainda não estavam corrompidos pelo poder. Os primos e sobrinhos da província contavam, no mínimo, com postos subalternos que eram solicitados a ocupar com integridade. Quanto a mim, fui nomeado juiz no tribunal encarregado dos litígios entre herdeiros. Foi nesse posto modesto que assisti aos últimos lances do duelo de morte entre Domiciano e Roma. O imperador havia perdido autoridade na cidade, onde já não se mantinha senão à custa de execuções que lhe apressavam o fim. O exército inteiro tramava-lhe a morte. Eu compreendia pouca coisa dessa esgrima mais mortal do que a da arena. Contentava-me em sentir pelo tirano em apuros o desprezo um tanto arrogante de um discípulo dos filósofos. Aconselhado por Atiano, exerci meu cargo sem me ocupar muito com a política.

Esse ano de trabalho diferiu pouco dos de estudo: o direito era-me desconhecido. Tive a sorte de ter por colega no tribunal Nerácio Prisco, que concordou em instruir-me e que permaneceu meu conselheiro legal e meu amigo até o dia de sua morte. Ele pertencia a esse raríssimo tipo de espírito que, conhecendo a fundo uma especialidade, vendo-a por assim dizer de dentro e de um ponto de vista inacessível aos leigos, conserva, todavia, o senso do seu valor relativo na ordem das coisas, medindo-o em termos humanos. Mais versado na rotina da lei que nenhum outro dos seus contemporâneos, nunca hesitava perante inovações úteis. Foi graças a ele que, mais tarde, consegui realizar certas reformas. Outros trabalhos impuseram-se. Tendo conservado meu acento provinciano, meu primeiro discurso no tribunal suscitou o riso geral. Decidi então frequentar os atores, escandalizando minha família. Minhas lições de elocução foram, durante longos meses, a mais árdua e a mais deliciosa de minhas tarefas e o segredo mais bem-guardado de toda a minha vida. A própria devassidão tornou-se um estudo nesses anos difíceis; procurava acompanhar o tom da juventude dourada de Roma, o que, aliás, jamais consegui completamente. Por covardia própria da idade, cuja temeridade exclusivamente física é gasta em outros lugares, eu não ousava confiar em mim senão pela metade e, na esperança de assemelhar-me aos outros, embotava ou aguçava minha natureza.

Era pouco estimado. Aliás, não havia nenhuma razão especial para que o fosse. Certos traços de minha personalidade, por exemplo o gosto das artes, que passavam despercebidos no estudante de Atenas e que seriam geralmente aceitos no imperador, prejudicavam o oficial e o magistrado nos seus primeiros estágios da autoridade. Meu helenismo provocava sorrisos, tanto mais porque eu ora o exibia, ora o dissimulava desastradamente. No Senado, cognominaram-me "o estudante grego". Começava a criar minha lenda, reflexo cintilante e bizarro, inspirado em parte por nossas ações, em parte pelo que o vulgo pensa delas. Os cínicos litigantes mandavam-me as mulheres como suas delegadas, desde que soubessem de uma intriga minha com a esposa de um senador, ou o próprio filho quando eu alardeava loucamente minha paixão por algum jovem. Dava-me prazer confundir essa gente com minha indiferença. Mais lastimáveis ainda eram aqueles que, para agradar-me, falavam de literatura. A técnica que tive de desenvolver nesses postos medíocres serviu-me mais tarde nas minhas audiências imperiais. Dedicar-me inteiramente a cada pessoa durante a breve duração da audiência, pôr de lado tudo que não fosse aquele banqueiro, aquele veterano, aquela viúva; conceder a pessoas tão diversas, embora encerradas naturalmente em seus estreitos limites, toda a atenção polida que dispensamos a nós mesmos nos melhores momentos, e vê-las aproveitar quase infalivelmente essa oportunidade para incharem como a rã da fábula; enfim, consagrar alguns momentos para pensar seriamente em seus problemas ou em seus negócios. Era ainda como o gabinete do médico. Nessas audiências colocava a nu terríveis ódios antigos; uma verdadeira lepra de mentiras. Maridos contra mulheres, pais contra filhos, colaterais contra todo mundo: o pouco respeito que nutro pessoalmente pela instituição da família não resistiu muito a isso.

Não desprezo os homens. Se o fizesse, não teria o mínimo direito, nem a mínima razão para tentar governá-los. Eu os reconheço vãos, ignorantes, ávidos, inquietos, capazes de quase tudo para triunfarem, para se fazerem valer mesmo aos seus próprios olhos, ou, muito simplesmente, para evitarem o sofrimento. Sei muito bem: sou como eles, pelo menos momentaneamente, ou poderia ter sido. Entre outrem e eu, as diferenças que percebo são por demais insignificantes para contarem na adição final. Esforço-me, portanto, para que minha atitude se afaste tanto da fria superioridade do filósofo quanto da arrogância de um César. O homem mais tenebroso tem seus momentos iluminados: tal assassino toca corretamente a flauta; tal feitor, que dilacera a chicotadas o dorso dos escravos, é talvez um bom filho; tal idiota partilharia comigo seu último pedaço de pão. Existem poucos a quem não se possa ensinar convenientemente alguma coisa. Nosso grande erro é tentar encontrar em cada um, em particular, as virtudes que ele não tem, negligenciando o cultivo daquelas que ele possui. Aplicarei aqui, na busca dessas virtudes fragmentárias, o que disse acima sobre a procura da beleza. Conheci seres infinitamente mais nobres, mais perfeitos do que eu próprio, como teu pai Antonino. Convivi com bom número de heróis e mesmo com alguns sábios. Encontrei na maioria dos homens pouca consistência no bem, mas não maior no mal; sua desconfiança, sua indiferença mais ou menos hostil, cedia quase depressa demais, quase vergonhosamente demais, transformando-se com excessiva facilidade em gratidão, em respeito, aliás pouco duráveis, evidentemente. Seu próprio egoísmo poderia ser aproveitado para fins úteis. Admiro-me sempre de que tão poucos me tenham odiado; não tive senão dois ou três inimigos encarniçados, por cuja inimizade, como sempre acontece, fui em parte responsável. Fui amado por alguns; estes me deram muito mais do que eu tinha direito de exigir ou mesmo de esperar deles: algumas vezes, sua vida; outras, sua morte. E o deus que eles trazem em si mesmos revela-se frequentemente quando morrem.

Não existe senão um ponto no qual me sinto superior ao comum dos homens: sou, ao mesmo tempo, mais livre e mais submisso do que eles ousam ser. Quase todos desconhecem igualmente sua exata liberdade e sua verdadeira servidão. Amaldiçoam seus grilhões, embora, às vezes, deles se vangloriem. Por outro lado, seu tempo escoa-se em pequenos e inúteis desregramentos; não sabem tecer para si próprios o mais leve jugo. Por mim, aspirei mais à liberdade do que ao poder e, se o procurei, só o fiz porque ele a favorece. O que me interessava não era uma filosofia de homem livre (todos aqueles que abordam esse tema causaram-me imenso tédio), mas uma técnica através da qual pretendia alcançar o ponto em que nossa vontade se articula com o destino e onde a disciplina secunda a natureza, em lugar de contê-la. É preciso que compreendas bem que não se trata aqui da inflexível vontade do estoico, cujo poder exageras, nem de não sei que espécie de escolha ou de recusa abstrata que insulta nosso mundo pleno, contínuo, formado de objetos e de corpos. Sonhei com uma concordância mais íntima, ou com uma boa vontade mais flexível. A vida era para mim como o cavalo a cujos movimentos só nos unimos depois de havê-lo adestrado com perfeição. Sendo tudo, em suma, uma decisão do espírito, mais lenta e menos sensível e que acarreta também a adesão do corpo, esforçava-me para atingir gradualmente esse estado quase puro de liberdade ou de submissão. Para tanto, a ginástica ajudava-me e a dialética não me prejudicava. Comecei por procurar uma espécie de liberdade de férias, constituída de pequenos momentos livres. Toda vida bem-disciplinada os tem, e quem não sabe consegui-los não sabe viver. A seguir, fui mais longe: idealizei uma liberdade simultânea, na qual duas ações, dois estados seriam possíveis concomitantemente; tomando César como modelo, aprendi, por exemplo, a ditar vários textos ao mesmo tempo e a falar continuando a ler. Concebi um modo de vida no qual a tarefa mais pesada poderia perfeitamente ser executada sem que me absorvesse nela por inteiro; na verdade, ousei por vezes propor-me a eliminar até a sensação física da fadiga. Em outros momentos, exercitava-me na prática de uma liberdade de alternativas: as emoções, as ideias e os trabalhos deviam, a todo instante, ser passíveis de interrupção, podendo ser retomados em seguida. A certeza de poder afastá-los ou chamá-los, tal como a outros tantos escravos, suprimia-lhes toda a probabilidade de tirania e, a mim, todo o sentimento de servidão. Fiz melhor ainda: organizei todo um dia em torno de uma ideia preferida que eu nunca abandonava; tudo que dela pudesse distrair-me ou desencorajar-me, os projetos e os trabalhos de outra ordem, as palavras sem valor, os mil incidentes diários apoiavam-se nela como ramos de videira no fuste de uma coluna. Outras vezes, ao contrário, dividia as ideias até o infinito: cada pensamento, cada fato era por mim partido, seccionado em um número ilimitado de pensamentos ou de fatos menores e, portanto, mais fáceis de manipular. As resoluções difíceis de tomar pulverizavam-se em decisões minúsculas, adotadas separadamente, uma conduzindo a outra, tornando-se, dessa maneira, fáceis e conclusivas.

Mas foi ainda à liberdade de aquiescência — a mais árdua de todas — que me apliquei mais rigorosamente. Eu queria o estado em que me encontrava; nos meus anos de dependência, minha sujeição perdia o que tinha de amargo, ou mesmo de indigno, desde que eu aquiescesse em descobrir nela um exercício útil. Escolhia o que eu tinha, com uma única condição: possuir esse pouco totalmente e desfrutá-lo o mais intensamente possível. Os trabalhos mais enfadonhos eram por mim executados sem esforço, por pouco que me agradasse dedicar-me a eles. Se alguma coisa me repugnava, eu a transformava em objeto de estudo, forçando-me a retirar dela algum motivo de alegria. Em face de uma ocorrência imprevista ou quase desesperada, de uma emboscada ou de uma tempestade no mar, contanto que todas as providências relativas aos outros fossem tomadas, aplicava-me a festejar o acaso e a aproveitar o que ele me trazia de inesperado, e a emboscada assim como a tempestade integravam-se, sem qualquer choque, nos meus planos ou nos meus sonhos. Mesmo no meio do meu pior desastre, vi o momento em que o esgotamento lhe subtraiu uma parte do seu horror quando o tornei meu, concordando em aceitá-lo. Se algum dia tiver de submeter-me à tortura — e a doença sem dúvida se encarregará disso —, não estou certo de manter por longo tempo a impassibilidade de um Trásea, mas terei pelo menos o recurso de me resignar a meus próprios gritos. Foi dessa maneira, com uma mistura de prudência e audácia, de submissão e revolta cuidadosamente calculadas, de extrema exigência e prudentes concessões, que acabei finalmente por aceitar-me a mim mesmo.

A vida em Roma ter-me-ia certamente corrompido, gasto e amargurado caso se prolongasse por mais tempo. O retorno ao exército salvou-me. A vida militar tem também os seus compromissos, conquanto infinitamente mais simples. Partir significava viajar, e eu o fiz com grande entusiasmo. Acabava de ser promovido a tribuno da Segunda Legião Auxiliar: passei alguns meses de um outono particularmente chuvoso às margens do Alto Danúbio, sem outro companheiro além de um volume de Plutarco recém-aparecido. Em novembro, fui transferido para a Quinta Legião Macedônica, acantonada nessa época (e ainda hoje) na embocadura do mesmo rio, nas fronteiras da Moésia Inferior. A neve que bloqueava as estradas impediu-me de viajar por terra. Embarquei em Pola, tendo apenas tempo de visitar, de passagem, Atenas, onde mais tarde viveria durante longo tempo. A notícia do assassinato de Domiciano, anunciada poucos dias depois da minha chegada ao acampamento, não surpreendeu ninguém, mas a todos alegrou. Trajano foi imediatamente adotado por Nerva. A idade avançada do novo príncipe fazia dessa sucessão uma questão de alguns meses no máximo. A política de conquistas na qual era sabido que meu primo engajaria Roma, os reagrupamentos de tropas que começavam a efetuar-se, o rigor progressivo da disciplina mantinham o exército em estado de efervescência e expectativa. As legiões danubianas funcionavam com a precisão de uma máquina de guerra recém-lubrificada e em nada se assemelhavam às guarnições sonolentas que eu havia conhecido na Espanha. Um detalhe importante: a atenção dos militares deixara de se concentrar nas disputas palacianas para se dedicar aos negócios exteriores do império; nossas tropas não se reduziam mais a um bando de beleguins prontos a aclamar ou a degolar não importa quem. Os oficiais mais inteligentes esforçavam-se por distinguir um plano geral nessas reorganizações em que tomavam parte, preocupando-se com o futuro, e não somente com o seu próprio futuro. Aliás, trocavam não poucos comentários ridículos acerca desses acontecimentos, no primeiro estágio de crescimento. À noite, planos estratégicos, tão gratuitos quanto ineptos, cobriam a superfície das mesas. O patriotismo romano e a fé inquebrantável nos benefícios da nossa autoridade e na missão de Roma de governar os povos assumiam nesses profissionais da guerra formas brutais com que eu ainda não me habituara. Nas fronteiras, onde precisamente teria sido necessária, pelo menos momentaneamente, muita habilidade para conciliar certos chefes nômades, o soldado eclipsava completamente o homem de Estado. Os serviços impostos e as requisições de gêneros davam lugar a abusos que não surpreendiam ninguém. Graças às perpétuas divisões dos bárbaros, a situação no nordeste era, em suma, tão favorável quanto poderia ser: duvido mesmo de que as guerras que se seguiram tenham ali melhorado qualquer coisa. Os incidentes nas fronteiras causavam-nos perdas pouco numerosas, que eram inquietantes apenas por serem contínuas; reconheçamos que o permanente "Quem vem lá?" servia pelo menos para estimular o espírito militar. Todavia, eu estava persuadido de que menores despesas, aliadas ao exercício de uma atividade mental um pouco mais ampla, teriam sido suficientes para submeter certos chefes e conciliar outros. Em vista disso, decidi consagrar-me sobretudo a essa última missão, por tantos negligenciada.

Impelia-me minha paixão pelas mudanças: agradava-me conviver com os bárbaros. O vasto território situado entre a embocadura do Danúbio e a do Borístenes, triângulo do qual percorri pelo menos dois lados, figura entre as regiões mais surpreendentes do mundo, pelo menos para nós, homens nascidos nas costas do mar Interior, habituados às paisagens puras e secas do sul, às colinas e às penínsulas. Aconteceu-me ali adorar a deusa Terra tal como aqui adoramos a deusa Roma. Não me refiro a Ceres, mas a uma divindade mais antiga, anterior mesmo à invenção das colheitas. Nosso solo, grego ou latino, sustentado em toda parte pela ossatura dos rochedos, possui a elegância pura de um corpo macho; a terra Cita tinha a abundância um pouco pesada de um corpo de mulher estendido languidamente. A planície não terminava senão no céu. Eu vivia em permanente admiração diante do milagre dos rios: aquela vasta terra vazia não era para eles mais que um declive e um leito. O curso dos nossos rios é pouco extenso: olhando-os, nossa sensação é de estarmos sempre próximos das nascentes. Mas o enorme escoadouro, que ali terminava em confusos estuários, arrastava todo o lodo de um continente desconhecido e todo o gelo de regiões inabitadas. O frio de um alto planalto da Espanha não perde para nenhum outro. Era, porém, a primeira vez que me encontrava face a face com o verdadeiro inverno, que em nosso país não faz senão breves aparições, mas que ali se instala por longos períodos, meses inteiros, e que, mais ao norte, imaginamos imutável, sem princípio e sem fim. No entardecer da minha chegada ao acampamento, o Danúbio era uma imensa esteira de neve vermelha, empalidecendo logo depois para tornar-se azulada. Sulcado pelo trabalho interior das correntes, apresentava estrias tão profundas como as marcas deixadas pelas rodas de um carro. Nós nos protegíamos do frio usando pesados casacos de pele. A presença desse inimigo impessoal, quase abstrato, causava-nos exaltação indescritível e crescente sensação de energia. Lutávamos para conservar o próprio calor assim como em outros lugares o fizéramos para conservar a coragem. Em certos dias, a neve fazia desaparecer sobre a estepe todos os acidentes do terreno, de resto pouco sensíveis. Galopávamos então num mundo de espaços e de átomos puros. O gelo imprimia às coisas mais banais ou mais inexpressivas uma transparência e, ao mesmo tempo, uma solidez celeste. Um caniço partido transformava-se em flauta de cristal. Ao crepúsculo, Assar, meu guia caucasiano, fendia o gelo para matar a sede dos cavalos. Esses animais eram, aliás, um dos nossos mais eficientes pontos de contato com os bárbaros: uma espécie de amizade estabelecia-se com base em ajustes e discussões infindáveis, e no respeito mútuo motivado por alguma proeza equestre. À noite, as fogueiras do acampamento iluminavam os saltos extraordinários dos dançarinos de cintura delgada e faziam luzir seus extravagantes braceletes de ouro.

Muitas vezes, na primavera, quando o degelo permitia aventurar-me mais longe pelas regiões do interior, aconteceu-me voltar as costas ao horizonte do sul, que abrangia os mares e as ilhas conhecidas, e ao do oeste, onde em algum lugar o sol se punha sobre Roma. Nesses momentos, desejava penetrar mais longe naquelas estepes, ou para além dos contrafortes do Cáucaso, em direção ao norte, ou para a parte mais longínqua da Ásia. Quantos climas, faunas e raças humanas teria descoberto! Quantos impérios tão ignorantes de nós como nós ignoramos eles, ou conhecendo-nos quando muito graças a algumas mercadorias transportadas até eles por uma longa sucessão de mercadores e tão raras para eles quanto a pimenta da Índia e o âmbar das regiões bálticas o são para nós! Em Odessa, um negociante, recém-chegado de uma viagem de muitos anos, fez-me presente de uma pedra verde, semitransparente, que segundo parece é substância sagrada num vasto reino de que ele conhecia toda a costa sem interessar-se por seus costumes e religiões, de tal forma se achava obsedado pelos proventos materiais. Essa gema fantástica provocou em mim o efeito de uma pedra caída do céu, meteoro de um outro mundo. Conhecemos bastante mal a configuração da Terra. A tamanha ignorância não compreendo que alguém se resigne. Invejo aqueles que um dia farão a volta dos 250 mil estádios gregos, tão bem-calculados por Eratóstenes, cujo percurso nos levará de volta ao ponto de partida. Procurava imaginar-me tomando a simples decisão de continuar a andar sempre para a frente pelos caminhos que já começavam a substituir as estradas. Brincava com essa ideia... Ser só, sem bens, sem prestígio, sem nenhum dos benefícios de uma cultura, expor-me a um meio de homens novos, por entre riscos nunca experimentados... É evidente que tudo isso não passava de um sonho, o mais breve dos sonhos. A liberdade que eu idealizava, só existia a distância; bem depressa teria recriado tudo a que acabava de renunciar. E mais: não teria sido em todos esses lugares senão um romano ausente de Roma. Uma espécie de cordão umbilical prendia-me à cidade. É possível que naquela época, no posto de tribuno, eu me sentisse ainda mais estreitamente ligado ao império do que agora como seu imperador, da mesma forma que o osso do punho é menos livre do que o cérebro. Contudo, esse sonho fabuloso, que teria feito estremecer os nossos antepassados prudentemente confinados em sua terra do Lácio, eu o sonhei e, por havê-lo sonhado, embora por um instante, tornei-me para sempre diferente de todos eles.

Trajano estava à frente das tropas na Germânia Inferior. O exército do Danúbio enviou-me como emissário de suas felicitações ao novo herdeiro do império. Estava há três dias de marcha de Colônia, em plena Gália, quando, na etapa da noite, me foi anunciada a morte de Nerva. Seduziu-me a possibilidade de tomar a dianteira do correio imperial e levar pessoalmente a meu primo a notícia de sua ascensão ao trono. Parti a galope e percorri o caminho sem parar em nenhum lugar, salvo em Tréveros, onde meu cunhado Serviano residia na qualidade de governador. Ceamos juntos. A cabeça fraca de Serviano estava cheia de fumaças imperiais. Esse homem ardiloso, que procurava prejudicar-me ou pelo menos impedir-me de agradar, tratou de me anteceder, enviando seu próprio correio a Trajano. Duas horas mais tarde fui atacado no vau de um rio. Os assaltantes feriram meu ordenança e mataram meus cavalos. Conseguimos, apesar disso, agarrar um dos agressores, antigo escravo do meu cunhado, que confessou tudo. Serviano devia ter compreendido que não se impede facilmente a um homem decidido continuar seu caminho, a não ser que se vá até o assassinato, hipótese diante da qual sua covardia recuava. Tive de percorrer a pé uma dúzia de milhas antes de encontrar um camponês que me vendeu seu cavalo. Cheguei na mesma noite a Colônia, ganhando de algumas horas o correio do meu cunhado. Essa aventura fez sucesso, o que me valeu excelente acolhida por parte do exército. Quanto ao imperador, conservou-me junto de si na qualidade de tribuno da Segunda Legião Fiel.

Recebeu a notícia de sua ascensão ao poder com uma naturalidade admirável. Há longo tempo a aguardava. Em vista disso, seus projetos não sofreram nenhuma alteração. Permaneceu o que sempre fora e o que seria até o dia de sua morte, um chefe militar. Sua virtude consistia em ter adquirido, graças a uma concepção tipicamente militar de disciplina, uma noção de tudo em que consiste a ordem no Estado. Pelo menos no começo, tudo girava em torno dessa ideia, até mesmo seus planos de guerra e seus projetos de conquista. Imperador-soldado, mas nunca soldado-imperador. Sua vida não mudou em coisa alguma; era modesto, sem afetação e sem arrogância. Enquanto o exército se regozijava, ele aceitava suas novas responsabilidades como uma parte do trabalho cotidiano. Aos íntimos, deixava entrever um contentamento cheio de simplicidade.

Eu lhe inspirava pouquíssima confiança. Sendo meu primo 24 anos mais velho do que eu, após a morte do meu pai tornou-se meu cotutor. Desempenhava suas obrigações de família com uma seriedade provinciana; estava tão pronto a fazer o impossível para promover-me se me mostrasse digno quanto para me tratar com maior rigor do que a qualquer outro se me mostrasse incompetente. Tinha encarado as minhas loucuras de rapaz com indignação que não era inteiramente injustificada, indignação que, de resto, não se encontra em nenhuma outra parte a não ser na família. Minhas dívidas o escandalizavam, aliás, muito mais do que meus desatinos. Outras particularidades minhas o inquietavam: inculto, ele nutria pelos filósofos e literatos um respeito tocante, mas uma coisa é admirar de longe os grandes filósofos e outra é ter ao seu lado um jovem primeiro-tenente demasiado impregnado de literatura. Ignorando onde se situavam meus princípios, desconhecendo meus limites e meus freios, supunha-me desprovido de força interior e inclusive de recursos contra mim mesmo. Ainda bem que eu jamais havia cometido o erro de negligenciar o serviço. Minha reputação de oficial o tranquilizava, se bem que não fosse para ele mais do que um jovem tribuno cheio de futuro a quem se deve vigiar de perto.

Não tardou que um incidente de minha vida privada quase acarretasse minha perda. Conquistado por um belo rosto, liguei-me apaixonadamente a um jovem que o imperador também havia notado. A aventura era perigosa, e saboreada como tal. Um certo Galo, secretário de Trajano, que há muito tempo tomara por obrigação informá-lo sobre minhas dívidas, denunciou-nos ao imperador. Sua irritação foi terrível e este foi um mau pedaço para mim. Alguns amigos comuns, Acílio Atiano, entre outros, fizeram o possível para impedi-lo de se obstinar num rancor demasiado ridículo. Acabou por ceder às suas instâncias e a reconciliação, a princípio pouco sincera de ambas as partes, foi mais humilhante para mim do que as passadas cenas de cólera. Confesso ter conservado por esse Galo um ódio ilimitado. Muitos anos mais tarde, foi reconhecido culpado de falsificação de escrituras públicas. Com prazer senti-me vingado.

A primeira expedição contra os dácios foi desfechada no ano seguinte. Por gosto e por política, sempre me opus ao partido da guerra, mas teria sido menos do que um homem se esses grandes feitos de Trajano não me houvessem entusiasmado. Vistos em conjunto e a distância, esses anos de guerra contam-se entre os mais felizes de minha vida. Seu início foi duro, ou assim me pareceu. Não ocupei a princípio senão postos secundários; ainda não conquistara inteiramente a benevolência de Trajano. Mas, como eu conhecia o país, sabia-me útil. Quase sem dar por isso, inverno após inverno, acampamento após acampamento, batalha após batalha, via crescer em mim objeções à política do imperador. Nessa época não tinha nem o dever nem o direito de fazer tais objeções em voz alta. Aliás, se as fizesse, ninguém me teria escutado. Colocado mais ou menos a distância, no quinto ou talvez décimo lugar, conhecia tanto melhor minhas tropas quanto mais partilhava de suas vidas. Possuía ainda certa liberdade de ação ou, antes, certo desinteresse em relação à própria ação, difícil de ser mantido quando se chega ao poder e depois dos trinta anos. Tinha minhas superioridades bem pessoais: meu gosto por aquele país rude, minha paixão por todas as formas voluntárias, aliás intermitentes, de desprendimento e austeridade. Era talvez o único dos jovens oficiais a não lamentar estar longe de Roma. Quanto mais os anos de campanha se prolongavam na lama e na neve, tanto maior era minha resistência.

Vivi então toda uma época de exaltação extraordinária, devida em parte a um pequeno grupo de primeiros-tenentes que me cercavam e que haviam trazido estranhos deuses das mais longínquas guarnições da Ásia. O culto de Mitra, então menos difundido do que após nossas expedições junto aos partos, conquistou-me momentaneamente pelas exigências do seu árduo asceticismo, que retesava duramente o arco da vontade, pela obsessão da morte, das armas e do sangue, que elevava a aspereza banal das nossas vidas de soldado à categoria de definição do mundo. Nada poderia ser mais oposto à opinião que eu começava a formar sobre a guerra, mas esses ritos bárbaros, que criam entre seus filiados liames para a vida e para a morte, lisonjeavam os sonhos mais íntimos de um jovem impaciente do presente, incerto quanto ao futuro e, consequentemente, capaz de grande receptividade para compreender os deuses. Fui iniciado numa pequena torre de madeira e de caniços às margens do Danúbio, sob a responsabilidade de

Márcio Turbo, meu companheiro de armas. Lembro-me de que o peso do touro agonizante ameaçou fazer desabar o sobrado de grades sob o qual me encontrava para receber a aspersão sangrenta. Mais tarde, refleti nos riscos que essas sociedades secretas podiam representar para o Estado sob o governo de um príncipe fraco, e acabei por agir com rigor contra elas. Confesso, porém, que em presença do inimigo elas transmitem a seus adeptos uma força quase divina. Cada um de nós acreditava escapar aos estreitos limites de sua condição humana, sentindo-se simultaneamente, ele mesmo e o adversário, integrado a um deus, não sabendo já se morria sob forma bestial ou se matava sob forma humana. Esses sonhos bizarros, que hoje me atemorizam, não diferiam inteiramente das teorias de Heráclito sobre a identidade do arco e do alvo. Naquela época, eles me ajudaram a suportar a vida. A vitória e a derrota se misturavam e se confundiam como raios diferentes de um mesmo dia solar. Os soldados da infantaria dácia, que eu esmagava sob os cascos do meu cavalo, os cavaleiros sármatas abatidos mais tarde em lutas corpo a corpo em que nossas montarias empinadas se mordiam no peito, eu os atacava mais facilmente quando com eles me identificava. Abandonado num campo de batalha, meu corpo despojado de suas vestes pouco diferiria do deles. O choque do último golpe de espada teria sido idêntico. Acabo de revelar-te aqui pensamentos extraordinários que figuram entre os mais secretos de minha vida, e uma estranha embriaguez que nunca mais experimentei exatamente sob essa forma.

Certo número de ações brilhantes, que não teriam sido notadas num simples soldado, deram-me fama em Roma e uma espécie de glória no exército. Porém a maior parte de minhas pretensas façanhas não passou de simples bravatas inúteis. Nelas descubro hoje, com alguma vergonha, um desejo baixo de agradar a todo custo e de atrair a atenção sobre mim, tudo isso de mistura com a exaltação quase sagrada de que te falava ainda há pouco. Foi assim que, num dia de outono, atravessei a cavalo o Danúbio engrossado pelas chuvas, carregado com o pesado equipamento dos soldados batavos. Nesse feito de armas, se assim se lhe pode chamar, minha montaria teve mais mérito do que eu. Contudo, esse período de loucuras heroicas ensinou-me a distinguir os diversos aspectos da coragem. A bravura que eu teria desejado possuir devia ser fria, indiferente, isenta de toda excitação física e impassível como a equanimidade de um deus. Esta, não posso vangloriar-me de jamais a ter atingido. A contrafacção de que me utilizei mais tarde não era, nos meus dias maus, senão uma forma cínica de indiferença pela vida; nos bons, apenas o sentimento do dever a que me aferrava. Mas por pouco que o perigo durasse, bem depressa o cinismo ou o sentimento do dever cediam lugar a um delírio de intrepidez, espécie de estranho orgasmo do homem unido a seu destino. Naquela idade, essa coragem embriagadora persistia sem interrupções. Um ser ébrio de vida não prevê a morte; ela não existe; ele a nega em cada uma de suas atitudes. Se a recebe é provavelmente sem o saber; a morte não é para ele senão um choque ou um espasmo. Sorrio amargamente ao dizer a mim mesmo que, hoje, entre dois pensamentos, um eu consagro a meu próprio fim, como se fossem necessários tantos preparativos para decidir este corpo gasto a enfrentar o inevitável. Naquela época, ao contrário, um homem jovem, que tanto teria a perder se não vivesse alguns anos mais, arriscava todos os dias alegremente seu futuro.

Seria fácil dispor os dados precedentes como a história de um soldado demasiado letrado que pretende fazer-se perdoar pelos seus livros. Essas perspectivas simplificadas são falsas. Personagens diversas viviam em mim alternadamente, nenhuma por muito tempo, e o tirano caído recuperava logo o poder. Eu abrigava assim o oficial meticuloso, fanático de disciplina, mas partilhando alegremente com seus homens as privações da guerra; o melancólico visionário dos deuses; o amante capaz de tudo por um momento de vertigem, o jovem e altivo primeiro-tenente que se retira para sua tenda, estuda os mapas à luz de uma lâmpada e não esconde aos amigos seu desprezo pela maneira como anda o mundo, e, enfim, o futuro homem de Estado. Não esqueçamos, porém, o ignóbil complacente que, para não desagradar, consentia em embriagar-se à mesa imperial; o homenzinho ainda jovem pronto a resolver todas as questões do alto de uma segurança ridícula; o frívolo e belo conversador capaz de, por um bom dito, perder um bom amigo; o soldado que cumpre com precisão maquinal suas baixas tarefas de gladiador. E mencionemos também esse personagem vago, sem nome, sem lugar na história, mas tão eu mesmo quanto todos os outros, simples joguete das coisas, nem mais nem menos do que um corpo estendido sobre o leito de campanha, distraído por um perfume, ocupado a respirar, vagamente atento a qualquer eterno zumbido de abelha. Contudo, pouco a pouco, um outro recém-chegado entrava em função, um chefe de grupo, um diretor de cena. Conhecia os nomes dos meus atores, marcava suas prováveis entradas e saídas, cortava as réplicas inúteis, evitava gradualmente os efeitos vulgares. Aprendia, enfim, a não abusar do monólogo. Com o decorrer do tempo, meus atos me formavam.

Meus êxitos militares me teriam valido a inimizade de um homem que não possuísse a envergadura de Trajano. A coragem, entretanto, era a única linguagem que ele compreendia imediatamente e a única cujas palavras penetravam diretamente no seu coração. Trajano acabou por ver em mim um desdobramento de si mesmo, quase um filho, e coisa alguma do que sucedeu mais tarde pôde separar-nos completamente. Pelo meu lado, certas objeções nascentes sobre seus pontos de vista foram, pelo menos momentaneamente, postas de parte, esquecidas em presença do gênio admirável que ele desenvolvia no exército. Sempre gostei de ver trabalhar um grande especialista. No seu mister, o imperador era de uma habilidade e de uma firmeza sem iguais. Colocado à frente da Legião Minerviana, a mais gloriosa de todas, fui designado para destruir os últimos redutos do inimigo na região das Portas de Ferro. Terminado o cerco da cidadela de Sarmizegetusa, entrei após o imperador na sala subterrânea onde os conselheiros do rei Decébalo acabavam de se envenenar durante um último banquete. Fui encarregado por ele de cremar o estranho amontoado de homens mortos. Na mesma noite, sobre as escarpas do campo de batalha, Trajano passou para meu dedo o anel de diamantes que ele recebera de Nerva e que representava, de certa forma, o penhor da sucessão ao poder. Nessa noite, adormeci contente.

Uma popularidade nascente imprimiu à minha segunda permanência em Roma alguma coisa do sentimento de euforia que viria a experimentar mais tarde em grau muito mais intenso, durante meus anos de felicidade. Trajano presenteara-me com dois milhões de sestércios, destinados às liberalidades para com o povo, o que naturalmente não bastava; por esse tempo, contudo, geria pessoalmente minha fortuna, que era considerável, e as preocupações de dinheiro deixaram de me atingir. Havia perdido, em grande parte, meu ignóbil medo de desagradar. Uma cicatriz no queixo forneceu-me bom pretexto para usar a pequena barba dos filósofos gregos. Introduzi na minha indumentária uma simplicidade que continuei a exagerar na época imperial: meu tempo de braceletes e perfumes havia passado. Pouco importa que essa simplicidade fosse, por sua vez, uma atitude. Lentamente me habituava a esse desprendimento por ele mesmo e ao contraste, que cultivei mais tarde, entre uma coleção de pedras preciosas e as mãos nuas do colecionador. Para ficar no capítulo da indumentária reporto-me a um incidente que foi considerado portador de presságios e que ocorreu durante o ano em que servi na qualidade de tribuno do povo. Certo dia em que devia falar em público, por um tempo horrível, perdi meu manto de chuva feito de grossa lã gaulesa. Obrigado a pronunciar meu discurso com uma toga em cujas dobras a água escorria como numa goteira, passava e tornava a passar continuamente a mão na fronte, tentando limpar a chuva que me inundava os olhos. Resfriar-se em Roma é privilégio do imperador, já que lhe é proibido, seja qual for o tempo, acrescentar qualquer complemento à toga: a partir desse dia, a vendedora da esquina e o negociante de melancias acreditaram na minha boa fortuna.

Falamos muito nos sonhos da juventude. Esquecemos, talvez demasiado, os cálculos. Cálculos são também sonhos, e não menos loucos do que estes. Não era o único calculista durante esse período de festas romanas: toda a armada se precipitava na corrida às honrarias. Desempenhei com bastante alegria o papel do ambicioso que não conseguia representar com convicção durante muito tempo, ainda que com o apoio de um ponto. Aceitei cumprir com sensata meticulosidade a aborrecida função de curador dos atos do Senado, onde soube prestar todos os serviços úteis. O estilo lacônico do imperador, admirável no exército, era insuficiente em Roma. A imperatriz, cujas preferências literárias coincidiam com as minhas, persuadiu-o a me deixar preparar seus discursos. Foi o primeiro dos bons ofícios que fiquei devendo a Plotina. Meu sucesso foi tanto maior porque estava habituado a esse gênero de favores. Nos meus começos difíceis, redigira muitas vezes, para senadores curtos de ideias e com poucos conhecimentos de oratória, discursos de que acabavam por se acreditar os autores. Ao trabalhar assim para Trajano, sentia um prazer muito semelhante àquele que os exercícios de retórica me haviam proporcionado na adolescência; sozinho no meu quarto, ensaiando efeitos diante de um espelho, sentia-me imperador. Na verdade, aprendia a sê-lo. Audácias de que não me teria julgado capaz tornavam-se fáceis quando a outro cabia endossá-las. O pensamento simples mas inarticulado, e por isso mesmo obscuro, do imperador se me tornou familiar. Orgulhava-me de conhecer seu pensamento melhor do que ele próprio. Era apaixonante imitar o estilo militar do chefe e ouvi-lo no Senado pronunciar frases que lhe pareciam peculiares e pelas quais eu era o único responsável. Em outras ocasiões, estando Trajano preso ao leito, fui encarregado de ler os discursos de que ele então já não tomava conhecimento. Minha enunciação impecável fazia honra às aulas do ator trágico Olimpo.

Essas funções meio secretas valiam-me a intimidade do imperador e até mesmo sua confiança. Estranho é que, a despeito disso, a antiga antipatia persistia. Cedera momentaneamente ao prazer que um velho príncipe experimenta ao ver um jovem do seu sangue iniciar uma carreira que ele imagina, um pouco ingenuamente, dever continuar a sua. Mas esse entusiasmo não teria, talvez, subido tão alto nos campos de batalha de Sarmizegetusa, se não tivesse havido enfim um entendimento após tantas camadas superpostas de velha desconfiança. Acredito ainda que deveria existir em tudo isso alguma coisa além da simples e inextirpável animosidade baseada em questões dificilmente conciliadas, em diferenças de temperamento ou, simplesmente, nos hábitos de espírito de um homem que envelhece. Por instinto, o imperador detestava os subalternos indispensáveis. Teria compreendido melhor, de minha parte, uma mistura de zelo e de irregularidade no serviço; eu lhe parecia quase suspeito à força de ser tecnicamente irrepreensível. Isso ficou bem patente quando a imperatriz julgou servir a minha carreira, arranjando-me o casamento com a sobrinha-neta de Trajano. Ele opôs-se obstinadamente a esse projeto, alegando minha falta de virtudes domésticas, a extrema juventude da adolescente e até minhas remotas histórias de dívidas. A imperatriz obstinou-se. Eu próprio persisti no jogo: naquela idade, Sabina não era de todo desprovida de encantos. Esse casamento, temperado por uma ausência quase contínua, constituiu para mim no decorrer do tempo uma tal fonte de irritação e aborrecimentos, que me custa lembrar ter sido um triunfo para um ambicioso jovem de 28 anos.

Eu era, mais do que nunca, da família, e nela fui mais ou menos forçado a viver. Tudo, porém, me desagradava nesse ambiente, exceto o belo rosto de Plotina. Os conterrâneos espanhóis e os primos da província abundavam à mesa imperial, tal como os reencontrei mais tarde nos jantares de minha mulher, durante minhas raras permanências em Roma. Não direi que então os achei envelhecidos porque, já naquela época, toda essa gente parecia centenária. Exalava deles uma espessa circunspecção, espécie de prudência rançosa. Quase toda a vida do imperador fora passada no exército; ele conhecia Roma infinitamente menos bem do que eu. Empenhava-se, porém, com incomparável boa vontade, em rodear-se de tudo quanto a cidade lhe oferecia de melhor ou que lhe apresentavam como tal. O mundo oficial que o cercava compunha-se de homens admiráveis em decência e honorabilidade, mas de cultura um tanto pesada, e cuja filosofia demasiado epitelial não atingia o fundo das coisas. Jamais apreciei a afabilidade afetada de Plínio. O sublime aprumo de Tácito parecia-me um ponto de vista de republicano reacionário, estagnado desde a época da morte de César. Os elementos não oficiais eram de grosseria repulsiva, o que me levou a evitar os riscos dessa convivência. Mantive, entretanto, para com essas pessoas tão diferentes a polidez indispensável. Fui deferente para com uns, maleável para com outros, acanalhado se preciso, e sempre, mas não excessivamente, hábil. Minha versatilidade era-me necessária; multiplicava-me por cálculo, era ondulante por jogo. Caminhava sobre a corda bamba. Não era somente das aulas de ator que eu precisava, mas das de um acrobata.

Reprovavam-me, nessa altura, alguns adultérios com jovens patrícias. Duas ou três dessas ligações tão criticadas duraram aproximadamente até o início do meu principado. Roma, tão indulgente para com a devassidão, jamais admitiu o amor quando envolvia seus governantes. Marco Antônio e Tito souberam bem o que significava isso! Minhas aventuras eram mais modestas, mas não vejo como, nos nossos costumes, um homem a quem as cortesãs desagradavam profundamente e para quem o casamento já se tornara insuportável, pudesse encontrar outra maneira de se familiarizar com o mundo variado das mulheres. Encabeçados pelo intolerável Serviano, meu idoso cunhado que — sendo trinta anos mais velho do que eu — nutria a meu respeito os cuidados de preceptor com os de espião, meus inimigos pretendiam que a ambição e a curiosidade desempenhavam papel mais importante nos meus amores do que o próprio amor, que a intimidade com as esposas me introduzia, pouco a pouco, nos segredos políticos dos maridos, e que as confidências das minhas amantes substituíam para mim os relatórios da polícia com os quais me deliciei mais tarde. É certo que qualquer ligação um tanto longa me proporcionava quase inevitavelmente a amizade de um esposo gordo ou débil, afetado ou tímido e, quase sempre, cego. Mas geralmente essas amizades me proporcionavam também pouco prazer e nenhum proveito. Devo inclusive confessar que certas informações indiscretas das minhas amantes, sussurradas no leito, acabavam por despertar em mim uma simpatia por aqueles maridos tão escarnecidos e tão malcompreendidos. Essas ligações, agradáveis quando as mulheres eram hábeis, tornavam-se perturbadoras quando eram belas. Estudava as artes; familiarizava-me com as estátuas e aprendia a conhecer melhor a Vênus de Cnido ou a Leda trêmula sob o peso do cisne. Era o mundo de Tibulo e de Propércio: uma melancolia, um ardor um pouco artificial, mas persistente como uma melodia à maneira frígia; eram beijos sob escadas secretas, echarpes esvoaçantes sobre seios, partidas ao romper da aurora e guirlandas de flores caídas no umbral das portas.

Ignorava quase tudo dessas mulheres; a parte que entregavam das suas vidas cabia entre duas portas entreabertas. Seu amor, do qual falavam sem cessar, parecia-me por vezes tão leve como uma de suas guirlandas, como uma joia da moda, um ornamento caro e frágil. Imaginava-as ataviando-se com sua paixão tal como usavam o carmim ou colocavam seus colares. Minha vida íntima não lhes era menos misteriosa; não desejavam sequer conhecê-la, preferindo fantasiá-la segundo a imaginação. Acabei por compreender que o espírito do jogo exigia esses perpétuos disfarces, esses excessos nas confidências e nas queixas, esse prazer ora aparente, ora dissimulado, esses encontros planejados como os passos de uma dança. Mesmo nas disputas esperavam de mim uma réplica antecipadamente calculada, e a bela mulher desfeita em lágrimas torcia as mãos como num palco.

Tenho pensado frequentemente que os amantes apaixonados pelas mulheres se prendem ao templo e aos acessórios do culto tanto, pelo menos, quanto à sua própria deusa. Deleitam-se com os dedos tintos pela alcana vermelha, com os perfumes na pele, com os mil artifícios que realçam a beleza e, por vezes, fabricam-na por completo. Esses ternos ídolos diferem em tudo das grandes fêmeas bárbaras ou das nossas camponesas pesadas e graves; nascem das volutas douradas das nossas grandes cidades, dos cubículos dos tintureiros ou do vapor úmido das estufas, assim como Vênus das ondas dos mares gregos. Dificilmente se poderia dissociá-las da doçura febril de certas noites de Antioquia, da excitação das manhãs de Roma, dos nomes famosos que usavam, do ambiente de luxo em que o maior requinte era mostrarem-se nuas, mas jamais sem seus adereços. Eu teria ambicionado muito mais: queria a criatura humana despojada de tudo, sozinha consigo mesma, como teria sido forçoso que estivesse algumas vezes na doença, ou depois da morte do primeiro filho recém-nascido, ou frente a uma primeira ruga diante do espelho. Um homem que lê, pensa ou calcula, pertence à espécie e não ao sexo; nos seus melhores momentos ele escapa inclusive ao humano. No entanto, minhas amantes pareciam vangloriar-se de não pensar senão como mulheres: o espírito ou a alma que eu buscava ainda não era mais que um perfume.

Contudo, ali devia existir alguma coisa mais. Como um personagem de comédia que aguardasse o momento propício dissimulado atrás de um reposteiro, eu espreitava com curiosidade os rumores de um interior desconhecido, o som peculiar das tagarelices femininas, a explosão de cólera ou de um riso, os murmúrios de uma intimidade, tudo o que cessava quando sabiam de minha presença. As crianças, a eterna preocupação com o vestuário, os problemas de dinheiro deviam reassumir na minha ausência uma importância que me ocultavam; o próprio marido, tão escarnecido, tornava-se essencial, talvez amado. Comparava minhas amantes à fisionomia desagradável das mulheres da minha família, as econômicas e as ambiciosas, incessantemente ocupadas na apuração das contas domésticas ou em supervisionar a limpeza dos bustos dos antepassados; perguntava a mim mesmo se aquelas frias matronas, por sua vez, estreitavam um amante em seus braços sob o caramanchão do jardim, e se minhas fáceis beldades não esperariam apenas minha partida para recomeçarem suas discussões com o mordomo. Bem ou mal, procurava juntar aquelas duas faces do universo das mulheres.

No ano passado, pouco depois da conspiração na qual Serviano acabou por perder a vida, uma das minhas antigas amantes deu-se ao incômodo de vir à Vila para me denunciar um dos seus genros. Não dei importância à acusação, que tanto podia inspirar-se num ódio de sogra quanto no desejo de me ser útil. Mas a conversa interessava-me: tratava-se apenas, como outrora no tribunal de heranças, de testamentos, maquinações tenebrosas entre parentes, casamentos inesperados ou infelizes. Reencontrava o círculo estreito das mulheres, seu duro senso prático e seu céu cinzento desde que o amor tivesse acabado. Certas amarguras, uma espécie de áspera lealdade, recordavam-me minha desagradável Sabina. As feições da minha visitante pareciam achatadas, esbatidas como se a mão do tempo houvesse passado e repassado brutalmente sobre uma máscara de cera mole; aquilo que aceitara, por um momento, como beleza nunca fora mais que a flor efêmera da juventude. Mas o artifício ainda subsistia: a face enrugada tentava desajeitadamente utilizar-se do sorriso. As recordações voluptuosas, se jamais existiram, estavam completamente apagadas para mim; restava apenas uma troca de frases amáveis com uma criatura marcada, como eu, pela doença ou pela idade, a mesma boa vontade irritada que eu teria manifestado para com uma velha prima da Espanha, uma parenta afastada chegada de Narbona.

Esforço-me por recuperar por um instante os anéis de fumaça, as bolhas de ar irisadas de uma brincadeira de criança. Mas é tão fácil esquecer! Tantas coisas se passaram depois desses amores ligeiros, de que já agora não reconheço nem mesmo o sabor! Agrada-me sobretudo negar que alguma vez me tenham feito sofrer. E, no entanto, entre tantas amantes, pelo menos uma existiu que amei deliciosamente. Era ao mesmo tempo mais fina e mais firme, mais terna e mais dura do que as outras: seu dorso franzino e redondo fazia pensar na flexibilidade de um caniço. Sempre admirei a beleza dos cabelos, essa parte sedosa e ondulante de um corpo, mas as cabeleiras da maior parte de nossas mulheres são torres, labirintos, barcos ou ninhos de víboras. Os dela eram como gosto que sejam: cacho de uvas das vindimas, ou asas simplesmente. Deitada de costas, apoiando sobre mim a cabecinha altiva, falava-me dos seus amores com um despudor admirável. Agradava-me seu ardor e seu desinteresse no prazer, seu gosto difícil, seu furor em dilacerar a alma. Conheci-lhe dúzias de amantes, embora ela houvesse perdido a conta deles. Eu não era senão um parceiro que não exigia fidelidade. Naquela ocasião, estava apaixonada por um dançarino chamado Bátilo, tão belo que justificava antecipadamente todas as loucuras. Soluçava o nome dele nos meus braços; minha aprovação dava-lhe coragem. Em certos momentos ríamos muito juntos. Morreu jovem, numa ilha insalubre para onde a família a deportou em seguida a um divórcio escandaloso. Alegrei-me por ela, que temia envelhecer, embora este seja um sentimento que jamais experimentamos por aqueles que amamos verdadeiramente. Ela precisava imensamente de dinheiro. Certo dia, pediu-me que lhe emprestasse cem mil sestércios. Levei-lhos no dia seguinte. Sentou-se no chão — perfeita imagem da pequena jogadora de ossinhos —, despejou o saco no soalho e pôs-se a dividir em pilhas o metal reluzente. Eu sabia que, para ela, assim como para todos nós, os pródigos, aquelas moedas de ouro não eram dinheiro legal, cunhadas com a cabeça de um César, mas uma matéria mágica, uma moeda pessoal tendo como efígie uma quimera na figura do dançarino Bátilo. Naquele momento, eu já não existia. Ela estava só. Quase feia, enrugando a fronte, numa comovente indiferença pela sua própria beleza, fazia e refazia nos dedos, com gestos de escolar, as adições difíceis. Jamais foi tão encantadora...

A notícia das incursões sármatas chegou a Roma durante a celebração do triunfo de Trajano sobre os dácios. Essa festa tantas vezes adiada durava há oito dias. Fora necessário quase um ano para fazer vir da África e da Ásia os animais selvagens que se projetava abater em massa na arena. O massacre de 12 mil feras e a decapitação metódica de dez mil gladiadores faziam de Roma um mau lugar de orgia da morte. Encontrava-me nessa noite no terraço da casa de Atiano, com Márcio Turbo e nosso anfitrião. A cidade iluminada estava tomada por terrível e ruidosa alegria; a dura guerra à qual Márcio e eu havíamos consagrado quatro anos da nossa juventude era para a populaça um pretexto de festas regadas a vinho, um brutal triunfo de segunda mão. Não era oportuno informar ao povo que aquelas vitórias tão enaltecidas não eram definitivas e que um novo inimigo se aproximava das nossas fronteiras. O imperador, já então ocupado com seus novos projetos sobre a Ásia, desinteressava-se mais ou menos da situação ao nordeste, que preferia considerar liquidada de uma vez por todas. Essa primeira guerra sármata foi apresentada como simples expedição punitiva. Fui mandado para lá com o título de governador da Panônia, com poderes de general em chefe.

Durou 11 meses e foi atroz. Continuo a acreditar que o aniquilamento dos dácios foi, de certa maneira, justificado: nenhum chefe de Estado suporta voluntariamente a existência de um inimigo organizado instalado às suas portas. Contudo, a derrocada do reino de Decébalo criara naquelas regiões um vazio onde os sármatas se precipitaram. Remanescentes de tropas, pequenos bandos saídos não se sabe de onde, infestavam o país devastado por anos de guerra, queimado e requeimado por nós, onde nossos efetivos insuficientes não tinham pontos de apoio. Tais bandos pululavam como vermes no cadáver de nossas vitórias dácias. Nossos recentes êxitos haviam solapado a disciplina: havia nos postos avançados qualquer coisa da grosseira indiferença das festas romanas. Certos tribunos mostravam uma confiança imbecil ante os riscos que corriam: perigosamente isolados numa região da qual a única parte bem conhecida era nossa antiga fronteira, contavam, para continuar a vencer, com nosso armamento, que eu via diminuir dia a dia em consequência das perdas e do próprio desgaste pelo uso, e com reforços que eu não esperava ver chegar, sabendo que todos os nossos recursos seriam dali em diante concentrados na Ásia.

Outro perigo começava a despontar: quatro anos de requisições oficiais haviam empobrecido as aldeias da retaguarda. Desde as primeiras campanhas dácias, para cada manada de bois ou rebanho de carneiros ostensivamente tomados ao inimigo, eu vira intermináveis desfiles de gado extorquido aos habitantes. Se esse estado de coisas persistisse, estaria próximo o momento em que nossas populações camponesas, cansadas de suportar nossa pesada máquina de guerra, acabariam por preferir os bárbaros a nós. A rapinagem da soldadesca representava um problema menos essencial talvez, mas muito mais evidente. Eu era bastante popular para não ter receio de impor às tropas as mais duras restrições; lancei em moda uma austeridade que eu próprio praticava; inventei o culto da Disciplina Augusta, que consegui, mais tarde, estender a todo o exército. Mandei regressar a Roma os imprudentes e os ambiciosos que complicavam minha missão; em contrapartida, fiz vir técnicos de que carecíamos. Foi necessário reparar as obras de defesa que o orgulho de nossas recentes vitórias nos havia feito negligenciar inexplicavelmente. Abandonei definitivamente aquelas que seria muito dispendioso manter. Os administradores civis, solidamente instalados na desordem que se segue a todas as guerras, passavam gradativamente à posição de chefes semi-independentes, capazes de todas as exigências para com os nossos súditos e de todas as traições para conosco. Via ainda prepararem-se nesse campo, num amanhã mais ou menos próximo, as revoltas e as divisões futuras. Não creio que possamos impedir esses desastres, assim como não podemos evitar a morte, mas depende de nós fazê-los recuar por alguns séculos. Demiti os funcionários incapazes; condenei à morte os piores. Eu próprio me descobria implacável.

A um verão úmido, sucederam-se um outono brumoso e um frio inverno. Tive necessidade dos meus conhecimentos de medicina para cuidar de mim mesmo. A vida nas fronteiras conduzia-me, aos poucos, ao nível dos sármatas: a barba curta do filósofo grego transformava-se na do chefe bárbaro. Voltei a presenciar tudo que já havia visto — até à náusea — durante as campanhas dácias. O inimigo queimava vivos seus prisioneiros; começamos a degolar os nossos, por falta de meios de transporte para enviá-los aos mercados de escravos de Roma ou da Ásia. As estacas das nossas paliçadas eriçaram-se de cabeças cortadas. O inimigo torturava seus reféns; vários de meus amigos pereceram assim. Um deles arrastou-se até nosso acampamento sobre as pernas ensanguentadas. Estava tão desfigurado que, a partir daquele momento, nunca mais consegui recordar seu rosto intacto. O inverno fez suas vítimas: grupos equestres presos no gelo ou levados pelas águas dos rios, doentes dilacerados pela tosse, gemendo debilmente sob as tendas, cotos gelados de feridos. Cercava-me uma admirável boa vontade; a pequena tropa estreitamente integrada que eu comandava possuía a mais alta forma de virtude, a única que suporto ainda: a firme determinação de ser útil. Um desertor sármata, o qual havia feito meu intérprete, arriscou a vida para retornar à sua tribo a fim de fomentar novas revoltas e traições. Consegui, entretanto, negociar com aquela gente: a partir de então, seus homens combateram em nossos postos avançados, protegendo nossos soldados. Alguns golpes de audácia, imprudentes em si mesmos, mas sabiamente preparados, provaram ao inimigo o absurdo de provocar Roma. Um dos chefes sármatas seguiu o exemplo de Decébalo: foi encontrado morto em sua tenda, junto das suas mulheres estranguladas e de um horrível volume que continha seus filhos. Naquele dia a minha aversão pela destruição inútil abrangeu as perdas bárbaras; lamentei aqueles mortos que Roma teria podido assimilar e utilizar um dia como aliados contra hordas mais selvagens ainda. Postos em debandada, nossos agressores desapareceram tal como tinham vindo, naquela obscura região de onde surgirão, sem dúvida, muitas outras calamidades. A guerra não estava terminada. Tive de recomeçá-la e terminá-la alguns meses depois de ter sido proclamado imperador. Pelo menos, a ordem reinava momentaneamente naquela fronteira. Reentrei em Roma coberto de honrarias. Envelhecera, porém.

Meu primeiro consulado foi ainda um ano de campanha, uma luta secreta, mas contínua, em favor da paz. Mas não a empreendia sozinho. Uma mudança de atitude paralela à minha tinha-se dado, antes do meu regresso, em Licínio Sura, em Atiano, em Turbo, como se, apesar da severa vigilância que eu exercia nas minhas próprias cartas, meus amigos já me houvessem compreendido, precedido ou seguido. Antigamente, os altos e baixos da minha sorte embaraçavam-me sobretudo perante eles; temores ou impaciências que eu teria, sozinho, suportado alegremente tornavam-se opressivos desde que me sentisse forçado a ocultá-los à sua solicitude, ou infligir-lhes sua confissão. Desagradava-me que seu afeto se inquietasse por minha causa mais do que eu próprio, que não fossem capazes de verem em mim, sob as agitações exteriores, o ser tranquilo a quem nada importa de fato e que, consequentemente, pode sobreviver a tudo. Mas dali em diante me faltava tempo para interessar-me por mim mesmo e também para desinteressar-me. Minha pessoa se apagava precisamente porque meu ponto de vista começava a contar. O que importava é que alguém se opusesse à política de conquistas, encarando suas consequências e seu fim, e se preparasse, se possível, para reparar seus erros.

Meu posto nas fronteiras me mostrara uma face da vitória que não figura na Coluna de Trajano. Meu regresso à administração civil permitiu-me acumular contra o partido militar documentos ainda mais decisivos do que todas as provas reunidas no exército. Os quadros das legiões e toda a guarda pretoriana são exclusivamente formados por elementos italianos: aquelas guerras longínquas drenavam as reservas de um país já de si pobre de homens. Aqueles que não morriam estavam tão perdidos como os outros para a pátria propriamente dita, visto que os forçavam a estabelecer-se nas novas terras conquistadas. Mesmo na província, o sistema de recrutamento provocou nessa época distúrbios sérios. Uma viagem à Espanha, empreendida um pouco mais tarde para fiscalizar a exploração das minas de cobre da minha família, revelou-me a desordem introduzida pela guerra em todos os setores da economia: acabei por me convencer do fundamento dos protestos dos homens de negócios com os quais convivia em Roma. Não tinha a ingenuidade de acreditar que dependeria sempre de nós evitar todas as guerras; mas não as queria senão defensivas; idealizava um exército preparado para manter a ordem nas fronteiras, retificadas se necessário, mas seguras. Qualquer novo acréscimo do vasto organismo imperial parecia-me uma excrescência doentia, um câncer, ou o edema de uma hidropisia de que acabaríamos por morrer.

Nenhum desses pontos de vista podia ser apresentado ao imperador. Ele havia chegado a um certo momento da vida, variável para cada homem, em que o ser humano se abandona ao seu demônio ou ao seu gênio e segue uma lei misteriosa que lhe ordena destruir-se a si mesmo ou a superar-se. No conjunto, a obra do seu principado fora admirável, mas os trabalhos de paz, para os quais seus melhores conselheiros o haviam engenhosamente inclinado, os grandes projetos dos arquitetos e dos legistas do império, sempre contaram menos para ele do que uma única vitória. Um delírio de despesas se havia apossado desse homem tão nobremente parcimonioso quando se tratava de suas necessidades pessoais. O ouro bárbaro, retirado do leito do Danúbio, e os quinhentos mil lingotes de ouro do rei Decébalo tinham sido suficientes para custear as liberalidades feitas ao povo, as doações militares de que eu tivera minha parte, o luxo insensato dos jogos e os fundos iniciais necessários às grandes aventuras da Ásia. Essas riquezas nocivas iludiam sobre o verdadeiro estado das finanças. Aquilo que vinha da guerra à guerra retornava.

Nesse ínterim, morreu Licínio Sura. Era o mais liberal dos conselheiros privados do imperador. Sua morte foi para nós uma batalha perdida. Ele sempre me deu provas de uma solicitude paternal. Havia alguns anos que suas forças, muito reduzidas pela doença, não lhe permitiam os longos trabalhos de ambição pessoal, mas foram sempre suficientes para servir ao homem cujos objetivos lhe pareciam sensatos. A conquista da Arábia foi empreendida contra seus sábios conselhos; somente ele, se houvesse vivido, teria podido poupar ao Estado as fadigas e as despesas gigantescas da campanha parta. Esse homem, consumido pela febre, passava suas horas de insônia a discutir comigo planos que o esgotavam, mas cujo êxito lhe importava mais do que algumas migalhas suplementares de existência. Vivi à sua cabeceira, antes e nos últimos momentos de sua administração, algumas das futuras fases do meu reinado. As críticas do moribundo poupavam o imperador, mas ele sentia que levava consigo o que restava de sabedoria no regime. Se tivesse vivido dois ou três anos mais, certos processos tortuosos que marcaram minha ascensão ao poder talvez tivessem sido evitados; teria conseguido persuadir o imperador a adotar-me mais cedo e abertamente. Mas as últimas palavras desse chefe de Estado que me legava sua missão foram uma das minhas investiduras imperiais.

Se o número dos meus partidários aumentava, sucedia o mesmo com o dos meus inimigos. O mais perigoso dos meus adversários era Lúsio Quieto, romano mestiço de árabe, cujos esquadrões númidas tinham representado papel importante na segunda campanha dácia e que incitava selvagemente à guerra na Ásia. Detestava tudo no personagem: seu luxo bárbaro, o esvoaçar pretensioso e estudado dos seus véus brancos presos por um cordão de ouro, seus olhos arrogantes e falsos e sua inacreditável crueldade para com os vencidos e submetidos. Os chefes do partido militar dizimavam-se em lutas intestinas, mas os que restavam fortaleciam-se cada vez mais no poder, e isso expunha-me ainda mais às desconfianças de Palma ou ao ódio de Celso. Por felicidade, minha posição era quase inexpugnável. O governo civil repousava mais e mais sobre meus ombros, desde que o imperador se dedicava exclusivamente aos projetos de guerra. Meus amigos, os únicos que poderiam suplantar-me por suas aptidões ou por seu conhecimento dos negócios públicos, empenhavam-se, com modéstia muito nobre, em preferir-me em detrimento de si próprios. Nerácio Prisco, em quem o imperador depositava fé, limitava-se cada dia mais deliberadamente à sua especialidade legal. Atiano organizava sua vida no sentido de me servir, e eu contava com a prudente aprovação de Plotina. Um ano antes da guerra fui promovido ao posto de governador da Síria, ao qual se juntou mais tarde o de legado junto aos exércitos. Encarregado de controlar e de organizar nossas bases, tornei-me uma das alavancas de comando de um empreendimento que eu próprio julgava insensato. Hesitei por algum tempo, depois aceitei. Recusar seria fechar os caminhos do poder no momento em que o poder me interessava mais do que nunca. Seria também perder a única oportunidade de desempenhar o papel de moderador.

Durante esses poucos anos que precederam a grande crise, tomei uma decisão que me fez para sempre ser considerado frívolo pelos meus inimigos, e que foi, em parte, calculada para essa finalidade com o objetivo de enfraquecer qualquer ataque. Fui passar alguns meses na Grécia. A política, pelo menos em aparência, nada teve que ver com essa viagem. Tratava-se de uma excursão de prazer e estudos: trouxe de lá algumas taças esculpidas e livros que partilhei com Plotina. Recebi todas as honras oficiais, mas, entre estas, a que aceitei com a mais pura alegria foi ter sido nomeado arconte de Atenas. Concedi a mim próprio alguns meses de trabalhos e prazeres fáceis, passeios durante a primavera pelas colinas cobertas de anêmonas e o contato agradável com a pureza do mármore nu. Em Queroneia, aonde fui expressamente para comover-me com a evocação dos antigos pares de amigos do Batalhão Sagrado, hospedei-me por dois dias em casa de Plutarco. Tive meu próprio Batalhão Sagrado, exclusivamente meu, mas, como me acontece frequentemente, minha vida emociona-me menos do que a história. Cacei em Arcádia e orei em Delfos. Em Esparta, à beira do Eurotas, alguns pastores ensinaram-me uma ária de flauta muito antiga, um estranho canto de pássaro. Próximo a Megara, houve uma boda camponesa que durou toda a noite; meus companheiros e eu ousamos tomar parte nas danças, o que nos teria sido proibido pelos pesados costumes de Roma.

Os vestígios dos nossos crimes eram visíveis por toda parte: as muralhas de Corinto destruídas por Múmio, bem como os espaços deixados vazios ao fundo dos santuários pelo rapto das estátuas, organizado durante a escandalosa viagem de Nero. A Grécia empobrecida conservava uma atmosfera de graça pensativa, de clara sutileza e de sábia voluptuosidade. Nada mudara desde a época em que o discípulo do retórico Iseu havia respirado pela primeira vez o odor do mel quente, do sal e da resina. Em suma, nada mudara há séculos. A areia das Palestras era tão dourada quanto antes. Fídias e Sócrates não mais as frequentavam, mas os jovens que se exercitavam ali se assemelhavam ainda ao delicioso Chármidas. Parecia-me, às vezes, que o espírito grego não levara até suas conclusões extremas as premissas do seu próprio gênio: as colheitas estavam por fazer; as espigas amadurecidas pelo sol e já ceifadas eram pouca coisa em comparação com a promessa eleusina da semente escondida naquela bela terra. Mesmo entre meus selvagens inimigos sármatas, encontrara vasos de contornos puríssimos, um espelho embelezado com uma imagem de Apolo, resplendores gregos como um pálido sol sobre a neve. Entrevia a possibilidade de helenizar os bárbaros, aticizar Roma e impor suavemente ao mundo a única cultura que um dia se separou do monstruoso, do informe, do estático, e que inventou uma definição do método e uma teoria da política e da beleza. O leve desdém dos gregos, que nunca deixei de sentir sob suas mais calorosas homenagens, não me ofendia. Pelo contrário, achava-o natural. Fossem quais fossem as virtudes que me distinguiam deles, sabia que seria sempre menos sutil do que um marinheiro de Egina e menos sábio do que uma vendedora de ervas da ágora. Aceitava sem irritação os obséquios um tanto altivos dessa raça orgulhosa; concedia a todo um povo os privilégios que sempre concedi tão facilmente aos objetos amados. No entanto, para dar aos gregos o tempo de continuar e de completar sua obra, seriam necessários alguns séculos de paz vividos entre os calmos ócios e a prudente liberdade que só a paz proporciona. A Grécia contava conosco para sermos seus guardiões já que nos pretendíamos seus senhores. Prometi a mim mesmo velar sobre o deus desarmado.

Havia um ano que eu ocupava meu posto de governador da Síria quando Trajano reuniu-se a mim em Antioquia. Vinha observar os preparativos finais para a expedição da Armênia, que, em sua mente, preludiava o ataque contra os partos. Plotina acompanhava-o como sempre, e também sua sobrinha Matídia, minha indulgente sogra, que há anos fazia parte da sua comitiva na qualidade de intendente. Celso, Palma e Nigrino, meus velhos inimigos, pertenciam ainda ao Conselho e dominavam o estado-maior. Toda essa gente se reuniu no palácio à espera da entrada em campanha. As intrigas da corte recomeçaram com maior intensidade. Cada qual fazia seu jogo antes que os dados da guerra fossem lançados.

O exército se deslocou quase em seguida em direção ao norte. Vi afastar-se com ele a imensa multidão dos altos funcionários, dos ambiciosos e dos inúteis. O imperador e sua comitiva detiveram-se alguns dias em Comagena para celebrar as festas já triunfais; os pequenos reis do Oriente, reunidos em Satala, porfiavam em protestar uma lealdade em que eu, se estivesse no lugar de Trajano, teria confiado muito pouco com relação ao futuro. Lúsio Quieto, meu perigoso rival, colocado à frente dos postos avançados, ocupou as margens do lago de Van no decorrer de uma imensa passeata militar. A parte setentrional da Mesopotâmia, evacuada pelos partos, foi anexada sem problemas; Abgar, rei de Osroene, prestou submissão em Edessa. O imperador voltou a fazer de Antioquia seu quartel de inverno, adiando para a primavera a invasão do império parto propriamente dito, mas já decidido a não aceitar qualquer proposta de paz. Os acontecimentos caminhavam de acordo com seus planos. A euforia de mergulhar finalmente naquela aventura adiada durante tanto tempo restituía uma espécie de juventude àquele homem de 64 anos.

Meus prognósticos permaneciam sombrios. Os elementos judeu e árabe eram cada vez mais hostis à guerra; os grandes proprietários das províncias irritavam-se por serem obrigados a custear as despesas causadas pela passagem das tropas; as cidades suportavam mal a imposição de novos impostos. Logo que o imperador regressou, uma primeira catástrofe anunciou todas as outras: um tremor de terra ocorrido no meio de uma noite de dezembro destruiu em alguns instantes uma quarta parte de Antioquia. Atingido pelo desmoronamento de uma trave, Trajano continuou heroicamente a ocupar-se dos feridos; entre seus auxiliares mais chegados houve alguns mortos. A ralé síria procurou imediatamente designar os responsáveis pela tragédia: renunciando por uma vez a seus princípios de tolerância, o imperador cometeu o erro de deixar massacrar um grupo de cristãos. Eu próprio tenho pouquíssima simpatia por essa seita, mas o espetáculo de velhos açoitados e de crianças torturadas contribuiu para a agitação dos espíritos e tornou mais odioso ainda aquele inverno. Não havia dinheiro suficiente para reparar a curto prazo os efeitos do sismo; milhares de pessoas sem abrigo acampavam nas praças durante a noite. Minhas visitas de inspeção revelavam-me a existência de um descontentamento surdo, de um rancor secreto do qual os altos dignitários que superlotavam o palácio nem sequer suspeitavam. O imperador prosseguia, em meio às ruínas, os preparativos da próxima campanha: uma floresta inteira foi derrubada para a construção de pontes movediças e de pontilhões para a passagem do Tigre. Ele recebera com alegria uma série de novos títulos atribuídos pelo Senado; não via o momento de terminar a campanha do Oriente para voltar triunfante a Roma. O menor atraso era motivo para crises de furor, que o sacudiam como um ataque de febre.

O homem que media com passos impacientes as imensas salas daquele palácio construído outrora pelos selêucidas, e que eu próprio (que aborrecimento!) havia decorado em sua honra com inscrições laudativas e panóplias dácias, já não era mais o mesmo que me acolhera há vinte anos no acampamento de Colônia. Suas virtudes tinham envelhecido. Sua jovialidade um tanto pesada, que encobria outrora uma verdadeira bondade, tornara-se rotina vulgar; sua firmeza transformou-se em obstinação; sua inclinação para o imediato e o prático reduziu-se a uma total incapacidade de pensar. O terno respeito que ele dispensava à imperatriz, a afeição rabujenta que testemunhava à sobrinha Matídia transformavam-se numa dependência senil para com essas mulheres. Inexplicavelmente, porém, opunha resistência cada vez maior aos conselhos delas. Suas crises de fígado inquietavam Críton, o médico, embora ele mesmo não se preocupasse com isso. A seus prazeres sempre faltara arte; com a idade, o nível deles descera ainda mais, se isso fosse possível. Pouco importava que, terminado o dia, o imperador se entregasse à libertinagem de caserna em companhia dos jovens em quem encontrava atrativos ou beleza. Parecia, ao contrário, bastante grave que ele suportasse mal o vinho de que abusava. Mais grave era ainda que aquela corte de subalternos medíocres, selecionados e manobrados por ex-escravos desonestos, fosse autorizada a assistir a todas as minhas conversas com ele, transmitindo-as em seguida a meus adversários. Durante o dia, não via o imperador a não ser nas reuniões de estado-maior. Nessas reuniões, totalmente ocupadas com o planejamento dos detalhes de campanha, qualquer tentativa de manifestar uma opinião livre era impossível. Fora dali, ele evitava todo e qualquer diálogo. O vinho inspirava a esse homem pouco sutil um arsenal de artimanhas grosseiras. Sua antiga susceptibilidade desaparecera; insistia em associar-me a seus prazeres: a algazarra, as gargalhadas, os gracejos mais insípidos dos rapazes eram sempre bem-recebidos, como outros tantos meios de me fazer compreender que a hora não era apropriada a tratar de assuntos sérios. Ele espreitava o momento em que um copo a mais me perturbasse a razão. Nessas ocasiões, tudo girava à minha volta naquela sala, onde as cabeças de auroques dos troféus bárbaros pareciam rir na minha cara. Os jarros de vinho sucediam-se ininterruptamente; canções avinhadas ecoavam aqui e ali, interrompidas somente pelo riso insolente e encantador de um jovem pajem; apoiando na mesa a mão cada vez mais trêmula, o imperador, emparedado numa embriaguez talvez mais simulada do que real, perdido longe de tudo nas estradas da Ásia, mergulhava gravemente em seus sonhos...

Desgraçadamente, eram belos esses sonhos. Eram os mesmos que outrora me haviam feito pensar em abandonar tudo para seguir, além do Cáucaso, as rotas setentrionais que conduzem à Ásia. A fascinação, à qual o imperador envelhecido se entregava como um sonâmbulo, já Alexandre a experimentara antes; chegara quase a realizar esses mesmos sonhos e deles morrera aos trinta anos! Mas o maior risco desses grandes planos era a sua sabedoria: como sempre, as razões práticas se multiplicavam para justificar o absurdo, para possibilitar o impossível. O problema do Oriente preocupava-nos há séculos; nada mais natural do que procurar resolvê-lo definitivamente. Nossas permutas de mercadorias com a Índia e com o misterioso País da Seda dependiam inteiramente dos mercadores judeus e dos exportadores árabes que possuíam a franquia dos portos e das estradas partas. Uma vez aniquilado o vasto e flutuante império dos cavaleiros arsácidas, atingiríamos diretamente esses ricos confins do mundo. A Ásia, finalmente unificada, seria apenas uma província a mais para Roma. O porto de Alexandria, no Egito, era nossa única saída para a Índia a não depender da boa vontade dos partos; ali também esbarrávamos constantemente com as exigências e rebeliões das comunidades judaicas. O êxito da expedição de Trajano ter-nos-ia permitido ignorar aquela cidade pouco segura. Contudo, todas essas razões jamais seriam suficientes para persuadir-me da conveniência de tais campanhas. Sábios tratados de comércio me teriam satisfeito muito mais. Já entrevia a possibilidade de reduzir o papel de Alexandria fundando uma segunda metrópole grega nas vizinhanças do mar Vermelho, o que fiz mais tarde ao fundar Antinoé. Começava a conhecer o mundo complicado da Ásia. Os simples planos de exterminação total, que haviam logrado sucesso na Dácia, não se adaptavam a esse país possuidor de uma vida mais múltipla, fortemente enraizada, e do qual, além disso, dependia a riqueza do mundo. Atravessado o Eufrates, começava para nós o país dos riscos e das miragens; das areias movediças, das estradas que terminam sem chegar a lugar nenhum. O menor revés teria como consequência um enfraquecimento de prestígio, passível de ser seguido das catástrofes mais imprevisíveis. Não se tratava apenas de vencer, mas de vencer sempre, e nossas forças esgotar-se-iam nessa empresa. Nós já o havíamos tentado: pensava horrorizado na cabeça de Crasso, jogada de mão em mão como uma bola no curso de uma representação das *Bacantes* de Eurípedes, que um rei bárbaro com um verniz de helenismo fez representar na noite de uma vitória sobre nós. Trajano pretendia vingar essa antiga derrota; de minha parte, desejava sobretudo impedir que ela se reproduzisse. Previa o futuro com bastante exatidão, coisa fácil especialmente quando fundamentada sobre bom número de elementos relativos ao presente: algumas vitórias inúteis levariam muito longe nossas tropas imprudentemente retiradas de outras fronteiras. O imperador, já próximo da morte, cobrir-se-ia de glória e nós, que tínhamos o futuro pela frente, ficaríamos encarregados de resolver todos os problemas e remediar todos os males.

Razão tinha César de preferir o primeiro lugar numa aldeia ao segundo em Roma. Não por ambição ou por glória vã, mas porque o homem colocado em segundo lugar não tem escolha senão entre os perigos da obediência ou da revolta ou ainda, mais graves, os do compromisso. Eu não era nem mesmo o segundo em Roma. No momento de partir para uma expedição temerária, o imperador não me designara ainda seu sucessor: cada passo à frente dava uma probabilidade aos chefes do estado-maior. Aquele homem quase ingênuo parecia-me agora mais complicado do que eu próprio. Somente seus acessos de mau humor me tranquilizavam: o imperador mal-humorado me tratava como a um filho. Em outros momentos esperava ser afastado por Palma, ou suprimido por Quieto tão logo meus serviços pudessem ser dispensados. Não tinha poder algum: não conseguia sequer obter uma audiência para os membros influentes do Sinédrio de Antioquia, que, tanto quanto nós, temiam as violências dos agitadores judeus, e que teriam esclarecido Trajano sobre as maquinações dos seus correligionários. Meu amigo Latínio Alexandre, que descendia de uma das antigas famílias reais da Ásia Menor e cujo nome e fortuna tinham grande peso, não foi mais ouvido do que eu. Plínio, enviado para Bitínia quatro anos antes, ali foi morto sem ter tido tempo de informar o imperador sobre o exato estado de espírito do povo e das finanças, supondo-se que seu incurável otimismo lhe permitisse fazê-lo. Os relatórios secretos do mercador Opramoas, da cidade de Lícia, que conhecia a fundo os negócios da Ásia, foram ridicularizados por Palma. Os ex-escravos se aproveitavam das manhãs de ressaca após as noites de bebedeira para me afastarem dos aposentos imperiais: o ordenança do imperador, um tal Foédimo, honesto, mas estúpido e predisposto contra mim, recusou-me por duas vezes a entrada. Em compensação, o cônsul Celso, meu inimigo, trancou-se uma noite com Trajano para um conciliábulo que durou horas, ao cabo do qual me senti perdido. Procurei aliados onde pude; corrompi a peso de ouro antigos escravos que, de bom grado, teria enviado às galeras; desci até o ponto de acariciar horríveis cabeças encarapinhadas. O diamante de Nerva já não brilhava mais.

Foi então que me apareceu o mais sábio dos meus gênios bons: Plotina. Conhecia a imperatriz há quase vinte anos. Provínhamos do mesmo meio e tínhamos quase a mesma idade. Vira-a viver com serenidade uma existência quase tão constrangida quanto a minha, e mais desprovida de futuro. Plotina apoiou-me nos meus momentos mais difíceis, sem parecer aperceber-se de que o fazia. Mas foi durante os maus dias de Antioquia que sua presença se me tornou indispensável, como mais tarde sua estima o continuou a ser sempre, e esta eu a tive até sua morte. Habituei-me à presença daquela figura de vestes brancas, tão simples quanto o podem ser as de uma mulher. Acostumei-me igualmente a seus silêncios, a suas palavras ponderadas que não eram mais do que respostas, e sempre o mais claras possível. Sua aparência não destoava absolutamente daquele palácio mais antigo do que todo o esplendor de Roma: a filha de novos-ricos era digna dos selêucidas. Estávamos quase sempre de acordo. Tínhamos, os dois, a paixão de ornamentar e depois despojar nossa alma, de submeter nosso espírito a todas as pedras de toque. Ela se inclinava para a filosofia epicurista, esse leito estreito, mas limpo, sobre o qual estendi por vezes meu pensamento. O mistério dos deuses, que me perseguia, não a inquietava; também não tinha, como eu, o gosto apaixonado pelos prazeres do corpo. Era casta por desprezo das coisas fáceis, generosa mais por determinação do que por natureza, desconfiada por prudência, conquanto pronta a aceitar tudo dos amigos, mesmo seus erros inevitáveis. A amizade era uma escolha na qual ela se empenhava por inteiro, entregando-se sem reservas como eu não o fiz senão no amor. Plotina conheceu-me melhor do que ninguém, porque só a ela permiti ver o que eu dissimulava cuidadosamente diante dos outros: por exemplo, minhas covardias secretas. Agrada-me crer que, por sua vez, ela nada me escondeu. A intimidade dos corpos, que jamais existiu entre nós, foi compensada pelo contato dos nossos dois espíritos estreitamente identificados entre si.

Nosso entendimento estava acima das confissões, explicações ou reticências. Bastavam-nos os fatos e ela os observava melhor do que eu. Sob as pesadas tranças que a moda exigia, aquela fronte lisa era a de um juiz. Sua memória fixava a imagem exata dos menores objetos. Jamais lhe acontecia — como a mim — hesitar por muito tempo, ou decidir-se depressa demais. Com um rápido olhar ela descobria meus adversários mais secretos e avaliava meus aliados com prudente frieza. Na verdade, éramos cúmplices, ainda que o ouvido mais apurado fosse incapaz de reconhecer entre nós qualquer sinal da existência de um acordo secreto. Diante de mim, Plotina jamais incorreu na indiscrição de se queixar do imperador, nem no erro mais sutil de desculpá-lo, ou de elogiá-lo. Quanto a mim, minha lealdade era ponto pacífico. Atiano, recém-chegado de Roma, associava-se a essas entrevistas que duravam por vezes toda a noite, mas nada parecia fatigar aquela mulher imperturbável e frágil. Conseguiu fazer nomear meu antigo tutor conselheiro privado, eliminando assim meu inimigo Celso. A desconfiança de Trajano, ou a impossibilidade de encontrar alguém que me substituísse na retaguarda, retiveram-me em Antioquia. Contava com ambos para me informarem sobre tudo o que os relatórios não mencionavam. Em caso de desastre, saberiam conquistar para mim a fidelidade de uma boa parte do exército. Meus adversários teriam de suportar a presença daquele velho gotoso que partia unicamente para me servir e daquela mulher capaz de exigir de si mesma a prolongada resistência de um soldado.

Vi-os afastarem-se, o imperador a cavalo, firme e admiravelmente plácido, o grupo paciente das mulheres em liteira, os guardas pretorianos misturados aos batedores númidas do temível Lúsio Quieto. O exército, que havia hibernado nas margens do Eufrates, pôs-se em marcha logo que o chefe chegou; a campanha parta começava, fossem quais fossem as consequências. As primeiras notícias foram sublimes. Babilônia conquistada, o Tigre transposto, Ctesifonte submetida. Como sempre, tudo cedia ao espantoso domínio daquele homem. O príncipe da Arábia Sarracena rendeu-se, abrindo assim todo o curso do Tigre às flotilhas romanas. O imperador embarcou para o porto de Charax, ao fundo do golfo Pérsico. Chegava finalmente às margens fabulosas. Minhas apreensões subsistiam, mas dissimulava-as como se fossem crimes. É um erro ter razão cedo demais. Mais do que isso, duvidava de mim mesmo e sentia-me culpado daquela forma baixa de incredulidade que nos impede de reconhecer a grandeza de um homem que conhecemos excessivamente. Esquecia-me de que alguns homens alteram os limites do destino, ou por outra, mudam a história. Havia blasfemado contra o gênio do imperador. Consumia-me no meu posto. Se por acaso o impossível sucedesse, poderia eu ser excluído? Como tudo sempre é mais fácil do que a sensatez, senti o impulso de tornar a vestir a cota de malha das guerras sármatas e de utilizar a influência de Plotina para me fazer convocar para o exército. Invejava ao último dos nossos soldados a poeira das estradas da Ásia, o choque dos batalhões couraçados da Pérsia. O Senado votou, finalmente, o direito de o imperador celebrar não mais um só, mas uma sucessão de triunfos, que perdurariam tanto quanto sua vida. Eu próprio fiz o que era devido: ordenei festas e comemorações, e fui sacrificar no ponto mais alto do monte Cássio.

Subitamente, o incêndio que lavrava naquela terra do Oriente irrompeu com ímpeto em toda parte e ao mesmo tempo. Alguns mercadores judeus recusaram-se a pagar impostos à Selêucia; Cirene revoltou-se imediatamente e o elemento oriental massacrou ali o elemento grego. As estradas que levavam até nossas tropas o trigo do Egito foram bloqueadas por um bando de zelotas de Jerusalém. Em Chipre, os residentes gregos e romanos foram presos pela populaça judia, que os obrigou a se entrematarem em combates de gladiadores. Consegui manter a ordem na Síria, mas via chispas nos olhos dos mendigos sentados no portal das sinagogas e percebia risos de escárnio nos lábios grossos dos condutores de dromedários — em suma, um rancor que não merecíamos. Os judeus e os árabes tinham, desde o início, feito causa comum contra uma guerra que ameaçava arruinar seus negócios, mas Israel aproveitava-se disso para se lançar contra um mundo do qual o excluíam seus furores religiosos, seus ritos singulares e a intransigência do seu Deus. O imperador, tendo regressado a toda a pressa à Babilônia, delegou poderes a Quieto para castigar as cidades rebeladas: Cirene, Edessa, Selêucia, as grandes metrópoles helênicas do Oriente foram entregues às chamas como punição pelas traições premeditadas durante as paragens das caravanas, ou maquinadas nos guetos judeus. Mais tarde, ao visitar essas cidades por reconstruir, caminhei sob as colunatas em ruína, entre filas de estátuas partidas. O imperador Osroés, que financiara as revoltas, tomou imediatamente a ofensiva. Abgar insurgiu-se e reentrou em Edessa em cinzas. Nossos aliados armênios, com os quais Trajano acreditava poder contar, deram mão forte aos sátrapas. O imperador viu-se bruscamente no centro de um imenso campo de batalha onde era preciso lutar em todas as frentes.

O inverno foi perdido no cerco de Hatras, ninho de águias quase inexpugnável, situado em pleno deserto, e que custou a nosso exército milhares de mortos. Sua obstinação assumia, cada vez mais, a forma de coragem pessoal: aquele homem doente recusava-se a abrir mão do poder. Sabia por Plotina que, apesar da advertência de um leve ataque de paralisia, Trajano se obstinava em não nomear seu herdeiro. Se esse imitador de Alexandre morresse, por sua vez, de febre ou intemperança em qualquer canto insalubre da Ásia, a guerra estrangeira complicar-se-ia com a eclosão de uma guerra civil; uma luta de morte irromperia entre meus partidários e os de Celso, ou de Palma. De repente, as notícias cessaram quase completamente. A frágil linha de comunicação entre o imperador e eu era mantida somente através dos bandos númidas do meu pior inimigo. Foi por essa época que encarreguei — pela primeira vez — meu médico de marcar sobre meu peito, a tinta vermelha, o lugar exato do coração. Se acontecesse o pior, não queria cair vivo nas mãos de Lúsio Quieto. Ao encargo dificílimo de pacificar as ilhas e as províncias limítrofes, juntavam-se as demais responsabilidades do meu posto, mas o trabalho desgastante dos dias não era nada comparado à lentidão das noites de insônia. Todos os problemas do império atormentavam-me ao mesmo tempo, conquanto meu próprio problema pesasse muito mais. Queria o poder! Queria-o para impor meus planos, experimentar minhas soluções, restaurar a paz. Queria-o sobretudo para ser eu mesmo antes de morrer.

Ia fazer quarenta anos. Se sucumbisse naquela altura, não restaria de mim mais do que um nome numa série de altos funcionários e uma inscrição em grego em honra do arconte de Atenas. Mais tarde, sempre que vi desaparecer um homem em plena maturidade e do qual o público julgava poder avaliar exatamente os sucessos e as derrotas, lembrava-me de que, naquela idade, eu não existia ainda senão aos meus próprios olhos e aos olhos de alguns amigos, que deviam por vezes duvidar de mim como eu duvidava deles. Compreendi então que pouquíssimos homens se realizam antes de morrer e aprendi a julgar com mais piedade seus trabalhos interrompidos. Essa obsessão de uma vida frustrada imobilizava meu pensamento num ponto fixo como um abscesso. Dava-se com a minha ânsia do poder o mesmo que se dá com o amor, que impede o amante de comer, dormir, pensar e até mesmo amar enquanto certos ritos não se cumprem. As tarefas mais urgentes pareciam-me vãs desde o momento em que me era interditado agir como senhor e assumir como chefe as decisões relativas ao futuro. Precisava da certeza de reinar para readquirir o gosto de ser útil. Aquele palácio de Antioquia, onde eu viveria alguns anos mais tarde numa espécie de frenesi de felicidade, não era então para mim senão uma prisão, talvez uma prisão de condenado à morte. Enviei mensagens secretas aos oráculos, a Júpiter Amon, a Castália, ao Zeus Doliquiano. Mandei chamar os magos; cheguei ao ponto de ordenar que trouxessem das enxovias de Antioquia um criminoso condenado à crucificação, ao qual um feiticeiro cortou o pescoço na minha presença, na esperança de que a alma, flutuando por um instante entre a vida e a morte, me revelasse o futuro. Aquele miserável escapou assim a uma agonia mais prolongada; minhas perguntas, porém, ficaram sem resposta. Durante a noite arrastava-me de um vão de porta para outro, de balcão em balcão, ao longo das salas daquele palácio em cujas paredes se viam ainda as rachaduras provocadas pelo abalo sísmico, traçando aqui e ali, sobre o mármore do piso, cálculos astronômicos, interrogando as estrelas que tremeluziam no céu. Entretanto, era sobre a terra que urgia procurar os sinais do futuro.

Finalmente, o imperador levantou o cerco de Hatras e decidiu-se a refazer a travessia do Eufrates, que nunca deveria ter sido transposto. A temperatura tórrida e o esgotamento dos arqueiros partos tornaram ainda mais desastroso esse triste regresso. Por uma escaldante noite de maio, fui receber fora dos portões da cidade, nas margens do Orontes, o reduzido grupo atormentado pela febre, pela ansiedade e pela fadiga. O imperador doente, Atiano e as mulheres. Trajano insistiu em fazer a cavalo o percurso até a entrada do palácio. Mal se aguentando de pé, aquele homem tão cheio de vida parecia mais mudado do que qualquer outro à beira da morte. Críton e Matídia ajudaram-no a subir os degraus, levaram-no até o leito e instalaram-se à sua cabeceira. Atiano e Plotina narraram-me os incidentes da campanha de que não haviam podido dar notícias em suas breves mensagens. Uma dessas narrativas emocionou-me a tal ponto que passou a fazer parte, para sempre, das minhas recordações pessoais e dos meus próprios símbolos. Mal havia chegado a Charax, o imperador, cansado, fora sentar-se na praia, em frente das pesadas águas do golfo Pérsico. Nessa época ele ainda não duvidava da vitória, mas, pela primeira vez, sentiu-se esmagado pela vastidão do mundo, pelo sentimento da idade e dos limites que nos encerram a todos. Grossas lágrimas correram pelas faces enrugadas daquele homem que ninguém teria julgado capaz de chorar. O poderoso chefe que levara as águias romanas até as praias ainda inexploradas compreendeu, nesse momento, que nunca chegaria a navegar naquele mar tão sonhado: a Índia, a Bactriana e todo o obscuro Oriente, cuja simples antevisão a distância tanto o perturbava, permaneceriam para ele apenas como um sonho e alguns nomes. No dia seguinte as más notícias o forçaram a tornar a partir. Desde então, cada vez que o destino me disse não, lembrei-me daquelas lágrimas choradas uma noite, numa praia longínqua, por um velho que, pela primeira vez, encarava sua vida e sua idade face a face, como talvez nunca tivesse feito até então.

Na manhã seguinte, subi aos aposentos do imperador. Sentia por Trajano um afeto a um tempo filial e fraterno. Aquele homem que sempre se vangloriou de viver e de pensar como cada soldado de suas tropas terminava seus dias em total solidão. Estendido sobre o leito, continuava a traçar planos gloriosos pelos quais ninguém mais se interessava. Como sempre, sua linguagem seca e arrogante desfigurava-lhe o pensamento. Articulando as palavras com grande dificuldade, falou-me do acolhimento triunfal que lhe preparavam em Roma. Trajano negava a derrota assim como negava a morte. Uma segunda crise sobreveio dois dias mais tarde. Reiniciei meus conciliábulos ansiosos com Atiano e Plotina. A previdência da imperatriz acabava de fazer elevar meu velho amigo à posição todo-poderosa de prefeito do Pretório, colocando assim sob as nossas ordens a guarda imperial. Matídia, que não abandonava o quarto do enfermo, estava felizmente do nosso lado; de resto, aquela mulher simples e terna era como cera entre as mãos de Plotina. Entretanto, nenhum de nós ousava lembrar ao imperador que a questão da sucessão continuava pendente. Era bem possível que, tal como Alexandre, estivesse decidido a não nomear ele próprio seu herdeiro, e era possível também que mantivesse com o partido de Quieto certos compromissos só dele conhecidos. Ou, mais simplesmente, recusava-se a encarar seu próprio fim, como é comum ver-se em certas famílias. Quantos velhos obstinados morrem intestados! Para eles, trata-se menos de conservar até o fim seu tesouro ou seu império já meio desligados dos seus dedos entorpecidos, do que de não se instalar demasiado cedo no estado póstumo de um homem que já não tem decisões a tomar, surpresas a causar, ameaças ou promessas a fazer aos vivos. Sentia profunda piedade por ele. Diferíamos demais para que ele pudesse ver em mim o continuador dócil, antecipadamente comprometido com os mesmos métodos e até com os mesmos erros, que a maior parte das pessoas que exerceram uma autoridade absoluta procura desesperadamente em seu leito de morte. No entanto, o mundo ao seu redor estava vazio de homens de Estado: eu era o único que ele teria podido designar sem faltar a seus deveres de funcionário e de grande príncipe. O chefe habituado a analisar e a avaliar as folhas de serviço sentia-se quase forçado a aceitar-me. Era, aliás, excelente razão para que me odiasse. Pouco a pouco, sua saúde se restabeleceu o suficiente para lhe permitir deixar o quarto. Voltou a falar em empreender uma nova campanha na qual nem ele próprio acreditava. Seu médico, Críton, que receava por ele os calores do verão, conseguiu afinal que se decidisse a embarcar para Roma. Na noite que precedeu a partida, ele me mandou chamar a bordo do navio que devia conduzi-lo à Itália e nomeou-me comandante em chefe para substituí-lo. Comprometia-se até esse ponto. Mas não foi além. O essencial havia ficado por fazer.

Contrariamente às ordens recebidas, comecei imediatamente, da maneira mais secreta, a tratar dos preliminares de paz com Osroés. Essas decisões eu as tomava na certeza de que provavelmente não teria mais contas a prestar ao imperador. Menos de dez dias mais tarde, fui despertado em plena noite pela chegada de um emissário que reconheci como um homem da confiança de Plotina. Trazia-me duas cartas. Uma oficial, comunicava-me que Trajano, incapaz de suportar as oscilações do mar, desembarcara em Selinunte, na Sicília, onde se encontrava gravemente doente em casa de um mercador. Uma segunda carta, esta secreta, anunciava-me sua morte, que Plotina me prometia manter em segredo pelo tempo que fosse necessário, dando-me assim a vantagem de ser a primeira pessoa prevenida. Parti incontinenti para Selinunte, depois de tomar todas as providências necessárias a me assegurar o controle sobre as guarnições sírias. Mal me pus a caminho, novo correio veio anunciar-me oficialmente a morte do imperador. Seu testamento, que me designava herdeiro, acabava de ser enviado a Roma por portador de confiança. Tudo aquilo que, há dez anos, vinha sendo febrilmente sonhado, combinado, discutido, ou silenciado, reduzia-se a uma mensagem de duas linhas traçadas em grego com mão firme, numa minúscula caligrafia de mulher. Atiano, que me aguardava no cais de Selinunte, foi o primeiro a saudar-me com o título de imperador.

E é aqui, no intervalo entre o desembarque do enfermo e o momento da sua morte, que se situa uma série de acontecimentos impossíveis de serem reconstituídos um dia por mim. Entretanto, sobre eles foi edificado meu destino. Esses poucos dias vividos por Atiano e pelas mulheres na casa de um mercador decidiram para sempre minha vida, mas o segredo ficará eternamente com aqueles que tudo presenciaram, tal como aconteceu em certa tarde sobre o Nilo, da qual jamais saberei coisa alguma, precisamente porque me importava tudo saber! O último dos basbaques, em Roma, tem opinião formada sobre esse episódio da minha vida, mas sou, relativamente a eles, o menos informado dos homens. Meus inimigos acusaram Plotina de se ter aproveitado da agonia do imperador para obrigar o moribundo a traçar as breves palavras que me legavam o poder. Caluniadores grosseiros chegaram a descrever um leito sob os cortinados, iluminado pela claridade incerta de uma lâmpada, o médico Críton ditando as últimas vontades de Trajano num tom de voz que procurava imitar a do imperador. Deram grande destaque ao fato de que o ordenança Foédimo, que me odiava e cujo silêncio meus amigos não conseguiram comprar, sucumbiu oportunamente de uma febre maligna no dia seguinte ao da morte de seu senhor. Há nessas imagens de violência e intriga algo que impressiona a imaginação popular e até mesmo a minha. Não me desagradaria absolutamente a ideia de que um pequeno grupo de pessoas honestas tivesse sido capaz de ir até as últimas consequências do crime por amor a mim, nem que a dedicação da imperatriz a tivesse levado tão longe. Ela conhecia os perigos que uma pequena indecisão teria representado para o Estado. Respeito-a o suficiente para acreditar que ela teria concordado em cometer uma fraude necessária desde que a prudência, o bom senso, os interesses públicos e a amizade a houvessem forçado a tanto. Tive depois nas minhas mãos esse documento tão violentamente contestado por meus adversários: a mim me é impossível pronunciar-me contra ou a favor da autenticidade desse último ditado de um enfermo. Prefiro, sem dúvida, supor que o próprio Trajano, fazendo antes de morrer o sacrifício das suas preferências pessoais, deixou por sua livre vontade o império àquele que, apesar de tudo, considerou o mais digno. Devo, porém, confessar que, nesse caso, o fim me importava muito mais do que os meios: o essencial é que o homem guindado ao poder provasse, com o decorrer do tempo, que merecia exercê-lo.

O corpo foi cremado na praia pouco depois da minha chegada, enquanto aguardava a realização das exéquias triunfais que seriam celebradas em Roma. Poucas pessoas assistiram à cerimônia simples, que teve lugar ao nascer do dia, e que não foi senão um episódio a mais entre os longos cuidados domésticos prestados pelas mulheres à pessoa de Trajano. Matídia chorava amargamente; a vibração do ar em volta da pira embaçava os traços de Plotina. Calma, distante, abatida pela febre, ela manteve-se, como sempre, claramente impenetrável. Atiano e Críton cuidaram para que tudo fosse convenientemente concluído. A leve fumaça dissipou-se no ar pálido da manhã sem sombras. Nenhum dos meus amigos voltou a mencionar os incidentes dos dias que precederam a morte do imperador. Sua senha era evidentemente o silêncio; a minha era não fazer indagações perigosas.

No mesmo dia a imperatriz viúva e seus familiares embarcaram com destino a Roma. Regressei a Antioquia acompanhado ao longo da estrada pelas aclamações das legiões. Uma calma extraordinária se apossou de mim: a ambição e o medo pareciam um pesadelo já esquecido. Sucedesse o que sucedesse, eu tinha estado desde sempre decidido a defender até o fim minhas possibilidades imperiais. O ato da adoção simplificava tudo. Minha própria vida já não me preocupava: podia novamente pensar no resto da humanidade.

Tellus Stabilita
Terra pacificada

Minha vida havia entrado em ordem, mas não o império. O mundo que eu herdara assemelhava-se a um homem na força da idade, robusto ainda, embora já revelando, aos olhos do médico, sinais imperceptíveis de desgaste, tendo inclusive acabado de passar pelos distúrbios de uma moléstia grave. Dali por diante as negociações prosseguiram abertamente. Mandei espalhar por toda parte que o próprio Trajano me incumbira dessa missão antes de sua morte. Eliminei de vez as conquistas perigosas: não somente a Mesopotâmia, onde não nos teríamos podido manter, como também a Armênia, demasiado excêntrica e demasiado longínqua, que só conservei na categoria de Estado vassalo. Duas ou três dificuldades, que teriam feito arrastar-se por anos e anos uma conferência de paz se os principais interessados tivessem vantagem em prolongá-las, foram aplainadas pela habilidade do mercador Opramoas, que sabia fazer-se ouvir pelos sátrapas. Procurei transmitir às minhas negociações o ardor que outros reservam para o campo de batalha. Forcei a paz. Meu parceiro a desejava, aliás, quase tanto quanto eu próprio: os partos não pensavam senão em reabrir suas rotas de comércio entre a Índia e nós. Poucos meses depois da grande crise, tive a alegria de ver formar-se de novo às margens do Orontes a fila das caravanas. Os oásis repovoavam-se de comerciantes que comentavam as notícias ao clarão das fogueiras onde preparavam sua comida. Ao recarregarem cada manhã suas mercadorias destinadas aos países desconhecidos, levavam junto certo número de pensamentos, de palavras e de costumes nossos, que pouco a pouco se apoderariam do globo terrestre mais facilmente do que legiões em marcha. A circulação do ouro e o trânsito das ideias, tão sutil como o ar vital nas artérias, recomeçava no interior do grande corpo do mundo. O pulso da terra voltava a bater.

Por sua vez, a febre da rebelião diminuía. Fora tão violenta no Egito, que era necessário recrutar às pressas milícias camponesas enquanto se esperava por nossas tropas de reforço. Encarreguei imediatamente meu amigo Márcio Turbo de ali restabelecer a ordem, o que ele fez com firmeza e sabedoria. Mas a ordem nas ruas não me satisfazia senão pela metade; queria, se possível, restabelecê-la nos espíritos, ou melhor, fazê-la reinar neles pela primeira vez. A permanência por uma semana em Pelusa foi inteiramente empregada no sentido de manter o fiel da balança entre gregos e judeus, eternos incompatíveis. Não vi nada daquilo que eu teria querido ver: nem as margens do Nilo, nem o Museu de Alexandria, nem as estátuas dos templos. Tive tempo apenas para consagrar uma noite às agradáveis orgias de Canopo. Seis dias intermináveis se passaram no barril efervescente do tribunal, protegido contra o calor do exterior por longos cortinados de ripas que estalavam com o vento. À noite, enormes mosquitos zumbiam em volta das lâmpadas. Tentei demonstrar aos gregos que nem sempre eram eles os mais sábios; aos judeus, que não eram de modo algum os mais puros. As canções satíricas com as quais os helenos de baixa classe perseguiam sem descanso seus adversários não eram menos estúpidas que as grotescas imprecações dos judeus. Aquelas raças, que viviam lado a lado há séculos, não haviam tido, em nenhum momento, a curiosidade de se conhecerem nem a decência de se aceitarem mutuamente. Os litigantes exaustos que abandonavam o lugar tarde da noite encontravam-me novamente sentado no meu banco, ao amanhecer, ocupado ainda em separar o amontoado de lixo dos falsos testemunhos. Os cadáveres apunhalados que me ofereciam como provas eram muitas vezes de doentes mortos em seus leitos e roubados aos embalsamadores. Mas cada hora de acalmia era uma vitória, embora precária como o são todas; cada disputa arbitrada representava um precedente, um empenho para o futuro. Importava-me muito pouco que o acordo obtido fosse aparente, imposto de fora, provavelmente temporário. Sabia que tanto o bem como o mal são uma questão de rotina, que o temporário se prolonga, que o exterior se infiltra no interior, e que, com o decorrer do tempo, a máscara se transforma na própria face. Já que o ódio, a estupidez e a loucura surtem efeitos duradouros, não vejo por que a lucidez, a justiça e a benevolência não surtam também os seus. A ordem nas fronteiras não valeria nada se eu não persuadisse aquele trapeiro judeu e aquele salsicheiro grego a conviverem tranquilamente lado a lado.

A paz era minha meta, mas não absolutamente meu ídolo; a própria palavra "ideal" me desagradaria por estar muito afastada da realidade. Havia pensado levar até o extremo minha repulsa às conquistas, começando por abandonar a Dácia. Tê-lo-ia feito se pudesse, sem loucura, romper frontalmente com a política do meu predecessor, mas era preferível utilizar o mais prudentemente possível as vitórias anteriores ao meu reinado e já registradas pela história. O admirável Júlio Basso, primeiro governador dessa província recém-organizada, sucumbira como quase me aconteceu durante meu ano passado nas fronteiras sármatas, morto pela missão inglória de pacificar sem esmorecer um país aparentemente submetido. Dei ordens para que em Roma lhe fizessem exéquias triunfais, reservadas normalmente aos imperadores. Essa homenagem a um governador sacrificado obscuramente foi meu último e discreto protesto contra a política de conquistas: já não era obrigado a denunciá-la em voz alta, desde que estava em minhas mãos o poder de eliminá-la. Em contrapartida, uma repressão militar impunha-se na Mauritânia, onde os agentes de Lúsio Quieto fomentavam agitações que não exigiam minha presença imediata. O mesmo sucedia na Bretanha, onde os caledônios tinham aproveitado a retirada das tropas, motivada pela guerra da Ásia, para dizimar as guarnições insuficientes deixadas nas fronteiras. Júlio Severo encarregou-se disso com a necessária urgência, visto que do restabelecimento da ordem dependia a longa viagem que eu devia empreender. Contudo, decidi terminar eu próprio a guerra sármata que ficara em suspenso, empregando o número de tropas indispensáveis para pôr fim, de uma vez por todas, às depredações dos bárbaros. Recusava, nesse caso como em todos os outros, sujeitar-me a um sistema. Aceitava a guerra como um meio de atingir a paz, quando todas as negociações se houvessem esgotado, tal como o médico se decide pelo cautério depois de haver experimentado as plantas medicinais. As coisas são de tal modo complicadas nos tratados entre os homens que meu reinado pacífico teria, por sua vez, seus períodos de guerra, assim como a vida de um grande capitão tem, quer ele queira, quer não, seus interlúdios de paz.

Antes de retornar ao norte para liquidar de vez o conflito sármata, revi Quieto. O carniceiro de Cirene continuava temível. Minha primeira decisão fora dissolver suas colunas de batedores númidas; permiti que ficasse com seu lugar no Senado, seu posto no exército regular e aquele imenso domínio de areias ocidentais de que podia fazer, a seu bel-prazer, um trampolim, ou um asilo. Convidou-me para uma caçada em Mísia, em plena floresta, e maquinou astuciosamente um acidente no qual, com um pouco menos de sorte ou de agilidade física, eu teria certamente perdido a vida. Pareceu-me mais prudente aparentar nada suspeitar, ter paciência e esperar. Pouco tempo depois, na Moésia Inferior, no momento em que a capitulação dos príncipes sármatas me permitiu prever meu regresso à Itália em data bastante próxima, fui informado, por uma troca de despachos cifrados com meu antigo tutor, que Quieto, tendo chegado precipitadamente a Roma, se unira a Palma. Nossos inimigos fortificavam suas posições e reorganizavam suas tropas. Não estaríamos seguros enquanto tivéssemos contra nós esses dois homens. Escrevi a Atiano ordenando-lhe que agisse rapidamente. O velho amigo feriu como um raio. Exorbitou minhas ordens e desembaraçou-me, de um só golpe, de todos os inimigos declarados que me restavam. No mesmo dia, com poucas horas de diferença, Celso foi executado em Baias, Palma em sua Vila de Terracina, Nigrino em Favência, à entrada de sua casa de veraneio. Quieto pereceu em viagem, ao sair de um conciliábulo com seus cúmplices, já com o pé no estribo da carruagem que o conduziria à cidade. Uma onda de terror abateu-se sobre Roma. Serviano, meu velho cunhado, que aparentemente se resignara com minha boa sorte, mas que espreitava meus futuros passos em falso, deve ter sentido um estremecimento de alegria, que foi, sem dúvida, em toda a sua vida, o que conheceu de melhor em termos de volúpia. Todos os sinistros rumores que corriam a meu respeito voltaram a merecer crédito.

Recebi essas notícias na ponte do navio que me reconduzia a Roma. Fiquei aterrado. É uma sensação confortável saber que estamos livres dos nossos adversários, mas meu tutor havia demonstrado uma indiferença de velho pelas consequências futuras do seu ato: esquecera-se de que eu teria de conviver com o resultado desses assassinatos durante mais de vinte anos. Meditei sobre as proscrições, ordenadas por Otávio, que mancharam para sempre a memória de Augusto; pensei nos primeiros crimes de Nero seguidos por outros e outros. Recordei os últimos anos de Domiciano, homem medíocre, nem pior nem melhor do que os anteriores, a quem o medo infligido e sofrido tinha pouco a pouco privado da forma humana, morto em pleno palácio como fera acuada na floresta. Minha vida pública começava já a escapar a meu próprio desígnio: a primeira linha da inscrição trazia, profundamente gravadas, algumas palavras que eu não conseguiria apagar jamais. O Senado, esse grande organismo tão frágil, mas que se tornava poderoso quando perseguido, jamais esqueceria que quatro dos seus homens haviam sido executados sumariamente por minha ordem; três intrigantes e um bruto feroz foram transformados em mártires. Adverti imediatamente a Atiano que viesse encontrar-me em Brundisium para responder pelos seus atos.

Esperava-me a dois passos do porto, num dos quartos da estalagem voltada para o Oriente onde outrora morrera Virgílio. Veio, mancando, receber-me à porta; sofria de uma crise de gota. Mal ficamos a sós, explodi em censuras: um reinado que eu queria moderado, exemplar, começava por quatro execuções das quais apenas uma era indispensável, considerando-se ainda que o executor negligenciara perigosamente de cercar tais atos com uma aparência legal. Tamanho abuso de força ser-me-ia tanto mais reprovado quanto mais eu me aplicasse, para o futuro, em ser clemente, escrupuloso ou justo; servir-se-iam disso para provar que minhas supostas virtudes não eram senão uma série de máscaras. Com esses argumentos seria fácil criar em torno do meu nome uma reputação de tirano que me seguiria talvez até o fim da história. Confessei-lhe meus temores: não me sentia inteiramente isento de crueldade nem de outras taras humanas: acreditava no lugar-comum que prescreve que o crime atrai o crime, e na imagem do animal que já provou o gosto do sangue. Meu velho amigo, cuja fidelidade me parecera inquebrantável, começava a emancipar-se. Aproveitando-se das fraquezas que supusera ver em mim, arranjou-se, sob pretexto de me servir, para acertar contas pessoais com Nigrino e Palma. Comprometia assim minha obra de pacificação, ao mesmo tempo que me preparava o mais sombrio regresso a Roma.

O velho pediu permissão para se sentar e estendeu sobre um banco a perna envolvida em ataduras. Continuando a falar, coloquei um cobertor sobre seu pé doente. Deixava-me prosseguir com o sorriso do velho professor de gramática que ouve o discípulo sair-se bastante bem de uma exposição difícil. Quando terminei, perguntou-me gravemente o que havia pensado fazer dos inimigos do regime. Seria fácil provar, se necessário, que aqueles quatro homens haviam conjurado minha morte; tinham pelo menos interesse em fazê-lo. Toda passagem de um reinado a outro acarreta sempre semelhantes operações de limpeza. Ele encarregara-se daquela para me deixar as mãos limpas.

Se a opinião pública exigia uma vítima, nada mais simples do que demiti-lo do seu cargo de prefeito do Pretório. Ele previra essa medida; aconselhou-me a tomá-la. Aceitaria o afastamento ou até o exílio, se tanto fosse preciso para conciliar o Senado.

Atiano havia sido o tutor a quem sempre se subtrai dinheiro, o conselheiro dos dias difíceis, o procurador fiel; entretanto, era a primeira vez que eu olhava com atenção para aquele rosto de bochechas flácidas cuidadosamente barbeadas, para aquelas mãos deformadas, tranquilamente juntas sobre o castão da bengala de ébano. Conhecia bastante bem os diversos elementos da sua existência de homem próspero: a mulher que lhe era querida e cuja saúde exigia cuidados; as filhas casadas e os netos, para os quais nutria ambições a um tempo modestas e obstinadas, como o haviam sido as suas próprias. Conhecia seu gosto pelos pratos requintados; sua decidida predileção pelos camafeus gregos e por jovens dançarinas. Ele me colocara acima de tudo isso: durante trinta anos, sua primeira preocupação fora proteger-me, depois servir-me. A mim, que não havia adotado senão ideias, projetos ou, no máximo, uma futura imagem de mim mesmo, esse devotamento banal de homem para homem parecia-me prodigioso, insondável. Ninguém é digno de tamanha dedicação, que, aliás, até hoje permanece inexplicável para mim. Segui seu conselho: ele perdeu o posto. Seu sorriso delicado era uma prova de que esperava ser tomado ao pé da letra. Sabia muito bem que nenhuma solicitude intempestiva para com um velho amigo me impediria, em nenhuma hipótese, de adotar a atitude mais esclarecida; aquele fino político não aprovaria que eu agisse diferentemente. Não era necessário, porém, exagerar a extensão da sua desgraça: depois de alguns meses de eclipse político, consegui fazê-lo entrar para o Senado. Era a maior honra que eu pudesse conceder àquele homem a ordem equestre. Ele teve uma velhice fácil de rico cidadão romano, garantida pela influência que lhe proporcionava o conhecimento perfeito das famílias e dos negócios. Fui muitas vezes hóspede dele em sua vila dos montes de Alba. Não importa: como Alexandre na véspera de uma batalha, eu tinha sacrificado ao medo antes de entrar em Roma: acontece-me incluir Atiano entre minhas vítimas humanas.

Atiano estava certo: o ouro virgem do respeito seria muito fraco sem uma certa liga de medo. Aconteceu assim com o assassinato dos quatro consulares como com a história do testamento forjado: os espíritos honestos e os corações virtuosos recusaram-se a considerar-me implicado; os cínicos supuseram o pior, mas em compensação me admiraram mais por isso. Roma voltou à calma no momento em que ficou claro que meus rancores não iam mais além; a alegria experimentada por cada um ao se sentir tranquilizado fez com que depressa todos se esquecessem dos mortos. Admiravam-se da minha brandura porque a julgavam deliberada e voluntária, adotada cada manhã em substituição a uma violência que me teria sido igualmente fácil. Louvavam minha simplicidade porque suspeitavam haver nela um cálculo. Trajano possuíra a maioria das virtudes modestas; as minhas tinham o dom de surpreendê-los; pouco faltava para que fossem vistas como um refinamento do vício. Eu era o mesmo homem de antes, mas tudo que haviam menosprezado em mim passava a ser sublime; uma extrema polidez, que os espíritos grosseiros haviam interpretado como forma de fraqueza, talvez de covardia, parecia-lhes agora a bainha polida e lustrada da força. Elevaram às nuvens minha paciência para com os solicitantes, minhas frequentes visitas aos enfermos dos hospitais militares, minha familiaridade amistosa com os veteranos que retornavam à pátria. Nada disso diferia da maneira como eu havia, durante toda a minha vida, tratado meus servidores e os colonos das minhas terras. Cada um de nós possui mais virtudes do que os outros supõem, mas só o sucesso as coloca em evidência, talvez porque se espere que deixemos de praticá-las. Os seres humanos confessam publicamente suas piores fraquezas quando se espantam de que os poderosos não sejam tolamente indolentes, presunçosos ou cruéis.

Tinha recusado todos os títulos. No primeiro mês do meu reinado, o Senado me havia condecorado, sem meu consentimento, com a série de títulos honoríficos que colocam, como se fosse um xale de franjas, em volta do pescoço de certos imperadores. Dácico, pártico, germânico: Trajano apreciara esses belos sons de músicas guerreiras, semelhantes aos címbalos e aos tambores dos regimentos partos; haviam suscitado nele ecos e respostas; a mim, simplesmente irritavam-me ou atordoavam-me. Mandei abolir tudo isso; recusei também, embora provisoriamente, o admirável título de Pai da Pátria, que Augusto só aceitou no fim da vida e do qual ainda não me sentia digno. Tomei a mesma atitude relativamente ao triunfo; teria sido ridículo aceitar a glória de uma guerra em que meu único mérito havia sido colocar-lhe um fim. Aqueles que interpretaram essa recusa como modéstia enganaram-se tanto quanto os que me acusavam de orgulho. Meus cálculos visavam menos aos efeitos produzidos nos outros do que minhas próprias vantagens. Queria que meu prestígio fosse pessoal, colado à minha pele, imediatamente mensurável em termos de agilidade mental, de força ou de atos realizados. Os títulos, se viessem, viriam mais tarde, acrescidos de outros títulos, testemunhos de vitórias mais secretas, às quais nem sequer ousava pretender ainda. Bastava-me, no momento, a preocupação de me tornar ou de ser o máximo possível Adriano.

Acusam-me de não amar Roma suficientemente. Entretanto, ela era bela naqueles dois anos em que o Estado e eu experimentávamos mutuamente nossas capacidades. A cidade das ruas estreitas, dos fóruns apinhados, dos tijolos cor de carne antiga. Roma, vista de novo depois do Oriente e da Grécia, revestia-se de uma espécie de estranheza que um romano nascido e acostumado a viver sempre na cidade não lhe encontraria. Reabituava-me a seus invernos úmidos e cobertos de fuligem, a seus verões africanos temperados pelo frescor das cascatas de Tíbur e dos lagos de Alba, a seu povo quase rústico, provincianamente apegado às sete colinas. A ambição do romano e seu atrativo pelo lucro, os acasos da conquista e da servidão fazem afluir a Roma todas as raças do mundo, desde o negro tatuado ao germano peludo, ao grego esbelto, até o oriental espesso. Libertei-me de certas delicadezas: passei a frequentar os banhos públicos no horário popular; aprendi a suportar os jogos em que não vira, até então, senão um feroz esbanjamento. Minha opinião não mudara: continuava a detestar os massacres nos quais a fera não tem nenhuma alternativa. No entanto, ia percebendo pouco a pouco seu valor ritual e seus efeitos de trágica purificação sobre a multidão inculta. Queria que o esplendor das festas igualasse o de Trajano, embora com mais arte e mais ordem. Obriguei-me a apreciar a rigorosa esgrima dos gladiadores com a condição, porém, de que ninguém fosse forçado a exercer essa profissão contra sua vontade. Aprendi, do alto da tribuna do Circo, a parlamentar com a multidão através da voz dos arautos, a não lhes impor silêncio a não ser com uma deferência que ela me devolvia centuplicada, a não lhe conceder coisa alguma a que ela não tivesse o direito de esperar, a nada recusar sem explicar os motivos da recusa. Não levava, como tu, meus livros para a tribuna imperial: desprezar as alegrias do povo é insultá-lo. Se o espetáculo me aborrecia, o esforço despendido para suportá-lo me parecia um exercício mais valioso do que a leitura de Epiteto.

A moral é uma convenção privada; a decência, um assunto público; toda permissividade muito visível sempre me pareceu uma exibição de mau gosto. Proibi os banhos mistos, motivo de rixas quase constantes; mandei fundir e retornar aos cofres do Estado a colossal baixela de ouro maciço encomendada pela intemperança de Vitélio. Nossos primeiros Césares deixaram uma detestável reputação de caçadores de heranças: adotei como sistema não aceitar nem para o Estado nem para mim mesmo nenhum legado ao qual os herdeiros diretos se julgassem com direito. Procurei diminuir o número exorbitante de escravos a serviço da casa imperial, e sobretudo a audácia com a qual alguns deles pretendiam igualar-se aos melhores cidadãos, aterrorizando-os por vezes. Certa vez, um dos meus criados dirigiu impertinentemente a palavra a um senador; ordenei que fosse esbofeteado. Minha aversão à desordem chegou ao ponto de mandar açoitar em pleno Circo os dissipadores cobertos de dívidas. Para evitar confusões na cidade, insisti no uso em público da toga e do laticlavo, vestes incômodas como tudo que é honorífico, a que eu mesmo só me sujeito em Roma. Levantava-me para receber meus amigos; conservava-me de pé durante minhas audiências, como reação contrária à sem-cerimônia da atitude sentada ou deitada. Ordenei a redução do número insolente de equipagens que atravancam nossas ruas, luxo de velocidade que se anula por si mesmo, pois que um pedestre leva vantagem sobre cem veículos colados uns aos outros ao longo das curvas da Via Sagrada. Para minhas visitas, habituei-me a me fazer transportar em liteira até o interior das habitações particulares, poupando a meu anfitrião o incômodo de me esperar ou de me reconduzir até a rua sob o sol ou o vento áspero de Roma.

Reencontrei meus parentes: sempre senti certa ternura por minha irmã Paulina, e o próprio Serviano me parecia menos odioso do que outrora. Minha sogra, Matídia, trouxera do Oriente os primeiros sintomas de uma doença mortal. Esforcei-me por distraí-la dos seus sofrimentos por meio de festas frugais, em que bastava uma gota de vinho para embriagar aquela matrona com ingenuidades de donzela. A ausência de minha mulher, que se refugiara no campo em um dos seus acessos de mau humor, não diminuía em coisa alguma as alegrias familiares. Entre todas as pessoas com quem convivi, ela foi talvez aquela a quem jamais consegui agradar: é verdade que não me empenhei muito nesse sentido. Frequentei a pequena casa onde a imperatriz viúva se entregava aos prazeres austeros da meditação e dos livros. Reencontrei o emocionante silêncio de Plotina. Ela apagava-se suavemente; aquele jardim, aquelas salas claras tornavam-se cada dia mais o recinto fechado de uma Musa, o templo de uma imperatriz já divina. Sua amizade permanecia exigente, conquanto Plotina não tivesse senão exigências judiciosas.

Revi meus amigos; conheci o prazer sutil de retomar contato após longas ausências, de reconsiderar meus julgamentos, e de vê-los reconsiderarem os seus. Vítor Vocônio, o companheiro das alegrias e dos trabalhos literários de outrora, tinha morrido. Encarreguei-me de compor sua oração fúnebre; sorriram ao ouvir-me mencionar entre as virtudes do morto uma castidade desmentida pelos seus próprios poemas e pela presença, no funeral, de Téstilo, o jovem dos caracóis cor de mel, a quem Vítor chamava noutro tempo "seu belo tormento". Minha hipocrisia era menos grosseira do que parecia: todo prazer sentido com gosto parece-me casto. Colocava Roma em ordem tal como uma casa da qual o proprietário deseja poder ausentar-se sem que ela sofra com sua ausência: novos colaboradores foram testados; os adversários reconciliados cearam no Palatino com os amigos dos tempos difíceis. Nerácio Prisco delineava à minha mesa seus planos de legislação; o arquiteto Apolodoro nos explicava seus projetos; Ceônio Cômodo, riquíssimo patrício descendente de antiga família etrusca com sangue real, grande conhecedor de vinhos e homens, acertava comigo os detalhes da minha próxima manobra no Senado.

Seu filho, Lúcio Ceônio, então com 18 anos apenas, alegrava essas festas, que eu queria austeras, com a graça risonha de jovem principe. Tinha já certas manias absurdas e, ao mesmo tempo, deliciosas: a paixão de preparar iguarias raras para seus amigos, o gosto requintado pelas decorações florais, o amor louco pelos jogos de azar e pelos disfarces. Marcial era seu Virgílio: declamava aquelas poesias lascivas com impudência encantadora. Fiz-lhe promessas que mais tarde me embaraçaram muito; esse jovem fauno dançante ocupou seis meses da minha vida.

Muitas vezes perdi Lúcio de vista e muitas vezes tornei a encontrá-lo no decorrer dos anos que se seguiram, tantas vezes que corro o risco de ter guardado dele uma imagem feita de memórias superpostas que não correspondem, no conjunto, a nenhuma fase da sua breve existência. O árbitro um tanto insolente das elegâncias romanas, o orador iniciante, timidamente curvado sobre as dificuldades do texto, exigindo minha opinião sobre uma passagem difícil, o jovem oficial inquieto, torturando a barba pouco densa, o enfermo atormentado pela tosse junto do qual velei até a agonia, não existiram senão muito mais tarde. A imagem de Lúcio adolescente ficou confinada nos mais secretos recantos da memória: um rosto, um corpo, o alabastro de uma tez pálida e rosada, o equivalente exato de um epigrama amoroso de Calímaco e de algumas linhas nítidas e nuas do poeta Estratão.

Mas eu tinha pressa de sair de Roma. Até então meus predecessores se haviam ausentado principalmente em razão das guerras; para mim, os grandes projetos, as atividades pacíficas e minha própria vida começavam fora dos muros de Roma.

Antes, porém, cabia-me tomar uma última medida: dar a Trajano o triunfo que obsedara seus sonhos de doente. O triunfo não assenta senão aos mortos. Aos vivos, há sempre alguém para censurar-lhes as fraquezas, como outrora reprovavam a César a calvície e os amores. Mas o morto tem direito a essa espécie de consagração na sepultura, algumas horas de pompa e brilho antes dos séculos de glória e dos milênios de esquecimento. A boa fortuna de um morto acha-se ao abrigo dos reveses: suas mesmas derrotas adquirem o esplendor de vitórias. O último triunfo de Trajano não comemorava seu êxito mais ou menos duvidoso sobre os partos, mas o honroso esforço de toda uma vida. Nós nos reuníramos para celebrar o melhor imperador que Roma conheceu depois da velhice de Augusto: Trajano, o mais constante no trabalho, o mais honesto, o menos injusto. Seus próprios defeitos não eram nada mais do que as particularidades que concorrem para acentuar a semelhança do busto de mármore com a face do ser vivo. A alma do imperador subia ao céu levada pela espiral imóvel da Coluna de Trajano. Meu pai adotivo transformava-se em deus e iniciava sua participação na série de encarnações guerreiras de Marte eterno, que vem perturbar o mundo de século em século. De pé na varanda do Palatino, media minhas diferenças; instrumentava-me para fins mais calmos. Começava a sonhar com uma soberania olímpica.

Roma já não cabe mais em Roma: a partir de agora deve decair ou igualar-se à metade do mundo. Esses telhados, esses terraços, essas ilhotas de casas, que o sol poente doura com um rosa tão belo, já não são, como no tempo dos nossos reis, prudentemente cercados de muralhas; eu próprio reconstruí boa parte delas ao longo das florestas germânicas e nas extensas charnecas bretãs. Sempre que olhei de longe, numa curva de qualquer estrada ensolarada, uma acrópole grega e sua cidade perfeita como uma flor, ligada à sua colina como o cálice à sua haste, sentia que essa planta incomparável era limitada pela sua própria perfeição, consumada num ponto do espaço e num segmento do tempo. Sua única probabilidade de expansão, como a das plantas, era sua semente: o sêmen das ideias com que a Grécia fecundou o mundo. Roma, porém, mais pesada e informe, mais vagamente estendida na sua planície às margens do seu rio, organizava-se em direção a um desenvolvimento mais amplo: a cidade tornara-se o Estado. Bem quisera eu que o Estado se expandisse ainda mais, transformando-se na própria ordem do mundo, na própria ordem das coisas. As virtudes, antes suficientes à pequena cidade das sete colinas, teriam de se tornar flexíveis, diversificar-se, para convirem a toda a Terra. Roma, que eu era o primeiro a ousar qualificar como Eterna, assemelhar-se-ia cada vez mais às deusas-mães dos cultos da Ásia: progenitora dos jovens e das colheitas, cerrando contra o seio leões e colmeias. Contudo, toda criação humana que aspira à eternidade deve adaptar-se ao ritmo instável dos grandes objetos naturais e harmonizar-se com o tempo dos astros. Nossa Roma já não é a aldeia pastoral do velho Evandro, grávida de um futuro que já é, em parte, passado. A Roma conquistadora da República cumpriu seu papel; a louca capital dos primeiros Césares tende, por si mesma, a tornar-se mais circunspecta; outras Romas virão das quais mal posso imaginar a fisionomia, mas para cuja formação terei contribuído. Visitando as cidades antigas, santas, mas acabadas, sem valor presente para a raça humana, fazia a mim mesmo a promessa de evitar que minha Roma tivesse o destino petrificado de uma Tebas, de uma Babilônia ou de uma Tiro. Salvar-

-se-ia do seu destino de pedra; criaria para si, com a palavra "Estado", com a palavra "Cidadania", com a palavra "República", uma imortalidade mais segura. Nos países ainda incultos, às margens do Reno, do Danúbio, ou do mar dos Batavos, cada aldeia defendida por uma paliçada de estacas me fazia lembrar a cabana de caniços, o monte de gravetos onde nossos gêmeos romanos dormiam saciados pelo leite da loba: essas futuras metrópoles reproduziriam Roma. Aos corpos físicos das nações e das raças, aos acidentes geográficos, às exigências discordantes dos deuses ou dos antepassados, teríamos para sempre superposto, mas sem nada destruir, a unidade da conduta humana, o empirismo de uma sábia experiência. Roma perpetuar-se-ia na mais insignificante das cidades onde os magistrados se esforçassem por verificar a balança dos negociantes, por limpar e iluminar suas ruas, por se opor à desordem, à incúria, ao medo, à injustiça, e reinterpretar razoavelmente as leis. Assim, não sucumbiria senão com a última cidade dos homens.

Humanitas, Felicitas, Libertas: essas belas palavras que figuram nas moedas do meu reinado, não as inventei eu. Não importa qual filósofo grego, quase todos os romanos cultos têm, como eu, a mesma imagem do mundo. Colocado diante de uma lei injusta porque excessivamente rigorosa, ouvi Trajano exclamar que a execução dela já não correspondia ao espírito da época. A esse espírito da época, eu teria sido talvez o primeiro a subordinar conscientemente todos os meus atos, a fazer dele qualquer coisa mais que o vago sonho de um filósofo, ou a aspiração um tanto imprecisa de um bom príncipe. E agradecia aos deuses por me terem concedido viver num tempo em que a tarefa que me coube consistia em reorganizar prudentemente o mundo, e não em extrair do caos uma matéria ainda informe, ou em deitar-me sobre um cadáver para tentar ressuscitá-lo. Felicitava-me pelo fato de que nosso passado tivesse sido bastante antigo para nos fornecer exemplos, e não bastante pesado para nos esmagar; felicitava-me também pelo fato de que o desenvolvimento das nossas técnicas tivesse atingido tal ponto que facilitasse a higiene das cidades e a prosperidade dos povos sem os excessos que ameaçariam sobrecarregar o homem com aquisições inúteis; que nossas artes, árvores um tanto fatigadas pela abundância dos seus dons, fossem capazes ainda de produzir alguns frutos deliciosos. Alegrava-me que nossas religiões vagas e veneráveis, decantadas de toda intransigência ou de todo ritual selvagem, nos associassem misteriosamente aos sonhos mais antigos do homem e da terra, sem contudo proibir as explicações laicas dos fatos, numa visão racional da conduta humana. Agradava-me enfim que estas mesmas palavras "Humanidade", "Liberdade" e "Felicidade" não tivessem ainda sido desvalorizadas pelo excesso de aplicações ridículas.

Considero como a maior objeção a todo e qualquer esforço para melhorar a condição humana o fato de os homens serem, talvez, indignos dele. Afasto-a, porém, sem dificuldade: enquanto o sonho de Calígula permanecer irrealizável e o gênero humano não for todo ele reduzido a uma única cabeça oferecida ao cutelo, teremos de tolerá-lo, contê-lo e utilizá-lo para nossos próprios fins. Nosso interesse, é claro, será o de bem servi-lo. Meu processo baseava-se numa série de observações feitas desde há muito tempo em mim próprio: toda explicação lúcida sempre me convenceu, toda polidez me conquistou, toda felicidade quase me tornou mais moderado. Jamais dei muito crédito às pessoas bem-intencionadas que afirmam que a felicidade excita, que a liberdade enfraquece, que a clemência corrompe aqueles sobre quem se exerce. É possível: na situação normal do mundo, seria o mesmo que recusar o alimento necessário a um homem magro por receio de que, dentro de alguns anos, ele viesse a sofrer de pletora. Quando tivermos reduzido o máximo possível as servidões inúteis, evitado as desgraças desnecessárias, restará sempre, para manter vivas as virtudes heroicas do homem, a longa série de males verdadeiros: a morte, a velhice, as doenças incuráveis, o amor não partilhado, a amizade rejeitada ou traída, a mediocridade de uma vida menos vasta do que nossos projetos e mais enevoada do que nossos sonhos. Enfim, todas as desventuras causadas pela divina natureza das coisas.

Devo confessar que acredito pouco nas leis. Quando demasiado duras são transgredidas com razão. Quando muito complicadas, o engenho humano encontra facilmente o meio de escapar por entre as malhas dessa rede frágil e escorregadia. O respeito pelas leis antigas corresponde ao que a piedade humana tem de mais profundo; serve também de travesseiro à inércia dos juízes. As leis mais antigas participam da selvageria que elas mesmas pretendem corrigir; as mais veneráveis são ainda um produto da força. A maioria das nossas leis penais não atingem, talvez felizmente, senão uma pequena parte dos culpados; nossas leis civis jamais serão bastante flexíveis para se adaptar à fluida variedade dos fatos. Mudam menos rapidamente do que os costumes; perigosas quando estes as ultrapassam, o são ainda mais quando pretendem precedê-los. Contudo, desse amontoado de inovações perigosas que oferecem tantos riscos, ou de rotinas obsoletas, surgem aqui e ali, como na medicina, algumas fórmulas aproveitáveis. Os filósofos gregos ensinaram-nos a conhecer um pouco melhor a natureza humana: nossos melhores juristas vêm trabalhando há algumas gerações visando ao bom senso. Eu mesmo efetuei algumas dessas reformas parciais que são as únicas duradouras. Toda lei muitas vezes transgredida é má: cabe ao legislador revogá-la ou substituí-la antes que o desprezo por uma disposição insensata não se estenda a outras leis mais justas. Propus-me como meta uma anulação prudente de leis supérfluas e a promulgação, com firmeza, de um pequeno grupo de decisões sábias. Parecia chegado o momento de reavaliar, no interesse da humanidade, todas as prescrições antigas.

Na Espanha, nos arredores de Tarragona, certo dia em que visitava desacompanhado uma mina semiabandonada, um escravo, cuja vida bastante longa se passara quase toda naqueles corredores subterrâneos, lançou-se sobre mim com uma faca. Não sem lógica ele se vingava na pessoa do imperador dos seus 43 anos de servidão. Desarmei-o facilmente e entreguei-o a meu médico. Sua fúria abrandou; transformou-se no que realmente era: um ser não menos sensato do que outros e mais fiel do que muitos. Esse delinquente, que a lei rigorosamente aplicada teria executado imediatamente, tornou-se-me útil servidor. A maior parte dos homens assemelha-se a esse escravo: submeteram-se demais. Os longos períodos de embotamento são interrompidos por algumas revoltas tão brutais quanto inúteis. Desejava saber se uma liberdade sabiamente compreendida não daria melhor resultado, e espanta-me que semelhante experiência não tenha tentado outros príncipes. Esse bárbaro condenado ao trabalho das minas tornou-se, para mim, o símbolo de todos os nossos escravos, de todos os nossos bárbaros. Não me parecia de todo impossível tratá-los como eu havia tratado esse homem, torná-los inofensivos através da bondade, contanto que soubessem, em princípio, que a mão que os desarmava era firme. Até agora todos os povos decaíram por falta de generosidade: Esparta teria sobrevivido mais tempo se tivesse interessado os hilotas na sua sobrevivência; um belo dia Atlas cessa de sustentar o peso do Céu e sua revolta abala a Terra. Eu teria querido recuar o mais possível, evitar, se pudesse, o momento em que os bárbaros do exterior e os escravos do interior se lançarão sobre um mundo que lhes mandam respeitar de longe, ou servir como inferiores, mas cujos benefícios não são para eles. Empenhava-me em que a mais deserdada das criaturas, o escravo encarregado da limpeza das cloacas das cidades, o bárbaro esfaimado que ronda as fronteiras, pudessem sentir interesse pela estabilidade de Roma.

Duvido de que toda a filosofia do mundo seja capaz de suprimir a escravidão: no máximo mudar-lhe-ão o nome. Sou capaz de imaginar formas de servidão piores que as nossas porque mais insidiosas: seja transformando os homens em máquinas estúpidas e satisfeitas que se julgam livres quando são subjugadas, seja desenvolvendo neles, mediante a exclusão do repouso e dos prazeres humanos, um gosto tão absorvente pelo trabalho como a paixão da guerra entre as raças bárbaras. A essa servidão do espírito ou da imaginação, prefiro ainda nossa escravidão de fato. Seja como for, a terrível condição que coloca um homem à mercê de outro homem deve ser cuidadosamente regulada pela lei. Providenciei para que o escravo não continuasse a ser essa mercadoria anônima que se vende sem levar em conta as ligações de família que ele haja criado, esse objeto desprezível de que um juiz não registra o testemunho antes de havê-lo submetido à tortura, em lugar de aceitá-lo sob juramento. Proibi que fossem obrigados a executar funções degradantes ou perigosas, que fossem vendidos aos donos de casas de prostituição ou às escolas de gladiadores. Que aqueles que se comprazem com essas profissões sejam os únicos a exercê-las: serão assim mais bem-desempenhadas. Nas propriedades agrícolas, onde os feitores abusam da força, substituí, o máximo possível, o escravo pelo colono livre. Nosso anedotário está cheio de histórias de gastrônomos que atiram seus criados às moreias, mas os crimes escandalosos e facilmente puníveis são pouca coisa comparados aos milhares de monstruosidades corriqueiras cometidas diariamente por gente de bem, mas de coração duro, a quem ninguém pensa em incomodar. Protestaram quando expulsei de Roma uma rica patrícia, muito considerada, que maltratava seus velhos escravos. O mais insignificante dos ingratos que negligencia seus pais enfermos choca muito mais a consciência pública, mas vejo pouca diferença entre essas duas formas de desumanidade.

A condição das mulheres é determinada por estranhos costumes: elas são ao mesmo tempo dominadas e protegidas, fracas e poderosas, excessivamente desprezadas e excessivamente respeitadas. Nesse caos de costumes contraditórios, a sociedade sobrepõe-se à natureza: ainda mais, não é fácil distinguir uma da outra. Esse estado de coisas tão confuso é, em toda a parte, mais estável do que parece: no conjunto, as mulheres querem continuar como estão; resistem às mudanças, ou as utilizam em benefício próprio. A liberdade das mulheres de hoje, maior ou pelo menos mais visível do que a dos tempos antigos, não passa de um dos aspectos da vida mais fácil das épocas prósperas; os princípios e mesmo os preconceitos de outrora não foram seriamente atingidos. Sinceros ou não, os elogios oficiais e as inscrições tumulares continuam a atribuir às nossas matronas as mesmas virtudes de inteligência, castidade e austeridade que lhes eram exigidas sob a República. Aliás, essas mudanças, reais ou aparentes, não modificaram em nada o eterno desregramento dos costumes da classe baixa, nem a perpétua hipocrisia burguesa, e só o tempo poderá provar sua durabilidade. A fraqueza das mulheres, como a dos escravos, deve-se à sua condição legal; sua força desforra-se nas pequenas coisas nas quais o poder que elas exercem é quase ilimitado. Raramente vi o interior de uma casa onde as mulheres não reinassem; também vi várias vezes reinar ali o intendente, o cozinheiro, ou o ex-escravo. No campo financeiro, as mulheres permanecem legalmente subordinadas a uma certa forma de tutela; na prática, em todas as lojas de Suburra, é normalmente a vendedora de aves ou de frutos que tem voz ativa no balcão. A esposa de Atiano administrava os bens da família com admirável gênio de homem de negócios. As leis deveriam diferençar o menos possível sua aplicação: concedi à mulher uma liberdade acrescida do direito de administrar sua fortuna, de testar ou de herdar. Insisti para que nenhuma jovem se casasse sem seu próprio consentimento: essa transgressão das leis é tão repugnante como qualquer outra. O casamento é sua grande questão; é muito justo que elas só a resolvam por livre e espontânea vontade.

Uma parte dos nossos males provém de que muitos homens são excessivamente ricos, outros desesperadamente pobres. Por felicidade, certo equilíbrio tende a se estabelecer atualmente entre esses dois extremos: as fortunas colossais dos imperadores e dos ex-escravos pertencem ao passado: Trimalcião e Nero estão mortos. Mas, no que respeita a uma inteligente reformulação econômica do mundo, tudo está por fazer. Ao chegar ao poder, renunciei às contribuições voluntárias das cidades para o imperador que não são mais do que um roubo disfarçado. Aconselho-te a renunciar a elas por tua vez. A anulação completa das dívidas dos particulares ao Estado era uma medida mais arriscada, porém necessária para fazer tábua rasa depois de dez anos de economia de guerra. Há um século nossa moeda vem sendo perigosamente desvalorizada. É, entretanto, pela taxa das nossas peças de ouro que se avalia a eternidade de Roma: cabe-nos restituir-lhes o valor e o peso solidamente calculados em coisas. Nossas terras são cultivadas ao acaso: só os distritos privilegiados, o Egito, a África, a Toscana e alguns outros souberam criar comunidades camponesas inteligentemente exercitadas na cultura do trigo ou da uva. Uma das minhas preocupações era amparar essa classe e dela obter instrutores destinados a treinar as populações camponesas mais primitivas ou mais rotineiras e menos hábeis. Pus termo ao escândalo das terras deixadas em alqueive por grandes proprietários indiferentes ao bem público: todo campo não cultivado durante cinco anos passava, automaticamente, a pertencer ao lavrador disposto a fazê-lo produzir. Medidas semelhantes foram tomadas com relação às explorações mineiras. A maior parte dos nossos ricos faz enormes donativos ao Estado, às instituições públicas, ao príncipe. Muitos agem assim por interesse, alguns por virtude; quase todos, finalmente, ganham na transação. Teria preferido, porém, ver a generosidade deles assumir outras formas que não fossem a da ostentação na esmola, ensinar-lhes a aumentar sensatamente seus bens no interesse da comunidade, como só o fizeram até o presente para enriquecer os filhos. Foi dentro desse espírito que eu próprio tomei nas minhas mãos a administração do domínio imperial: ninguém tem o direito de tratar a terra como o avaro à sua arca de ouro.

Nossos comerciantes são, por vezes, nossos melhores geógrafos, nossos melhores astrônomos, nossos mais sábios naturalistas. Nossos banqueiros podem colocar-se entre nossos mais hábeis conhecedores de homens. Utilizava sua competência; lutava com todas as minhas forças contra a usurpação. O apoio dado aos armadores decuplicou o intercâmbio com as nações estrangeiras; consegui, dessa maneira, aumentar com pouca despesa a custosa frota imperial. No tocante às importações do Oriente e da África, a Itália é uma ilha e depende dos corretores do trigo para sua subsistência desde que não é ela própria a fornecê-lo; a única maneira de fazer face aos perigos dessa situação é tratar esses indispensáveis homens de negócios como funcionários vigiados de perto. Nossas velhas províncias atingiram nos últimos anos uma prosperidade passível de ainda ser aumentada, mas o que realmente importa é que essa prosperidade sirva a todos, e não somente ao banco de Herodes Ático, ou ao pequeno especulador que açambarca todo o azeite de uma aldeia grega. Nenhuma lei é demasiadamente dura para reduzir o número de intermediários que abundam em nossas cidades: raça obscena e obesa cochichando pelas tavernas, encostada a todos os balcões, pronta a solapar toda política que não lhe proporcione vantagens imediatas. Uma distribuição judiciosa dos celeiros do Estado ajuda a conter a escandalosa inflação dos preços em tempos de escassez, mas eu contava sobretudo com a organização dos próprios produtores, dos vinhateiros gauleses, dos pescadores do Ponto Euxino, cuja cota miserável é devorada pelos importadores de caviar e de peixe salgado, que engordam à custa dos trabalhos e dos perigos deles. Um dos meus dias mais felizes foi aquele em que consegui persuadir um grupo de marinheiros do arquipélago a associar-se em corporação e a tratar diretamente com os mercadores das cidades. Jamais me senti tão príncipe e tão útil.

Demasiadas vezes a paz não é para o exército senão um período de ociosidade turbulenta entre dois combates. A única alternativa da inação, ou da desordem, são os trabalhos preparatórios para uma nova guerra e depois a própria guerra. Rompi com essas rotinas: minhas constantes visitas aos postos avançados eram apenas um meio entre outros de manter aquele exército pacífico em estado de atividade útil. Por toda a parte, nos terrenos planos como na montanha, na orla da floresta como em pleno deserto, a legião amplia ou concentra suas edificações sempre iguais, bem como seus campos de manobras. Da mesma forma, ocupa-se dos acampamentos construídos em Colônia para resistir à neve e, em Lambess, para resistir às tempestades de areia; dos seus armazéns cujo material inútil mandei vender; e, finalmente, do seu círculo de oficiais a que preside uma estátua do príncipe. Mas essa uniformidade não é senão aparente: os alojamentos em contínua renovação abrigam alternadamente uma multidão sempre diferente de tropas auxiliares. Todas as raças trazem para o exército suas virtudes e suas armas peculiares, seu engenho de infantaria, de cavalaria ou de arqueiros. Encontrava ali, em estado primitivo, aquela diversidade na unidade que foi minha aspiração imperial. Permiti aos soldados o uso dos seus gritos de guerra nacionais e ordens de comando transmitidas em seus próprios idiomas; sancionei as uniões dos veteranos com as mulheres bárbaras e legitimei seus filhos. Esforçava-me assim por suavizar a selvageria da vida dos acampamentos, por tratar esses homens simples como homens. Mesmo correndo o risco de torná-los menos receptivos a futuros deslocamentos, ainda assim queria-os mais presos ao palmo de terra que tinham por missão defender; não hesitei inclusive em regionalizar o exército. Esperava restabelecer no império o equivalente às milícias da jovem República, nas quais cada homem defendia seu campo e sua fazenda. Trabalhava sobretudo para desenvolver a eficácia técnica das legiões; pretendia servir-me desses centros militares como de uma alavanca de civilização, como uma cunha bastante sólida para penetrar aos poucos nos lugares onde os instrumentos mais delicados da vida civil estivessem embotados. O exército tornava-se um traço de união entre o povo das florestas, da estepe e dos charcos, e o habitante requintado das cidades: uma espécie de escola primária para bárbaros, escola de resistência e de responsabilidade para o grego letrado, ou o jovem cavalheiro habituado às comodidades de Roma. Conhecia pessoalmente os lados penosos dessa vida tão bem como as suas facilidades e os seus subterfúgios. Anulei os privilégios; proibi as licenças demasiado frequentes concedidas aos oficiais; fiz desobstruir os acampamentos de suas salas de banquetes, dos seus pavilhões de prazer e dos dispendiosos jardins. Essas edificações inúteis foram transformadas em enfermarias e em asilo para veteranos. Recrutávamos nossos soldados numa idade muito tenra e os mantínhamos em atividade até muito velhos, o que era ao mesmo tempo pouco econômico e cruel. Modifiquei tudo isso. A Disciplina Augusta tem o dever de participar da humanização do século.

Somos funcionários do Estado, não somos Césares. Tinha razão aquela queixosa a quem me recusei certo dia a ouvir até o fim, quando gritou que, se o tempo me faltava para ouvi-la, certamente me faltaria também para reinar. As desculpas que lhe apresentei não foram por mera formalidade. E, contudo, o tempo me falta: mais o império cresce, mais os diferentes aspectos da autoridade tendem a concentrar-se nas mãos do funcionário chefe. Esse homem apressado deve necessariamente descarregar sobre terceiros uma parte de suas tarefas; seu talento deve cada vez mais consistir em cercar-se de assessores de confiança. O grande crime de Cláudio, ou de Nero, foi deixar por negligência que seus ex-escravos ou seus escravos se apoderassem das posições de agentes, conselheiros e delegados do soberano. Uma parte da minha vida e das minhas viagens foi dedicada a escolher os ocupantes dos primeiros lugares de uma burocracia nova, a treiná-los e a harmonizar o mais judiciosamente possível cada talento com a respectiva função, a abrir possibilidades úteis de emprego para a classe média de que o Estado depende. Conheço o perigo desses exércitos civis: resumem-se, em uma palavra, na instituição da rotina. Essas engrenagens, montadas para durar séculos, estragar-se-ão se não forem muito cuidadas; cabe ao chefe regular-lhes constantemente os movimentos, prever e reparar-lhes o desgaste. Mas a experiência demonstra que, apesar dos nossos infinitos cuidados na escolha dos nossos sucessores, os imperadores medíocres serão sempre os mais numerosos. Oxalá reine apenas um insensato em cada século! Em tempos de crise, essas repartições bem-organizadas poderão continuar a ocupar-se do essencial, a preencher a interinidade, por vezes muito longa, entre um príncipe sábio e outro príncipe sábio. Alguns imperadores arrastam atrás de si imensas filas de bárbaros atados pelo pescoço, em intermináveis procissões de vencidos. A elite de funcionários em cuja formação me empenhei é meu cortejo. O Conselho do Príncipe: foi graças àqueles que o compõem que pude ausentar-me de Roma durante anos e aqui voltar apenas de passagem. Correspondia-me com eles através dos correios mais rápidos; em caso de perigo, através de sinais dos semáforos. Eles, por sua vez, formaram novos auxiliares de grande utilidade. Sua competência é obra minha; sua atividade bem-orientada permitiu-me dedicar-me eu próprio a outros assuntos. Essa mesma competência vai permitir-me, sem demasiada preocupação, ausentar-me na morte.

Em vinte anos de poder, passei 12 sem domicílio fixo. Vivia, alternadamente, nos palácios dos mercados da Ásia, nas tranquilas residências gregas, nas magníficas vilas providas de banhos e calefatores dos residentes romanos na Gália, em cabanas, ou em propriedades rurais. A tenda leve, a arquitetura de lona e cordas, era ainda a preferida. Os navios não eram menos variados que os domicílios terrestres: possuí o meu próprio, dotado de ginásio e biblioteca, mas desconfiava demais de toda e qualquer estabilidade para me fixar em algum domicílio, mesmo flutuante. O barco de recreio de um milionário sírio, os navios de alto bordo da frota, ou o caíque do pescador grego satisfaziam-me igualmente. Meu único luxo era a velocidade e tudo que a favorecesse: os melhores cavalos, as carruagens com as melhores molas, as bagagens menos embaraçosas, o vestuário e os acessórios mais apropriados ao clima. O grande recurso, no entanto, era, antes de tudo, o perfeito estado do corpo; uma marcha forçada de vinte léguas não era nada, uma noite de insônia era considerada apenas como um convite a pensar. Poucos homens gostam, durante muito tempo, de viagens, esse constante rompimento com todos os hábitos, essa quebra contínua de todos os preconceitos. Quanto a mim, esforçava-me por ter poucos hábitos e não alimentar nenhum preconceito. Apreciava a profundeza deliciosa dos leitos, mas não menos o contato e o cheiro da terra nua, as desigualdades de cada segmento da circunferência do mundo. Habituei-me à variedade das iguarias, aos cereais britânicos, ou à melancia africana. Aconteceu-me certo dia provar a caça semideteriorada que faz as delícias de certos povos germânicos. Vomitei-a, mas a experiência foi tentada. Muito consciente das minhas preferências amorosas, mesmo nesse campo temia a rotina. Minha comitiva, limitada ao indispensável ou ao especial e delicioso, isolava-me pouco do resto do mundo. Procurava manter livres meus movimentos e fácil minha aproximação. As províncias, essas grandes unidades oficiais, cujos emblemas eu próprio havia escolhido, a Britânia sobre o seu assento de rochedos ou a Dácia e seu alfange, dissociavam-se em florestas de que eu buscara a sombra, em poços onde eu bebera, em indivíduos encontrados ao acaso das paradas, em rostos conhecidos, por vezes amados. Conhecia cada milha das nossas estradas, talvez o mais belo dom que Roma fez à terra. O momento inesquecível, porém, era aquele em que a estrada se detinha no flanco de uma montanha, onde se subia de fenda em fenda, de bloco em bloco, para contemplar o nascer do sol do alto de um pico dos Pireneus ou dos Alpes.

Antes de mim já alguns homens haviam percorrido a terra: Pitágoras, Platão, uma dúzia de sábios e bom número de aventureiros. Pela primeira vez, o viajante era, ao mesmo tempo, o senhor com plena liberdade de ver, reformar e criar. Era a minha oportunidade, e compreendi que seria talvez preciso que passassem séculos antes que se reproduzisse esse feliz acordo entre um cargo, um temperamento e um mundo. Foi então que me apercebi da vantagem de ser um homem novo e um homem só, muito pouco casado, sem filhos, praticamente sem ancestrais, Ulisses sem outra Ítaca além da interior. Devo fazer aqui uma confissão que nunca fiz a ninguém: jamais experimentei o sentimento de pertencer completamente a qualquer lugar, nem mesmo à minha Atenas bem-amada, sequer a Roma. Estrangeiro em toda a parte, mesmo assim não me sentia particularmente isolado em lugar algum. Exercia, no curso das viagens, as diferentes profissões que constituem o ofício de imperador: adotava a vida militar como um traje que se tornou cômodo à força de ser muito usado. Recomeçava a empregar sem nenhum esforço a linguagem dos acampamentos, esse latim deformado pela pressão das línguas bárbaras, entremeado de pragas rituais e de gracejos fáceis. Reabituava-me ao incômodo equipamento dos dias de manobras, a essa mudança de equilíbrio que a presença do pesado escudo no braço esquerdo produz em todo o corpo. A longa função de contabilista ocupava-me cada vez mais em toda a parte, quer se tratasse de verificar as contas da província da Ásia, ou as de um pequeno burgo britânico endividado pela construção de um estabelecimento termal. Já falei sobre a profissão de juiz. Vinham-me ao espírito analogias com outros empregos: pensava no médico ambulante, curando as pessoas de porta em porta, no operário dos consertos e limpezas chamado a reparar uma calçada ou a soldar de novo um cano de água, no homem de vigia que corre de um extremo a outro dos navios encorajando os remadores, mas utilizando o chicote o menos possível. E hoje, nos terraços da Vila, observando os escravos a podar os ramos ou a capinar os canteiros, penso sobretudo no tranquilo vaivém do jardineiro.

Os artistas que levava comigo em minhas viagens quase não me causavam preocupações: seu gosto pelas viagens igualava o meu. Tive dificuldades somente com os homens de letras. O indispensável Flégon possui defeitos de mulher velha, mas é o único secretário que tem resistido à fadiga: lá está ainda. O poeta Floro, a quem ofereci um secretariado em língua latina, dizia a todos que não teria querido ser um César se para tanto fosse obrigado a suportar o frio das regiões citas e as chuvas bretãs. Tampouco lhe agradavam as longas caminhadas a pé. De minha parte, deixava-lhe de bom grado as delícias da vida literária de Roma, as tavernas onde os literatos se encontram noite após noite para trocar as mesmas belas frases e deixar-se picar fraternalmente pelos mesmos mosquitos. Dei a Suetônio o lugar de curador dos arquivos, o que lhe permitia consultar os documentos secretos de que necessitava para sua biografia dos Césares. Esse homem hábil, tão apropriadamente cognominado o Tranquilo, não era concebível a não ser no interior de uma biblioteca. Permaneceu em Roma, onde se tornou um dos familiares de minha mulher, um membro do pequeno círculo de conservadores descontentes que se reuniam em casa de Sabina para criticar os acontecimentos do mundo. Esse pequeno grupo me agradava muito pouco: mandei aposentar Tranquilo, que se retirou para sua casinha dos montes Sabinos, a fim de sonhar em paz com os vícios de Tibério. Favorino de Arles ocupou durante algum tempo um secretariado grego: esse anão de voz aflautada não era desprovido de argúcia. Era um dos espíritos mais falsos que tenho encontrado: discutíamos, mas sua erudição encantava-me. Divertia-me com a hipocondria que o fazia ocupar-se de sua saúde como um amante da mulher amada. Seu servo hindu preparava-lhe arroz vindo do Oriente por alto preço. Por infelicidade, aquele cozinheiro exótico falava muito mal o grego e quase nada de qualquer língua: nada pôde ensinar-me das maravilhas do seu país natal. Favorino orgulhava-se de haver conseguido em sua vida três coisas bastante raras: gaulês, era mais bem-helenizado do que qualquer outro; homem sem importância, discutia constantemente com o imperador e não vivia pior por isso, singularidade que, aliás, revertia toda a meu crédito; impotente, pagava frequentes multas por adultério. É verdade que suas admiradoras da província lhe causavam complicações das quais fui obrigado a livrá-lo mais de uma vez. Cansei-me, afinal, dele e o substituí por Eudemo. Mas, no conjunto, fui extraordinariamente bem-servido. O respeito desse pequeno grupo de amigos e empregados sobreviveu, os deuses sabem como, à intimidade brutal das viagens: sua discrição foi mais admirável ainda, se possível, do que sua própria fidelidade. Os

Suetônios do futuro terão muito poucas anedotas a recolher relativas à minha pessoa. Tudo aquilo que o público sabe sobre minha vida foi revelado por mim mesmo. Meus amigos guardaram todos os meus segredos. Os políticos e os outros também. É justo dizer que fiz muitas vezes outro tanto por todos eles.

Construir é colaborar com a terra: é colocar um marco humano numa paisagem, marco que a modificará para sempre; é contribuir também para a lenta transformação que constitui a vida das cidades. Quantos cuidados para encontrar a colocação exata de uma ponte, ou de uma fonte, para dar a uma estrada montanhosa a curva mais econômica e que seja, ao mesmo tempo, a mais pura... O alargamento da estrada de Megara transformava a paisagem de rochas esquironianas; os dois mil estádios aproximados de vias empedradas, providas de cisternas e postos militares, destinados a unir a cidade de Antinoé ao mar Vermelho, fizeram com que a era da segurança sucedesse à dos perigos no deserto. Não era demais a renda de quinhentas cidades da Ásia para construir um sistema de aquedutos em Trôade; o aqueduto de Cartago indenizava de certo modo os sacrifícios das guerras púnicas. Edificar fortificações era, em suma, a mesma coisa que construir barragens: tratava-se de encontrar a linha pela qual pode ser defendido um talude ou um império, o ponto onde o assalto das vagas ou dos bárbaros será contido, sustado, desmantelado. Abrir portos era fecundar a beleza dos golfos. Fundar bibliotecas era construir celeiros públicos, aprovisionar reservas contra o inverno do espírito cuja aproximação eu podia prever mesmo contra minha vontade. Tenho reconstruído muito: é uma forma de colaborar com o tempo sob seu aspecto de passado, é preservar ou modificar seu espírito, fazer dele uma espécie de reserva para o futuro; é reencontrar sob as pedras o segredo das origens. Nossa vida é breve; falamos sem cessar dos séculos que nos precederam ou daqueles que virão depois de nós como se uns e outros nos fossem totalmente estranhos; entretanto, tocava neles ao remanejar as pedras. Aquelas paredes que eu escorava estão quentes ainda do contato dos corpos desaparecidos; mãos que ainda não existem acariciarão um dia estes fustes de coluna. Quanto mais meditei sobre minha morte, e sobretudo sobre a morte de um outro, mais tenho desejado anexar às nossas vidas esses prolongamentos quase indestrutíveis. Em Roma, utilizava de preferência o tijolo eterno que só muito lentamente volta à terra de onde proveio, cuja decomposição imperceptível se processa de tal maneira, que o edifício permanece montanha mesmo quando deixou de ser visivelmente uma fortaleza, um circo, ou um túmulo. Na Grécia e na Ásia, empregava o mármore local, a bela substância que, uma vez talhada, permanece fiel à dimensão humana, de tal forma que o plano de todo o templo fica inteiro e contido em cada fragmento de coluna partida. A arquitetura é rica de possibilidades mais variadas que as quatro ordens de Vitrúvio nos fazem supor; nossos blocos de mármore, assim como nossos tons musicais, são susceptíveis de reagrupamentos infinitos. O Panteon fez-me retornar à velha Etrúria dos adivinhos e feiticeiros; o santuário de Vênus, pelo contrário, arredonda ao sol formas jônicas, numa profusão de colunas brancas e rosadas em volta da deusa de carne de onde nasceu a raça de César. O Olimpo de Atenas era o exato contrapeso do Partenon, estendido na planície como o outro se ergue na colina, imenso como o outro é perfeito: o ardor rendendo culto à serenidade, o esplendor aos pés da beleza. As capelas de Antinoé e seus templos, câmaras mágicas, monumentos da misteriosa passagem entre a vida e a morte, oratórios de uma dor e de uma felicidade asfixiantes, eram o lugar de prece e reaparição; abandonava-me ali a meu luto. Meu túmulo na margem do Tibre reproduz em escala gigantesca os antigos túmulos da Via Ápia, mas suas proporções o transformam, fazem pensar em Ctesifonte, em Babilônia, nos terraços e nas torres pelos quais o homem se aproxima dos astros. O Egito funerário ordenou a construção dos obeliscos e das aleias de esfinges do cenotáfio que impõe a uma Roma vagamente hostil a memória do amigo nunca suficientemente chorado. A Vila era o túmulo das viagens, o último acampamento do nômade, o equivalente, construído em mármore, das tendas e dos pavilhões dos príncipes da Ásia. Quase tudo que nosso gosto se dispõe a tentar já foi realizado no mundo da forma. Passei ao da cor: o jaspe verde como as profundezas do mar, o pórfiro granuloso como a carne, o basalto, a sombria obsidiana. O vermelho intenso dos estofos recamava-se de bordados os mais habilidosos; os mosaicos dos pisos ou das paredes nunca eram bastante dourados, nem bastante brancos ou bastante escuros. Cada pedra era a estranha concretização de uma vontade, de uma memória, por vezes de um desafio. Cada edifício era o plano de um sonho.

Plotinópolis, Andrinopla, Antinoé, Adrianótera... Multipliquei o máximo possível essas colmeias da abelha humana. O bombeiro e o pedreiro, o engenheiro e o arquiteto presidem a esses nascimentos de cidades; a operação exige também certos dons de feiticeiro. Num mundo em que mais da metade é ocupada ainda pelas florestas, pelo deserto e pelas planícies incultas, constitui belo espetáculo contemplar uma rua pavimentada, um templo seja a que deus for, balneários e latrinas públicos, a loja onde o barbeiro discute com os clientes as notícias de Roma, a tenda do pasteleiro, do negociante de sandálias, talvez uma livraria, a tabuleta de um médico, um teatro onde se representa de tempos em tempos uma peça de Terêncio... Os exigentes lamentam a uniformidade das nossas cidades. Sofrem por encontrar em toda a parte a mesma estátua do imperador e os mesmos aquedutos. Não têm razão: a beleza de Nimes difere da de Arles. Mas a própria uniformidade reencontrada em três continentes alegra o viajante como a de um marco miliário. As mais comuns das nossas cidades possuem ainda seu prestígio tranquilizador da muda, da posta ou do abrigo. A cidade: a moldura, a construção humana, monótona se quiserem — mas como são monótonos os favos de cera carregados de mel, o lugar dos contatos e das trocas, o ponto onde os camponeses vêm vender seus produtos, retardando-se para admirar boquiabertos as pinturas de um pórtico... Minhas cidades nasciam de reencontros: a minha com um recanto de terra, a dos meus planos de imperador com os incidentes de minha vida de homem. Plotinópolis nasceu da necessidade de estabelecer na Trácia novas feitorias agrícolas, mas também do terno desejo de homenagear Plotina. Adrianótera é destinada a servir de empório aos forasteiros da Ásia Menor: inicialmente foi para mim o refúgio de verão, a floresta abundante de caça, o pavilhão de troncos enquadrados junto da colina de Átis, a torrente salpicada de espuma onde nos banhamos todas as manhãs. Adrianópolis, no Épiro, abre um centro urbano no seio de uma província empobrecida: nasceu de uma visita ao santuário de Dodona. Andrinopla, cidade rural e militar, centro estratégico na orla de regiões bárbaras, é povoada por veteranos das guerras sármatas; conheço pessoalmente o forte e o fraco de cada um desses homens, seus nomes, o número dos seus anos de serviço e dos seus ferimentos. Antinoé, a mais querida, nascida no local da desgraça, acha-se comprimida numa estreita faixa de terra árida, entre o rio e os rochedos. Tinha o maior empenho em enriquecê-la com outros recursos: o comércio da Índia, os transportes fluviais e os sábios atrativos de uma metrópole grega. Não há na terra lugar que eu deseje menos voltar a ver; no entanto, há poucos aos quais eu tenha consagrado mais desvelos. Essa cidade é um peristilo contínuo. Correspondo-me com Fido Áquila, seu governador, acerca dos propileus do templo, das estátuas do arco; escolhi os nomes dos blocos urbanos e dos burgos, símbolos aparentes e secretos, catálogo completo das minhas recordações. Tracei eu mesmo o plano das colunatas coríntias que correspondem ao alinhamento regular de palmeiras ao longo das margens. Mil vezes percorri em pensamento esse quadrilátero quase perfeito, cortado de ruas paralelas, dividido em dois por uma avenida triunfal que vai de um teatro grego a um túmulo.

Estamos sobrecarregados de estátuas, fartos de belezas pintadas ou esculpidas, mas a abundância cria uma ilusão; reproduzimos incansavelmente algumas dúzias de obras-primas que já não seríamos capazes de criar. Eu próprio mandei copiar para a Vila o Hermafrodita e o Centauro, a Níobe e a Vênus. Desejei viver o máximo possível entre essas melodias da forma. Encorajava as experiências com o passado, um sábio arcaísmo que reencontra o sentido das intenções e das técnicas perdidas. Tentei as variações, que consistem em reproduzir em mármore vermelho um Mársias nu esculpido em mármore branco, transportando-o assim para o mundo das figuras pintadas, ou em transpor para o branco de Paros o granito negro das estátuas do Egito, transformando o ídolo em fantasma. Nossa arte é perfeita, isto é, consumada, mas sua perfeição é susceptível de modulações tão variadas como os tons de uma voz pura: cabe-nos fazer esse jogo hábil, que consiste em aproximar-se ou afastar-se, interminavelmente, da solução encontrada de uma vez por todas, ir até o extremo do rigor ou do excesso, encerrar inúmeras construções novas no interior dessa bela esfera. É uma vantagem termos atrás de nós mil pontos de comparação, poder continuar inteligentemente Escopas à vontade, ou contradizer voluptuosamente Praxíteles. Meus contatos com as artes bárbaras levaram-me à conclusão de que cada raça se limita a certos temas, a certos modos entre os modos possíveis; cada época opera uma triagem entre as possibilidades oferecidas a cada raça. Vi no Egito deuses e reis colossais; encontrei no pulso dos prisioneiros sármatas braceletes que repetem ilimitadamente o mesmo cavalo a galope ou as mesmas serpentes que se entredevoram. Mas nossa arte (quero dizer, a arte dos gregos) preferiu limitar-se ao homem. Nós, somente nós, soubemos mostrar a força e a agilidade latentes num corpo imóvel; nós, só nós, transformamos uma fronte lisa no equivalente a um pensamento sábio. Sou como nossos escultores: o humano me satisfaz plenamente; nele encontro tudo, até o eterno. A floresta tão amada para mim se resume inteira na imagem do centauro; a tempestade nunca respira melhor do que nas echarpes enfunadas das deusas marinhas. Os objetos naturais, os emblemas sagrados nada valem se não forem carregados de associações humanas: a pinha fálica e fúnebre, a taça com as pombas que sugere a sesta junto às fontes, o grifo que arrebata para o céu o bem-amado.

A arte do retrato me interessava pouco. Nossos retratos romanos não têm senão o valor de crônica: cópias marcadas por rugas exatas, ou verrugas únicas, decalques de modelos com quem nos cruzamos distraidamente na vida e que são esquecidos tão logo morrem. Os gregos, ao contrário, amaram de tal maneira a perfeição humana que pouco se preocuparam com a face múltipla dos homens. Eu não lançava mais que um olhar de relance à minha própria imagem, esta face trigueira, modificada pela brancura do mármore, estes olhos bem abertos, esta boca fina, conquanto carnuda, controlada até o tremor. Mas a fisionomia de um outro preocupou-me muito mais. Desde que ele passou a representar um papel importante em minha vida, a arte deixou de ser um luxo: tornou-se um recurso, uma forma de socorro. Impus essa imagem ao mundo. Existem hoje mais retratos desse menino que de qualquer homem ilustre ou de qualquer rainha. Empenhei-me primeiro em fazer fixar pela estatuária a beleza sucessiva de uma forma em constante mutação; a arte tornou-se em seguida uma espécie de operação mágica capaz de evocar uma face perdida. As efígies colossais pareciam um meio de exprimir as verdadeiras proporções que o amor transmite aos seres; essas imagens eu as queria enormes como um rosto visto de muito perto, altas e solenes como as visões e as aparições de um pesadelo, pesadas como essa lembrança. Exigia um acabamento perfeito, uma perfeição pura, aquele deus em que todo ser morto aos vinte anos se transforma para quem o amou. Exigia também a semelhança exata, a presença familiar, cada irregularidade de um rosto mais querido do que a própria beleza. Quantas discussões para encontrar a linha espessa de uma sobrancelha, a curva levemente intumescida de um lábio... Contava desesperadamente com a eternidade da pedra, com a fidelidade do bronze, para perpetuar um corpo perecível ou já destruído, mas insistia também em que o mármore, ungido todos os dias com uma mistura de óleo e de ácidos, adquirisse o brilho e quase a maciez de uma carnadura jovem. Encontrava em toda a parte aquele rosto único: amalgamava as pessoas divinas, os sexos e os atributos eternos, a cruel Diana das Florestas com o Baco melancólico, o Hermes vigoroso das palestras com o deus dissimulado que dorme, apoiando a cabeça sobre o braço, num abandono de flor. Procurava averiguar até que ponto um jovem que pensa se parece com a viril Atenas. Meus escultores se sentiam perdidos ante minhas ideias; os mais medíocres tombavam ora no desânimo, ora no entusiasmo; todos, entretanto, participavam, de certa maneira, do sonho. Existem estátuas e pinturas do jovem vivo, aquelas que refletem a paisagem prodigiosa e inconstante que vai dos 15 aos vinte anos: o perfil sério de menino ajuizado; aquela estátua na qual um escultor de Corinto ousou fixar o abandono do adolescente que arqueia o ventre recuando os ombros, com a mão nos quadris, como se observasse uma partida de dados na esquina de uma rua. Existe um mármore no qual Pápias de Afrodísias esculpiu um corpo mais nu do que a própria nudez, totalmente indefeso, impregnado do frescor suave de um narciso. E Aristeas esculpiu, sob minhas ordens, numa pedra levemente rugosa, a pequena cabeça imperiosa e altiva... Existem também os retratos executados após a morte e pelos quais a morte passou: as grandes faces de lábios silenciosos, carregados de segredos que já não são os meus, porque já não são os segredos da vida. Há ainda o baixo-relevo em que Cariano Antonianos dotou de uma graça elísia o vindimador vestido de seda crua, com o focinho amigo do cão apoiado sobre a perna nua. E a máscara quase insuportável, obra de um escultor de Cirene, na qual o prazer e a dor se fundem e se entrechocam na mesma face como duas vagas sobre o mesmo rochedo. E as pequenas estatuetas de argila de preço ínfimo que serviram para a propaganda imperial: *Tellus Stabilita*, o Gênio da Terra Pacificada, sob a figura de um jovem deitado que segura frutos e flores.

Trahit sua quemque voluptas. A cada um a sua inclinação: a cada um também o seu objetivo, sua ambição se quiserem, seu gosto mais secreto e seu mais claro ideal. O meu estava contido na palavra beleza, tão difícil de definir, apesar de todas as evidências dos sentidos e dos olhos. Sentia-me responsável pela beleza do mundo. Queria que as cidades fossem grandiosas, arejadas, banhadas por águas claras, povoadas por seres humanos cujo corpo não tivesse sido deteriorado pelas marcas da miséria ou da servidão, nem pela vaidade de uma riqueza grosseira. Que os estudantes recitassem com entonação perfeita as lições que não fossem ineptas; que as mulheres mantivessem no lar uma espécie de dignidade maternal e que todos os seus movimentos fossem a perfeita imagem do poder repousante. Que os ginásios fossem frequentados por jovens que não ignorassem jogos nem artes; que os pomares produzissem os mais belos frutos e os campos as mais abundantes colheitas. Queria que a imensa majestade da paz romana se estendesse a todos, imperceptível, mas presente como a música do céu em marcha; que o mais humilde viajante pudesse passar de um país ou de um continente a outro, sem formalidades vexatórias e sem perigos, na certeza de encontrar em toda a parte um mínimo de legalidade e de cultura. Que nossos soldados continuassem sua eterna dança pírrica nas fronteiras; que tudo funcionasse sem obstáculos, as oficinas e os templos; que o mar fosse sulcado por belos navios e as estradas percorridas por grande número de atrelagens. Que num mundo bem-organizado, os filósofos tivessem seu lugar e os bailarinos também. Esse ideal, modesto em suma, estaria bem próximo se os homens colocassem a seu serviço uma parte da energia despendida em trabalhos estúpidos ou ferozes; circunstâncias felizes permitiram-me realizá-lo parcialmente durante este último quarto de século. Arriano de Nicomédia, um dos melhores espíritos destes tempos, gosta de repetir para mim os magníficos versos nos quais o velho Terpandro definiu em três palavras o ideal espartano, o modo de vida perfeito com o qual Lacedemônio sonhou sem jamais atingi-lo: a Força, a Justiça, as Musas. A Força constituía a base, rigor sem o qual não existe beleza, firmeza sem a qual não existe justiça. A Justiça era o equilíbrio das partes, o conjunto das proporções harmoniosas que nenhum excesso deve comprometer. Força e Justiça não eram mais do que um instrumento afinado nas mãos das Musas. Toda miséria, toda brutalidade deviam ser proibidas como outros tantos insultos ao belo corpo da humanidade. Toda iniquidade era uma nota desafinada a ser evitada na harmonia das esferas.

Fortificações ou acampamentos a renovar ou a construir, estradas a abrir ou a reparar retiveram-me na Germânia cerca de um ano; novos bastiões erigidos num percurso de setenta léguas reforçaram nossas fronteiras ao longo do Reno. Esse país de vinhas e rios espumantes não me oferecia nenhum imprevisto; encontrava ali os traços do jovem tribuno que levou a Trajano a notícia do seu acesso ao poder supremo. Reencontrava também, para além do nosso último forte feito de troncos cortados nas matas de abetos, o mesmo horizonte monótono e negro, o oceano de árvores, a reserva de homens brancos e louros, o mesmo mundo fechado para nós desde a imprudente ponta de lança que lançaram até ali as legiões de Augusto. Terminados os trabalhos de reorganização, desci ao longo das planícies belgas e batavas até a embocadura do Reno. Dunas desoladas compunham uma paisagem setentrional cortada por ervas sibilantes. As casas do porto de Noviomago, construídas sobre estacas, apoiavam-se aos navios amarrados à sua entrada; aves marítimas empoleiravam-se nos seus tetos. Gostava daqueles lugares tristes que pareciam horríveis a meus ajudantes de campo, daquele céu enevoado, daqueles rios lamacentos cortando uma terra informe e sem flama, cuja origem nenhum deus modelou.

Uma barca de fundo quase chato transportou-me à ilha da Bretanha. O vento empurrou-nos muitas vezes seguidas para a costa que havíamos deixado: a travessia difícil proporcionou-me surpreendentes horas vazias. Densos vapores e ondas gigantescas nasciam do mar pesado e sujo pelo movimento incessante da areia revolvida no seu leito. Como outrora, entre os dácios e os sármatas, eu contemplara a Terra religiosamente, observava aqui, pela primeira vez, um Netuno mais caótico que o nosso, um mundo líquido infinito. Havia lido em Plutarco uma lenda sobre navegantes que referia uma ilha situada nestas paragens vizinhas ao mar Tenebroso, onde, vitoriosos, os habitantes do Olimpo teriam há séculos repelido os Titãs vencidos. Esses grandes cativos do rochedo e da vaga, flagelados para sempre por um oceano sem sono, incapazes de dormir, mas interminavelmente ocupados em sonhar, continuariam a opor à ordem olímpica a sua violência, sua angústia, sua vontade perpetuamente crucificada. Reencontrava, nesse mito situado nos confins do mundo, as teorias dos filósofos que adotara como minhas: no curso da sua vida breve, cada homem tem sempre de escolher entre a esperança incansável e a sábia ausência de esperança, entre as delícias do caos e as da estabilidade, entre o Titã e o Olimpo. Em suma, escolher entre eles, ou conseguir harmonizá-los um dia.

As reformas civis realizadas na Bretanha fazem parte da minha obra administrativa de que falei em outro lugar. O que importa nesse caso é que eu era o primeiro imperador a instalar-se pacificamente naquela ilha situada nos limites do mundo conhecido, onde Cláudio se arriscara por alguns dias na qualidade de general em chefe. Durante todo um inverno, Londinium tornou-se, por minha escolha, o centro efetivo do mundo que Antioquia havia sido em consequência das necessidades da guerra parta. Cada viagem deslocava assim o centro de gravidade do poder, colocando-o por algum tempo às margens do Reno, ou do Tâmisa, permitindo-me avaliar o que teria sido o forte e o fraco de semelhante cerco imperial. A temporada na Bretanha fez-me considerar a hipótese de um Estado centralizado no Ocidente, isto é, de um Mundo Atlântico. Tais considerações são desprovidas de valor prático: deixam, contudo, de ser absurdas desde o momento em que o calculador tome por base de suas computações uma porção bastante vasta de futuro.

Três meses antes da minha chegada, a Sexta Legião Vitoriosa fora transferida para território britânico. Devia substituir ali a infeliz Nona Legião, desbaratada pelos caledônios durante a agitação que o terrível contragolpe de nossa expedição junto aos partos provocara na Bretanha. Duas medidas se impunham para impedir a repetição desse desastre. Nossas tropas foram reforçadas pela criação de um corpo auxiliar nativo: em Eboracum, do alto de uma colina verde, vi manobrar pela primeira vez esse exército britânico formado de novo. Ao mesmo tempo, a construção de uma muralha cortando a ilha em duas na sua parte mais estreita serviu para proteger as regiões férteis e policiadas do sul contra os ataques das tribos do norte. Inspecionei pessoalmente uma boa parte desses trabalhos atacados ao mesmo tempo em diversos pontos num declive de oitenta léguas: no espaço bem-delimitado que vai de uma costa a outra, tive a ocasião de testar um sistema de defesa que se poderia em seguida aplicar em qualquer outro lugar. Portanto, essa obra essencialmente militar favorecia a paz e desenvolvia a prosperidade daquela parte da Bretanha. Aldeias nasciam e um movimento de afluxo produzia-se em direção às nossas fronteiras. Os operários da Legião eram secundados na sua tarefa por equipes nativas. A edificação da muralha era para muitos montanheses, ainda ontem insubmissos, a primeira prova irrefutável do poder protetor de Roma, tal como o dinheiro da jornada era a primeira moeda romana que lhes passava pelas mãos. Aquela muralha tornou-se o símbolo da minha renúncia à política de conquistas: ao pé do posto mais avançado mandei erigir um templo ao deus Termo.

Tudo me encantou naquela terra chuvosa: as franjas de brumas no flanco das colinas, os lagos consagrados às ninfas ainda mais fantásticas que as nossas, a raça melancólica de olhos cinzentos. Tinha por guia um jovem tribuno do corpo auxiliar britânico: aquele deus louro aprendera o latim, balbuciava o grego e aplicava-se timidamente a compor alguns versos de amor nessa língua. Por uma fria noite de outono, eu o fiz meu intérprete junto de uma Sibila. Sentados na cabana enfumaçada de um carvoeiro celta, aquecendo as pernas abrigadas em grossas bragas de lã áspera, vimos arrastar-se até nós uma criatura velha, encharcada pela chuva, desgrenhada pelo vento, selvagem e esquiva como um animal das florestas. Atirou-se aos pãezinhos de aveia que coziam no fogão. Meu guia soube lisonjear a profetisa: ela concordou em consultar, em minha intenção, as espirais de fumaça, as breves fagulhas e a frágil arquitetura dos gravetos queimados e das cinzas. Viu cidades que se edificavam, multidões em regozijo, e ao mesmo tempo cidades incendiadas, filas desesperadas de vencidos que desmentiam meus sonhos de paz. E viu ainda um rosto jovem e doce que ela tomou por uma figura de mulher, na qual me recusei a acreditar, um espectro branco que não era talvez senão uma estátua, objeto mais inexplicável do que um fantasma para aquela habitante dos bosques e das charnecas. E, à distância imprecisa de alguns anos, predisse minha morte, que eu teria previsto perfeitamente sem sua ajuda.

A Gália próspera e a Espanha opulenta retiveram-me menos tempo que a Bretanha. Na Gália Narbonesa reencontrei a Grécia que difundira até ali suas magníficas escolas de eloquência e seus pórticos sob um céu puro. Detive-me em Nimes para estabelecer o plano de uma basílica dedicada a Plotina e destinada a tornar-se um dia o seu templo. Recordações de família ligavam a imperatriz àquela cidade, tornando-me mais querida sua paisagem seca e dourada.

Contudo, a revolta da Mauritânia ainda fumegava. Abreviei minha passagem pela Espanha a ponto de passar entre Córdova e o mar, sem me deter um instante em Itália, cidade da minha infância e dos meus antepassados. Embarquei para a África em Gades.

Os belos guerreiros tatuados das montanhas do Atlas intranquilizavam as cidades costeiras africanas. Vivi ali, durante alguns breves dias, o equivalente númida dos combates sármatas; revi as tribos subjugadas uma a uma, a altiva submissão dos chefes prosternados em pleno deserto no meio de uma desordem de mulheres, fardos e bestas ajoelhadas. A areia substituía a neve.

Ter-me-ia sido agradável, por mais uma vez, passar a primavera em Roma, reencontrar ali a Vila iniciada, o terno carinho de Lúcio e a amizade de Plotina. Mas essa temporada na cidade foi interrompida quase imediatamente por alarmantes rumores de guerra. A paz com os partos fora concluída havia apenas três anos e incidentes graves já começavam a eclodir no Eufrates. Parti imediatamente para o Oriente.

Estava decidido a liquidar esses incidentes de fronteira por um meio menos vulgar que o das legiões em marcha. Uma entrevista pessoal foi combinada com Osroés. Levava comigo para o Oriente a filha do imperador, aprisionada quase ainda no berço, na época em que Trajano ocupou Babilônia, e mantida depois em Roma como refém. Era uma jovem doentia, de olhos grandes. Sua presença e a das suas damas perturbou em parte o curso de uma viagem que importava, sobretudo, ser efetuada sem perda de tempo. Aquele grupo de criaturas veladas foi sacudido no dorso dos dromedários através do deserto sírio, sob um pequeno toldo de cortinas austeramente descidas. À noite, nas paradas de cada etapa, mandava saber se não faltava nada à princesa.

Detive-me por uma hora na Lícia a fim de decidir o mercador Opramoas, que já demonstrara suas qualidades de mediador, a acompanhar-me até o território parto. A falta de tempo impediu-o de se apresentar com o luxo habitual. Aquele homem, amolecido pela opulência, nem por isso deixava de ser um admirável companheiro de viagem, acostumado a todos os perigos do deserto.

O ponto de encontro se situava à margem esquerda do Eufrates, não muito longe de Dura. Atravessamos o rio numa jangada. Os soldados da guarda parta, couraçados de ouro e montados em cavalos não menos resplandecentes, formavam uma linha ofuscante ao longo dos taludes. O inseparável Flégon estava muito pálido. Os próprios oficiais que me acompanhavam experimentavam também certo receio: o encontro podia ser uma cilada. Opramoas, habituado a farejar o ar da Ásia, sentia-se à vontade, confiante naquela estranha mistura de silêncio e tumulto, de imobilidade e galopes súbitos, naquele luxo lançado sobre o deserto como um tapete sobre a areia. Quanto a mim, estava maravilhosamente isento de inquietação: como César na sua barca, confiava na jangada sobre a qual se jogava minha sorte. Dei prova dessa confiança, restituindo imediatamente a princesa parta a seu pai, em lugar de mantê-la em nossas linhas até meu regresso. Prometi também restituir o trono de ouro da dinastia arsácida, arrebatado outrora por Trajano, que não tinha o menor interesse para nós e ao qual a superstição oriental dava grande importância.

A magnificência dessas entrevistas com Osroés foi apenas exterior. Coisa alguma as diferenciava das negociações entre dois vizinhos que se esforçam por resolver amigavelmente a questão de uma parede-meia. Estava envolvido com um bárbaro requintado, falando o grego, nada estúpido, não necessariamente mais pérfido do que eu, todavia vacilando o bastante para parecer pouco seguro. Minhas curiosas disciplinas mentais ajudavam-me a captar aquele pensamento fugidio: sentado em frente do imperador parto, aprendia a prever e, pouco depois, a orientar suas respostas. Entrava no seu jogo, imaginando-me o próprio Osroés negociando com Adriano. Tenho horror aos debates inúteis, em que cada um sabe de antemão que cederá ou não cederá: a verdade em matéria de negócios agrada-me sobretudo como meio de simplificar ou de andar mais depressa. Os partos temiam-nos; nós temíamos os partos; dessa união dos dois medos nasceria a guerra. Os sátrapas incitavam a essa guerra por interesse pessoal: não tardei a aperceber-me de que Osroés tinha seus Quietos e seus Palmas. Farasmanes, o mais agitado daqueles príncipes semi-independentes postados nas fronteiras, era mais perigoso para o império parto do que para nós. Acusaram-me de ter neutralizado, pela concessão de subsídios, uma camarilha de malfeitores sem energia, mas foi dinheiro bem-empregado. Estava demasiado seguro da superioridade das nossas forças para me embaraçar com um amor-próprio imbecil: estava decidido a fazer todas as concessões vazias que dizem respeito apenas ao prestígio, mas nenhuma outra. O mais difícil foi persuadir Osroés de que, se eu fazia poucas promessas, era porque estava decidido a mantê-las. Contudo, acreditou ou procedeu como se acreditasse. O acordo concluído entre nós durante essa visita ainda perdura. São passados 15 anos e, de uma parte e de outra, coisa alguma perturbou a paz das fronteiras. Conto contigo para que esse estado de coisas continue depois de minha morte.

Uma noite, no pavilhão imperial, durante uma festa dada em minha honra por Osroés, notei, entre as mulheres e os pajens de longos cílios, um homem nu, descarnado, completamente imóvel, cujos olhos muito abertos pareciam ignorar a confusão de pratos carregados de carnes, de acrobatas e dançarinas. Falei-lhe por intermédio do meu intérprete: não se dignou responder. Era um sábio. Mas seus discípulos eram mais loquazes: os piedosos vagabundos vinham da Índia, e seu mestre pertencia à poderosa casta dos brâmanes. Compreendi que suas meditações induziam-no a crer que o universo inteiro não é mais que um encadeamento de ilusões e erros. A austeridade, a renúncia e a morte eram, para ele, o único meio de escapar a esse encadeamento das coisas. Era o oposto do nosso Heráclito, que procurou alcançar através do mundo dos sentidos a esfera do divino puro, o firmamento fixo e vazio com o qual sonhou Platão. Através da inabilidade dos meus intérpretes, pressenti certas ideias que não foram completamente estranhas a alguns dos nossos sábios, mas que o indiano exprimia de maneira mais nua e mais definitiva. Aquele brâmane já atingira o estado no qual, salvo o corpo, nada mais o separava do deus intangível, sem substância e sem forma, ao qual desejava unir-se. Decidira queimar-se vivo no dia seguinte. Osroés convidou-me para essa solenidade. Uma fogueira de madeiras odoríferas foi preparada; o homem lançou-se nela e desapareceu sem um grito. Os discípulos não manifestaram nenhum sinal de pesar: para eles não era uma cerimônia fúnebre.

Voltei a pensar no assunto longamente durante a noite seguinte. Estava deitado sobre um tapete de lã preciosa, numa tenda decorada com estofos pesados e de reflexos cambiantes. Um pajem massageava-me os pés. Do exterior, chegavam até mim os raros sons da noite asiática: uma conversa de escravos, em voz baixa, à minha porta; o leve roçar das folhas de uma palmeira; Opramoas ressonava por detrás de uma tapeçaria; a batida de um casco de cavalo preso; mais longe, vindo do alojamento das mulheres, o som melancólico de um canto. O brâmane desprezara tudo aquilo. Aquele homem embriagado pelo sentimento de recusa entregara-se às chamas como um amante mergulha na maciez do leito da amada. Repelira as coisas, os seres, depois a si próprio, como se fossem outras tantas vestes que lhe ocultavam a presença única, o centro invisível e vazio que ele preferia a tudo.

Sentia-me diferente, disposto a outras escolhas. A austeridade, a renúncia, a negação não me eram completamente estranhas: eu as experimentara, como sempre sucede aos vinte anos. Tinha menos que essa idade quando, em Roma, conduzido por um amigo, fui visitar o velho Epiteto no seu tugúrio de Suburra, poucos dias antes de Domiciano exilá-lo. O antigo escravo de quem um senhor brutal havia, muito tempo antes, quebrado uma perna sem conseguir arrancar-lhe uma só queixa, o velho cativo suportando com paciência os longos tormentos das pedras na bexiga, parecera-me possuidor de uma liberdade quase divina. Contemplei com admiração as muletas, a enxerga, a lâmpada de terracota, a colher de madeira no jarro de argila, utensílios simples de uma vida pura. Mas Epiteto renunciava a coisas em excesso, e não tardei a compreender que, para mim, nada era mais perigosamente fácil que renunciar. O indiano, mais lógico, rejeitava a própria vida. Tinha muito que aprender com esses fanáticos puros, com a condição, porém, de desviar do seu sentido a lição que me ofereciam. Aqueles sábios esforçavam-se por encontrar seu deus para lá do oceano das formas, reduzi-lo à qualidade de único, intangível, incorporal, a que ele renunciou no dia em que se quis universo. Vislumbrava de outro modo meu relacionamento com o divino. Imaginava-me a secundá-lo no seu esforço de enformar e ordenar um mundo, desenvolvendo-o e multiplicando suas circunvoluções, suas ramificações e seus desvios. Eu era um dos segmentos da roda, um dos aspectos dessa força única empenhada na multiplicidade das coisas, águia e touro, homem e cisne, falo e cérebro simultaneamente, Proteu que ao mesmo tempo é Júpiter.

Foi por essa época que comecei a sentir-me deus. Não faças confusão: era sempre, era mais que nunca o mesmo homem nutrido com os frutos e os animais da terra, devolvendo ao solo os resíduos desses alimentos, sacrificando ao sono a cada revolução dos astros, inquieto até a loucura quando faltava por muito tempo a cálida presença do amor. Minha força, minha agilidade física ou mental eram cuidadosamente sustentadas por uma ginástica toda humana. Mas que dizer senão que tudo isso era divinamente vivido? As ousadas experiências da juventude haviam terminado, assim como a sofreguidão de viver o tempo que passa. Aos 44 anos, sentia-me sem impaciência, seguro de mim, tão perfeito quanto me permitia minha natureza. Eterno. Compreende bem que se trata, neste caso, de uma concepção do intelecto: os delírios, se é preciso que lhes seja dado tal nome, vieram mais tarde. Era deus simplesmente porque era homem. Os títulos divinos que a Grécia me concedeu depois não fizeram mais do que proclamar aquilo que, há muito tempo, eu tinha constatado por mim mesmo.

Creio que me teria sido possível sentir-me deus até nas prisões de Domiciano, ou no fundo de uma mina. Se tenho a audácia de pretendê-lo é que esse sentimento me parece apenas extraordinário, mas de modo algum único. Outros além de mim o experimentaram e outros o experimentarão no futuro.

Disse que meus títulos acrescentaram pouca coisa a essa espantosa certeza: em contrapartida, ela era confirmada pelas mais simples rotinas do meu ofício de imperador. Se Júpiter é o cérebro do mundo, o homem encarregado de organizar e de moderar os negócios humanos pode razoavelmente se considerar uma parte desse cérebro que a tudo preside. A humanidade, com ou sem razão, quase sempre concebeu seu deus em termos de Providência; minhas funções obrigavam-me a ser, para uma parte do gênero humano, essa providência encarnada. Mais o Estado se desenvolve, encerrando os homens nas suas malhas exatas e geladas, mais a confiança humana aspira a colocar no outro extremo dessa imensa cadeia a imagem venerada de um homem protetor. Quisesse eu ou não, as populações orientais do império tratavam-me como deus. Mesmo no Ocidente, inclusive em Roma, onde não somos oficialmente declarados divinos senão depois de mortos, a obscura piedade popular compraz-se cada vez mais em nos deificar em vida. Não tardou que o reconhecimento parto erigisse templos ao imperador romano que havia instaurado e mantido a paz; tive meu santuário em Vologésia, no seio daquele vasto mundo estrangeiro. Longe de ver nessas demonstrações de adoração um perigo de alienação mental ou de prepotência para o homem que as aceita, descobri nelas um freio, a obrigação de procurar assemelhar-me a um modelo eterno, de associar ao poder humano uma parte de suma sapiência. Ser deus obriga, em suma, a possuir mais virtudes do que as de ser imperador.

Dezoito meses mais tarde, fiz-me iniciar junto a Elêusis. A visita a Osroés tinha marcado, em certo sentido, uma mudança na minha vida. Em vez de voltar para Roma, decidi consagrar alguns anos às províncias gregas e orientais do império: Atenas tornou-se cada vez mais minha pátria, o centro do meu universo. Empenhava-me em agradar os gregos e também em helenizar-me o máximo possível; essa iniciação, motivada em parte por considerações políticas, constituiu, entretanto, uma experiência religiosa sem igual. Os grandes ritos não fazem mais do que simbolizar os acontecimentos da vida humana, mas o símbolo vai mais longe que o ato, explica cada um dos nossos gestos em termos do mecanismo eterno. Os ensinamentos recebidos em Elêusis devem permanecer secretos: aliás, suas probabilidades de serem divulgados são muito poucas, devido à sua natureza inefável. Formulados, não iriam além das evidências mais banais; nisso consiste justamente sua profundidade. Os graus mais elevados que me foram conferidos em seguida, durante conversações privadas com o Hierofante, não acrescentaram quase nada ao impacto inicial experimentado pelo mais ignorante dos peregrinos que participa das abluções rituais e bebe da nascente. Tinha ouvido as dissonâncias resolverem-se em harmonias; apoiara-me, por um momento, sobre uma outra esfera, contemplara de longe, mas também de muito perto, a procissão humana e divina onde eu tinha meu lugar, esse mundo onde a dor ainda existe, mas não mais o erro. O destino humano, esse vago traçado no qual o olhar menos exercitado reconhece tantas faltas, cintilava como desenhos no céu.

Aqui convém mencionar um hábito que me atraiu, durante toda a minha vida, a caminhos menos secretos que os de Elêusis, mas que acabam por lhe serem paralelos: quero falar do estudo dos astros. Fui sempre amigo dos astrônomos e cliente dos astrólogos. A ciência destes últimos é incerta, falsa nos detalhes, talvez verdadeira no todo: já que o homem, parcela do universo, é comandado pelas mesmas leis que presidem o céu, não é absurdo procurar lá em cima os temas das nossas vidas e as frias simpatias que participam dos nossos êxitos e dos nossos erros. Jamais deixei, em cada noite de outono, de saudar, ao sul do Aquário, o Escanção celeste, o Dispensador sob cujo signo nasci. Não me esquecia de marcar a cada uma das suas passagens, Júpiter e Vênus, que presidem minha vida, nem de ponderar a influência do perigoso Saturno. Mas, se a estranha refração do humano na abóbada estelar preocupava com frequência minhas horas de vigília, interessava-me mais intensamente ainda pelas matemáticas celestes, pelas especulações abstratas a que os grandes corpos inflamados dão lugar. Inclinava-me a acreditar, como alguns dos nossos sábios mais ousados, que a Terra também tomava parte nessa marcha noturna e diurna de que as santas procissões de Elêusis são, quando muito, o simulacro humano. Num mundo onde tudo não é mais que um turbilhão de forças, uma dança de átomos, onde tudo está ao mesmo tempo em cima e embaixo, na periferia e no centro, era difícil conceber a existência de um globo imóvel, de um ponto fixo que não fosse simultaneamente móvel. Outras vezes, os cálculos da precessão dos equinócios, estabelecidos outrora por Hiparco de Alexandria, tornavam-se uma obsessão em minhas vigílias noturnas: sob a forma de demonstração e não mais de fábulas ou de símbolos, encontrava neles o mesmo mistério eleusíaco da passagem e do regresso. A Espiga da Virgem já não se encontra mais, nos nossos dias, no mesmo ponto em que a carta de Hiparco a assinalou, mas essa variação é a conclusão de um ciclo, e o próprio deslocamento confirma as hipóteses do astrônomo. Lentamente, inelutavelmente, o firmamento voltará a ser o que era no tempo de Hiparco, e será novamente o que é no tempo de Adriano. A desordem integrava-se na ordem; a transformação fazia parte de um plano que o astrônomo era capaz de captar por antecipação; o espírito humano revelava aqui sua participação no universo pelo estabelecimento de teoremas exatos, tal como em Elêusis pelos gritos rituais e danças. O homem que contempla e os astros contemplados rolavam inexoravelmente em direção a seu fim, assinalado em qualquer parte do céu. Cada instante dessa queda era um tempo de parada, um ponto de referência, um segmento de uma curva tão sólida quanto uma cadeia de ouro. Cada deslizamento nos conduzia ao ponto que nos parece o centro do mundo porque, por acaso, nele nos encontramos.

Desde as noites da minha infância, quando o braço erguido de Marulino me indicava as constelações, a curiosidade das coisas do céu nunca mais me abandonou. Durante as vigílias forçadas dos acampamentos contemplei a lua correndo através das nuvens dos céus bárbaros; mais tarde, nas claras noites áticas, ouvi o astrônomo Terão de Rodes discorrer sobre seu sistema do mundo. Estendido na ponte de um navio, em pleno mar Egeu, contemplei a lenta oscilação do mastro deslocar-se entre as estrelas, ir do olho vermelho do Touro ao pranto das Plêiades, de Pégaso ao Cisne. Nessa ocasião, respondia da melhor maneira possível às perguntas ingênuas e graves do jovem que comigo contemplava o mesmo céu. Aqui, na Vila, fiz construir um observatório cujas escadas a doença me impede hoje de subir. Apenas uma vez em toda a minha vida fui além: ofereci às constelações o sacrifício de uma noite inteira. Isso aconteceu depois da minha visita a Osroés, durante a travessia do deserto sírio. Deitado de costas, com os olhos bem abertos, abandonando por algumas horas toda a perplexidade humana, entreguei-me, do anoitecer à madrugada, àquele mundo de flama e cristal. Foi a mais bela das minhas viagens. O grande astro da constelação da Lira, estrela polar dos homens que viverão quando, após algumas dezenas de milhares de anos, não existirmos mais, resplandecia sobre minha cabeça. Os Gêmeos luziam fracamente nas últimas claridades do poente; a Serpente precedia o Sagitário; a Águia subia em direção ao zênite, as asas abertas e, a seus pés, a constelação ainda não designada pelos astrônomos e à qual dei mais tarde o mais querido dos nomes. A noite, nunca tão completa como a imaginam aqueles que vivem e dormem em seus quartos, fez-se mais escura, depois mais clara. As fogueiras, acesas para espantar os chacais, apagaram-se; aqueles montes de carvões ardentes fizeram-me lembrar meu avô, de pé em seu vinhedo, e suas profecias que o presente confirmou e que logo farão parte do passado. Experimentei unir-me ao divino sob muitas formas. Conheci mais de um êxtase: alguns são atrozes, outros de uma doçura perturbadora. O da noite síria foi estranhamente lúcido. Gravou em mim os movimentos celestes com uma precisão que nenhuma outra observação parcial me teria jamais permitido atingir. No momento em que te escrevo, sei exatamente quais são as estrelas que passam não só aqui em Tíbur, por cima deste teto ornado de estuques e pinturas preciosas, mas algures, lá longe, sobre um certo túmulo. Alguns anos mais tarde a morte tornaria o objeto da minha contemplação constante, o pensamento a que eu dedicava todas as forças do meu espírito que não eram absorvidas pelo Estado. E quem diz morte, diz também o mundo misterioso ao qual talvez tenhamos acesso através dela. Depois de tantas reflexões e experiências por vezes condenáveis, ignoro ainda o que se passa do outro lado dessa cortina negra. Mas a noite síria representa minha parte consciente de imortalidade.

Saeculum Aureum
Século áureo

Foi na Ásia Menor que passei o verão seguinte ao meu encontro com Osroés; fiz alto na Bitínia para observar pessoalmente o corte das florestas do Estado. Em Nicomédia, cidade clara, policiada e séria, instalei-me na casa do procurador da província, Cneu Pompeu Próculo, antiga residência do rei Nicomedes, repleta de voluptuosas lembranças do jovem Júlio César. A brisa do Propôntide ventilava as salas frescas e sombrias. Próculo, homem de gosto, procurando agradar-me, organizou algumas reuniões literárias em minha honra. Sofistas de passagem, pequenos grupos de estudantes e de amadores das belas-letras reuniam-se nos jardins, à beira de uma fonte consagrada a Pã. De quando em quando, um servo mergulhava ali um jarro de argila porosa; os versos mais límpidos pareciam opacos comparados àquela água pura.

Naquela noite leu-se uma peça bastante obscura de Lícrofon, que me agrada por suas loucas justaposições de sons, alusões e imagens, e pelo seu complexo sistema de reflexos e ecos. Um jovem postado à parte escutava as difíceis estrofes com atenção ao mesmo tempo distraída e pensativa; pareceu-me a figura de um pastor no fundo de um bosque, vagamente sensível ao grito indefinido de um pássaro. Ele não trouxera nem a tábua, nem o estilete. Sentado à beirada do tanque, tocava com os dedos a superfície lisa da água. Soube que seu pai ocupara um modesto lugar na gestão dos grandes domínios imperiais. Entregue muito jovem aos cuidados de um avô, o estudante fora enviado para a casa de um hóspede dos seus pais, armador em Nicomédia que, aos olhos daquela família pobre, parecia rico.

Retive-o a meu lado depois que todos partiram. Era pouco instruído e ignorava quase tudo, mas era ponderado e crédulo. Eu conhecia Claudiópolis, sua cidade natal: consegui fazê-lo falar da sua casa paterna na orla das grandes florestas de pinheiros utilizados na construção dos mastros dos nossos navios. Disse amar a música vibrante do templo de Átis, situado sobre a colina; amava também os belos cavalos do seu país e seus estranhos deuses. Tinha a voz um pouco velada e pronunciava o grego com o acento da Ásia. Subitamente, sentindo-

-se ouvido, ou talvez olhado, perturbou-se, corou e caiu num daqueles silêncios obstinados com os quais logo me habituei. Esboçava-se entre nós uma grande intimidade. Acompanhou-me dali por diante em todas as viagens. Alguns anos fabulosos acabavam de começar.

Antínoo era grego: remontei, através das recordações daquela família antiga e obscura, até a época dos primeiros colonos arcádios, às margens do Propôntide. A Ásia introduzira nesse sangue um tanto acre o efeito da gota de mel que turva e ao mesmo tempo perfuma o vinho puro. Reencontrava nele as superstições de um discípulo de Apolônio e a fé monárquica de um súdito oriental do Grande Rei. Sua presença era extraordinariamente silenciosa: seguiu-me como um animal, ou como um gênio familiar. Possuía infinita capacidade de alegria e indolência, de selvageria e confiança, à semelhança de um cãozinho novo. O belo galgo ávido de carícias e de ordens instalou-se em minha vida. Admirava sua indiferença quase altiva por todas as coisas que não se referissem a seu prazer ou a seu culto. Nele essa indiferença substituía o desinteresse, o escrúpulo e todas as virtudes estudadas e austeras. Maravilhava-me sua áspera doçura e o devotamento sombrio em que engajava todo o seu ser. Entretanto, essa submissão não era cega; suas pálpebras, frequentemente abaixadas na aquiescência ou no sonho, erguiam-se e mostravam os olhos mais atentos do mundo, a me olharem face a face. Sentia-me julgado. Mas era-o como um deus por seu súdito fiel: minhas asperezas, minhas crises de desconfiança (porque as tive mais tarde) eram pacientemente, gravemente aceitas. Não fui senhor absoluto senão uma única vez, e de um único ser.

Se nada disse ainda sobre beleza tão definitiva, não se deve ver nessa omissão a espécie de reticência do homem irremediavelmente conquistado. É que as fisionomias que procuramos desesperadamente costumam escapar-nos: existem apenas por um momento... Revejo uma cabeça inclinada sob a cabeleira noturna, olhos que o prolongamento das pálpebras fazem parecer oblíquos, um rosto jovem e amplo. O corpo delicado modificava-se sem cessar, tal uma planta. Algumas dessas alterações atribuem-se à passagem do tempo. O menino transformou-se; cresceu. Uma semana de indolência bastava para amolecê-lo; uma tarde de caça restituía-lhe a firmeza e a agilidade atlética. Uma hora ao sol o fazia passar da cor do jasmim à do mel. As pernas um pouco pesadas de potro alongaram-se; a face perdeu o leve arredondado da infância, cavando-se ligeiramente sob as maçãs salientes. Dilatado pelo ar, o tórax do jovem corredor dos estádios ganhou as curvas suaves e macias de um colo de bacante. O trejeito amuado dos lábios revestiu-se de ardente amargura, de saciedade triste. Na verdade, o rosto mudava como se, noite e dia, eu o tivesse incansavelmente modelado.

Quando me detenho sobre esses anos, creio reencontrar a Idade de Ouro. Tudo me parecia fácil: os esforços de outrora eram compensados por um bem-estar quase divino. A viagem era um divertimento; o prazer, controlado, conhecido, sabiamente preparado. O trabalho incessante não era senão uma forma de volúpia. Minha vida, onde tudo acontecia tarde — o poder e também a felicidade —, adquiria o esplendor de um pleno meio-dia, das horas ensolaradas da sesta, quando todas as coisas estão banhadas por uma atmosfera dourada, desde os objetos do quarto até o corpo estendido a nosso lado. A paixão total possui uma espécie de inocência; é quase tão frágil como qualquer outra: o resto da beleza humana passava ao plano de espetáculo, deixava de ser a caça de que eu fora o caçador. A aventura banalmente começada enriquecia e ao mesmo tempo simplificava minha vida: o futuro pouco me importava. Cessei de questionar os oráculos; as estrelas passaram a ser apenas admiráveis desenhos na abóbada do céu. Jamais havia observado com tanta vibração a palidez da madrugada sobre o horizonte das ilhas, a frescura das grutas consagradas às Ninfas e frequentemente visitadas pelas aves de arribação, o voo compacto das codornizes ao crepúsculo. Reli os poetas. Alguns pareceram-me melhores do que antes, a maior parte pior. Escrevi versos que me pareceram menos insuficientes do que de hábito.

Houve o mar de árvores: as florestas de sobreiros e de pinheiros da Bitínia; o pavilhão de caça provido de galerias iluminadas por claraboias, onde o jovem, reconquistado pelos hábitos de indolência do país natal, espalhava ao acaso suas flechas, sua adaga e seu cinto de ouro, e rolava com os cães sobre os sofás de couro. As planícies tinham armazenado o calor do longo verão; à margem do Sangário, uma nuvem de vapor subia dos prados onde galopavam manadas de cavalos selvagens. Ao romper do dia, descíamos para nos banharmos nas margens do rio. Pelo caminho íamos pisando a relva molhada pelo orvalho noturno, sob um céu de onde pendia o delgado crescente da lua que serve de emblema à Bitínia. Essa região foi cumulada de favores; tomou até o meu nome.

O inverno surpreendeu-nos em Sinope; inaugurei aí, sob um frio quase cita, as obras de ampliação do porto, empreendidas sob minhas ordens pelos marinheiros da frota. Na estrada de Bizâncio, as pessoas importantes mandaram acender enormes fogueiras à entrada das aldeias, junto das quais se aqueciam meus guardas. A travessia do Bósforo foi emocionante sob uma tempestade de neve. Cavalgamos através da floresta trácia, com o vento áspero penetrando nas dobras das capas, sob o infindável tamborilar da chuva nas folhas. Durante a parada no acampamento dos trabalhadores onde ia erguer-se Andrinopla, ouvimos as ovações dos veteranos das guerras dácias e contemplamos a terra de onde surgiriam brevemente torres e muralhas. Na primavera, uma visita às guarnições do Danúbio levou-me até a aldeia próspera que é hoje Sarmizegetusa; o jovem bitínio usava no pulso um bracelete do rei Decébalo. O regresso à Grécia fez-se pelo norte. Permaneci por longo tempo no vale de Tempe, agradavelmente refrescado pelas águas vivas. A Eubeia dourada precedeu a Ática cor de vinho rosado. Mal tocamos em Atenas. Em Elêusis, no decorrer da minha iniciação nos Mistérios, passei três dias e três noites misturado à multidão de peregrinos que eram ali recebidos durante essa festa: a única precaução tomada foi proibir aos homens o porte de faca.

Levei Antínoo à Arcádia dos seus antepassados: as florestas conservavam-se tão impenetráveis quanto no tempo em que os antigos caçadores de lobos ali viveram. Por vezes, um cavaleiro afugentava uma víbora com uma chicotada; o sol flamejava nos cimos pedregosos como no rigor do verão. Encostado ao rochedo, o jovem dormitava com a cabeça inclinada sobre o peito, os cabelos levemente agitados pelo vento, espécie de Endímion em pleno dia. Uma lebre, que meu jovem caçador aprisionara com grande dificuldade, foi dilacerada pelos cães. Foi a única nota triste desses dias sem nuvens. Os habitantes de Mantineia reivindicavam para si laços de parentesco com aquela família de colonos bitínios até então desconhecidos. A cidade, na qual o menino teve mais tarde seus templos, foi por mim enriquecida e ornamentada. O imemorial santuário de Netuno, em ruínas, era tão venerável que a entrada estava proibida a toda e qualquer pessoa: os mistérios, mais antigos do que a própria raça humana, perpetuavam-

-se por trás daquelas portas eternamente fechadas. Fiz construir um novo templo, de dimensões muito mais vastas, em cujo interior o velho edifício jaz para sempre como semente no centro de um fruto. Na estrada, não muito longe de Mantineia, mandei restaurar o túmulo onde Epaminondas, morto em plena batalha, repousa junto de um jovem companheiro abatido a seu lado. Uma coluna, na qual foi gravado um poema, foi edificada para comemorar essa lembrança de um tempo em que tudo, visto a distância, parece ter sido nobre e simples: a ternura, a glória, a morte. Em Acaia, os Jogos Ístmicos foram celebrados com um esplendor que não era visto desde tempos imemoriais. Ao restabelecer as grandes festas helênicas, esperava tornar a fazer da Grécia uma unidade viva. As caçadas levaram-nos até o vale do Hélicon dourado pelas últimas cores do outono. Detivemo-nos junto à Fonte de Narciso, perto do Santuário do Amor. Os despojos de uma ursa nova, troféu suspenso por pregos de ouro na parede do templo, foram oferecidos àquele deus, o mais sábio de todos.

O barco que o mercador Erasto de Éfeso me emprestou para navegar no arquipélago ancorou na baía de Falero: instalei-me em Atenas como um homem que regressa ao lar. Ousei tocar na sua beleza para tentar fazer daquela cidade admirável uma cidade perfeita. Atenas, pela primeira vez, via aumentar sua população e recomeçava a crescer depois de longo período de declínio: dupliquei-lhe a extensão. Previ, ao longo do Ilisso, uma nova Atenas — a Cidade de Adriano, ao lado da de Teseu. Tudo estava por organizar, por construir. Seis séculos antes, o grande templo consagrado a Zeus fora abandonado logo após iniciado. Meus operários puseram-se ao trabalho com entusiasmo: Atenas conheceu de novo uma atividade alegre não experimentada desde os tempos de Péricles. Eu concluía aquilo que um selêucida tentara em vão terminar; restituía, uma por uma, as pilhagens do nosso Sila. A inspeção das obras exigiu idas e vindas cotidianas em meio a uma confusão de máquinas, polias, fustes meio erguidos e blocos de mármore branco empilhados negligentemente sob o céu azul. Todo esse movimento tinha qualquer coisa da excitação dos estaleiros navais: uma embarcação desencalhada era aparelhada para o futuro. À noite, a arquitetura cedia lugar à música, essa construção invisível. Pratiquei um pouco de todas as artes, mas a arte dos sons é a única em que me exercito constantemente e para a qual me considero razoavelmente dotado. Em Roma eu o dissimulava, mas em Atenas podia dedicar-me discretamente a esse gosto. Os músicos se reuniam no pátio junto à estátua de Hermes, sob um cipreste solitário. Seis ou sete apenas: uma orquestra de flautas e liras à qual, por vezes, vinha juntar-se um virtuoso acompanhado de sua cítara. Eu tocava geralmente a grande flauta transversa. Executávamos árias antigas, quase esquecidas e também melodias novas compostas por mim. Gostava da austeridade viril das árias dóricas, mas não excluía as melodias voluptuosas ou apaixonadas, as suspensões patéticas ou eruditas que as pessoas graves, cuja virtude consiste em tudo temer, rejeitam como perturbadoras dos sentidos ou do coração. Avistava por entre as cordas o perfil do meu jovem companheiro, muito sério, ocupado em desempenhar sua parte no conjunto, enquanto movia os dedos delicadamente ao longo das cordas retesadas.

Foi um belo inverno, rico em convívios amigáveis: o opulento Ático cujo banco financiava minhas obras edílicas, aliás não sem tirar proveito disso, convidou-me para seus jardins de Quefísia, onde vivia cercado de uma corte de improvisadores e escritores em voga. Seu filho, o jovem Herodes, era um conversador ao mesmo tempo arrebatado e sutil; tornou-se comensal indispensável às minhas ceias de Atenas. Nessa ocasião, já perdera completamente a timidez que o fazia interromper a conversação em minha presença. Isso aconteceu quando a efebia ateniense enviou-o às fronteiras sármatas para me felicitar pelo meu acesso ao poder supremo, mas sua vaidade crescente parecia-me, quando muito, um agradável ridículo. O retórico Polemon, o grande homem da Laodiceia, que rivalizava com Herodes em eloquência e sobretudo em riquezas, encantou-me com seu estilo asiático, amplo e brilhante como as vagas do Pactolo: esse hábil colecionador de palavras vivia como falava, com ostentação. Mas o reencontro mais precioso de todos foi o de Arriano de Nicomédia, meu melhor amigo. Mais jovem do que eu cerca de 12 anos, ele já iniciara a bela carreira política e militar na qual continua a honrar-me e a servir. Sua experiência dos grandes negócios, seu conhecimento sobre cavalos e cães e sobre todos os exercícios do corpo, colocavam-no infinitamente acima dos simples fazedores de frases. Em sua juventude fora dominado por uma dessas paixões do espírito sem as quais não existe talvez a verdadeira sabedoria, nem a verdadeira grandeza: passara dois anos de sua vida em Nicópolis, no Épiro, no pequeno quarto frio e nu onde Epiteto agonizava, e onde assumiu o encargo de recolher e transcrever, palavra por palavra, os últimos propósitos do velho filósofo doente. Essa fase de entusiasmo o havia marcado: conservava dela uma admirável disciplina moral, uma espécie de candura grave. Praticava em segredo certas austeridades de que ninguém suspeitava. Mas o longo aprendizado do dever estoico não o petrificou numa atitude de falso sábio. Era demasiado inteligente para não se aperceber de que existem extremos de virtude e extremos de amor e que seu mérito consiste precisamente na sua raridade, no seu caráter de obra-prima única, de extraordinária perfeição. A inteligência serena e a honestidade integral de Xenofonte passaram a servir-lhe de modelo. Escrevia a história da sua terra, a Bitínia. Eu havia colocado essa província, mal-administrada por longo tempo pelos procônsules, sob minha jurisdição pessoal: Arriano aconselhou-me nos meus planos de reforma. Esse leitor assíduo dos diálogos socráticos não ignorava coisa alguma das reservas de heroísmo e devotamento e, por vezes, de sabedoria com que a Grécia soube enobrecer a paixão pelo amigo. Sempre tratou meu jovem favorito com terna deferência. Os dois bitínios falavam o suave dialeto da Jônia, de desinências quase homéricas que, mais tarde, convenci Arriano a empregar em suas obras.

Atenas tinha nessa época seu filósofo de vida frugal: Demônax levava uma existência exemplar embora alegre, numa cabana da aldeia de Colono. Ele não era Sócrates; deste não tinha a sutileza nem o ardor, mas eu amava sua bonomia zombeteira. O ator cômico Aristomenes, que interpretava com humor a velha comédia ática, foi outro desses amigos de coração simples. Chamava-lhe minha perdiz grega: baixo, gordo, alegre como uma criança ou um passarinho, conhecia melhor do que ninguém os ritos, a poesia e as receitas da cozinha antiga. Divertiu-me e instruiu-me durante longo tempo. Por essa época, Antínoo afeiçoou-se muito ao filósofo Chábrias, platônico e entusiasta do orfismo, o mais inocente dos homens, que dedicou ao menino uma fidelidade de cão de guarda, transferida mais tarde para mim. Onze anos de vida na corte não o mudaram: é sempre o mesmo ser cândido, dedicado, castamente ocupado pelos sonhos, cego às intrigas e surdo aos rumores. Aborrece-me algumas vezes, mas não me separarei dele senão pela morte.

Meu relacionamento com o filósofo estoico Eufrates foi de breve duração. Retirou-se para Atenas depois de ruidoso sucesso em Roma. Tomei-o como leitor, mas os sofrimentos que há muito tempo lhe causava um abcesso no fígado e seu consequente enfraquecimento persuadiram-no de que a vida não lhe oferecia mais nada que valesse a pena viver. Pediu-me permissão para deixar meu serviço através do suicídio. Jamais fui inimigo da saída voluntária; eu próprio pensei nisso como um fim possível no momento da crise que precedeu a morte de Trajano. O problema do suicídio, que depois se tornou para mim uma obsessão, parecia-me então uma solução fácil. Eufrates recebeu a autorização pedida; mandei-lha pelo meu jovem bitínio, talvez porque me agradasse receber através daquele mensageiro a resposta que poria fim a tudo. O filósofo apresentou-se em palácio na mesma noite para uma conversa que em nada diferia das anteriores. Matou-se na manhã seguinte. Voltamos a falar muitas vezes sobre o incidente: o menino permaneceu impressionado e sombrio por alguns dias. O belo ser sensual encarava a morte com horror; não me apercebi de que ele já pensava muito sobre ela. Quanto a mim custava a compreender que se deixasse voluntariamente um mundo que me parecia belo demais; que não se esgotasse até o fim, a despeito de todos os males, a última possibilidade de pensar, sentir e olhar. Mudei muito, depois.

As datas confundem-se: minha memória compõe-se de um só afresco no qual se acumulam os incidentes e as viagens de muitas estações. O barco luxuosamente decorado, de propriedade do mercador Erasto de Éfeso, voltou a proa em direção ao Oriente, depois para o Sul e, por fim, para a Itália, que se me tornara o Ocidente. Tocamos em Rodes por duas vezes; e por duas vezes visitamos Delos, ofuscante de brancura. Primeiramente numa manhã de abril e mais tarde sob o plenilúnio do solstício. O mau tempo na costa de Épiro permitiu-me prolongar minha visita a Dodona. Na Sicília, demoramo-nos alguns dias em Siracusa para explorar os mistérios das nascentes: Aretusa, Cianeia, as belas Ninfas azuis. Dediquei um pensamento a Licínio Sura, que outrora consagrara seus lazeres de homem de Estado a estudar as maravilhas das águas. Tinha ouvido falar das surpreendentes irisações da aurora sobre o mar Jônio contemplado do Etna. Decidi empreender a ascensão da montanha; passamos da região das vinhas à das lavas, depois à da neve. O menino, cujas pernas pareciam dançar, corria pelas encostas mais difíceis; os sábios que me acompanhavam subiram no dorso de mulas. Um abrigo fora construído no alto para que pudéssemos esperar pela aurora. Ela surgiu. Um imenso arco-íris desdobrou-se de um horizonte ao outro; estranhos fogos brilharam sobre o gelo do cimo; o espaço terrestre e marítimo abriu-se diante do nosso olhar até a África visível e a Grécia adivinhada. Foi um dos momentos culminantes da minha vida. Nada faltou, nem a franja dourada de uma nuvem, nem as águias, nem o escanção da imortalidade.

Estações alciônicas, solstício dos meus dias... Longe de embelezar minha felicidade a distância, devo lutar para não lhe enfear a imagem; sua mesma recordação é hoje demasiado forte para mim. Mais sincero que a maioria dos homens, confesso sem subterfúgios as causas secretas dessa felicidade: a calma tão propícia aos trabalhos e às disciplinas do espírito parece-me um dos mais belos efeitos do amor. Espanto-me de que essas alegrias tão precárias, tão raramente perfeitas no curso de uma vida humana, independente da forma pela qual as tenhamos procurado ou recebido, sejam consideradas com tanta desconfiança por pretensos sábios que lhes receiam o hábito e o excesso, em lugar de temer sua falta e perda. Admiro-me de que utilizem, para tiranizar seus sentidos, um tempo que seria mais bem-aproveitado para colocar em ordem ou embelezar a alma. Naquela época, eu me empenhava em fortalecer minha felicidade, em fruí-la, e também em julgá-la, dispensando-lhe a atenção que sempre dei aos menores detalhes dos meus atos. O que é, afinal, a própria volúpia senão um momento de atenção apaixonada do corpo? Toda felicidade é uma obra-prima: o menor erro a adultera, a menor hesitação a modifica, a menor deselegância a desfigura, a menor tolice a embrutece. Minha felicidade de modo algum é responsável pelas imprudências que mais tarde a fraturaram: enquanto agi a seu favor, fui sábio. Creio mesmo que teria sido possível a um homem mais prudente do que eu ser feliz até a morte.

Foi na Frígia, nos confins onde a Grécia e a Ásia se confundem, que tive, mais tarde, a imagem mais completa e mais lúcida da felicidade. Estávamos acampados num lugar deserto e selvagem, junto ao túmulo de Alcibíades, morto ali vítima das maquinações dos sátrapas. Mandei colocar sobre aquele túmulo negligenciado há séculos uma estátua de mármore de Paros, a efígie desse homem que foi um dos mais amados pela Grécia. Ordenei também que todos os anos fossem celebrados ali certos ritos comemorativos; os habitantes da aldeia juntaram-se ao pessoal da minha escolta para a primeira dessas cerimônias. Um novilho foi sacrificado e uma parte da carne reservada para o festim da noite. Houve uma corrida de cavalos improvisada na planície e danças nas quais o bitínio tomou parte com graça esfusiante. Um pouco mais tarde, à beira da última fogueira, atirando para trás a bela garganta, ele cantou. Gosto de me estender junto dos mortos para tomar minha medida: nessa noite comparei minha vida à do grande gozador envelhecido que tombou naquele local varado pelas setas, defendido por um jovem amigo e chorado por uma cortesã de Atenas. Na minha juventude não pretendi igualar o prestígio desfrutado pelo jovem Alcibíades: minha multiplicidade igualava ou superava a dele. Havia usufruído tanto quanto ele, refletido mais longamente e trabalhado muito mais. Possuía, como ele, a estranha felicidade de ser amado. Alcibíades a todos seduziu, até mesmo a história e, entretanto, deixou atrás de si pilhas de atenienses mortos, abandonados nas estradas de Siracusa, além de uma pátria vacilante e os deuses das encruzilhadas estupidamente mutilados por suas mãos. Governei um mundo infinitamente mais vasto do que aquele em que o ateniense viveu. Mantive-o em paz e aparelhei-o como um belo navio preparado para uma viagem que deverá durar através dos séculos. Empenhei-me na luta para enaltecer o lado divino do homem, sem, contudo, sacrificar-lhe o lado humano. A felicidade foi a minha recompensa.

Havia Roma. A essa altura, porém, já não me sentia obrigado a manobrar, a tranquilizar, a agradar. A obra do principado impunha-se; as portas do templo de Jano, que se abrem em tempo de guerra, permaneciam fechadas. Os ideais produziam seus frutos e a prosperidade das províncias refluía para a metrópole. Já não recusava o título de Pai da Pátria que me haviam proposto na época do meu advento.

Plotina não existia mais. Durante a temporada anterior na cidade, vi pela última vez aquela mulher de sorriso um tanto cansado, a quem a nomenclatura oficial deu o título de minha mãe e que era bem mais: era minha única amiga. Desta vez, dela não encontrei senão uma pequena urna depositada sob a Coluna de Trajano. Assisti pessoalmente às cerimônias da sua apoteose. Contrariamente ao uso imperial, pus luto por um período de nove dias. Mas a morte mudava pouca coisa nessa intimidade que há anos dispensava a presença; a imperatriz permaneceu o que sempre fora para mim: um espírito, um pensamento ao qual o meu se unira.

Algumas das grandes obras de construção estavam sendo terminadas. O Coliseu, restaurado e purificado das lembranças de Nero que ainda assombravam aquele lugar, foi decorado com uma efígie colossal do Sol, Helios-Rei, em substituição à imagem do imperador e como alusão a meu nome gentílico Élio. Dávamos os últimos retoques no templo de Vênus e de Roma, construído também no local da escandalosa Casa de Ouro, onde Nero esbanjara um luxo sem gosto e mal-adquirido. *Roma, Amor*: a divindade da Cidade Eterna identificava-se pela primeira vez com a Mãe do Amor, inspiradora de todas as alegrias. Esse era um dos planos da minha vida. O poderio romano assumia assim seu caráter cósmico e sagrado, a forma pacífica e tutelar que eu ambicionava conferir-lhe. Acontecia-me por vezes identificar a imperatriz morta com a Vênus pudica, conselheira divina.

Todas as divindades me pareciam, cada vez mais, misteriosamente fundidas em um Todo, emanações infinitamente variáveis, manifestações iguais de uma mesma força: suas contradições não seriam mais do que expressão do seu acordo. A construção de um templo dedicado a Todos os Deuses, de um Panteon, se me impunha. Escolhera seu lugar sobre as ruínas dos antigos banhos públicos oferecidos ao povo romano por Agripa, o genro de Augusto. Nada restava do antigo edifício além de um pórtico e uma placa de mármore com uma dedicatória ao povo de Roma. Essa placa foi cuidadosamente recolocada, exatamente como era, no frontão do novo templo. Pouco me importava que meu nome figurasse ou não num monumento que era a expressão do meu pensamento. Agradava-me, muito pelo contrário, que uma velha inscrição de mais de um século o associasse ao princípio do império, ao reino pacificado de Augusto. Mesmo quando inovava, preferia sentir-me, antes de tudo, um continuador. Para além de Trajano e de Nerva, considerados oficialmente como meu pai e meu avô, ligava-me aos 12 Césares tão maltratados por Suetônio: a lucidez de Tibério, menos sua insensibilidade, a erudição de Cláudio, menos sua fraqueza, o gosto de Nero pelas artes, mas despojado de toda vaidade tola, a bondade de Tito, sem sua sensaboria, a economia de Vespasiano, sem sua avareza ridícula, constituíam outros tantos exemplos que propunha a mim mesmo. Esses príncipes haviam desempenhado seu papel nos negócios humanos; era a mim que cabia, para o futuro, escolher entre seus atos aqueles cuja continuação fosse importante. Pretendia consolidar os melhores, corrigir os piores, até o dia em que outros homens, mais ou menos qualificados, mas igualmente responsáveis, se encarregassem de fazer o mesmo relativamente aos meus.

O ato de dedicação do templo de Vênus e de Roma foi uma espécie de triunfo acompanhado por corridas de carros, espetáculos públicos, distribuição de especiarias e perfumes. Os 24 elefantes, monolitos vivos, que haviam transportado para o local da construção os enormes blocos de mármore, diminuindo desse modo o trabalho forçado dos escravos, tomaram parte no cortejo. A data escolhida para a festa foi o dia do aniversário de Roma, o oitavo após os Idos de Abril do ano 882 depois da fundação da cidade. A primavera romana nunca fora mais doce, mais violenta, nem mais azul. No mesmo dia, com uma solenidade mais grave e como que abafada, teve lugar uma cerimônia consagratória no interior do Panteon. Eu próprio corrigira os planos demasiado tímidos do arquiteto Apolodoro. Utilizando as artes da Grécia como simples ornamentação, ou um luxo a mais, procurei voltar, pela própria estrutura do edifício, à época fabulosa e primitiva de Roma, ao mesmo tempo que reproduzia os templos redondos da Etrúria antiga. Quis que esse santuário de Todos os Deuses reproduzisse a forma do globo terrestre e da esfera estelar, do globo onde se encerram as origens do fogo eterno, a esfera oca que tudo contém. Era igualmente a forma das cabanas ancestrais, nas quais a fumaça dos mais antigos lumes humanos escapava por um orifício situado no topo. A cúpula construída de uma lava sólida e leve, que parecia participar ainda do movimento ascendente das chamas, comunicava com o céu por uma grande abertura alternadamente negra e azul, tal como a noite e o dia. Esse templo, aberto e ao mesmo tempo secreto, era concebido como um quadrante solar. As horas girariam naqueles caixotes cuidadosamente polidos por artífices gregos, e o disco do dia ficaria suspenso ali como um escudo de ouro. A chuva formaria uma poça de água pura no pavimento e as preces escapar-se-iam como uma fumaça em direção ao vazio onde costumamos colocar os deuses. Essa festa foi para mim uma dessas horas em que tudo converge. De pé, no fundo do poço do dia, tinha ao meu lado o corpo auxiliar do meu principado, o material humano de que se compunha meu destino de homem amadurecido, já edificado em grande parte. Reconhecia a energia austera do fiel Márcio Turbo, a dignidade mal-humorada de Serviano, cujas críticas, feitas em voz cada vez mais baixa, já não me atingiam; a elegância real de Lúcio Ceônio, e, um pouco à parte, na clara penumbra que combina com as aparições divinas, o rosto sonhador do jovem grego em quem eu encarnara minha boa sorte. Minha mulher, presente também, acabava de receber o título de imperatriz.

Há longo tempo que eu preferia as fábulas referentes aos amores e às disputas dos deuses aos comentários ineptos dos filósofos sobre a natureza divina; aceitava ser a imagem terrestre daquele Júpiter mais deus do que homem, sustentáculo do mundo, encarnação da justiça, ordem das coisas, amante dos Ganimedes e das Europas, esposo negligente de uma Juno amarga. Meu espírito, predisposto naquele dia a colocar todas as coisas sob uma luz sem sombras, comparava a imperatriz àquela deusa, em honra de quem, numa recente visita a Argos, eu consagrara um pavão de ouro ornado de pedras preciosas. Teria podido desembaraçar-me, pelo divórcio, dessa mulher que eu não amava. Fosse eu um homem comum e não teria hesitado em fazê-lo. Mas Sabina incomodava-me pouco, e nada em sua conduta justificava tamanho insulto público. Jovem esposa, meu afastamento a perturbava, mas pouco a pouco, como seu tio, começou a irritar-se apenas com minhas dívidas. Já agora assistia às manifestações de uma paixão que se anunciava duradoura, sem sequer demonstrar aperceber-se do fato. Como muitas mulheres pouco sensíveis ao amor, ela mal compreendia seu poder. Essa ignorância excluía ao mesmo tempo a indulgência e o ciúme. Inquietar-se-ia apenas se seus títulos ou sua segurança estivessem ameaçados, o que não era o caso. Nada lhe restava da graça adolescente que, em outros dias, me interessara, ainda que passageiramente. A espanhola, prematuramente envelhecida, era grave e dura. Agradava-me que sua frieza a tivesse impedido de possuir amantes; agradava-me também que soubesse usar com dignidade seus véus de matrona, que eram quase os de viúva. Comprazia-me em que um perfil de imperatriz figurasse nas moedas romanas, tendo no reverso uma inscrição dedicada umas vezes ao Pudor, outras à Tranquilidade. Frequentemente me acontecia pensar naquele casamento fictício que, na noite das festas dedicadas a Elêusis, realizou-se entre a grande sacerdotisa e o Hierofante, casamento que não é uma união, nem mesmo um contato, mas um rito e, como tal, sagrado.

Na noite que se seguiu a essas celebrações, contemplei Roma arder do alto de um terraço. As fogueiras da alegria equivaliam aos incêndios ateados por Nero: eram quase tão terríveis quanto estes. Roma: o cadinho, mas também a fornalha e o metal em ebulição; o malho, mas também a bigorna; a prova visível das transformações e dos recomeços da história, um dos lugares do mundo onde o homem terá vivido mais intensamente. A conflagração de Troia, de onde um fugitivo escapara trazendo em sua companhia o velho pai, o jovem filho e seus deuses domésticos, resultava naquela noite iluminada pelos fogos festivos. Pensava também, com uma espécie de terror sagrado, nas conflagrações do futuro. Os milhões de vidas passadas, presentes e futuras, os novos edifícios nascidos dos edifícios antigos e seguidos, eles próprios, de edifícios por nascer, pareciam-me suceder-se no tempo como vagas. Por acaso, era a meus pés que, naquela noite, essas grandes vagas vinham quebrar-se. Ponho de parte os momentos de delírio em que a púrpura imperial, o estofo sagrado que eu tão raramente consentia em usar, foi lançada sobre os ombros da criatura que se transformara, para mim, no meu gênio. Quis, por um momento, observar o contraste entre o vermelho profundo e o ouro pálido de uma nuca, mas quis sobretudo obrigar minha Felicidade, minha Fortuna, essas entidades incertas e vagas, a encarnar-se nessa forma tão terrestre, a adquirir o calor e o peso tranquilizador da carne. As sólidas paredes do Palatino, que eu ocupava tão poucas vezes, mas que acabava de reconstruir, oscilavam como o costado de um barco; as cortinas afastadas para deixar entrar a noite romana assemelhavam-se a bandeiras num mastro de navio, e os gritos da multidão soavam como o ruído do vento no cordame. O enorme escolho entrevisto ao longe, na sombra, era a base gigantesca do meu túmulo em início de construção às margens do Tibre. Contudo, nessa noite, nada disso me inspirava temor, nem vã meditação sobre a brevidade da vida.

Imperceptivelmente, a luz mudou. Após mais de dois anos, a passagem do tempo era acentuada pelo desenvolvimento de uma juventude que se forma, que se torna dourada, que sobe em direção ao seu zênite: a voz grave habitua-se a dar ordens aos pilotos e aos chefes das caçadas; o passo do corredor alonga-se; as pernas do cavaleiro dominam mais habilmente a montaria. O estudante que aprendera de cor, em Claudiópolis, fragmentos de Homero, começava a apaixonar-se pela poesia voluptuosa e sábia, entusiasmava-se com certas passagens de Platão. Meu jovem pastor transformava-se num jovem príncipe. Já não era aquele menino diligente que saltava do cavalo nas escalas para me oferecer a água das fontes recolhida na concha das mãos. O doador conhecia agora o imenso valor dos seus dons. Durante as caçadas organizadas nos domínios de Lúcio, na Toscana, sentia prazer em misturar aquele rosto perfeito às fisionomias pesadas e inquietas dos grandes dignitários, aos perfis agudos dos orientais, às carrancas maciças dos monteiros bárbaros, e em obrigar o bem-amado a representar o difícil papel de amigo. Em Roma, as intrigas giravam em torno daquela cabeça jovem. Empregavam-se os mais vis esforços no sentido de captar sua influência, ou substituí-la por qualquer outra. A concentração num único pensamento dotava o jovem de 18 anos de um poder de indiferença que falta aos mais sábios. Não obstante soubesse como desdenhar ou ignorar tudo isso, a linda boca adquirira um vinco amargo que não escapava aos escultores.

Ofereço aqui aos moralistas uma ocasião fácil para triunfarem sobre mim. Meus censores se preparam para provar que minha infelicidade é consequência de um desregramento, o resultado de um excesso. Torna-se-me tanto mais difícil contradizê-los quanto não vejo em que consiste o desregramento, nem onde se situa o excesso. Esforço-me por reduzir meu crime, se crime houve, a proporções justas: digo a mim mesmo que o suicídio não é raro e que é comum morrer aos vinte anos. A morte de Antínoo não é problema e catástrofe senão para mim. Talvez esse desastre fizesse parte integrante de um excesso de alegria, de um acréscimo de experiência, que eu não teria consentido privar a mim mesmo, nem a meu companheiro de perigo. Meus próprios remorsos transformaram-se, pouco a pouco, numa forma amarga de posse, um modo de convencer-me de que fui, até o fim, o triste senhor do destino dele. Mas não ignoro que é preciso contar com as decisões do belo desconhecido que existe, apesar de tudo, em cada ser que amamos. Assumindo toda a culpa, reduzo o jovem amigo às proporções de uma estátua de cera que eu teria modelado e depois esmagado entre minhas próprias mãos. Não tenho o direito de depreciar a extraordinária obra-prima em que ele transformou sua partida. É imperioso que eu deixe a essa criança o mérito de sua própria morte.

Evidentemente, não incrimino a preferência sensual, demasiado vulgar aliás, que determinava minhas escolhas em matéria de amor. Paixões semelhantes atravessaram constantemente minha vida; esses frequentes amores não me haviam custado, até então, mais do que um mínimo de juramentos, mentiras e males. Minha breve predileção por Lúcio levara-me somente a algumas loucuras reparáveis. Nada impedia que sucedesse o mesmo com essa suprema ternura; nada senão precisamente a qualidade única que a distinguia das outras. O hábito nos teria conduzido ao fim sem glória, mas sem desastre, que a vida oferece a todos que aceitam seu lento enfraquecimento pela saciedade. Teria visto a paixão transformar-se em amizade, como querem os moralistas, ou em indiferença, o que é mais frequente. O jovem se desligou de mim no exato momento em que nossos laços teriam começado a pesar-me. Outras rotinas sensuais, ou as mesmas sob outras formas, ter-se-iam estabelecido em sua vida. O futuro incluiria certamente um casamento nem pior nem melhor do que tantos outros, um posto na administração provincial, a gestão de um domínio rural na Bitínia, ou, em outras circunstâncias, a inércia da vida da corte continuada em alguma posição subalterna, e, em último caso, seria mais um confidente, um alcoviteiro, como terminam quase todos os favoritos decaídos. A prudência, se de prudência entendo alguma coisa, consiste em nada ignorar dos riscos de que é feita a própria vida e permanecer livre para afastar o pior. Contudo, nem aquela criança nem eu éramos prudentes.

Não esperei pela presença de Antínoo para me sentir deus. O sucesso multiplicava à minha volta as probabilidades de vertigem; as estações pareciam colaborar com os poetas e os músicos da minha comitiva para fazer da nossa existência uma festa olímpica. No dia da minha chegada a Cartago, uma seca de cinco anos terminou. A multidão, delirante sob o aguaceiro, aclamou em mim o dispensador dos benefícios do alto. Depois disso, as grandes obras da África não foram mais do que uma forma de canalizar a prodigalidade celeste. Algum tempo antes, no curso de uma escala na Sardenha, uma tempestade obrigou-nos a procurar refúgio numa cabana de camponeses. Antínoo auxiliou nosso hospedeiro a assar sobre a brasa duas postas de atum; olhando-o, senti-me como Zeus visitando Filêmon em companhia de Hermes. O jovem, com as pernas dobradas sobre o leito, era aquele mesmo Hermes desatando as sandálias; Baco colhia um cacho de uva, ou provava para mim uma taça de vinho rosado, e, finalmente, os dedos endurecidos pela corda do arco eram os do próprio Eros. Entre tantas fantasias, e entre tantos sortilégios, aconteceu-me esquecer o ser humano, o menino que se esforçava em vão por aprender o latim, que pedia ao engenheiro Decriano que lhe desse lições de matemática, abandonando-as em seguida e que, à mínima censura, ia amuado para a proa do navio, onde permanecia a contemplar o mar.

A viagem à África terminou em pleno sol de julho nos bairros novos de Lambessa. Meu companheiro vestiu, com pueril alegria, a couraça e a túnica militares. Fui, por alguns dias, o Marte nu e de capacete que participa dos exercícios de campo, o Hércules atlético embriagado pelo sentimento do seu próprio vigor ainda jovem. A despeito do calor e dos demorados trabalhos de terraplenagem efetuados antes da minha chegada, o exército funcionou, como tudo mais, com perfeição divina. Teria sido impossível obrigar ao corredor a saltar um obstáculo a mais, impor ao cavaleiro um novo volteio sem prejudicar a eficácia de suas próprias manobras, sem romper em alguma parte o exato equilíbrio que constitui a beleza. Fui forçado a advertir os oficiais de um único, imperceptível erro: um grupo de cavalos deixados a descoberto durante o simulacro de um ataque em campo raso; meu prefeito Corneliano me satisfez em tudo. Uma ordem inteligente regia aquela massa de homens, de animais de tiro, de mulheres bárbaras acompanhadas de filhos robustos comprimindo-se em volta do pretório para me beijar as mãos. Essa obediência não era servil; esse entusiasmo selvagem era utilizado para sustentar meu programa de segurança; nada havia custado caro demais, nada havia sido negligenciado. Planejei mandar escrever por Arriano um tratado sobre a tática, tão exato como um corpo bem-feito.

Em Atenas, a cerimônia da dedicação do Olimpo forneceu pretexto, três meses mais tarde, às festas que lembravam as solenidades romanas; mas o que em Roma se passava em terra, em Atenas situava-se em pleno céu. Por uma tarde dourada de outono, tomei lugar sob o pórtico concebido segundo a escala sobre-humana de Zeus; o templo de mármore, erigido no lugar onde Deucalião viu cessar o dilúvio, parecia perder seu peso, flutuar como uma densa nuvem branca. Minhas vestes rituais harmonizavam-se com os tons do entardecer sobre o Himeto próximo dali. Havia encarregado Polemon do discurso inaugural. Foi nessa ocasião que a Grécia me conferiu os títulos divinos em que eu via, ao mesmo tempo, uma fonte de prestígio e o ideal mais secreto das realizações da minha vida: Evérgeta, Olímpico, Epifânio, Senhor de Tudo. E o mais belo, o mais difícil de merecer de todos os títulos: Jônio, Filheleno. Havia muito de ator em Polemon, mas as expressões fisionômicas de um grande comediante traduzem muitas vezes uma emoção da qual participa toda uma multidão e todo um século. Ele ergueu os olhos, concentrou-se antes do seu exórdio, parecendo reunir em si todos os dons contidos nesse momento do tempo. Eu havia colaborado com as idades e com a própria vida grega; a autoridade exercida por mim era menos um poder do que uma misteriosa onipotência superior ao homem, mas que não age eficazmente senão através da intervenção de um ser humano. Cumprira-se o casamento de Roma e Atenas: o passado assumia o aspecto do futuro; a Grécia movimentava-se outra vez como um navio que, há longo tempo imobilizado pela calmaria, sente de novo em suas velas o impulso do vento. Foi nesse instante que uma melancolia momentânea comprimiu-me o coração: refleti sobre as palavras *acabamento* e *perfeição*, que contêm em si a palavra fim. Talvez eu tivesse apenas oferecido mais uma ruína ao tempo que tudo devora.

Penetramos em seguida no interior do templo onde os escultores ainda se atarefavam: o imenso esboço do Zeus de ouro e marfim iluminava vagamente a penumbra. Ao pé dos andaimes, o grande píton que eu mandara trazer da Índia para consagrar naquele santuário grego, repousava já no seu cesto de filigrana, animal divino, emblema rastejante do espírito da Terra, associado desde sempre ao jovem nu que simboliza o gênio do imperador. Antínoo, assumindo mais e mais esse papel, serviu ele mesmo ao monstro sua ração de abelharucos de asas aparadas. Depois, erguendo os braços, orou. Eu sabia que aquela oração, feita em minha intenção, não se dirigia senão e exclusivamente a mim, mas eu não era bastante deus para lhe adivinhar o sentido, nem para saber se seria, um dia ou outro, atendida. Foi um alívio sair daquele silêncio, daquela palidez azulada, reencontrar as ruas de Atenas onde se acendiam as lâmpadas e presenciar a familiaridade do povo humilde, o som dos gritos no ar poeirento do anoitecer. O rosto jovem que brevemente embelezaria tantas moedas do mundo grego, começava a ser para a multidão uma presença amiga, um símbolo.

Não amava menos; amava mais. Todavia, o peso do amor, como o peso de um braço ternamente pousado sobre um peito, tornava-se pouco a pouco mais difícil de suportar. Os comparsas reapareceram: lembro-me do jovem forte e esbelto que me acompanhou durante uma temporada em Mileto, mas ao qual renunciei. Revejo aquela noite em Sardes, em que o poeta Estratão nos levou de casa de prostituição em casa de prostituição, cercados de conquistas duvidosas. Esse Estratão, que preferira à minha corte a obscura liberdade das tavernas da Ásia, era homem fino e mordaz, ávido de provar a inanidade de tudo que não fosse o prazer e somente o prazer, talvez para se desculpar de, por ele, haver sacrificado tudo o mais. E houve a noite de Esmirna, quando forcei o objeto amado a suportar a presença de uma cortesã. O menino fazia do amor uma ideia que permanecia austera porque exclusiva. Sua repugnância foi até à náusea. Depois habituou-se. Aquelas vãs tentativas têm sua explicação no gosto pelo deboche que se confundia com a esperança de criar uma intimidade nova, na qual o companheiro de prazer não deixaria de ser o bem-amado e o amigo. E incluía também o desejo de instruir o outro, de fazer sua juventude passar por experiências idênticas às da minha. E talvez a mais inconfessada, isto é, a intenção de rebaixá-lo pouco a pouco ao nível dos prazeres vulgares que não obrigam a qualquer compromisso.

Havia um componente de angústia na necessidade de ultrajar a ternura sombria que ameaçava perturbar minha vida. No curso de uma viagem a Trôade, visitamos a Planície do Escamandro sob um céu verde de catástrofe: a inundação cujos estragos eu viera verificar havia transformado em pequenas ilhas os túmulos das sepulturas antigas.

Recolhi-me por alguns momentos junto ao de Heitor; Antínoo foi sonhar sobre a sepultura de Pátroclo. No jovem servo que me acompanhava, eu não soube reconhecer o êmulo do companheiro de Aquiles. Ridicularizei as fidelidades apaixonadas que florescem sobretudo nos livros; o belo jovem insultado corou até a raiz dos cabelos. A franqueza era a única virtude que eu cultivava cada vez mais: compreendi que as disciplinas heroicas, com que a Grécia cercou a ligação de um homem maduro a um companheiro mais jovem, não são, muitas vezes, para nós mais do que afetação hipócrita. Mais sensível do que julgava ser aos preconceitos de Roma, lembrava-me de que tais preconceitos admitem o prazer, mas veem no amor uma mania vergonhosa. Em consequência, fui novamente dominado pelo desejo violento de não depender exclusivamente de ser algum. Irritava-me com as singularidades que eram próprias da juventude e, como tais, inseparáveis do ser que eu escolhera para amar. E acabei por reencontrar naquela paixão diferente tudo o que me havia irritado em minhas amantes romanas: os perfumes, a afetação, o luxo frio dos adereços retomaram seu lugar em minha vida. Por sua vez, introduziram-se naquele coração sombrio temores injustificados: vi-o inquietar-se por completar em breve 19 anos. Caprichos perigosos, cóleras que agitavam naquela fronte os anéis de Medusa, alternavam com uma melancolia que se assemelhava ao entorpecimento, com uma doçura cada vez mais estilhaçada. Certo dia, aconteceu-me bater-lhe: lembrar-me-ei sempre do seu olhar assombrado. No entanto, o ídolo esbofeteado permanecia ídolo, e os sacrifícios expiatórios começavam.

Todos os Mistérios da Ásia vinham reforçar a voluptuosa desordem das suas músicas estridentes. O tempo de Elêusis havia passado. As iniciações nos cultos secretos ou extravagantes, práticas mais toleradas do que permitidas, que o legislador presente dentro de mim olhava com desconfiança, convinham àquele momento da vida em que a dança se transforma em vertigem, em que o canto se resolve num grito. Na ilha de Samotrácia, eu fora iniciado nos Mistérios dos Cabiros, antigos e obscenos, sagrados como a carne e o sangue. As serpentes, fartas de leite do antro de Trofônio, esfregaram-se nos meus artelhos; as festas trácias de Orfeu deram lugar aos ritos selvagens da fraternidade. O homem de Estado, que proibira sob as penas mais severas todas as formas de mutilação, concordou em assistir às orgias da

Deusa Síria: vi o espantoso turbilhonamento das danças ensanguentadas. Fascinado como um cabrito na presença de um réptil, meu jovem companheiro contemplava com terror aqueles homens que preferiam dar às exigências da idade e do sexo uma resposta tão definitiva como a da morte e talvez mais atroz. O cúmulo do horror foi atingido durante uma temporada em Palmira, onde o mercador árabe Meles Agripa nos hospedou durante três semanas em meio a um luxo esplêndido e bárbaro. Certo dia, depois de beber, Meles, grande dignitário do culto mitríaco que levava muito pouco a sério seus deveres de pastóforo, propôs a Antínoo participar do taurobólio. O jovem sabia que outrora eu me submetera a uma cerimônia do mesmo gênero, razão pela qual ofereceu-se com entusiasmo. Não julguei dever opor-me a essa fantasia, para cujo cumprimento se exige apenas um mínimo de purificação e abstinência. Aceitei servir, eu mesmo, como acólito, secundado por Marco Úlpio Castoras, meu secretário para a língua árabe. À hora combinada, descemos ao subterrâneo sagrado: o bitínio deitou-se para receber a aspersão sangrenta. Quando vi emergir do fosso o corpo estriado de vermelho, a cabeleira empastada por uma lama viscosa, o rosto coberto de manchas que não se podia lavar, e que era preciso deixar desvanecer por si mesmas, a repugnância e o horror por esses cultos subterrâneos e obscuros cerraram-me a garganta. Alguns dias mais tarde, mandei proibir às tropas acantonadas em Émeso o acesso ao negro templo de Mitra.

Tive meus presságios: como Marco Antônio antes da última batalha, ouvi, durante a noite, afastar-se a música da rendição dos deuses protetores que partem... Mas a ouvi sem lhe dar atenção. Sentia-me seguro como o cavaleiro que um talismã protege contra todas as quedas. Em Samósata, realizou-se sob meus auspícios um congresso de pequenos reis do Oriente; durante as caçadas na montanha, Abgar, rei de Osroene, ensinou-me a arte da falcoaria; batidas preparadas como cenas de teatro precipitaram nas redes de púrpura manadas inteiras de antílopes; Antínoo aguentava-se com todas as suas forças para conter o ímpeto de um casal de panteras que ele puxava pelas pesadas coleiras de ouro. Os ajustes foram concluídos à sombra de todos esses esplendores; as negociações foram-me favoráveis. Continuava a ser o jogador que sempre ganha. O inverno passou-se no palácio de Antioquia, onde outrora eu pedira aos feiticeiros que me esclarecessem o futuro. Mas o futuro, dali por diante, não podia trazer-me nada que, pelo menos, passasse por um dom. Minhas vindimas estavam feitas; o mosto da vida enchia a cuba. Havia cessado, é verdade, de comandar meu próprio destino, mas as disciplinas antes cuidadosamente elaboradas já não me pareciam o primeiro estágio de uma vocação de homem; tinham-se transformado numa espécie de cadeias que o dançarino se obriga a usar para saltar melhor quando delas se separa. Em certos pontos, a austeridade persistia: continuava a proibir que servissem o vinho antes da segunda vigília noturna; lembrava-me de ter visto, sobre aquelas mesmas mesas de madeira polida, a mão trêmula de Trajano. Mas há outras espécies de embriaguez. Nenhuma sombra se delineava sobre meus dias, nem a morte, nem a derrota, nem aquele revés mais sutil que infligimos a nós mesmos, nem a idade que, entretanto, acabaria por chegar. Contudo, eu me apressava como se cada uma daquelas horas fosse a mais bela e a última.

Minhas frequentes temporadas na Ásia Menor me haviam posto em contato com um pequeno grupo de sábios seriamente empenhados no conhecimento das artes mágicas. Cada século tem suas audácias: os melhores espíritos do nosso, cansados de uma filosofia que tende cada vez mais às declamações escolares, comprazem-se em acercar-se das fronteiras interditas ao homem. Em Tiro, Fílon de Biblos, que me revelara certos segredos da velha magia fenícia, acompanhou-me a Antioquia. Numênio dava ali aos mitos de Platão sobre a natureza da alma uma interpretação que permanecia tímida, mas que teria levado longe um espírito mais audacioso do que o dele. Seus discípulos invocavam os demônios: esse foi um jogo como qualquer outro. Estranhas figuras, que pareciam feitas da própria substância dos meus sonhos, apareceram-me na fumaça do estoraque, oscilaram, desvaneceram-se, deixando-me apenas a sensação de uma semelhança com um rosto conhecido e vivo. Tudo isso não passava de habilidade de prestidigitador. Nesse caso, o prestidigitador conhecia bem seu ofício. Voltei ao estudo da anatomia iniciado superficialmente em minha juventude, já agora sem a finalidade de examinar seriamente a estrutura do corpo. Dominava-me a curiosidade sobre as regiões intermediárias onde a alma e a carne se fundem, onde o sonho corresponde à realidade e, por vezes, a ultrapassa, onde a vida e a morte permutam seus atributos e suas máscaras.

Meu médico, Hermógenes, apesar de desaprovar tais experiências, pôs-me em contato com um pequeno número de praticantes que trabalhavam nesse campo. Tentei com eles localizar a sede da alma, descobrir os vínculos que a ligam ao corpo e medir o tempo que ela leva para se separar dele. Alguns animais foram sacrificados nessas pesquisas. O cirurgião Sátiro levou-me à sua clínica para assistir a algumas agonias. Sonhávamos muito alto: não será a alma apenas o supremo confim do corpo, frágil manifestação da dor e do prazer de existir? Ou, ao contrário, será mais antiga do que esse corpo modelado à sua imagem e que, bem ou mal, lhe serve momentaneamente de instrumento? É possível chamá-la no interior da carne, restabelecer entre elas a união estreita, a combustão a que chamamos vida? Se as almas possuem identidade própria, podem elas permutar-se, ir de um ser a outro como o pedaço de um fruto, ou o gole de vinho que dois amantes passam um ao outro num beijo? Todos os sábios mudam de opinião sobre esses assuntos vinte vezes por ano; em mim, o ceticismo debatia-se entre a vontade de saber e o entusiasmo pela ironia. Mas estava convencido de que nossa inteligência só deixa filtrar até nós um magro resíduo dos fatos: interessava-me cada vez mais pelo mundo obscuro da sensação, espécie de noite negra onde cintilam e rodopiam sóis ofuscantes. Por essa mesma época, Flégon, que colecionava crônicas de fantasmas, contou-nos uma noite a história da *Noiva de Corinto*, cuja autenticidade ele garantia. Essa aventura, na qual o amor reconduzia uma alma de volta à Terra e lhe restituía temporariamente um corpo, comoveu-nos a todos, só que em níveis diferentes. Muitos tentaram uma experiência análoga: Sátiro esforçou-se por evocar seu mestre Aspásio, com quem fizera um daqueles pactos jamais mantidos, segundo os quais os que morrem prometem regressar para esclarecer os vivos. Antínoo fez-me uma promessa do mesmo gênero, que eu tomei superficialmente, não tendo nenhuma razão para acreditar que aquela criança não me sobrevivesse. Fílon tentou chamar por sua mulher morta. De minha parte, permiti que o nome de meu pai e de minha mãe fossem pronunciados, mas uma espécie de pudor impediu-me de evocar Plotina. Nenhuma dessas tentativas logrou êxito. Estranhas portas, no entanto, tinham sido abertas.

Poucos dias antes da partida de Antioquia, fui sacrificar, como antigamente, no cume do monte Cássio. A subida realizou-se à noite. Como para o Etna, levei comigo um pequeno número de amigos de passo firme. Meu objetivo não era somente cumprir um rito propiciatório naquele santuário mais sagrado que qualquer outro: queria rever lá de cima o fenômeno da aurora, prodígio diário que jamais contemplei sem um grito secreto de alegria. À altura do cimo, o sol faz reluzir os ornatos de cobre do templo, os rostos iluminados sorriem em plena claridade enquanto as planícies da Ásia e do mar estão mergulhadas na sombra. Por alguns instantes ainda, o homem que ora no alto da montanha é o único beneficiário da manhã. Tudo foi preparado para o sacrifício. Subimos a cavalo inicialmente, depois a pé ao longo de sendas perigosas, debruadas de giestas e lentiscos que reconhecíamos à noite pelos seus perfumes peculiares. O ar estava pesado; a primavera queimava como o verão de outras regiões. Pela primeira vez, durante uma subida à montanha, faltou-me fôlego; tive de apoiar-me por um momento no ombro do meu preferido. A uma centena de passos do cume, desencadeou-se uma tempestade prevista há algum tempo por Hermógenes, entendido em meteorologia. Os sacerdotes saíram para nos receber ao clarão dos relâmpagos; o pequeno grupo, encharcado até os ossos, comprimiu-se em torno do altar preparado para o sacrifício. Este ia realizar-se quando um raio, estalando sobre nós, matou ao mesmo tempo o sacrificador e a vítima. Passado o primeiro momento de estupefação, Hermógenes inclinou-se com curiosidade de médico sobre o grupo fulminado; Chábrias e o grão-sacerdote clamavam de admiração: o homem e o gamo sacrificados pela espada divina uniam-se à eternidade do meu gênio: aquelas vidas substituídas prolongariam a minha. Antínoo, agarrado ao meu braço, tremia, não de terror, como então supus, mas sob o peso de um pensamento que vim a compreender muito mais tarde. Um ser angustiado pelo receio de decair, isto é, de envelhecer, devia ter prometido a si próprio, há muito tempo, morrer ao primeiro sinal de declínio, ou talvez muito antes. Hoje chego a crer que essa promessa, que tantos de nós fazemos sem, contudo, mantê-la, remontava há muito tempo atrás, à época da Nicomédia e do nosso encontro à beira da fonte. Ela explicava sua indolência, seu ardor no prazer, sua tristeza e sua total indiferença por qualquer plano de futuro. Mas era importante ainda que aquela partida não tivesse o ar de uma revolta, e que não incluísse nenhuma queixa. O raio do monte Cássio indicou-lhe uma saída: a morte poderia tornar-se uma última forma de servir, um último dom, o único a prevalecer. A claridade da aurora foi quase nada em comparação ao sorriso que iluminou aquele rosto perturbado. Alguns dias mais tarde, revi esse mesmo sorriso, apenas mais velado, mais ambíguo: durante a ceia, Polemon, que se ocupava com a quiromancia, quis examinar a mão do jovem, a palma onde uma surpreendente chuva de estrelas assustava a mim próprio. O menino retirou a mão, fechando-a com um gesto suave, quase pudico. Pretendia guardar o segredo dos seus planos e do seu fim.

Fizemos escala em Jerusalém. Pretendia estudar no local o plano de uma cidade nova, que me propunha construir no próprio lugar da cidade judaica destruída por Tito. A boa administração da Judeia e os progressos do comércio do Oriente necessitavam, naquela encruzilhada de estradas, do desenvolvimento de uma grande metrópole. Previ a capital nos moldes romanos habituais: Élia Capitolina teria templos, mercados, banhos públicos e seu santuário da Vênus romana. Meu gosto recente pelos cultos apaixonados e ternos levou-me a escolher no monte Moriah a gruta mais propícia à celebração das Adonias. Esses projetos indignaram a população judaica: aqueles deserdados preferiam suas ruínas a uma grande cidade onde lhes seriam oferecidas todas as vantagens do ganho, do saber e do prazer. Os operários encarregados de iniciar a demolição das muralhas arruinadas foram molestados pela multidão. Não dei importância: Fido Áquila, que devia brevemente empregar seu gênio de organizador na construção de Antinoé, pôs-se ao trabalho em Jerusalém. Recusei-me a ver, sobre aquele amontoado de ruínas, o crescimento rápido do ódio. Um mês mais tarde, chegamos a Pelusa. Dediquei-me a reerguer ali a sepultura de Pompeu. Quanto mais me aprofundava nos negócios do Oriente, mais admirava o gênio político desse eterno vencido do grande Júlio. Pompeu, que se esforçou por colocar em ordem o mundo incerto da Ásia, parecia-me, por vezes, ter trabalhado mais efetivamente a favor de Roma que o próprio César. Esses trabalhos de reconstrução foram uma de minhas últimas oferendas aos mortos da história: muito em breve ver-me-ia obrigado a me ocupar de outros túmulos.

A chegada à Alexandria foi discreta. A entrada triunfal fora adiada até a vinda da imperatriz. Haviam persuadido minha mulher, que viajava pouco, a passar o inverno no clima mais ameno do Egito; Lúcio, mal refeito de uma tosse persistente, devia experimentar o mesmo remédio. Reuniu-se uma flotilha de barcos para a viagem no Nilo, cujo programa incluía uma série de inspeções oficiais, festas e banquetes que prometiam ser tão fatigantes quanto os de uma temporada no Palatino. Eu mesmo havia organizado tudo aquilo: o luxo, o prestígio de uma corte não deixavam de ter valor político naquele velho país habituado aos faustos reais.

Mas tinha muito mais empenho em consagrar à caça os poucos dias que precederiam a chegada dos meus hóspedes. Em Palmira, Meles Agripa proporcionou-nos algumas distrações no deserto: tínhamos ido até muito longe para encontrar os leões. Dois anos antes, a África me oferecera algumas belas caçadas à grande fera: Antínoo, ainda muito jovem e inexperiente, não recebera permissão para tomar parte nelas em primeiro plano. Tinha, para com ele, covardias que nunca pensaria ter para comigo mesmo. Cedendo como sempre, prometi-lhe o papel principal nessa caçada ao leão. Passara o tempo de tratá-lo como criança e sentia-me orgulhoso daquela jovem força.

Partimos para o Oásis de Amon, a alguns dias de marcha de Alexandria, o mesmo onde Alexandre conheceu outrora, através da boca dos sacerdotes, o segredo da sua origem divina. Os nativos tinham assinalado naquelas paragens a presença de um leão particularmente perigoso, que vinha atacando frequentemente. À noite, à beira da fogueira do acampamento, comparávamos alegremente nossas futuras proezas às de Hércules. Os primeiros dias não nos trouxeram senão algumas gazelas. Mas desta vez nós, Antínoo e eu, nos postamos perto de um charco arenoso, todo invadido pelos caniços. Dizia-se que o leão vinha beber ali à hora do crepúsculo. Os negros foram encarregados de forçá-lo a vir em nossa direção por meio de uma zoada de búzios, címbalos e gritos. O restante de nossa escolta foi deixado a distância. O ar estava denso e calmo; não era nem mesmo necessário ocupar-nos com a direção do vento. Passava quando muito da décima hora, porque Antínoo me chamou a atenção para os nenúfares vermelhos, ainda completamente abertos, na superfície do pântano. Súbito, houve um estremecimento de caniços esmagados e a fera real apareceu. Voltou para nós a cabeça terrivelmente bela, uma das faces mais divinas que o perigo pode assumir. Postado um pouco atrás, não tive tempo de deter o menino que impeliu imprudentemente o cavalo, atirou a lança, depois os dois dardos, com arte, mas demasiado próximo. Com o pescoço trespassado, a fera rolou batendo no solo com a cauda. A areia revolvida impedia-nos de distinguir qualquer coisa além de uma massa confusa que rugia. O leão ergueu-se enfim e reuniu suas forças para atirar-se sobre o cavalo e o cavaleiro desarmado. Havia previsto esse risco; por sorte o animal de Antínoo não se mexeu: nossos cavalos eram admiravelmente adestrados para tal tipo de esporte. Interpus meu cavalo, expondo o flanco direito: tinha o hábito desses exercícios e não me foi muito difícil liquidar o leão já ferido de morte. Caiu pela segunda vez; o focinho mergulhou no lodo e um fio de sangue negro correu sobre a água. O enorme gato cor de deserto, mel e sol, expirou com uma majestade mais que humana. Antínoo lançou-se do cavalo coberto de espuma e que tremia ainda. Nossos companheiros juntaram-se a nós e os negros arrastaram para o acampamento a imensa vítima morta.

Uma espécie de festim foi improvisado. Deitado de bruços ante uma bandeja de cobre, o jovem distribuía entre nós, com suas próprias mãos, pedaços de carneiro cozido na brasa. Bebemos em sua honra o vinho da palmeira. Sua exaltação subia como um canto. Exagerava talvez o significado do socorro que eu lhe havia prestado, esquecendo-se de que eu teria feito o mesmo por qualquer caçador em perigo; contudo, sentíamo-nos de novo naquele mundo heroico no qual os amantes morrem um pelo outro. A gratidão e o orgulho alternavam-se na sua alegria como as estrofes de uma ode. Os negros fizeram maravilhas: à noite, a pele esfolada balançava-se sob as estrelas, suspensa em duas estacas à entrada da minha tenda. Apesar das substâncias aromáticas espalhadas por ali, o odor selvagem perseguiu-nos durante toda a noite. Na manhã seguinte, depois de uma refeição frugal, deixamos o acampamento. No momento da partida avistamos num fosso o que restava da fera real da véspera: apenas uma carcaça vermelha sob uma nuvem de moscas.

Regressamos a Alexandria alguns dias mais tarde. O poeta Pancrates organizou em minha honra uma festa no museu; tinham reunido numa sala de música uma coleção de instrumentos preciosos: velhas liras dóricas, mais pesadas e menos complicadas do que as nossas, estavam ao lado de cítaras recurvas da Pérsia e do Egito, de flautas frígias agudas como vozes de eunucos, e de delicadas flautas indianas cujo nome ignoro. Um etíope fez ressoar longamente as cabaças africanas. Uma mulher, cuja beleza um pouco fria me teria seduzido se eu não houvesse decidido simplificar minha vida, reduzindo-a ao que era para mim o essencial, tocou uma harpa triangular de som muito triste. Mesomedes de Creta, meu músico favorito, acompanhou em órgão hidráulico o recitativo do seu poema *A Esfinge*, obra inquietante, sinuosa, fugidia como areia ao vento. A sala de concertos dava para um pátio interno: nenúfares abriam-se sobre a água de um tanque, iluminados pela luz violenta de uma tarde de agosto. Durante um intervalo, Pancrates quis que admirássemos de perto aquelas flores de uma variedade rara, vermelhas como sangue, que só floresciam no fim do verão. Reconhecemos imediatamente nossos nenúfares escarlates do pântano de Amon. Pancrates inflamou-se ante a imagem do animal selvagem, ferido de morte, expirando entre as flores. Propôs-me colocar em versos esse episódio de caça: o sangue do leão seria considerado como o elemento que havia colorido os lírios das águas. A fórmula não era nova: entretanto, encomendei-lhe o poema. Esse Pancrates, que tinha tudo de um poeta da corte, compôs imediatamente alguns versos agradáveis em honra de Antínoo: a rosa, o jacinto, a celidônia eram neles sacrificados às corolas rubras que teriam, no futuro, o nome do preferido. Ordenou-se a um escravo que entrasse no tanque a fim de colher uma braçada de nenúfares. O jovem, habituado a toda a sorte de homenagens, aceitou gravemente as flores de cera, de caules flexíveis e moles. Quando a noite desceu, elas se fecharam como pálpebras cansadas.

Nesse ínterim, a imperatriz chegou. A longa travessia a fatigara. Tornava-se frágil sem deixar de ser dura. Seus relacionamentos políticos já não me aborreciam como na época em que ela, tolamente, encorajara Suetônio. Agora cercava-se apenas de inofensivas mulheres de letras. A confidente do momento, uma certa Júlia Balbila, compunha bastante bem os versos gregos. A imperatriz e seu séquito instalaram-se no Liceu, de onde saíam pouco. Lúcio, pelo contrário, estava, como sempre, ávido de prazeres, inclusive os da inteligência e dos olhos.

Aos 26 anos, não perdera quase nada da beleza surpreendente que o fazia ser aclamado nas ruas pela juventude de Roma. Continuava imprevisível, irônico e alegre. Seus caprichos de outrora transformavam-se em manias: não se deslocava sem seu cozinheiro chefe; seus jardineiros plantavam para ele, mesmo a bordo, admiráveis canteiros de flores raras. Levava consigo, por toda a parte, o leito cujo modelo ele próprio havia desenhado — quatro colchões recheados por quatro espécies de substâncias aromáticas, sobre os quais se deitava rodeado por jovens amantes como se fossem outras tantas almofadas. Seus pajens, maquilados, empoados, vestidos ridiculamente como os Zéfiros e o Amor, conformavam-se como podiam com fantasias por vezes cruéis: tive de intervir para impedir que o pequeno Bóreas, em quem ele admirava a esbeltez, se deixasse morrer de fome. Tudo isso era mais irritante do que agradável. Visitamos de comum acordo tudo quanto se visita em Alexandria: o Farol, o mausoléu de Alexandre, o de Marco Antônio, onde Cleópatra triunfa eternamente sobre Otávia, sem esquecer os templos, as oficinas, as fábricas, e até mesmo o bairro dos embalsamadores. Comprei a um bom escultor todo um lote de Vênus, de Dianas e de Hermes destinados a Itálica, minha cidade natal, que me propunha modernizar e ornamentar. O sacerdote do templo de Serápis ofereceu-me um serviço completo de opalina; enviei-o a Serviano, com quem procurava manter relações suportáveis em atenção a minha irmã Paulina. Grandes projetos edílicos foram postos em prática durante essas viagens bastante fastidiosas.

Em Alexandria, as religiões são tão variadas quanto os negócios: a qualidade do produto é a mais duvidosa. Os cristãos, principalmente, distinguem-se por uma abundância de seitas no mínimo inúteis. Dois charlatães, Valentim e Basilides, intrigavam-se mutuamente, vigiados de perto pela polícia romana. A escória do povo egípcio aproveitava cada observância ritual para se lançar, de cacete na mão, sobre os estrangeiros. A morte do boi Ápis provoca mais tumultos em Alexandria do que uma sucessão imperial em Roma. As pessoas elegantes mudavam ali de deus como em outros lugares as gentes mudam de médicos, aliás sem maior êxito. O ouro, porém, é seu único ídolo: não vi em parte alguma solicitadores mais impudentes. Inscrições pomposas foram exibidas um pouco por toda a parte para celebrar meus benefícios, mas minha recusa de liberar a população de uma taxa que ela se achava em condições de pagar não tardou a tornar-me malquisto pelo povaréu. Os dois jovens que me acompanhavam foram insultados várias vezes; censuravam a Lúcio o luxo, excessivo aliás; a Antínoo, a origem obscura, a respeito da qual corriam histórias absurdas; a ambos, a suposta ascendência sobre mim. Essa última afirmativa era ridícula: Lúcio, que julgava os negócios públicos com surpreendente perspicácia, não exercia, entretanto, nenhuma influência política; Antínoo não pretendia tê-la. O jovem patrício, que conhecia o mundo, limitava-se a rir dos insultos. Mas Antínoo sofria.

Os judeus, orientados pelos seus correligionários da Judeia, azedavam o melhor que podiam aquela massa já por demais azeda. A sinagoga de Jerusalém elegeu-me seu membro mais venerado; Akiba, um velho quase nonagenário e que não conhecia o idioma grego, recebeu a missão de decidir-me a renunciar aos projetos, já em vias de realização, em Jerusalém. Assistido por um intérprete, mantive com ele várias conferências, que foram, de sua parte, apenas um pretexto para o monólogo. Em menos de uma hora, senti-me capaz de definir exatamente seu pensamento, talvez até de subscrevê-lo. Ele não fez o mesmo esforço no tocante a meu pensamento. Aquele fanático não admitia mesmo que fosse possível discutir a partir de outras premissas que não as suas. Eu oferecia àquele povo desprezado um lugar na comunidade romana: Jerusalém, através da fala de Akiba, manifestava sua vontade de permanecer até o fim a fortaleza de uma raça e de um deus isolados do gênero humano. Esse pensamento exaltado era manifestado com sutileza exaustiva: tive de suportar um longo arrazoado, sabiamente interligado e apoiado na superioridade de Israel. Ao cabo de oito dias, o obstinado negociador compreendeu, afinal, que perderia seu tempo e anunciou sua partida. Odeio a derrota, até mesmo a de outrem; ela me comove sobretudo quando o vencido é um velho. A ignorância de Akiba, sua recusa em aceitar tudo que não fossem seus livros santos e seu povo, conferiam-lhe uma espécie de estreita inocência. Mas era difícil comover-se alguém ante aquele sectário empedernido. A longevidade parecia havê-lo despojado de toda flexibilidade humana: o corpo descarnado e o espírito ressequido eram dotados do incrível vigor de um gafanhoto. Parece-me que morreu mais tarde, como herói dedicado à causa do seu povo, ou antes, à sua lei: cada um dedica-se a seus próprios deuses.

As distrações de Alexandria começavam a esgotar-se. Flégon, que conhecia em toda a parte as curiosidades locais, desde a alcoviteira até o hermafrodita célebre, propôs levar-nos à casa de uma feiticeira. Essa intermediária do invisível habitava em Canopo. Fomos visitá-la durante a noite, de barco, ao longo do canal de águas pesadas. O trajeto foi melancólico. Uma hostilidade sombria reinava, como sempre, entre os dois jovens: a intimidade a que eu os forçava aumentava sua aversão recíproca. Lúcio ocultava a sua sob uma condescendência trocista; meu jovem grego fechava-se numa das suas crises de humor sombrio. Eu próprio estava bastante cansado: alguns dias antes, regressando de uma caminhada sob o sol forte, sofrera uma ligeira síncope de que Antínoo e meu criado negro Eufórion haviam sido as únicas testemunhas. Ficaram terrivelmente alarmados, mas obriguei-os a guardar silêncio.

Canopo não passa de um cenário: a casa da feiticeira situava-se na parte mais sórdida dessa cidade do prazer. Desembarcamos sobre um estrado em ruínas. A feiticeira esperava-nos no interior, munida dos estranhos utensílios do seu ofício. Parecia competente; nada tinha das necromantes de teatro. Sequer era velha.

Suas predições foram sinistras. Desde algum tempo, os oráculos só me anunciavam, onde quer que fosse, desgostos de toda espécie, perturbações políticas, intrigas palacianas, doenças graves. Acredito hoje que influências humanas falavam através dessas bocas da sombra, algumas vezes para prevenir-me, frequentemente para atemorizar-me.

O verdadeiro estado de uma parte do Oriente exprimia-se mais claramente ali do que através dos relatórios dos nossos procônsules. Acolhi as supostas revelações com calma. Meu respeito pelo mundo invisível não ia a ponto de confiar em disparates divinos: dez anos antes, pouco depois de minha ascensão como imperador, ordenei que fosse encarcerado o oráculo de Dafne, perto de Antioquia, que me predisse o poder. Receava que dissesse a mesma coisa ao primeiro pretendente que lhe aparecesse. Mas é sempre desagradável ouvir falar de coisas tristes.

Depois de haver feito o possível para nos inquietar, a adivinha propôs-nos seus serviços: um desses sacrifícios mágicos, em que as feiticeiras do Egito são especialistas, seria suficiente para que tudo fosse arranjado amigavelmente com o destino. Minhas incursões pela magia fenícia já me haviam feito compreender que o horror dessas práticas proibidas tem menos a ver com aquilo que nos mostram do que com aquilo que nos escondem: se não tivessem conhecimento do meu ódio aos sacrifícios humanos, ter-me-iam provavelmente aconselhado a imolar um escravo. Contentaram-se em falar de um animal doméstico.

Tanto quanto possível, a vítima devia ter pertencido a mim: não podia tratar-se de um cão, animal que a superstição egípcia julga imundo; um pássaro teria sido mais conveniente, mas não viajo com um viveiro. Meu jovem companheiro propôs-me seu falcão. As condições estariam assim preenchidas: a bela ave fora presente meu, depois de o haver eu próprio recebido do rei de Osroene. O menino alimentava-o pela sua própria mão; a ave era um dos raros bens a que era ligado. A princípio recusei; ele insistiu gravemente. Compreendi que atribuía a tal oferenda um significado extraordinário. Aceitei por ternura. Munido das instruções as mais minuciosas, meu correio Menécrates partiu à procura da ave nos nossos aposentos do Serapeu. Mesmo a galope, a corrida levaria pelo menos duas horas. Não se podia pensar em passá-las naquele pardieiro imundo da feiticeira. Lúcio se queixava da umidade do barco. Flégon encontrou uma solução: instalamo-nos bem ou mal na casa de uma proxeneta, depois de tê-la feito desembaraçar-se do seu pessoal. Lúcio decidiu dormir; aproveitei o intervalo para ditar alguns despachos, e Antínoo estendeu-se a meus pés. O cálamo de Flégon rangia sob a lâmpada. Tocávamos na última vigília da noite quando Menécrates trouxe a ave, o guante, o capuz e a corrente.

Retornamos ao tugúrio da feiticeira. Antínoo tirou o capuz do falcão, acariciou-lhe longamente a cabeça sonolenta e selvagem, e entregou-o à feiticeira, que iniciou uma série de passes de magia. Fascinada, a ave readormeceu. Era importante que a vítima não se debatesse e que a morte parecesse voluntária. Coberta ritualmente de mel e essência de rosas, a ave inerte foi depositada no fundo de uma cuba cheia de água do Nilo. A criatura afogada assimilava-se a Osíris levada pela corrente do rio. Os anos terrestres do falcão acrescentavam-se aos meus no momento em que a pequena alma solar se unisse ao gênio do homem pelo qual fora sacrificada. Esse gênio invisível poderia, dali por diante, aparecer-me e servir-me sob aquela forma. As longas manipulações que se seguiram não foram mais interessantes do que uma preparação culinária. Lúcio bocejava. As cerimônias imitaram até o fim os funerais humanos: as fumigações e as salmodias arrastaram-se até o amanhecer. A ave foi encerrada num caixão cheio de substâncias aromáticas que a feiticeira enterrou diante de nós à beira do canal, num cemitério abandonado. Em seguida, a mulher acocorou-se sob uma árvore para contar uma a uma as peças de ouro da sua paga, entregues por Flégon.

Regressamos ao barco. Soprava um vento singularmente frio. Sentado perto de mim, Lúcio puxava com a ponta dos dedos delgados as mantas de algodão bordado. Por polidez, continuávamos animadamente a trocar impressões acerca dos negócios e escândalos romanos. Antínoo, deitado no fundo do barco, apoiara a cabeça sobre meus joelhos e fingia dormir para se isolar daquela conversação que não o incluía. Minha mão deslizou na sua nuca, sob os cabelos. Nos momentos mais vazios ou mais ternos, eu tinha, assim, a sensação de ficar em contato com os grandes objetos naturais, a densidade das florestas, o dorso musculoso das panteras, a pulsação regular das fontes. Mas nenhuma carícia atinge a alma. O sol brilhava quando chegamos ao Serapeu; os vendedores de melancia apregoavam sua mercadoria pelas ruas. Dormi até a hora da sessão do Conselho local, a que assisti. Soube mais tarde que Antínoo aproveitara-se daquela ausência para persuadir Chábrias a acompanhá-lo a Canopo. E voltou à casa da feiticeira.

Era o primeiro dia do mês de Atir, o segundo da Olimpíada 226... Aniversário da morte de Osíris, deus das agonias: em todas as aldeias, ao longo do rio, ressoavam durante três dias agudas lamentações. Meus hóspedes romanos, menos acostumados que eu aos mistérios do Oriente, demonstravam certa curiosidade pelas cerimônias daquela raça diferente. A mim, pelo contrário, irritavam-me. Mandara atracar meu barco a alguma distância dos outros, longe de qualquer lugar habitado: todavia, um templo faraônico meio abandonado erguia-se nas proximidades da margem. Esse templo tinha ainda seu colégio de sacerdotes; não escapei inteiramente ao som das lamentações.

Na noite anterior, Lúcio convidou-me a cear no seu barco, onde cheguei ao pôr do sol. Antínoo recusou-se a acompanhar-me. Deixei-o na minha cabine de popa, estendido sobre sua pele de leão, absorto no jogo dos ossinhos em companhia de Chábrias. Uma meia hora mais tarde, já noite fechada, ele mudou de ideia e mandou chamar um bote. Auxiliado por um só barqueiro, percorreu contra a corrente a distância bastante longa que nos separava dos outros barcos. Sua entrada sob o toldo onde se realizava a ceia interrompeu os aplausos provocados pelas contorções de uma dançarina. Ataviara-se com uma longa veste síria, fina como a pele de um fruto, toda semeada de flores e de Quimeras. Para remar mais à vontade, havia baixado a manga direita: o suor brilhava sobre seu peito liso. Lúcio atirou-lhe uma guirlanda, que ele apanhou no ar. Sua alegria esfuziante não se desmentiu um só instante, estimulada apenas por uma única taça de vinho grego. Regressamos juntos a meu bote movido por seis remadores. Lúcio gritou-nos um "Boa noite!" seco e mordaz. A alegria selvagem de Antínoo persistiu. Contudo, pela manhã aconteceu-me tocar, por acaso, um rosto molhado de lágrimas. Perguntei-lhe, cheio de impaciência, a razão do pranto; respondeu-me humildemente, alegando cansaço. Aceitei a mentira e tornei a adormecer. Sua verdadeira agonia começara naquele leito, ao meu lado.

O correio de Roma acabava de chegar e o dia se passou entre a leitura e o despacho da correspondência. Como de costume, Antínoo ia e vinha silenciosamente na peça: não saberia dizer o momento exato em que o belo galgo saiu da minha vida. Por volta da décima segunda hora, Chábrias entrou agitado. Contrariamente a todas as regras, o jovem deixara o barco sem explicar o motivo e a duração de sua ausência: duas horas pelo menos haviam decorrido desde sua partida. Chábrias recordava-se de estranhas frases ditas na véspera e de uma recomendação a meu respeito, feita naquela mesma manhã. Comunicou-me seus temores. Descemos apressadamente até a margem. O velho preceptor dirigiu-se instintivamente à capela situada à beira do rio, pequeno edifício isolado que fazia parte das dependências do templo e que Antínoo visitara em sua companhia. Sobre a mesa de oferendas, as cinzas de um sacrifício ainda estavam mornas. Chábrias mergulhou os dedos nelas e retirou, quase intacto, um anel de cabelos cortados.

Não havia nada mais a fazer senão explorar a margem. Uma série de reservatórios, que deviam ter servido antigamente para cerimônias sagradas, comunicava-se com uma enseada do rio. Sob o crepúsculo que caía rapidamente, Chábrias avistou na beirada do último tanque uma veste dobrada e um par de sandálias. Desci os degraus escorregadios: Antínoo estava deitado no fundo, já mergulhado no lodo do rio. Com a ajuda de Chábrias consegui erguer o corpo que pesava, subitamente, como pedra. Chábrias gritou pelos barqueiros, que improvisaram uma maca de lona. Hermógenes, chamado às pressas, só pôde constatar a morte. Aquele corpo, tão dócil antes, recusava a deixar-se reaquecer, reviver. Nós o transportamos para bordo. Tudo se desmoronava; tudo parecia extinguir-se. O Zeus Olímpico, o Senhor de Tudo, o Salvador do Mundo aluíram; de repente, existiu apenas um homem de cabelos grisalhos soluçando no convés de um barco.

Dois dias mais tarde, Hermógenes conseguiu fazer-me pensar nos funerais. Os ritos do sacrifício que Antínoo escolhera para cercar sua morte mostravam-nos o caminho a seguir: não por acaso a hora e o dia do seu fim haviam coincidido com a hora e o dia em que Osíris descera a seu túmulo. Dirigi-me à outra margem, a Hermópolis, à casa dos embalsamadores. Vira seus colegas trabalharem em Alexandria; sabia a quantos ultrajes o corpo seria submetido. O fogo que grelha e carboniza a carne amada e a terra onde apodrecem os mortos — ambos são horríveis. A travessia foi breve; acocorado a um canto da cabine de popa, Eufórion ululava em voz baixa um lamento africano fúnebre e desconhecido; o canto abafado e rouco parecia-me quase meu próprio grito. Transportamos o morto para uma sala rigorosamente lavada, que me lembrou a clínica de Sátiro; ajudei o modelador a untar o rosto antes de lhe aplicar a cera. Todas as metáforas voltavam a ter um sentido: tive aquele coração entre minhas mãos. Quando o deixei, o corpo vazio não era mais que um objeto preparatório nas mãos do embalsamador, primeiro estágio de uma atroz obra-prima, substância preciosa tratada com o sal e a geleia de mirra, que o ar e o sol nunca mais tocariam.

No regresso, visitei o templo junto do qual o sacrifício fora consumado. Falei aos sacerdotes: seu santuário seria restaurado e se tornaria um lugar de peregrinação para todo o Egito; seu colégio enriquecido, ampliado, se consagraria dali por diante ao serviço do meu deus. Mesmo nos momentos mais conturbados do nosso relacionamento, jamais duvidei de que aquela juventude fosse divina. A Grécia e a Ásia o venerariam à nossa maneira, através da promoção de jogos, danças e oferendas rituais aos pés de uma estátua branca e nua. O Egito, que presenciara sua agonia, teria também sua parte na apoteose. Seria a mais sombria, a mais secreta e a mais árdua; aquele país desempenharia junto dele o papel eterno de embalsamador. Durante séculos, sacerdotes de crânios raspados recitariam litanias onde figuraria aquele nome, para eles sem valor, mas que para mim encerrava o conteúdo de todas as coisas. Todos os anos, a barca sagrada conduziria a efígie sobre o rio. No primeiro dia do mês de Atir, carpidores desfilariam ao longo daquela margem que eu percorrera um dia. Cada hora tem seu dever imediato, sua injunção que domina as outras: a daquele momento era a de defender contra a morte o pouco que me restava. A meu pedido, Flégon reuniu às margens do rio os arquitetos e os engenheiros da minha comitiva. Sustentado por uma espécie de embriaguez lúcida, levei-os ao longo das colinas pedregosas, explicando meu plano: o desenvolvimento dos 45 estádios de muralha. Marquei na areia o lugar do arco do triunfo e o do túmulo. Antinoé ia nascer: impor àquela terra sinistra uma cidade totalmente grega, um bastião que manteria em respeito os nômades da Eritreia, um novo mercado na estrada da Índia, seria uma forma de vencer a morte. Alexandre celebrara os funerais de Heféstion através de devastações e hecatombes. Parecia-me mais emocionante oferecer ao favorito uma cidade onde seu culto estaria para sempre misturado ao movimento da praça pública, onde seu nome seria mencionado nas reuniões noturnas, quando os rapazes atirariam guirlandas de flores uns aos outros, à hora dos banquetes.

Mas havia um ponto em que meu pensamento hesitava. Parecia-me impossível abandonar o corpo amado em solo estrangeiro. Tal como um homem inseguro quanto à etapa seguinte reserva alojamento em várias hospedarias ao mesmo tempo, mandei erguer para ele um monumento em Roma, às margens do Tibre, junto a meu túmulo; pensei igualmente nas capelas egípcias que, por capricho, fizera edificar na Vila e que, súbito, se mostravam tragicamente úteis. O dia dos funerais foi marcado: teriam lugar ao cabo dos dois meses exigidos pelos embalsamadores. Encarreguei Mesomedes de compor os coros fúnebres. Era noite alta quando voltei a bordo. Hermógenes preparou-me uma poção para dormir.

Continuamos a subir o rio, mas a mim me parecia navegar sobre o Styx. Nos campos de prisioneiros, às margens do Danúbio, eu vira outrora alguns miseráveis deitados junto a um muro no qual batiam a cabeça incansavelmente, num movimento selvagem, insensato e doce, repetindo sem cessar o mesmo nome. Nos subterrâneos do Coliseu mostraram-me leões que definhavam porque haviam sido privados da companhia do cão com o qual estavam acostumados a viver. Procurava coordenar meus pensamentos: Antínoo estava morto. Quando criança, eu gritara sobre o cadáver de Marulino picado pelas gralhas, como uiva à noite um animal privado de razão. Meu pai morrera, mas um órfão de 12 anos só se dá conta da desordem da casa, do pranto de sua mãe e do seu próprio medo; nada soubera da extrema angústia que o agonizante teria suportado. Minha mãe morrera muito mais tarde, na época da minha missão na Panônia, de cuja data já nem me lembrava. Trajano não passara de um doente a quem se tratava apenas de fazer ditar um testamento. Não vi morrer Plotina. Atiano havia morrido; era um velho. Durante as guerras dácias, perdera alguns companheiros que julgava amar ardentemente, mas éramos jovens, e a vida e a morte eram igualmente inebriantes e fáceis. Antínoo estava morto. Lembrava-me dos lugares-comuns frequentemente ouvidos: "morre-se em qualquer idade"; "aqueles que morrem jovens são amados pelos deuses". Eu mesmo participara desse infame abuso de palavras; falara em morrer de sono, em morrer de desgosto. Usara a palavra agonia, a palavra luto, a palavra perda. Antínoo estava morto.

O Amor, o mais sábio dos deuses... Mas o amor não era responsável pela negligência, pelas crueldades, pela indiferença misturada à paixão como a areia ao ouro levado pelo rio, pela estúpida cegueira do homem demasiado feliz e que envelhece. Como consegui estar tão grosseiramente satisfeito? Antínoo estava morto. Longe de amar demasiado como, sem dúvida, Serviano afirmava em Roma naquele momento, eu não havia amado bastante para obrigar aquela criança a viver. Chábrias que, na sua qualidade de iniciado órfico, considerava o suicídio um crime, insistia sobre o lado sacrificial daquele fim.

Eu próprio experimentava uma espécie de alegria horrível em dizer a mim mesmo que aquela morte era um dom. Mas era o único a avaliar quanto amargor fermenta-se no fundo da doçura, quanto desespero esconde-se na abnegação e quanto ódio mistura-se ao amor. Um ser insultado lançava-me à face essa prova de devotamento; uma criança, perplexa ante a possibilidade de tudo perder, encontrara o meio de me ligar a si para sempre. Se pensou proteger-me através de tal sacrifício, deveria julgar-se bem pouco amado para não compreender que o pior dos males seria perdê-lo.

As lágrimas secaram. Os dignitários que se aproximavam de mim não se sentiriam mais obrigados a desviar o olhar do meu rosto, como se fosse obsceno chorar. Recomeçaram as visitas às fazendas-modelo e aos canais de irrigação; a maneira de empregar as horas pouco importava. Mil rumores corriam já pelo mundo a respeito do meu desastre; nos próprios barcos que acompanhavam o meu, circulavam narrativas atrozes para a minha vergonha. Deixei falarem: a verdade não era daquelas que podem ser gritadas. As mentiras mais maliciosas eram exatas à sua maneira; acusavam-me de havê-lo sacrificado e, em certo sentido, eu o fizera. Hermógenes, que me repetia fielmente os ecos do exterior, transmitiu-me algumas mensagens da imperatriz. Mostrou-se discreta: todos nós quase sempre o somos em presença da morte. Essa compaixão baseava-se, entretanto, num mal-entendido: dispunham-se a lamentar-me, contanto que eu me consolasse rapidamente. Eu próprio me acreditava quase tranquilo e, por sentir-me assim, envergonhava-me. Não sabia ainda que a dor contém em si estranhos labirintos, através dos quais eu não terminara minha longa caminhada.

Todos se esforçavam por distrair-me. Alguns dias depois da chegada a Tebas, soube que a imperatriz e sua comitiva haviam ido por duas vezes até o Colosso de Memnon, na esperança de ouvir o misterioso ruído emitido pela pedra às primeiras claridades da aurora, fenômeno célebre a que todos os viajantes desejavam assistir. O prodígio não se produziu; imaginavam supersticiosamente que só se realizaria em minha presença. Concordei em acompanhar as mulheres no dia seguinte; todos os meios eram bons para diminuir a interminável duração das noites de outono. Naquela manhã, pela undécima hora, Eufórion entrou em meus aposentos para reavivar a lâmpada. Passou-me as vestes, ajudando-me a envergá-las. Saí para o convés; o céu, ainda completamente negro, era verdadeiramente o céu de bronze dos poemas de Homero, indiferente às alegrias e sofrimentos dos homens. Eram decorridos mais de vinte dias depois daquele acontecimento. Tomei lugar no bote: a viagem foi curta, mas não se passou sem os gritos e o medo das mulheres.

Desembarcamos não longe do Colosso. Uma faixa de tom rosa desbotado estendeu-se no Oriente. Mais um dia começava. O som misterioso produziu-se por três vezes: é um ruído semelhante ao estalo da corda de um arco ao partir-se. A inesgotável Júlia Balbila compôs ali mesmo uma série de poemas. As mulheres empreenderam a visita aos templos; acompanhei-as por um momento ao longo das paredes crivadas de hieróglifos monótonos. Estava fatigado daquelas figuras colossais de reis todos idênticos, sentados lado a lado, apoiando diante de si os pés longos e chatos; daqueles blocos de mármore inertes, nos quais não está presente nada daquilo que, para nós, constitui a vida: nem a dor, nem a voluptuosidade, nem o movimento que libera os membros, nem a reflexão que comanda o mundo em torno de uma cabeça inclinada. Os sacerdotes que me guiavam pareciam quase tão mal-informados como eu acerca daquelas vidas extintas; de quando em quando, levantava-se uma discussão a respeito de um nome. Sabia-se vagamente que cada um daqueles monarcas herdara um trono, governara seu povo, gerara um sucessor: nada mais restava. Essas dinastias obscuras remontavam mais longe do que Roma, mais longe do que Atenas, mais longe do que o dia em que Aquiles morreu sob as muralhas de Troia, mais longe do que o ciclo astronômico de cinco mil anos calculados por Memnon para Júlio César. Sentindo-me cansado, despedi os sacerdotes; repousei por algum tempo à sombra do Colosso antes de voltar ao barco. Suas pernas estavam cobertas até os joelhos de inscrições gregas traçadas por viajantes: nomes, datas, uma prece, um certo Sérvio Suave, um certo Eumênio que haviam estado naquele mesmo lugar seis séculos antes de mim, um certo Pânion que havia visitado Tebas seis meses antes... Seis meses antes... Veio-me uma fantasia que eu não tinha desde a época em que, criança ainda, inscrevia meu nome na casca dos castanheiros num domínio da Espanha: o imperador, que se recusava a mandar gravar suas denominações e seus títulos nos monumentos por ele construídos, tomou sua adaga e gravou sobre a pedra dura algumas letras gregas, uma forma abreviada e familiar do seu nome: AΔPIANO... Era ainda colocar-se em oposição ao tempo: um nome, um resumo de vida de que ninguém computaria os inumeráveis elementos, uma marca deixada por um homem perdido na sucessão dos séculos. De repente, lembrei-me de que estávamos no 27º dia do mês de Atir, no quinto dia antes das Calendas de Dezembro. Era o aniversário de Antínoo: o menino, se vivesse, completaria nesse dia vinte anos.

Regressei a bordo; a chaga, fechada muito depressa, voltou a abrir-se. Gritei, clamei com o rosto enterrado numa almofada que Eufórion colocara discretamente sob minha cabeça. O cadáver e eu partimos à deriva, levados em sentido contrário por duas correntes do tempo. O quinto dia antes das Calendas de Dezembro, o primeiro do mês de Atir: cada instante que passava enterrava aquele corpo no lodo, encerrava aquele fim. Eu tornava a subir a encosta escorregadia; servia-me das unhas para exumar o dia morto. Flégon, sentado diante do umbral da porta, só se lembrava das idas e vindas na cabine de popa por causa da réstia de luz que o incomodara a cada vez que uma mão empurrava o batente. Como o homem acusado de um crime, examinava o emprego das minhas horas naquele dia: um ditado, uma resposta ao Senado de Éfeso. Qual o grupo de palavras ditas ou escritas que teria correspondido ao momento da agonia? Reconstituía a flexão da pequena ponte sob seus passos apressados, a margem árida, o lajedo plano; a adaga que apara um anel de cabelos junto à fronte; o corpo inclinado; a perna que se dobra para permitir que a mão desate a sandália; um jeito único de entreabrir os lábios fechando os olhos. Teria sido necessária ao bom nadador uma resolução desesperada para se deixar asfixiar naquela lama negra. Tentei ir em pensamento até essa revolução pela qual todos nós passaremos, o coração que renuncia, o cérebro que se submete, os pulmões que cessam de aspirar a vida. Passarei por uma convulsão análoga; morrerei um dia. Mas cada agonia é diferente; todos os meus esforços para imaginar a dele resultavam apenas em uma falsificação sem nenhum valor: ele morrera sozinho.

Resisti. Lutei contra a dor como contra uma gangrena. Procurei recordar-me das teimosias, das mentiras; disse a mim mesmo que ele teria mudado um dia, engordado, envelhecido. Tempo perdido: como um artífice consciencioso se esgota copiando uma obra-prima, obstinava-me em exigir da memória uma exatidão insensata. Recriava aquele peito alto e abaulado como um escudo. Por vezes a imagem surgia por si mesma; sentia-me arrebatado por uma vaga de doçura; revia um pomar em Tíbur, onde o efebo colhia os frutos do outono em sua túnica arregaçada à maneira de corbelha. Faltava-me tudo ao mesmo tempo: o companheiro das festas noturnas, o jovem que se sentava sobre os calcanhares para ajudar Eufórion a endireitar as pregas da minha toga. A acreditar nos sacerdotes, a sombra também sofria, lamentava o abrigo quente do próprio corpo, visitava em prantos os lugares familiares, distante e tão próxima, momentaneamente muito frágil para me fazer sentir sua presença. Se isso fosse verdade, minha surdez seria pior do que a própria morte. Mas teria eu compreendido bem o jovem ainda em vida que, naquela manhã, soluçava a meu lado? Uma noite, Chábrias chamou-me para me mostrar na constelação da Águia uma estrela até então pouco visível, que subitamente cintilava como uma gema e pulsava como um coração. Fiz dela a estrela dele, o sinal dele. Consumia-me noite após noite seguindo-lhe o curso; vi estranhas figuras nessa parte do céu. Alguns julgaram que estivesse louco. Pouco me importava.

A morte é hedionda e a vida também. A fundação de Antinoé não passava de um passatempo derrisório: uma cidade a mais, um abrigo oferecido às fraudes dos mercadores, ao peculato dos funcionários, à prostituição, à desordem, aos covardes que choram seus mortos para depois esquecê-los. A apoteose era vã: as honrarias públicas serviam apenas para fazer do menino um pretexto para baixezas ou ironias, um objeto póstumo de concupiscência ou escândalo, uma dessas lendas meio apodrecidas que atravancam os recantos da história. Meu luto não era senão uma forma de transbordamento, de deboche grosseiro: continuava a ser aquele que aproveita, aquele que desfruta, aquele que tudo experimenta: o bem-amado doava-me sua morte. Um homem frustrado chorava sobre si mesmo. As ideias tumultuavam; as palavras tornavam-se sem sentido; as vozes soavam como o ruído seco dos gafanhotos no deserto, ou zumbiam como moscas sobre um monte de dejetos. Nossos barcos de velas enfunadas como peitos de pombas veiculavam a intriga e a mentira; a estupidez e a ignorância estampavam-se em todas as frontes humanas. A morte penetrava em toda a parte sob seu aspecto de decrepitude e podridão: a nódoa inicial do fruto maduro demais; o rasgão imperceptível na extremidade inferior de uma tapeçaria; a carcaça de um animal sobre um talude; as pústulas na face; a marca do açoite nas costas do marinheiro. Minhas mãos pareciam-me sempre um pouco sujas. À hora do banho, estendendo as pernas aos escravos para a depilação, olhava com desgosto o corpo sólido, a máquina quase indestrutível que digeria, caminhava, conseguia dormir e que, um dia ou outro, voltaria a acostumar-se às rotinas do amor. Já não conseguia tolerar senão a presença de alguns servos que se lembravam do morto e que, à sua maneira, haviam-no amado. Meu luto encontrava eco na dor um tanto simplória do massagista, ou do velho negro encarregado das lâmpadas. Mas seu desgosto não os impedia de rir baixinho entre eles, aproveitando o ar fresco das margens. Certa manhã, apoiado à amurada, avistei na parte reservada às cozinhas um escravo que esvaziava um desses frangos que o Egito choca aos milhares em fornos sem higiene; ele pegou com as mãos na massa viscosa das entranhas e atirou-as na água. Só tive tempo de voltar a cabeça para vomitar. Ao fazer escala em File, durante uma festa que o governador nos ofereceu, uma criança de três anos, negra como o bronze, filha de um porteiro núbio, introduziu-se nas galerias do primeiro andar para admirar as danças. Caiu ao rés do chão. Fizeram o possível para esconder o incidente, enquanto o porteiro continha os soluços para não perturbar os convidados do seu senhor. Fizeram-no sair com o cadáver pela entrada de serviço. Apesar de tudo, pude entrever os ombros que se elevavam e abaixavam convulsivamente como sob os golpes do chicote. Tomei a mim o sentimento dessa dor de pai, tal como havia sofrido a de Hércules, a de Alexandre e a de Platão quando choravam seus amigos mortos. Mandei entregar algumas moedas de ouro ao miserável porque já não se podia fazer mais nada. Dois dias depois, voltei a vê-lo; catava-se tranquilamente estendido ao sol, atravessado na soleira da porta.

As mensagens afluíram: Pancrates enviou-me seu poema finalmente terminado: não era mais do que um medíocre centão de hexâmetros homéricos, mas o nome que figurava no mesmo, quase a cada linha, tornava-o mais comovente para mim do que muitas obras-primas. Numênio mandou-me uma *Consolação* segundo as regras. Passei uma noite lendo-a; não lhe faltava um único lugar-comum. As fracas defesas levantadas pelo homem contra a morte desenvolviam-se em duas linhas: a primeira consistia em no-la apresentar como um mal inevitável; em nos lembrar que nem a beleza, nem a juventude, nem o amor escapam à podridão; em nos provar, enfim, que a vida e seu cortejo de males são ainda mais horríveis do que a própria morte, e que mais vale morrer que envelhecer. Servem-se dessas verdades para nos inclinar à resignação; elas justificam sobretudo o desespero. A segunda linha de argumentos contradiz a primeira, mas nossos filósofos não se preocupam em examinar muito de perto esse detalhe; já não se trata de nos resignarmos à morte, mas de negá-la. Só a alma conta; apresentavam arrogantemente como fato indiscutível a imortalidade daquela entidade vaga que nunca vimos funcionar na ausência do corpo antes de lhe provarem a existência. Não me sentia tão convencido a esse respeito; já que o sorriso, o olhar, a voz, essas realidades imponderáveis tinham sido aniquiladas, por que não a alma? Esta não me parecia necessariamente mais imaterial do que o calor do corpo. Nós nos afastávamos dos despojos onde essa alma já não habitava: era, porém, a única coisa que me restava, minha única prova de que aquele ser vivo existira. A imortalidade da raça passava por suavizar a morte do homem: importava-me muito pouco que gerações de bitínios se sucedessem até o final dos tempos às margens do Sangário. Muito se falava de glória, pelo nome que dilata o coração, mas esforçavam-se por estabelecer entre ela e a imortalidade uma confusão mentirosa, como se os vestígios de um ser fossem a mesma coisa que sua presença. Mostravam-me um deus resplandecente no lugar do cadáver: esse deus fora feito por mim; acreditava nele à minha maneira, mas o destino póstumo, ainda o mais luminoso no fundo das esferas estelares, não compensa a brevidade da vida. O deus não substituía o ser vivo que eu perdera. Indignava-me o furor do homem no sentido de desprezar os fatos em proveito de hipóteses, de não reconhecer seus sonhos apenas como sonhos. Compreendia de maneira diferente minhas obrigações de sobrevivente. Essa morte teria sido inútil se eu não tivesse a coragem de olhá-la face a face, de me ligar às realidades do frio, do silêncio, do sangue coagulado, dos membros inertes que o homem recobre tão depressa de terra e hipocrisia. Preferia tatear no escuro, sem o auxílio de lâmpadas fracas. Sentia que à minha volta as pessoas começavam a se preocupar com uma dor tão prolongada; aliás, a violência da dor escandalizava mais do que sua própria causa. Se me tivesse entregue às mesmas lamentações pela morte de um irmão, ou de um filho, ter-me-iam igualmente censurado por chorar como uma mulher. A memória da maior parte dos homens é um cemitério abandonado, onde jazem, sem honras, os mortos que eles deixaram de amar. Toda dor prolongada é um insulto ao seu esquecimento.

Os barcos nos levaram ao ponto do rio onde Antinoé começava a ser edificada. Eram menos numerosos do que na ida: Lúcio, que eu vira muito pouco, retornara a Roma onde sua jovem mulher acabava de dar à luz um filho. Sua partida livrava-me de um bom número de curiosos e importunos. As obras começadas alteravam a forma da margem; o plano dos edifícios futuros esboçava-se entre os montes de terra removida; mas já não reconheci o lugar exato do sacrifício. Os embalsamadores entregaram sua obra: depositaram o delicado sarcófago de cedro no interior de uma urna de pórfiro, colocada de pé na sala mais secreta do templo. Aproximei-me timidamente do morto. Parecia vestido a caráter: a dura coifa egípcia cobria-lhe inteiramente os cabelos. As pernas envolvidas em ataduras não eram mais do que um longo fardo branco, mas o perfil do jovem falcão não havia mudado; sobre as faces pintadas os cílios projetavam uma sombra que eu reconhecia muito bem. Antes de terminar o enfaixamento das mãos, quiseram que eu admirasse as unhas de ouro. Começaram as litanias: através da boca dos sacerdotes, o morto declarava ter sido incessantemente verdadeiro, perpetuamente casto, perpetuamente compassivo e justo, vangloriando-se de virtudes que, se as tivesse assim praticado, elas o teriam afastado para sempre dos vivos. O odor rançoso do incenso enchia a sala. Tentei dar a mim mesmo, através de uma nuvem, a ilusão do sorriso; o belo rosto imóvel parecia tremer. Assisti aos passes mágicos por meio dos quais os sacerdotes forçavam a alma do morto a encarnar uma parcela de si mesma no interior das estátuas que conservarão sua memória, obrigando-a a outras injunções mais estranhas ainda. Quando a cerimônia terminou, a máscara de ouro modelada sobre a cera mortuária foi recolocada no seu lugar, ajustando-se perfeitamente às feições. A bela superfície inalterável não tardaria a absorver em si própria suas possibilidades de irradiação e calor; jazeria para sempre naquela urna hermeticamente fechada, símbolo inerte da imortalidade. Puseram-lhe sobre o peito um ramo de acácias.

A pesada tampa foi recolocada no lugar por uma dúzia de homens. Entretanto, eu continuava indeciso sobre a localização do túmulo. Lembrei-me de que, tendo ordenado que se realizassem em toda parte festas de apoteose, jogos fúnebres, cunhagem de moedas, estátuas nas praças públicas, fizera uma exceção quanto a Roma: temera aumentar a animosidade que cerca, em maior ou menor grau, qualquer favorito estrangeiro. Disse a mim mesmo que não estaria sempre lá para proteger aquela sepultura. O monumento previsto para as portas de Antinoé parecia-me também demasiado público, pouco seguro. Decidi-me pela opinião dos sacerdotes. Indicaram-me no flanco de uma montanha da cadeia árabe, distante cerca de três léguas da cidade, uma das cavernas outrora destinadas pelos reis do Egito a lhes servir de poços funerários. Uma junta de bois levou o sarcófago pela encosta. Com a ajuda de cordas, fizeram-no deslizar ao longo dos corredores da mina. Apoiaram-no em seguida contra uma parede da rocha. O menino de Claudiópolis descia ao sepulcro como um Faraó, como um Ptolomeu. Nós o deixamos só. Entrava num tempo definitivo, sem ar, sem luz, sem estações e sem fim, comparado com o qual toda vida parece breve. Atingira a estabilidade, talvez a calma absoluta. Milhares de séculos ainda ocultos no seio opaco do tempo passariam sobre o túmulo sem devolver-lhe a vida, mas também sem nada acrescentar à sua morte e sem impedir que ele houvesse existido. Hermógenes deu-me o braço para auxiliar-me a subir até o ar livre. Foi quase uma alegria reencontrar-me de novo com a superfície, rever o frio céu azul entre dois lances de rochas avermelhadas. O resto da viagem foi breve. Em Alexandria a imperatriz reembarcou para Roma.

Disciplina Augusta
Disciplina augusta

Regressei à Grécia por via terrestre. A viagem foi longa. Tinha não poucos motivos para pensar que esta seria minha última visita oficial ao Oriente, razão pela qual tinha o maior empenho em examinar tudo com meus próprios olhos. Vi Antioquia, onde me detive por algumas semanas, sob um novo aspecto. Estava menos sensível do que outrora ao prestígio dos teatros, das festas, aos prazeres dos jardins de Dafne, ao rumor variegado das multidões. Minha atenção concentrou-se principalmente na eterna leviandade daquele povo maldizente e trocista, que me lembrava o de Alexandria, a vaidade dos seus pretensos exercícios intelectuais e a ostentação vulgar do luxo dos ricos. Entre os homens importantes, pouquíssimos apoiavam, no seu conjunto, meus programas de trabalho e de reformas na Ásia. A maioria se contentava em aproveitá-los para suas cidades e, sobretudo, para si próprios. Por um momento, pensei aumentar a importância de Esmirna ou de Pérgamo em detrimento da arrogante capital da Síria. Mas os defeitos de Antioquia são inerentes a todas as grandes cidades: nenhuma metrópole está isenta deles. Meu desgosto pela vida urbana fez-me dar maior atenção, se possível, às reformas agrárias; ultimei a longa e complexa reorganização dos domínios imperiais da Ásia Menor. Lucrou o Estado e lucraram os camponeses. Na Trácia, quis visitar Andrinopla, para onde os veteranos das campanhas dácias e sármatas haviam afluído, atraídos pelas concessões de terras e pela redução de impostos. Idêntico plano seria posto em execução em Antinoé. Desde muito tempo eu vinha concedendo análogas isenções aos médicos e aos professores, na esperança de favorecer a estabilidade e o desenvolvimento de uma classe média séria e culta. Conheço-lhe os defeitos, mas dela depende a sobrevivência do Estado.

Atenas continuava sendo minha etapa preferida; surpreendia-me que sua beleza dependesse tão pouco das minhas próprias lembranças e da lembrança de fatos históricos. Essa cidade parecia renovar-se a cada manhã. Nessa temporada, hospedei-me em casa de Arriano. Iniciado, como eu, em Elêusis, ele fora adotado por uma das grandes famílias sacerdotais do território ático, a família dos Kerykes, como eu próprio o fora pela dos Eumólpidas. Casara-se ali e tinha por esposa uma jovem ateniense fina e altiva. Ambos cumularam-me discretamente de atenções. Sua casa estava situada a dois passos da nova biblioteca com que eu acabava de dotar Atenas e onde tudo era propício à meditação e ao repouso que a antecede: cadeiras cômodas, aquecimento adequado durante os invernos quase sempre rigorosos, escadas para facilitar o acesso às galerias de livros, o alabastro e o ouro de um luxo moderado e calmo. Uma atenção especial fora dispensada à escolha e colocação das lâmpadas. Considerava da máxima importância não só reunir e conservar os volumes antigos, como encarregar escribas conscienciosos de tirar novas cópias de todos eles. Essa maravilhosa empreitada não me parecia menos urgente do que o auxílio aos veteranos, ou os subsídios às famílias prolíferas e pobres. Dizia a mim mesmo que bastariam algumas guerras e a miséria delas resultante, acompanhadas de um período de brutalidade e selvageria sob o domínio de alguns maus príncipes, para que ficassem irremediavelmente destruídos os pensamentos chegados até nós por meio desses frágeis objetos de fibras e tinta. Todo homem bastante afortunado para se beneficiar mais ou menos desse legado de cultura, parecia-me encarregado de um fideicomisso para com o gênero humano.

Li muito durante esse período. Estimulara Flégon a compor, sob o título de *Olimpíadas*, uma série de crônicas que continuariam as *Helênicas* de Xenofonte e que terminariam no meu reinado: plano audacioso, no qual se faria da imensa história de Roma uma simples sequência da história da Grécia. O estilo de Flégon é enfadonhamente seco, mas só a circunstância de reunir e estabelecer certos fatos bastaria para justificar a obra. Esse projeto inspirou-me o desejo de reler as obras dos historiadores antigos: sua obra, comentada por minha experiência pessoal, encheu-me de ideias sombrias; a energia e a boa vontade de cada homem de Estado pareciam-se muito pouca coisa perante esse desenrolar fortuito e fatal, essa torrente de ocorrências demasiado confusas para serem previstas, dirigidas ou julgadas. Os poetas também me ocuparam: gostava de arrancar a um passado longínquo aquelas vozes plenas e puras. Tornei-me amigo de Teógnis, o aristocrata, o exilado, o observador sem ilusões e sem indulgência dos negócios humanos, sempre pronto a denunciar os erros e as faltas que qualificamos como nossos males. Esse homem tão lúcido saboreara as delícias pungentes do amor; apesar das suspeitas, dos ciúmes, dos agravos recíprocos, sua ligação com Cirno prolongou-se até a velhice de um e a idade madura de outro: a imortalidade que ele prometia ao jovem de Megara era mais do que uma palavra vã, uma vez que tal lembrança me atingia a uma distância de mais de seis séculos. Mas, entre os poetas antigos, foi Antímaco quem mais me conquistou: apreciava-lhe o estilo obscuro e denso, as frases amplas e, entretanto, extremamente condensadas como grandes taças de bronze cheias de um vinho pesado. Preferia sua narrativa do périplo de Jasão aos *Argonautas*, mais movimentados, de Apolônio: Antímaco compreendeu melhor o mistério dos horizontes e das viagens, e a sombra projetada pelo homem efêmero sobre as paisagens eternas. Chorara apaixonadamente sua mulher Lídia; dera o nome da morta a um longo poema onde cabiam todas as lendas da dor e do luto. Essa Lídia, que eu talvez nunca tivesse notado quando viva, tornava-se-me figura familiar, mais querida do que muitas personagens femininas da minha vida. Esses poemas, quase esquecidos, devolviam-me pouco a pouco minha confiança na imortalidade.

Revisei minhas próprias obras: os versos de amor, as peças de circunstância, a ode à memória de Plotina. Talvez um dia alguém desejasse ler tudo aquilo. Um grupo de versos obscenos me fez hesitar, mas terminei por incluí-los. Os homens mais honestos os escrevem, conquanto façam deles um jogo; teria preferido que os meus fossem outra coisa, a imagem exata de uma verdade nua. Nesse campo, porém, como em qualquer outro, os lugares-comuns prendem-nos: começava a compreender que a audácia do espírito não basta, por si só, para nos livrarmos deles, e que o poeta só triunfa das rotinas e impõe às palavras seu pensamento graças a esforços tão prolongados e tão assíduos como minhas obras de imperador. De minha parte, não podia pretender senão alguns raros sucessos de amador: já seria muito se, de toda essa tralha, subsistissem dois ou três versos. Entretanto, nessa época, esboçava uma obra bastante ambiciosa, metade em prosa, metade em verso, em que pretendia fazer entrar ao mesmo tempo a seriedade e a ironia, os fatos curiosos observados no decorrer da minha vida, meditações e alguns sonhos; tudo isso seria ligado pelo mais delicado dos fios; teria sido uma espécie de *Satíricon* mais acerbo. Nessa obra, teria exposto uma filosofia que se tornara a minha, a ideia heraclítica da mudança e do regresso. Contudo, coloquei de parte esse projeto demasiado vasto.

Tive, nesse ano, com a sacerdotisa que outrora me iniciara em Elêusis e cujo nome deve permanecer secreto, vários encontros nos quais foram fixadas, uma a uma, as modalidades do culto a Antínoo. Os grandes símbolos eleusinos continuavam a destilar para mim uma virtude calmante: o mundo talvez não tenha nenhum sentido, mas se tem algum, este exprime-se em Elêusis, mais sabiamente e mais nobremente do que em qualquer outro lugar. Foi sob a influência dessa mulher que empreendi fazer das divisões administrativas de Antinoé, dos seus demos, das suas ruas, dos seus blocos urbanos, um plano do mundo divino ao mesmo tempo que uma imagem transfigurada da minha própria vida. Tudo entrava nesse plano, Héstia e Baco, os deuses domésticos e os da orgia, as divindades celestes e as de além-túmulo. Coloquei ali meus antepassados imperiais, Trajano, Nerva, transformados em parte integrante desse sistema de símbolos. Plotina também encontrava-se lá; a boa Matídia estava assimilada a Deméter; minha própria mulher, com quem eu entretinha nessa época relações bastante cordiais, figurava no cortejo das pessoas divinas. Alguns meses mais tarde, dei o nome de minha irmã Paulina a um dos bairros de Antinoé. Acabara por me desentender com a mulher de Serviano, mas Paulina morta reencontrava nessa cidade da memória o seu lugar único de irmã. Esse local triste tornava-se a paisagem ideal das reuniões e das lembranças, os Campos Elísios de uma vida, o lugar onde as contradições se resolvem, onde tudo é igualmente sagrado.

De pé diante de uma janela da casa de Arriano, por uma noite semeada de astros, pensava na frase que os sacerdotes egípcios haviam mandado gravar sobre o ataúde de Antínoo: *Obedeceu a uma ordem do céu*. Era possível que o céu nos impusesse suas determinações e que os melhores entre nós as ouvissem lá onde os outros homens só percebem um silêncio esmagador? A sacerdotisa eleusina e Chábrias assim acreditavam. Teria querido dar-lhes razão. Revia em pensamento aquela palma da mão alisada pela morte, tal como a vira pela última vez na manhã do embalsamamento; as linhas que me haviam inquietado outrora desapareceram, como acontece nas tabuinhas de cera de onde se apaga uma ordem cumprida. Mas essas altas afirmações iluminam sem aquecer, como a luz das estrelas, enquanto a noite em volta é ainda mais escura. Se, em qualquer parte, o sacrifício de Antínoo tivesse pesado a meu favor numa balança divina, os resultados do atroz dom de si mesmo ainda não se haviam manifestado: esses benefícios não eram nem os da vida, nem os da imortalidade. Ousava apenas tentar encontrar um nome a dar-lhes. Por vezes, mas muito raramente, uma fraca claridade palpitava friamente no horizonte do meu céu; contudo, não embelezava nem meu mundo, nem a mim mesmo: continuava a sentir-me mais destruído do que salvo.

Foi por essa época que Quadrato, bispo dos cristãos, enviou-me uma apologia da sua fé. A respeito dessa seita, tive como princípio a manutenção da linha de conduta estritamente equitativa que Trajano seguira nos seus melhores dias; acabava de lembrar aos governadores das províncias que a proteção das leis estende-se a todos os cidadãos, e que os difamadores dos cristãos seriam punidos se fizessem contra eles acusações sem provas. Mas toda tolerância concedida aos fanáticos os faz acreditar imediatamente que se trata de uma manifestação de simpatia pela sua causa; custa-me crer que Quadrato esperasse fazer de mim um cristão; em última análise, quis provar-me a excelência da sua doutrina e, sobretudo, sua inocuidade relativamente ao Estado. Li sua obra; tive mesmo a curiosidade de mandar recolher por Flégon informações sobre a vida do jovem profeta chamado Jesus, que fundou a seita e morreu vítima da intolerância judaica há cerca de cem anos. Consta que o jovem sábio deixou preceitos bastante semelhantes aos de Orfeu, ao qual seus discípulos o comparam por vezes. Através da prosa singularmente trivial de Quadrato, não deixei de apreciar o encanto enternecedor daquelas virtudes de gente simples, sua doçura, sua ingenuidade, a dedicação recíproca; tudo aquilo se parecia muito com as confrarias que os escravos ou os pobres fundam um pouco por toda a parte em honra dos nossos deuses, nos subúrbios populosos das cidades. No seio de um mundo que, apesar de todos os nossos esforços, permanece duro e indiferente aos sofrimentos e às esperanças dos homens, essas pequenas sociedades de assistência mútua oferecem aos desgraçados um ponto de apoio e um reconforto. Mas eu era sensível também a certos perigos. A glorificação das virtudes da criança e do escravo fazia-se em detrimento de qualidades mais viris e mais lúcidas; adivinhei sob a inocência contida e insípida a feroz intransigência do sectário em presença de formas de vida e de pensamento que não são as suas, o orgulho insolente que o leva a preferir-se ao resto dos homens, com os olhos voluntariamente enquadrados em antolhos. Cansei-me depressa dos argumentos capciosos de Quadrato e das suas amostras de filosofia inabilmente copiados dos escritos dos nossos sábios. Chábrias, sempre preocupado com a correção do culto a ser oferecido a nossos deuses, inquietava-se com a propagação de seitas desse gênero entre a população das grandes cidades; temia pelas nossas velhas religiões, que não impõem ao homem o jugo de nenhum dogma, que se prestam a interpretações tão variadas como a própria natureza e deixam os corações austeros inventar, se assim quiserem, uma moral mais elevada, sem submeter as massas a preceitos excessivamente estritos, para não dar margem ao constrangimento e à hipocrisia. Arriano partilhava desses pontos de vista. Passei toda uma noite a discutir com ele a injunção que consiste em amar o próximo como a si mesmo; é demasiado contrária à natureza humana para ser sinceramente obedecida pelo homem comum, que jamais amará senão a si mesmo, e não convém de modo algum ao sábio, que nunca se ama particularmente a si próprio.

Em não poucos pontos, aliás, o pensamento dos nossos filósofos parecia-me também limitado, confuso, ou estéril. Três quartos dos nossos exercícios intelectuais não passam de ornatos no vazio; perguntava a mim mesmo se essa vacuidade crescente seria proveniente de uma diminuição de inteligência ou de um declínio de caráter; fosse como fosse, a mediocridade do espírito era acompanhada, quase por toda a parte, por uma espantosa baixeza de alma. Tinha encarregado Herodes Ático de fiscalizar a construção de uma rede de aquedutos em Trôade; aproveitou-se disso para dissipar vergonhosamente as rendas públicas; chamado a prestar contas, mandou responder com insolência que era bastante rico para cobrir os déficits; aquela própria riqueza era um escândalo. Seu pai, morto há pouco tempo, arranjara as coisas para deserdá-lo discretamente, multiplicando as liberalidades aos cidadãos de Atenas; Herodes recusou-se terminantemente a cumprir os legados paternos; disso resultou um processo que dura ainda. Em Esmirna, Polemon, familiar meu recente, permitiu-se pôr porta afora uma delegação de senadores romanos que haviam acreditado poder contar com sua hospitalidade. Teu pai, Antonino, o mais doce dos seres, zangou-se; o homem de Estado e o sofista acabaram por passar às vias de fato; aquele pugilato, indigno de um futuro imperador, era-o ainda mais de um filósofo grego. Favorino, anão ávido que eu cumulara de dinheiro e honrarias, espalhava por toda a parte ditos espirituosos sobre minha pessoa. As trinta legiões sob meu comando eram, segundo ele, meus únicos argumentos válidos nos torneios filosóficos, nos quais eu tinha a vaidade de me comprazer e ele o cuidado de deixar a última palavra ao imperador. Era acusar-me, ao mesmo tempo, de presunção e estupidez; era sobretudo orgulhar-se de uma estranha covardia. Mas os pedantes irritam-se sempre quando os outros conhecem tão bem quanto eles o seu mesquinho ofício; tudo servia de pretexto às suas observações maldosas; eu mandara incluir no programa das escolas as obras excessivamente negligenciadas de Hesíodo e Ênio; os espíritos rotineiros atribuíram-me imediatamente a intenção de destronar Homero e o límpido Virgílio, que, entretanto, eu citava constantemente. Não havia nada a fazer com esse tipo de gente.

Arriano valia muito mais. Gostava de conversar com ele sobre todas as coisas. Conservava ele uma recordação fascinante e grave do bitínio; sabia que ele tinha satisfação em colocar esse amor, de que fora testemunha, na categoria das grandes dedicações recíprocas de outrora; falávamos sobre isso de quando em quando, conquanto, embora nenhuma mentira fosse pronunciada, eu tivesse por vezes a impressão de sentir em nossas palavras uma certa falsidade: a verdade desaparecia sob o sublime. Sentia-me assim quase decepcionado também a respeito de Chábrias: ele nutrira por Antínoo o devotamento cego de um velho escravo por um jovem senhor, mas, inteiramente ocupado com o culto do novo deus, parecia quase haver perdido toda a lembrança do vivente. Meu negro Eufórion, pelo menos, observava as coisas mais de perto. Arriano e Chábrias eram-me queridos e eu não me sentia em nada superior a essas duas pessoas honestas; contudo, parecia-me, por momentos, que eu era o único homem que se esforçava por manter os olhos abertos.

Sim, Atenas continuava bela e eu não lamentava ter imposto as disciplinas gregas à minha vida. Tudo o que em nós é humano, ordenado e lúcido provém delas. Mas acontecia-me dizer a mim mesmo que a seriedade um tanto pesada de Roma, seu sentido de continuidade, seu gosto pelo concreto, haviam sido necessários para transformar em realidade o que permanecia na Grécia um admirável conceito do espírito, um belo impulso da alma. Platão escreveu *A República* e glorificou a ideia do Justo; éramos nós, porém, que, instruídos por nossos próprios erros, nos esforçávamos penosamente por fazer do Estado uma máquina apta a servir os homens, correndo o menor risco de esmagá-los. A palavra *filantropia* é grega, mas nós, o legista Sálvio Juliano e eu, somos os que trabalham para modificar a miserável condição do escravo. A assiduidade, a previdência, a atenção ao pormenor para corrigir a audácia da visão de conjunto, foram para mim virtudes aprendidas em Roma. Bem no fundo de mim, acontecia-me reencontrar as grandes paisagens melancólicas de Virgílio e seus crepúsculos velados de lágrimas; penetrava mais longe ainda: encontrava a escaldante tristeza da Espanha e sua árida violência; pensava nas gotas de sangue celta, ibero, púnico talvez, que deveria ter-se infiltrado nas veias dos colonos romanos de Itálica; lembrava-me de que meu pai fora apelidado *O Africano*. A Grécia ajudara-me a avaliar os elementos que não eram gregos. Acontecia o mesmo com Antínoo; eu fizera dele a própria imagem daquele país apaixonado pela beleza de que seria ele talvez o último deus. Entretanto, a Pérsia requintada e a Trácia selvagem se haviam aliado na Bitínia aos pastores da Arcádia antiga: aquele perfil delicadamente curvo lembrava o dos pajens de Osróes; o rosto largo, de maçãs salientes, era o mesmo dos cavaleiros trácios que galopam nas margens do Bósforo e que se expandem à noite em cantos roucos e tristes. Nenhuma fórmula era bastante completa para conter tudo.

Terminei nesse ano a revisão da Constituição ateniense, começada muito antes. Voltava ali, na medida do possível, às velhas leis democráticas de Clístenes. A redução do número de funcionários aliviava os encargos do Estado; levantei obstáculos à renda dos impostos, sistema desastroso, infelizmente ainda empregado aqui e ali pelas administrações locais. Algumas fundações universitárias, estabelecidas pela mesma época, ajudaram Atenas a tornar-se novamente importante centro de estudos. Os amantes do belo que, antes de mim, tinham afluído a essa cidade haviam-se contentado em admirar seus monumentos sem se preocupar com a penúria crescente dos seus habitantes. Eu, pelo contrário, tudo fizera para multiplicar os recursos daquela terra pobre. Um dos grandes projetos do meu reinado concretizou-se pouco tempo antes da minha partida: o estabelecimento de embaixadas anuais, por cujo intermédio se tratariam dali em diante, em Atenas, os negócios do mundo grego, o que restituiu à cidade modesta e perfeita sua categoria de metrópole. Esse plano não tomou corpo senão depois de espinhosas negociações com as cidades ciumentas da supremacia de Atenas, ou que alimentavam contra ela rancores seculares e obsoletos; pouco a pouco, porém, a razão e até o entusiasmo venceram. A primeira dessas assembleias coincidiu com a abertura do Olimpo ao culto público; esse templo tornava-se para sempre o símbolo de uma Grécia renovada.

Nessa ocasião realizou-se no Teatro de Dioniso uma série de espetáculos particularmente bem-sucedidos: ocupei ali um lugar apenas um pouco mais elevado ao lado do Hierofante; o sacerdote de Antínoo tinha, a partir de então, seu lugar entre os notáveis e o clero. Mandei ampliar o palco do teatro; novos baixos-relevos o decoravam; num deles, meu jovem bitínio recebia das deusas eleusinas uma espécie de direito de cidadão eterno. Organizei no estádio panatenaico, transformado por algumas horas em floresta da fábula, uma caçada na qual figurava um milhar de animais selvagens, fazendo reviver, pelo breve espaço de uma festa, a cidade agreste e esquiva de Hipólito, servidor de Diana e Teseu, companheiro de Hércules. Poucos dias depois, deixei Atenas, onde nunca mais voltei.

A administração da Itália, entregue durante séculos ao arbítrio dos pretores, nunca fora definitivamente codificada. O *Edito Perpétuo*, que a regula de uma vez por todas, data dessa época da minha vida; desde anos que me correspondia com Sálvio Juliano sobre essas reformas; meu regresso a Roma ativou sua conclusão. Não se tratava de tirar às cidades italianas suas liberdades civis; pelo contrário, tínhamos tudo a ganhar, ali como em qualquer outra parte, em não impor pela força uma unidade fictícia; admiro-me mesmo de que aqueles municípios, muitos dos quais mais antigos do que Roma, se mostrassem tão prontos a renunciar a seus costumes, em geral bastante judiciosos para não se assimilarem em tudo à capital. Meu objetivo era simplesmente diminuir essa massa de contradições e de abusos que terminam por fazer do processo um matagal onde as pessoas honestas não ousam aventurar-se e onde proliferam os bandidos. Esses trabalhos obrigaram-me a numerosos deslocamentos no interior da península. Passei várias temporadas em Baias, na antiga Vila de Cícero, por mim comprada no começo do meu principado; interessava-me pela província de Campânia, que me lembrava a Grécia. À beira do Adriático, na pequena cidade de Ádria, de onde, há perto de quatro séculos, meus antepassados emigraram para a Espanha, fui honrado com as mais altas funções municipais; próximo àquele mar tempestuoso de que uso o nome, encontrei as urnas familiares num columbário em ruínas. Pensava ali naqueles homens de quem tão pouco sabia, mas dos quais descendo e cuja raça terminava em mim.

Em Roma, ocupavam-se em ampliar meu colossal mausoléu, cujos planos Decriano havia habilmente remanejado, e onde trabalham ainda hoje. O Egito inspirava-me as galerias circulares, as rampas deslizando para as salas subterrâneas. Eu concebera a ideia de um palácio da morte que não seria reservado para mim, ou para meus sucessores imediatos, mas onde viriam repousar os imperadores futuros, separados de nós pelas perspectivas de séculos; príncipes ainda por nascer teriam assim seu lugar já determinado no túmulo. Dediquei-me também à ornamentação do cenotáfio erigido no Campo de Marte em memória de Antínoo, para o qual um barco chato, vindo de Alexandria, já desembarcara obeliscos e esfinges. Um novo projeto absorveu-me durante muito tempo e ainda não deixou de fazê-lo: o Odeon, biblioteca modelo, provida de salas para cursos e conferências, que seria em Roma um centro de cultura grega. Nela empreguei menos esplendor do que na nova biblioteca de Éfeso, construída três ou quatro anos antes, e menos elegância amável do que na de Atenas. Conto fazer dessa fundação o êmulo, senão o igual, do Museu de Alexandria; seu desenvolvimento futuro caberá a ti. Trabalhando para isso, penso frequentemente na bela inscrição que Plotina mandou colocar no limiar da biblioteca instalada por sua determinação em pleno Forum de Trajano: *Hospital da Alma*.

A Vila estava suficientemente adiantada para que eu pudesse transportar para lá minhas coleções, meus instrumentos de música e alguns milhares de livros comprados um pouco por toda parte no decorrer das minhas viagens. Dei ali uma série de festas nas quais tudo estava organizado cuidadosamente, desde os cardápios das refeições até a lista bastante reduzida dos convidados. Empenhava-me para que tudo se harmonizasse com a beleza tranquila dos jardins e das salas; que os frutos fossem tão delicados como os concertos e a ordem dos serviços tão perfeita como a cinzeladura das pratas. Interessei-me, pela primeira vez, pela escolha dos alimentos; ordenei que as ostras viessem de Lucrino e que os lagostins fossem retirados dos rios gauleses. Por aversão à afetada negligência que caracteriza com demasiada frequência a mesa imperial, estabeleci como regra que cada iguaria me fosse apresentada antes de ser servida mesmo ao mais insignificante dos meus convivas; insistia em verificar eu próprio as contas dos cozinheiros e dos fornecedores; lembrava-me por vezes de que meu avô fora avaro. O pequeno teatro grego da Vila e o teatro latino, pouco mais vasto, não estavam ainda, nem um nem outro, terminados; apesar disso, fiz representar neles algumas peças. Por minha ordem, representaram-se tragédias e pantomimas, dramas musicais e farsas populares. Agradava-me sobretudo a sutil ginástica das danças; descobri em mim um fraco pelas dançarinas com crótalos que me lembravam o País de Gades e os primeiros espetáculos a que assisti em criança. Gostava do ruído seco, dos braços erguidos, do enrolar e desenrolar de véus, da dançarina que deixa de ser mulher para se transformar ora em nuvem, ora em pássaro, ora numa vaga ou num trirreme. Nutri, inclusive, por uma dessas criaturas um interesse bastante passageiro. Os canis e as coudelarias não foram descurados durante minhas ausências; reencontrei o pelo rijo dos cães, a veste sedosa dos cavalos, o belo grupo dos pajens. Organizei algumas caçadas na Úmbria, à beira do lago Trasimeno ou, mais perto de Roma, nas florestas de Alba. O prazer retomara seu lugar em minha vida; meu secretário Onésimo servia-me de substitutivo. Sabia quando era preciso evitar certas semelhanças, ou, pelo contrário, procurá-las. Mas esse amante apressado e distraído não foi absolutamente amado. Encontrava aqui e ali um ser mais terno ou mais fino que os outros, alguém que valia a pena ouvir falar, talvez tornar a ver. Essas fortunas eram raras, decerto por minha culpa. Contentava-me de ordinário em apaziguar ou enganar minha fome. Em outros momentos, acontecia-me experimentar por esses jogos uma indiferença de velho.

Nas horas de insônia, percorria os corredores da Vila a grandes passos, errando de sala em sala, perturbando muitas vezes um artífice que colocava um mosaico; examinava, ao passar, um Sátiro de Praxíteles; parava diante das efígies do morto. Cada sala e cada pórtico tinham a sua. Protegia com a mão a chama da minha lâmpada; aflorava com o dedo o peito de pedra. Tais confrontações complicavam o trabalho da memória; afastava como um reposteiro a brancura de Paros ou do Pentélico; remontava, bem ou mal, dos contornos imobilizados à forma viva, do mármore duro à carne. Prosseguia em minha ronda: a estátua interrogada retornava à sua noite; minha lâmpada revelava-me, a alguns passos de mim, uma outra imagem; aquelas grandes figuras brancas pouco diferiam de fantasmas. Pensava amargamente nos passes por meio dos quais os sacerdotes egípcios haviam atraído a alma do morto ao interior dos simulacros de madeira que utilizam para seu culto; eu fizera como eles; enfeiticei pedras que, por sua vez, me enfeitiçavam; não escaparia mais àquele silêncio, àquela frieza, dali em diante mais próximos de mim do que o calor e a voz dos vivos; olhava com rancor essa face perigosa de sorriso fugidio. Mas algumas horas mais tarde, estendido sobre meu leito, decidia encomendar a Pápias de Afrodísias uma nova estátua; exigia um modelo mais exato das faces, no ponto onde se aprofundam insensivelmente sob as têmporas, uma inclinação mais suave do pescoço sobre o ombro; faria substituir as coroas de pâmpanos ou os laços de pedras preciosas pelo esplendor único dos anéis de cabelo sem ornatos. Não me esquecia de mandar cavar interiormente os baixos-relevos ou os bustos para lhes diminuir o peso e tornar seu transporte mais fácil. As imagens mais parecidas com o original acompanharam-me por toda parte; já não me importava que fossem belas ou não.

Minha vida era aparentemente ponderada; dedicava-me mais firmemente do que nunca ao meu ofício de imperador; introduzia no desempenho das minhas funções talvez mais discernimento, senão tanto ardor quanto antigamente. Perdera um pouco do meu gosto pelas ideias e pelos encontros novos, e também um pouco da agilidade de espírito que me permitia associar-me ao pensamento de outrem, de tirar proveito dele ao mesmo tempo que o julgava. Minha curiosidade, na qual vira até há pouco tempo a força do meu pensamento, um dos fundamentos do meu método, passou a exercer-se apenas em pormenores fúteis; abria cartas destinadas aos meus amigos, que se ofendiam com isso; o olhar de relance sobre seus amores e suas disputas domésticas divertia-me por um momento. Nessa atitude havia, de resto, uma parte de suspeita: fui durante alguns dias dominado pelo medo do veneno, medo atroz que observara outrora no olhar de Trajano enfermo, e que um príncipe não ousa confessar porque parece grotesco enquanto o desfecho ainda não o justificou. Tal obsessão causa, aliás, espanto num homem mergulhado na meditação da morte, mas não pretendo ser mais coerente do que qualquer outro. Furores secretos e impaciências ferozes dominavam-me ante as mais insignificantes tolices, as mais vulgares baixezas, uma repugnância da qual não me excluía. Juvenal ousou insultar em uma das suas *Sátiras* o mimo Páris, que me agradava. Estava cansado desse poeta fátuo e impertinente; não apreciava seu desprezo grosseiro pelo Oriente e pela Grécia, seu afetado gosto pela pretensa simplicidade dos nossos pais e a mistura de descrições detalhadas do vício e de declamações virtuosas, que lisonjeia os sentidos do leitor ao mesmo tempo que lhe tranquiliza a hipocrisia. Contudo, como homem de letras, tinha direito a certa consideração; mandei chamá-lo a Tíbur para lhe comunicar sua sentença de exílio. Aquele contestador do luxo e dos prazeres de Roma poderia, dali em diante, estudar diretamente os costumes da província; seus insultos ao belo Páris haviam determinado o fim de sua própria peça. Por essa mesma época, Favorino instalou-se no seu confortável exílio de Quios, onde eu próprio gostaria bastante de morar, mas de onde sua voz amarga não podia atingir-me. Foi também por esse tempo que mandei expulsar ignominiosamente de uma sala de banquete um mercador de sabedoria, um cínico deslavado que se lamentava de morrer de fome como se aquela espécie merecesse outra coisa; experimentei verdadeiro prazer em ver esse falador curvar-se em dois pelo medo, retirar-se perseguido pelo ladrido dos cães e pelos risos zombeteiros dos pajens: já não me curvava mais ante a canalha filosófica e pretensamente culta.

As mais leves decepções na vida política exasperavam-me exatamente como me sucedia na Vila com a menor desigualdade de um pavimento, o menor pingo de cera sobre o mármore de uma mesa, o menor defeito de um objeto que se desejaria sem imperfeições e sem nódoas. Um relatório de Arriano, recém-nomeado governador da Capadócia, me pôs em guarda contra Farasmanes, que continuava, no seu pequeno reino nas costas do mar Cáspio, a fazer o jogo duplo que tão caro nos custara no tempo de Trajano. Esse reizinho empurrava sorrateiramente para nossas fronteiras hordas de alanos bárbaros; suas questões com a Armênia comprometiam a paz no Oriente. Convocado a Roma, recusou-se a comparecer, assim como já se recusara a assistir à conferência de Samósata quatro anos antes. À guisa de desculpas, enviou-me um presente de trezentos trajes de ouro, vestes reais que ordenei fossem usadas na arena pelos criminosos lançados às feras. Esse ato irrefletido satisfez-me como o gesto de um homem que se coça até sangrar.

Tinha um secretário, personagem medíocre que eu conservava porque ele conhecia a fundo as rotinas da chancelaria, mas que me impacientava por sua recusa em tentar novos métodos, por sua mania de argumentar interminavelmente sobre pormenores inúteis. Esse tolo irritou-me certo dia mais do que de costume; levantei a mão para lhe bater; desgraçadamente, segurava um estilete que lhe vazou o olho direito. Jamais esquecerei o urro de dor, o braço desajeitadamente dobrado para aparar o golpe, a face crispada de onde corria sangue. Mandei imediatamente procurar Hermógenes, que lhe prestou os primeiros socorros; o oculista Capito foi consultado em seguida. Tudo em vão; o olho estava perdido. Alguns dias mais tarde, o homem voltou ao trabalho; usava uma venda sobre o olho. Mandei chamá-lo; pedi-lhe humildemente que fixasse a compensação que lhe era devida. Com um sorriso mau respondeu-me que me pedia outro olho direito. Mas acabou por aceitar uma pensão. Conservei-o a meu serviço; sua presença serve-me de advertência, talvez de castigo. Não quis cegar esse miserável. Também não quis que o menino que me amava morresse aos vinte anos!

A questão judaica ia de mal a pior. Em Jerusalém, as obras concluíam-se, apesar da oposição violenta dos agrupamentos zelotas. Certo número de erros foram cometidos, reparáveis em si mesmos, mas de que os promotores de distúrbios souberam aproveitar-se imediatamente. A Décima Legião Expedicionária tem por emblema um javali; a insígnia foi colocada, como é costume, nos portões da cidade; a população, pouco habituada aos simulacros pintados ou esculpidos de que tem sido privada há séculos por uma superstição bastante prejudicial ao progresso das artes, tomou a imagem pela de um porco e viu no fato sem maior importância um insulto aos costumes de Israel. As festas do ano-novo judeu, celebradas com grande reforço de trombetas e chifres de carneiro, provocavam a cada ano rixas sangrentas; nossas autoridades proibiram a leitura pública de determinada narrativa lendária, consagrada às proezas de uma heroína judia que, sob um nome falso, se teria tornado a concubina de um rei persa e teria feito massacrar selvagemente os inimigos do povo desprezado e perseguido a que ela pertencia. Os rabinos conseguiram ler durante a noite aquilo que o governador Tineu Rufo lhes proibira ler durante o dia; aquela história cruel, em que persas e judeus rivalizavam em atrocidades, excitava até a loucura o furor nacionalista dos zelotas. Por fim, o mesmo Tineu Rufo, homem aliás judicioso, e que não deixava de se interessar pelas fábulas e tradições de Israel, decidiu estender também à circuncisão, prática judaica, as severas penalidades da lei que eu promulgara recentemente contra a castração, e que visava sobretudo às sevícias perpetradas em jovens escravos com fins lucrativos ou simplesmente de devassidão. Ele esperava obliterar assim um dos sinais pelos quais Israel pretende distinguir-se do resto do gênero humano. Entretanto, quando recebi a comunicação, a medida pareceu-me tanto menos perigosa quanto é certo que muitos judeus esclarecidos e ricos que se encontram em Alexandria e em Roma cessaram de submeter os filhos a uma prática que os torna ridículos nos banhos públicos e nos ginásios, procurando eles próprios dissimular em si seus estigmas. Ignorava a que ponto esses banqueiros, colecionadores de vasos de mirra, diferiam do verdadeiro Israel.

Já disse: nada de tudo isso era irreparável, mas não sucedia o mesmo com o ódio, o desprezo recíproco e o rancor. Em princípio, o judaísmo tem seu lugar entre as religiões do império; de fato, Israel recusa-se, há séculos, a ser apenas um povo entre os povos, possuindo um deus entre os deuses. Os dácios, mesmo os mais selvagens, não ignoram que seu Zalmóxis se chama Júpiter em Roma; o Baal púnico do monte Cássio é identificado sem dificuldade com o Pai que tem na mão a Vitória e do qual nasceu a Sabedoria; os egípcios, aliás tão orgulhosos das suas fábulas dez vezes seculares, concordam em ver em Osíris um Baco sobrecarregado com atributos fúnebres; o violento Mitra sabe-se irmão de Apolo. Nenhum povo, salvo Israel, tem a arrogância de possuir toda a verdade nos limites estreitos de uma única concepção divina, insultando assim a multiplicidade do Deus que tudo contém; nenhum outro deus inspirou a seus adoradores o desprezo e o ódio por aqueles que rezam em altares diferentes. Era mais uma razão para que eu desejasse fazer de Jerusalém uma cidade como as outras, onde muitas raças e muitos cultos poderiam coexistir em paz; esquecia-me completamente de que, em todo combate entre o fanatismo e o senso comum, este último raramente é o vencedor. A abertura de escolas onde se ensinavam as letras gregas escandalizou o clero da velha cidade; o rabino Joshua, homem agradável e instruído, com quem eu conversara frequentemente em Atenas, mas que se esforçava para que seu povo lhe perdoasse a cultura estrangeira e as relações conosco, ordenou a seus discípulos que não se aplicassem àqueles estudos profanos, a não ser que encontrassem um modo de lhes consagrar uma hora que não pertencesse nem ao dia nem à noite, já que a lei judaica deve ser estudada noite e dia. Ismael, membro importante do Sinédrio, e que passava por ter aderido à causa de Roma, preferiu deixar morrer o sobrinho Ben-Dama a aceitar os serviços do cirurgião grego que Tineu Rufo lhe havia enviado. Enquanto em Tíbur ainda procurávamos encontrar meios de conciliar os espíritos sem parecer ceder às exigências dos fanáticos, o pior dominou no Oriente; uma ação inesperada dos zelotas triunfou em Jerusalém.

Um aventureiro saído da escória do povo, um tal Simão, que se fazia chamar Bar-Kochba, o Filho da Estrela, representou nessa revolução o papel de archote embebido em betume, ou de espelho ustório. Só posso julgar esse Simão pelo que ouvi dizer; não o vi senão uma única vez face a face, no dia em que um centurião me trouxe sua cabeça cortada. Mas estou disposto a reconhecer-lhe a parcela de gênio que é sempre necessária para que alguém possa subir tão depressa e tão alto nos negócios humanos; ninguém se impõe assim sem possuir, pelo menos, alguma habilidade, mesmo grosseira. Os judeus moderados foram os primeiros a acusar de fraude e impostura o pretenso Filho da Estrela; por mim julgo que esse espírito inculto era daqueles que acabam por acreditar em suas próprias mentiras e que, nele, o fanatismo igualava a velhacaria. Simão fez-se passar pelo herói com quem o povo judeu conta há séculos para saciar suas ambições e seus ódios; o demagogo proclamou-se Messias e rei de Israel. O antigo Akiba, cuja cabeça não andava bem, passeou pelas ruas de Jerusalém puxando o cavalo do aventureiro pelas rédeas; o sumo-sacerdote Eleazar reconsagrou o templo, considerado profanado por alguns visitantes não circuncisos que ali entraram. Montes de armas enterradas há quase vinte anos foram distribuídas aos rebeldes pelos agentes do Filho da Estrela; aconteceu o mesmo com peças defeituosas, fabricadas há anos nos nossos arsenais com esse intuito, por operários judeus, e que nossa intendência recusou. Grupos zelotas atacaram as guarnições romanas isoladas e massacraram nossos soldados com requintes de furor que reavivaram as piores recordações da revolta judaica no tempo de Trajano; Jerusalém caiu por fim nas mãos dos insurrectos e os bairros novos de Élia Capitolina arderam como uma só tocha. Os primeiros destacamentos da Vigésima Segunda Legião Dejotariana, enviada do Egito a toda pressa sob as ordens do Legado da Síria, Públio Marcelo, foram derrotados por facções dez vezes superiores em número. A revolta transformara-se em guerra, e guerra irremediável.

Duas legiões, a Décima Segunda Fulminante e a Sexta Legião, a Legião de Ferro, reforçaram imediatamente os efetivos já aquartelados na Judeia; alguns meses mais tarde, Júlio Severo, que recentemente pacificara as regiões montanhosas da Bretanha do Norte, tomou a direção das operações militares; levava consigo pequenos contingentes de auxiliares britânicos acostumados a combater em terreno difícil. Nossas tropas, com equipamento pesado, nossos oficiais habituados à formação em quadrado ou em falange de batalhas campais, tiveram dificuldade em se adaptar àquela guerra de escaramuças e surpresas, que mantinha em campo aberto técnicos de rebelião. Simão, grande homem à sua maneira, dividira seus guerrilheiros em centenas de esquadras postadas nas cristas das montanhas, emboscadas no fundo de cavernas e de caminhos abandonados, escondidas em casas dos habitantes dos bairros mais populosos das cidades; Severo compreendeu logo que o inimigo inacessível podia ser exterminado, mas não vencido; resignou-se a uma guerra de desgaste. Os camponeses, fanatizados ou aterrorizados por Simão, fizeram, desde o início, causa comum com os zelotas: cada rochedo transformou-se num bastião; cada vinhedo, numa trincheira; cada fazenda foi reduzida à fome ou tomada de assalto. Jerusalém só foi recapturada no decorrer do terceiro ano, quando os últimos esforços para as negociações foram considerados inúteis; o pouco que o incêndio de Tito poupara da cidade judaica foi destruído. Severo dispôs-se, durante muito tempo, a fechar os olhos à flagrante cumplicidade das outras grandes cidades; estas, tornadas as últimas fortalezas do inimigo, foram mais tarde atacadas e reconquistadas por sua vez, rua por rua, ruína por ruína. Nesses tempos de provação, meu lugar era no acampamento das tropas e na Judeia. Tinha confiança absoluta nos meus dois lugares-tenentes; mais uma razão para que fosse até lá partilhar a responsabilidade de decisões que, de qualquer maneira, se anunciavam atrozes. No fim do segundo verão de campanha, fiz, com amargura, meus preparativos de viagem. Eufórion empacotou uma vez mais o estojo dos meus objetos pessoais, um pouco deformado pelo uso, executado há muito tempo por um artífice de Esmirna, a caixa de livros e mapas, a estatueta de marfim do Gênio Imperial, e sua lâmpada de prata. Desembarquei em Sidon no começo do outono.

O exército é meu mais antigo ofício; nunca regressei a ele sem me sentir pago de certos constrangimentos por outras tantas compensações interiores; não lamento haver passado os dois últimos anos ativos da minha existência partilhando com as legiões a aspereza e a desolação da campanha da Palestina. Voltei a ser o homem vestido de couro e ferro, colocando de lado tudo que não fosse o imediato, sustentado pela simples rotina de uma vida dura, um pouco mais lento do que outrora ao montar e ao descer do cavalo, um pouco mais taciturno, talvez mais desconfiado, cercado como sempre pelas tropas (só os deuses sabem por quê) de um devotamento ao mesmo tempo fraterno e idólatra. Durante essa última temporada no exército tive um encontro inestimável: tomei como ajudante de campo um jovem tribuno chamado Céler, a quem me liguei estreitamente. Tu o conheces; nunca mais me deixou. Admirava o belo rosto de Minerva sob o capacete, mas os sentidos tiveram, em suma, uma parte tão pequena nessa afeição que podem mantê-la enquanto eu estiver vivo. Recomendo-te Céler: tem todas as qualidades que se podem desejar num oficial colocado em segunda categoria; suas mesmas virtudes o impedirão sempre de se guindar à primeira. Encontrei uma vez mais, em circunstâncias um pouco diferentes daquelas tão recentes ainda, um desses seres cujo destino é dedicar-se, amar e servir. Desde que o conheço, Céler não teve sequer um pensamento que não fosse relacionado com meu bem-estar ou minha segurança; apoio-me ainda sobre esse ombro forte.

Na primavera do terceiro ano de campanha, o exército sitiou a cidade de Bethar, ninho de águia onde Simão e seus sequazes resistiram durante quase um ano à lenta tortura da fome, da sede e do desespero, e onde o Filho da Estrela viu morrer, um a um, seus fiéis, sem concordar em render-se. Nosso exército sofria quase tanto como os rebeldes. Estes, ao retirarem-se, haviam queimado os pomares, devastado os campos, degolado o rebanho, poluído os poços, atirando neles nossos mortos. Esses métodos de selvageria eram horríveis, aplicados naquela terra naturalmente árida, corroída até os ossos por longos séculos de loucuras e furores. O verão foi quente e doentio; a febre e a disenteria dizimaram nossas tropas; uma disciplina admirável continuava, porém, a reinar nas legiões forçadas ao mesmo tempo à inação e ao estado de alerta; o exército atormentado e doente era mantido por uma espécie de raiva silenciosa que se transmitia a mim. Meu corpo já não suportava tão bem como antigamente as fadigas de uma campanha, os dias tórridos, as noites sufocantes ou geladas, o vento duro e a poeira áspera: acontecia-me deixar na marmita o toucinho e as lentilhas ordinariamente cozidas no acampamento; ficava com fome. Tinha uma tosse feia que se prolongou por todo o verão, e eu não era o único. Em minha correspondência com o Senado, suprimi a fórmula que figura obrigatoriamente no alto dos comunicados oficiais: *O imperador e o exército estão bem.* O imperador e o exército estavam, ao contrário, perigosamente cansados. À noite, após a última conversação com Severo, a última audiência de desertores, o último correio de Roma, a última mensagem de Públio Marcelo, encarregado de limpar os arredores de Jerusalém, ou de Rufo, ocupado em reorganizar Gaza, Eufórion media parcimoniosamente a água do meu banho numa cuba de tecido alcatroado; deitava-me sobre o leito e tentava pensar.

Não o nego: a guerra da Judeia foi um dos meus fracassos. Os crimes de Simão e a loucura de Akiba não eram obra minha, mas acusava-me de ter sido cego em Jerusalém, distraído em Alexandria, impaciente em Roma. Não soubera encontrar as palavras que teriam prevenido ou pelo menos retardado o acesso de furor do povo; não soubera ser ao mesmo tempo bastante brando ou bastante firme. Não tínhamos, sem dúvida, razão para estarmos inquietos, menos ainda desesperados; a decepção e o erro de cálculo não incidiam apenas sobre nossas relações com Israel: por toda a parte, aliás, colhíamos naqueles tempos de crise o fruto de 16 anos de generosidade no Oriente. Simão acreditara poder apostar sobre uma revolta do mundo árabe idêntica àquela que marcara os últimos anos sombrios do reinado de Trajano; mais ainda, ousara contar com a ajuda dos partos. Enganou-se, e esse erro de cálculo causava sua morte lenta na cidadela sitiada de Bethar; as tribos árabes não se mantinham solidárias com as comunidades judaicas; os partos permaneciam fiéis aos tratados. As próprias sinagogas das grandes cidades sírias se mostravam indecisas ou tíbias; as mais fervorosas se contentavam em enviar secretamente algum dinheiro aos zelotas; a população judaica de Alexandria, apesar de muito turbulenta, mantinha-se calma; o abcesso judeu estava localizado na árida região que se estende entre o Jordão e o mar; podia-se sem perigo cauterizar ou amputar esse dedo doente. Contudo, num certo sentido, os maus dias que haviam precedido imediatamente meu reinado pareciam recomeçar. Quieto outrora incendiara Cirene, executara os notáveis da Laodiceia, retomara posse de Edessa em ruínas... O correio da noite acabava de me informar que nós havíamos restabelecido sobre o monte de pedras desmoronadas que eu chamava Élia Capitolina e a que os judeus chamavam ainda Jerusalém; tínhamos incendiado Áscalon; fora forçoso executar em massa os rebeldes de Gaza... Se 16 anos de reinado de um príncipe apaixonadamente pacifista resultavam na campanha da Palestina, as probabilidades de paz do mundo evidenciavam-se medíocres no futuro.

Soerguia-me apoiado no cotovelo, mal-acomodado sobre meu estreito leito de campanha. Por certo, pelo menos alguns judeus haviam escapado à contaminação zelota: mesmo em Jerusalém, fariseus escarravam à passagem de Akiba, chamavam de velho louco esse fanático que lançava ao vento as sólidas vantagens da paz romana, gritando-lhe que o capim lhe cresceria na boca antes que se visse sobre a terra a vitória de Israel. Mas eu preferia ainda os falsos profetas a esses homens da ordem que nos desprezavam, contando conosco para proteger das exações de Simão seu ouro depositado nos bancos sírios e suas propriedades na Galileia. Pensava nos desertores que, algumas horas antes, haviam se sentado sob aquela tenda, humildes, conciliantes, servis, mas arranjando sempre uma maneira de virar as costas à imagem do meu gênio. Nosso melhor agente, Elias Ben-Abayad, que desempenhava a favor de Roma o papel de informante e espião, era justamente desprezado nos dois campos; tratava-se, porém, do homem mais inteligente do grupo, espírito liberal, coração doente, torturado entre o amor por seu povo e seu gosto pelas nossas letras e por nós; aliás, no fundo, ele também só pensava em Israel. Josué Ben-Kisma, que pregava a pacificação, não era senão um Akiba mais tímido ou mais hipócrita; mesmo no rabino Joshua, que foi por muito tempo meu conselheiro nos negócios judaicos, eu tinha percebido, sob a complacência e o desejo de agradar, as diferenças irreconciliáveis, o ponto onde dois pensamentos de espécies opostas não se encontram senão para se combater. Nossos territórios se estendiam por centenas de léguas, milhares de estádios para além do seco horizonte de colinas, mas o rochedo de Bethar era nossa fronteira; podíamos destruir as muralhas maciças da cidadela onde Simão consumava freneticamente seu suicídio; não podíamos, porém, impedir aquela raça de nos dizer não.

Um mosquito zunia; Eufórion, que envelhecia, descuidara-se de fechar rigorosamente os delicados cortinados de gaze; livros e mapas espalhados pelo chão estalavam agitados pelo vento baixo que penetrava sob a parede de pano. Sentado no leito, enfiava meus coturnos e procurava, às apalpadelas, minha túnica, meu cinturão e minha adaga; só então saía para respirar o ar da noite. Percorria as grandes ruas regulares do acampamento, desertas àquela hora tardia, iluminadas como as das cidades; sentinelas saudavam-me solenemente ao passar; caminhando ao longo do alojamento que servia de hospital, respirava o odor nauseante dos doentes de disenteria. Caminhava em direção à barreira de terra que nos separava do precipício e do inimigo. Uma sentinela percorria a passos regulares o caminho da ronda, perigosamente delineado sob a claridade da lua. Reconhecia naquele vaivém o movimento de uma das engrenagens da imensa máquina de que eu era o eixo; comovia-me por um momento o espetáculo desse vulto solitário, dessa flama breve ardendo no peito de um homem no centro de um mundo em perigo. Uma flecha assobiava no ar, apenas um pouco mais importuna que o mosquito que me incomodara na minha tenda. Parado, apoiava os braços sobre os sacos de areia da muralha de proteção.

Atribuem-me, há alguns anos, estranhas clarividências, segredos sublimes. Enganam-se. Nada sei. Mas é verdade que durante as noites de Bethar vi diante dos meus olhos passarem inquietantes fantasmas. As perspectivas que, do alto dessas colinas desnudas, se abriam para o espírito eram menos majestosas que as do Janículo, menos douradas que as do Súnion; eram o inverso e o nadir daquelas. Dizia a mim mesmo que era totalmente vão esperar, para Roma e para Atenas, a eternidade que não é concedida nem aos homens, nem às coisas, e que os mais sábios dentre nós negam aos próprios deuses. As formas sábias e complicadas da vida, as civilizações perfeitamente à vontade nos seus requintes de arte e felicidade, essas liberdades do espírito que se informa e julga, dependiam de probabilidades inumeráveis e raras, de condições quase impossíveis de reunir e que não devíamos esperar que durassem. Destruiríamos Simão; Arriano saberia proteger a Armênia das invasões álanas. Mas outras hordas viriam, outros falsos profetas. Nossos frágeis esforços por melhorar a condição humana seriam apenas distraidamente continuados pelos nossos sucessores; pelo contrário, a semente do erro e da ruína contida no próprio bem cresceria monstruosamente ao longo dos séculos. O mundo, cansado de nós, procuraria outros senhores; o que pareceu sábio parecerá insípido, e abominável o que nos terá parecido belo. Como o iniciado mitríaco, a raça humana tem talvez necessidade do banho de sangue e da passagem periódica pelos poços fúnebres. Via o retorno dos códigos selvagens, dos deuses implacáveis, do despotismo incontestado dos príncipes bárbaros e o mundo fragmentado em Estados inimigos, eternamente vítima da insegurança. Outras sentinelas ameaçadas pelas flechas iriam e viriam na ronda das cidadelas futuras; o jogo estúpido, obsceno e cruel continuaria, e a espécie, ao envelhecer, acrescentar-lhe-ia novos requintes de horror. Nossa época, cujas deficiências e taras conheço melhor que ninguém, seria talvez um dia considerada, por contraste, como uma das idades de ouro da humanidade.

Natura deficit, fortuna mutatur, deus omnia cernit. "A natureza nos trai, a sorte muda, um deus vê do alto todas as coisas." Atormentava com o dedo o engaste de um anel no qual, num dia de amargura, mandei gravar essas palavras tristes; ia mais longe no desengano, talvez na blasfêmia; acabava por achar natural, senão justo, que devíamos perecer. Nossas letras esgotam-se; nossas artes adormecem; Pancrates não é Homero; Arriano não é Xenofonte; quando tentei imortalizar na pedra a forma de Antínoo, não encontrei Praxíteles. Depois de Aristóteles e Arquimedes, nossas ciências estacionaram; nossos progressos técnicos não resistiriam ao desgaste de uma guerra prolongada; nossos próprios gozadores desgostam-se da felicidade. O abrandamento dos costumes, o avanço das ideias no decorrer do último século são obra de uma minoria de bons espíritos; a massa continua ignara, feroz quando pode, em todo caso egoísta e limitada, e há razões para apostar que permanecerá sempre assim. Excesso de procuradores e de publicanos ávidos, excesso de senadores desconfiados, excesso de centuriões brutais comprometeram antecipadamente nossa obra. Nem aos impérios nem aos homens será dado o tempo necessário para que aprendam à custa de seus próprios erros. Onde quer que um tecelão remende seu pano, onde quer que o artista retoque sua obra-prima ainda imperfeita ou apenas danificada, a natureza prefere repartir sem intermediários a argila e o caos, e esse mesmo esbanjamento é o que denominamos a ordem das coisas.

Erguia a cabeça; movimentava-me para desentorpecer. No alto da cidadela de Simão, vagos clarões avermelhavam o céu: manifestações inexplicáveis da vida noturna do inimigo. O vento soprava do Egito; um turbilhão de poeira passou como espectro; os perfis achatados das colinas lembravam-me a cadeia árabe sob a lua. Voltava a entrar lentamente, cobrindo a boca com a ponta da minha capa, irritado contra mim mesmo por ter consagrado a meditações vazias sobre o futuro uma noite que teria podido empregar para preparar a jornada seguinte, ou para dormir simplesmente. O desmoronamento de Roma, se algum dia se produzisse, caberia a meus sucessores; naquele ano 887 da Era Romana, minha missão consistia em sufocar a rebelião na Judeia e reconduzir do Oriente, sem perdas demasiadas, um exército doente. Ao atravessar a esplanada, escorregava por vezes no sangue de um rebelde executado na véspera. Deitava-me ainda vestido sobre o leito; duas horas mais tarde era acordado pelos clarins da alvorada.

Durante toda minha vida mantive bom entendimento com meu corpo; contei implicitamente com sua docilidade, com sua força. Essa estreita aliança começava a dissolver-se; meu corpo já não se identificava com minha vontade, com meu espírito e com aquilo que forçosamente, inabilmente, devo chamar minha alma. O companheiro inteligente de outros dias já não era mais do que um escravo que executa de má vontade sua tarefa. Meu corpo temia-me; sentia continuamente no peito a presença obscura do medo, uma opressão que não era ainda a dor, mas o primeiro passo em sua direção. Havia adquirido, de longa data, o hábito da insônia, mas o sono agora era pior do que sua ausência; mal adormecia, tinha horríveis pesadelos que me despertavam. Era sujeito a dores de cabeça que Hermógenes atribuía ao calor do clima e ao peso do capacete; à noite, depois de extremo cansaço, sentava-me como se caísse. Levantar-me para receber Rufo ou Severo era um esforço para o qual me preparava muito tempo antes; os cotovelos pesavam sobre os braços da cadeira; as coxas tremiam como as de um corredor estafado. O menor gesto transformava-se em cansaço, e desses cansaços era feita a vida.

Um acidente quase ridículo, uma indisposição infantil, revelou a doença que se escondia sob a fadiga atroz. Durante uma sessão do estado-maior, tive uma leve hemorragia pelo nariz, com a qual me preocupei muito pouco no início. Ela persistiu durante a refeição da tarde; acordei no correr da noite ensopado de sangue. Chamei Céler, que dormia sob a tenda vizinha; ele, por sua vez, alertou Hermógenes, mas o horrível fluxo morno continuou. As mãos cuidadosas do jovem oficial enxugavam o líquido que me cobria todo o rosto; ao amanhecer, tive vômitos como sucede em Roma aos condenados à morte que abrem as veias no banho. Aqueceram o melhor que puderam, com a ajuda de cobertores e efusões quentes, este corpo que gelava. Para estancar o fluxo de sangue, Hermógenes prescreveu a neve; não a havia no acampamento; à custa de mil dificuldades, Céler conseguiu fazê-la vir dos píncaros do Hermon. Soube mais tarde que houve um momento em que desesperaram de salvar-me; eu próprio já não me sentia ligado à vida senão pelo mais delgado dos fios, tão imperceptível como o pulso demasiado rápido que consternava meu médico. Todavia, a inexplicável hemorragia cessou; levantei-me e tentei viver como de costume. Não consegui. Uma noite em que, mal refeito, tentei imprudentemente dar um breve passeio a cavalo, tive uma segunda advertência, ainda mais séria que a primeira. No espaço de um segundo, senti as batidas do meu coração precipitarem-se, depois espaçarem-se, interromperem-se, cessarem; julguei cair como uma pedra dentro de não sei que poço negro, que é sem dúvida a morte. Se era realmente ela, enganam-se aqueles que a pretendem silenciosa: era levado por cataratas, ensurdecido como um mergulhador pelo estrondo das águas. Contudo, não atingi o fundo; voltei à superfície. Sufocava. Toda a minha força naquele momento, que julguei o último, concentrara-se em minha mão crispada no braço de Céler, de pé ao meu lado: mostrou-me mais tarde as marcas dos meus dedos no seu ombro. Sucede com essa breve agonia como com todas as experiências do corpo: é inexprimível e, queira-se ou não, permanece segredo do homem que a viveu. Atravessei depois crises semelhantes, jamais idênticas. Certamente não será possível suportar duas vezes esse terror e essa noite sem morrer. Hermógenes acabou por diagnosticar um princípio de hidropisia do coração; foi forçoso submeter-me às determinações que me eram impostas por esse mal transformado subitamente em meu senhor, consentir num longo período de inação, senão de repouso, limitar por algum tempo as perspectivas da minha vida no enquadramento de um leito. Sentia quase vergonha dessa doença toda interior, quase invisível, sem febre, sem abcesso, sem dores nas entranhas, que tem por sintomas uma respiração um pouco mais rouca e a marca lívida deixada no pé inchado pela correia da sandália.

Um silêncio desusado estabeleceu-se em torno de minha tenda; o acampamento de Bethar parecia transformado, todo ele, num quarto de doente. O azeite aromático que ardia aos pés do meu gênio tornava ainda mais pesado o ar confinado naquela gaiola de pano; o ruído de forja das minhas artérias fazia-me pensar vagamente na ilha dos Titãs ao cair da noite. Em outros momentos o ruído insuportável transformava-se no som de um galope sobre a terra fofa; este espírito, tão cuidadosamente mantido sob controle durante quase cinquenta anos, evadia-se; este grande corpo flutuava à deriva; aceitava ser o homem cansado que conta distraidamente as estrelas e os losangos do seu cobertor; via na sombra a mancha branca de um busto; do fundo de um abismo de mais de meio século, subia uma cantilena em honra de Épona, deusa dos cavalos, que outrora cantava em voz baixa minha ama espanhola, grande mulher taciturna que me parecia com uma das Parcas. Os dias, depois as noites, pareciam medidos pelas gotas escuras que Hermógenes contava, uma a uma, numa taça de vidro.

À noite, reunia as minhas forças para ouvir o relatório de Rufo: a guerra tocava seu fim; Akiba que, desde o início das hostilidades, retirara-se aparentemente dos negócios públicos, dedicava-se ao ensino de direito rabínico na pequena cidade de Usfa, na Galileia; essa sala de aula transformara-se no centro da resistência zelota; mensagens secretas eram decifradas e transmitidas aos partidários de Simão por mãos nonagenárias; foi preciso mandar à força, para suas casas, os estudantes fanatizados que cercavam o velho. Após longa hesitação, Rufo decidiu mandar proibir como insidioso o estudo da lei judaica; alguns dias mais tarde, Akiba, que transgredira o decreto, foi preso e condenado à morte. Outros nove doutores da Lei, a alma do partido zelota, morreram com ele. Aprovei todas essas medidas com um sinal de cabeça. Akiba e seus fiéis morreram persuadidos até o fim de que eram os únicos inocentes, os únicos justos; nenhum deles sequer pensou em aceitar sua parte de responsabilidade nas desgraças que oprimiam seu povo. Seriam dignos de inveja, se fosse possível invejar os cegos. Não recuso a esses dez exaltados o título de heróis; em todo caso, não eram sábios.

Três meses mais tarde, por uma fria manhã de fevereiro, sentado no alto de uma colina, encostado ao tronco de uma figueira desguarnecida de folhas, assisti ao assalto que precedeu de algumas horas a capitulação de Bethar; vi saírem, um a um, os últimos defensores da fortaleza, lívidos, descarnados, horrendos, conquanto belos como tudo que é indomável. No fim do mesmo mês, fiz-me transportar ao lugar chamado o Poço de Abraão, onde os rebeldes, encontrados com armas na mão nos aglomerados urbanos, foram reunidos e vendidos em leilão; crianças insolentes, já ferozes, deformadas por convicções implacáveis, vangloriavam-se em voz alta de terem causado a morte de dezenas de legionários; velhos encerrados num sonho de sonâmbulo; matronas de carnes moles e outras solenes e taciturnas como a Grande Mãe dos cultos do Oriente desfilaram sob o olhar frio dos mercadores de escravos; essa multidão passou na minha frente como uma nuvem de poeira. Josué Ben-Kisma, chefe dos chamados moderados, que lamentavelmente fracassara no papel de pacificador, sucumbiu nessa mesma época em consequência de uma longa enfermidade; morreu proclamando seus votos pela guerra estrangeira e pela vitória dos partos sobre nós. Por outro lado, os judeus cristianizados, que não havíamos incomodado, e que conservavam seu ódio pelo resto do povo hebreu por ter perseguido seu profeta, viram em nós o instrumento da cólera divina. A longa série de delírios e mal-entendidos continuava.

Uma inscrição colocada sobre o lugar onde existira Jerusalém proibia aos judeus, sob pena de morte, instalarem-se de novo naquele amontoado de escombros; reproduzia, palavra por palavra, a frase recém-inscrita no frontispício do templo e que interdizia a entrada aos não circuncisos. Um dia por ano, o nono do mês de Ab, os judeus têm o direito de vir chorar diante de um muro em ruína. Os mais piedosos recusaram-se a deixar a terra natal; estabeleceram-se o melhor que puderam nas regiões menos devastadas pela guerra; os mais fanáticos emigraram para o território parto; outros foram para Antioquia, Alexandria, Pérgamo; os mais finos dirigiram-se para Roma, onde prosperaram. A Judeia foi riscada do mapa e, por minha ordem, passou a chamar-se Palestina. Durante os quatro anos de guerra, cinquenta fortalezas e mais de novecentas cidades e aldeias foram saqueadas e aniquiladas; o inimigo perdeu perto de seiscentos mil homens; os combates, as febres endêmicas, as epidemias custaram-nos mais de noventa mil. A restauração do país seguiu-se imediatamente aos estragos da guerra; Élia Capitolina foi reconstruída, aliás em escala mais modesta; sempre é preciso recomeçar.

Descansei algum tempo em Sidon, onde um mercador grego me emprestou sua casa e seus jardins. Em março, os pátios internos já estavam inteiramente floridos de rosas. Eu recuperara as forças: encontrava até mesmo surpreendentes recursos neste corpo, antes prostrado pela violência da primeira crise. Nada compreendemos da doença enquanto não reconhecemos sua estranha semelhança com a guerra e o amor: seus compromissos, suas simulações, suas exigências, esse bizarro e único amálgama produzido pela mistura de um temperamento e de um mal. Estava melhor, mas para enganar meu corpo, para impor-lhe minhas vontades, ou para ceder prudentemente às suas, empregava tanta arte quanto outrora para ampliar e disciplinar meu universo, para construir minha personalidade e embelezar minha vida. Recomecei, com moderação, os exercícios de ginástica; meu médico voltou a permitir que montasse a cavalo, mas só como meio de transporte; renunciei aos perigosos exercícios equestres de antigamente. Durante qualquer trabalho, qualquer prazer, trabalho e prazer já não eram o essencial; meu primeiro cuidado era realizá-los sem fadiga. Meus amigos maravilhavam-se com um restabelecimento aparentemente tão completo; esforçavam-se por acreditar que a doença fora proveniente apenas dos esforços excessivos despendidos naqueles anos de guerra, e que não voltaria a manifestar-se. Eu a julgava diferentemente: pensava nos grandes pinheiros das florestas da Bitínia que o lenhador, ao passar, marca com um entalhe para voltar na estação seguinte e abatê-lo. No fim da primavera, embarquei para a Itália num navio de alto bordo da frota; levei comigo Céler, tornado indispensável, e Diotimo de Gadara, jovem grego de nascimento servil, encontrado em Sidon, e que era belo. A rota do regresso atravessava o arquipélago; contemplava, provavelmente pela última vez na vida, os saltos dos golfinhos sobre a água azul; passei a seguir, sem pensar em presságios sobre o futuro, o longo voo regular das aves migradoras, que às vezes, para descansar, descem amigavelmente ao convés do navio; saboreava o odor de sal e sol na pele humana, o perfume de lentisco e terebinto das ilhas onde desejaríamos viver e onde sabemos antecipadamente que jamais nos deteremos. Diotimo recebeu a perfeita instrução literária que se dá geralmente, para lhes aumentar o valor, aos jovens escravos dotados de graças corporais. Ao crepúsculo, deitado na popa, sob um toldo de púrpura, ouvia-o ler para mim os poetas do seu país, até que a noite apagasse igualmente as linhas que descreviam a incerteza trágica da vida humana e as que falam de pombas, guirlandas de rosas e lábios beijados. O mar exalava um bafo úmido; as estrelas subiam, uma a uma, para seu lugar fixo; o navio, inclinado pelo vento, singrava em direção ao Ocidente, colorido ainda por uma última faixa vermelha; atrás de nós estendia-se um sulco fosforescente, logo recoberto pela massa negra das vagas. De mim para mim dizia que apenas dois assuntos importantes esperavam-me em Roma: um, a escolha do meu sucessor, que interessava a todo o império; o outro, minha própria morte, que não dizia respeito senão a mim.

Roma preparou em minha honra uma festa triunfal que, afinal, decidi aceitar. Já não lutava contra esses costumes ao mesmo tempo veneráveis e vãos; tudo o que coloca em destaque o esforço do homem, ainda que só por um dia, parecia-me salutar perante um mundo tão pronto ao esquecimento. Não se tratava somente da repressão à rebelião judaica; num sentido mais profundo, e só conhecido por mim, eu triunfara. Associei àquelas honras o nome de Arriano. Ele acabava de infligir às hordas bárbaras uma série de derrotas que as repelia, por muito tempo, para o centro obscuro da Ásia, de onde haviam acreditado poder sair. A Armênia estava salva: o leitor de Xenofonte revelava-se seu êmulo; não estava extinta a raça dos letrados que sabem, quando necessário, comandar e combater. Nessa noite, de volta à minha casa de Tíbur, foi com o coração cansado, mas tranquilo, que tomei das mãos de Diotimo o vinho e o incenso do sacrifício diário ao meu gênio.

Como simples particular, comecei a comprar e a ligá-los de ponta a ponta, com a tenacidade paciente de um camponês que aumenta suas vinhas, os terrenos que se estendiam no sopé dos montes Sabinos à beira da água corrente. Entre duas viagens imperiais, acampara naquelas pequenas florestas invadidas pelos pedreiros e pelos arquitetos, e cujas árvores um jovem imbuído de todas as superstições da Ásia suplicava piedosamente que fossem poupadas. No regresso da minha grande viagem ao Oriente, entreguei-me a uma espécie de frenesi em arrematar o imenso cenário de uma peça de que faltava apenas o quarto e último ato. Voltava ali desta vez para terminar meus dias o mais decentemente possível. Na Vila tudo fora planificado para facilitar o trabalho tanto quanto o prazer: a chancelaria, as salas de audiências, o tribunal onde eu julgava em última instância os assuntos difíceis poupavam-me fatigantes idas e vindas entre Tíbur e Roma. Dei a cada um desses edifícios nomes que evocavam a Grécia, o Pécile, a Academia, o Pritaneu. Bem sabia que esse pequeno vale plantado de oliveiras não era Tempe, mas chegara à idade em que cada lugar belo lembra um outro mais belo ainda, em que cada prazer se agrava pela lembrança dos prazeres passados. Aceitava entregar-me a essa nostalgia que é a melancolia do desejo. Cheguei mesmo a dar a um canto particularmente sombrio do parque o nome de Styx; a um prado semeado de anêmonas chamei Campos Elísios, preparando-me assim para aquele outro mundo cujos tormentos se assemelham aos nossos, mas cujas alegrias nebulosas não valem as nossas alegrias. Sobretudo mandei construir para mim, bem no coração desse retiro, um outro mais afastado ainda, uma ilhota de mármore no centro de um lago rodeado de colunatas, um quarto secreto com uma ponte giratória, tão leve que posso fazê-la rodar no seu encaixe com um toque da mão. Essa ponte liga o quarto à margem, ou antes, separa-o dela. Para esse pavilhão mandei transportar duas ou três estátuas preferidas e o pequeno busto de Augusto menino que Suetônio me ofereceu no tempo em que fomos amigos. Era a esse refúgio que me dirigia à hora da sesta para dormir, sonhar, ler. Meu cão, deitado de través no limiar da porta, estendia diante de si as patas; um reflexo brincava sobre o mármore; Diotimo, para refrescar-se, apoiava a face na superfície lisa da bacia da fonte. Eu pensava no meu sucessor.

Não tenho filhos, e não o lamento. Por certo, nos momentos de lassidão e fraqueza, quando renegamos a nós próprios, acusei-me às vezes de não ter procriado um filho que seria minha continuação. Mas esse pesar tão vão baseia-se em duas hipóteses igualmente duvidosas: se um filho é necessariamente nosso prolongamento, e se essa estranha combinação do bem e do mal, esse conjunto de particularidades ínfimas e bizarras que constitui uma pessoa, merece ser prolongado. Utilizei o melhor que pude minhas virtudes; tirei partido dos meus vícios; não alimento, porém, especial empenho em legar-me a alguém. Não é, aliás, pelo sangue que se estabelece a verdadeira continuidade humana: César é o herdeiro direto de Alexandre e não o débil filho nascido de uma princesa persa numa cidadela da Ásia; e Epaminondas, morrendo sem posteridade, orgulhava-se, com justa razão, de ter por filhos suas vitórias. A maior parte dos homens que tomaram parte importante na história têm rebentos medíocres, ou piores do que isso: parecem esgotar em si os dotes de uma raça. A ternura do pai está quase sempre em conflito com os interesses do chefe. E ainda que assim não fosse, esse filho de imperador seria além disso obrigado a sofrer as desvantagens de uma educação principesca, a pior de todas para um futuro príncipe. Felizmente, na medida em que nosso Estado soube instituir uma regra de sucessão imperial, a adoção é essa regra: reconheço aí a sabedoria de Roma. Conheço os perigos da escolha e seus possíveis erros; não ignoro que a cegueira não é exclusiva da afeição paterna; mas essa decisão a que a inteligência preside, ou na qual pelo menos toma parte, me parecerá sempre infinitamente superior aos obscuros desígnios do acaso e da grosseira natureza. O império para o mais digno: é belo que um homem que deu provas da sua competência na administração dos negócios do mundo escolha seu substituto, e que essa decisão de tão pesadas consequências seja, ao mesmo tempo, seu verdadeiro privilégio e seu último serviço prestado ao Estado. Contudo, essa escolha tão importante parecia-me mais do que nunca difícil de ser feita.

Censurei amargamente Trajano por haver tergiversado durante vinte anos antes de tomar a resolução de me adotar e de só tê-lo feito no leito de morte. Mas haviam decorrido quase 18 anos desde minha ascensão como imperador e, a despeito dos riscos de uma vida aventurosa, tinha, por minha vez, adiado para mais tarde a escolha do meu sucessor. Mil rumores haviam corrido, quase todos falsos; mil hipóteses foram levantadas; mas o que era considerado como meu segredo, não era mais que minha hesitação e minha dúvida. Olhava à minha volta: os funcionários honestos abundavam; nenhum, porém, dispunha da envergadura necessária. Quarenta anos de integridade postulavam a favor de Márcio Turbo, querido companheiro de outrora, incomparável prefeito do Pretório; mas tinha a minha idade; era muito velho. Júlio Severo, excelente general, bom administrador da Bretanha, compreendia pouca coisa dos complexos negócios do Oriente; Arriano dera provas de todas as qualidades que se exigem de um homem de Estado, mas era grego; e não era chegado o tempo de impor um imperador grego aos preconceitos de Roma.

Serviano vivia ainda: essa longevidade representava, da sua parte, o efeito de um longo cálculo, de uma forma obstinada de espera. Esperava há sessenta anos. No tempo de Nerva, a adoção de Trajano o encorajara e desiludira ao mesmo tempo: esperava melhor; mas a subida ao poder desse primo constantemente ocupado com o exército parecia, pelo menos, assegurar-lhe um lugar considerável no Estado, o segundo talvez: nisso também, ele se enganava; não obteve mais que uma parcela demasiado insignificante de honras. Na época em que encarregou seus escravos de me atacarem no desvio de uma floresta de álamos, às margens do rio Mosela, ele esperava ainda. O duelo de morte, travado naquela manhã entre o homem jovem e o quinquagenário, continuara durante vinte anos; irritara contra mim o espírito do senhor, exagerara minhas extravagâncias, tirara proveito dos meus menores erros. Semelhante inimigo é excelente professor de prudência: em suma, Serviano ensinara-me bastante. Depois da minha ascensão ao poder, mostrou suficiente sagacidade para parecer que aceitava o inevitável; lavou as mãos no que dizia respeito à conspiração dos quatro consulares; eu preferia não notar as manchas nos seus dedos ainda sujos. Por sua vez, contentou-se em protestar em voz baixa e em se escandalizar somente em segredo. Mantido no Senado pelo pequeno e poderoso partido dos conservadores inamovíveis que minhas reformas incomodavam, instalara-se confortavelmente no papel de crítico silencioso do reinado. Pouco a pouco afastara-me de minha irmã Paulina. E não tivera dela senão uma filha, casada com um certo Salinator, homem bem-nascido, que elevei à dignidade consular, mas que a tísica arrebatou ainda jovem. Minha sobrinha sobreviveu-lhe pouco tempo; seu único filho, Fusco, foi instruído contra mim por seu pernicioso avô. Mas o rancor entre nós conservava as aparências: eu não lhe regateava sua parte nas funções públicas, evitando, porém, figurar a seu lado nas cerimônias em que sua idade avançada lhe teria dado precedência sobre o imperador. A cada regresso a Roma, aceitava, por decência, assistir a uma daquelas refeições de família nas quais nos mantemos sempre em guarda; trocávamos cartas; as suas não eram desprovidas de espírito. Porém, com o tempo, desgostei-me dessa insípida impostura; a possibilidade de atirar fora todas as máscaras é uma das raras vantagens que o envelhecimento me dá; recusei-me a assistir aos funerais de Paulina. No acampamento de Bethar, nas piores horas de miséria corporal e desencorajamento, a suprema amargura foi dizer a mim mesmo que Serviano atingia sua meta, e atingia-a por minha culpa; o octogenário tão parcimonioso das suas forças se arranjaria para sobreviver a um doente de 57 anos; se eu morresse intestado, ele saberia obter ao mesmo tempo os sufrágios dos descontentes e a aprovação dos que acreditariam permanecer fiéis a mim elegendo meu cunhado; aproveitar-se-ia do tênue parentesco para solapar minha obra. Para me acalmar dizia a mim mesmo que o império poderia encontrar piores senhores; Serviano, em suma, não era destituído de virtudes; o próprio Fusco, estúpido como era, seria talvez um dia digno de reinar. No entanto, tudo o que me restava de energia recusava-se a aceitar semelhante mentira, e eu desejava viver para esmagar essa víbora.

Em meu regresso a Roma, reencontrei Lúcio. Em outros dias, havia assumido para com ele certos compromissos que, de ordinário, as pessoas não se preocupam em manter, mas eu mantivera. Não é verdade, porém, que lhe tivesse prometido a púrpura imperial; essas coisas não se fazem. Durante aproximadamente 15 anos, tinha pago suas dívidas, abafado seus escândalos, respondido prontamente suas cartas, deliciosas aliás, e que terminavam sempre por pedidos de dinheiro para ele próprio ou para adiantamentos a seus protegidos. Estava demasiado associado à minha vida para que pudesse excluí-lo dela se assim tivesse querido, mas nunca pretendi fazê-lo. Sua conversa era fascinante: o jovem, considerado frívolo, lera mais e melhor do que os homens de letras cuja profissão era essa. Seu gosto era requintado em todas as coisas, quer se tratasse de seres, de objetos, de usos, ou da maneira mais correta de enunciar um verso grego. No Senado, onde o consideravam hábil, conquistara reputação de orador: seus discursos, ao mesmo tempo claros e floreados, serviam logo a seguir de modelos para os professores de eloquência. Nomeara-o pretor, depois cônsul: desempenhou essas funções a contento. Alguns anos antes fiz-lhe o casamento com a filha de Nigrino, um dos consulares executados no início do meu reinado; essa união tornou-se símbolo da minha política de apaziguamento. Foi apenas moderadamente feliz: a jovem esposa lamentava-se de ser negligenciada; contudo, teve dele três filhos, um dos quais varão. Às suas queixas quase contínuas, ele respondia, com polidez gelada, que o casamento é feito pela família e não por nós próprios e que um contrato tão sério não se ajusta aos jogos descuidosos do amor. Seu complicado sistema exigia amantes para a ostentação e escravas fáceis para a voluptuosidade. Matou-se de prazer, mas como um artista se mata ao realizar uma obra-prima: não me cabe censurá-lo.

Via-o viver: minha opinião a seu respeito modificava-se sem cessar, o que só acontece com os seres que nos tocam de perto; contentamo-

-nos em julgar os outros por alto e de uma vez por todas. Sucedia preocupar-me às vezes com uma insolência estudada, uma aspereza, uma palavra friamente frívola; mais frequentemente deixava-me levar por aquele espírito rápido e leve; uma observação aguda parecia fazer pressentir o futuro homem de Estado. Falei sobre o assunto com Márcio Turbo, que, terminado seu dia fatigante de prefeito do Pretório, vinha todas as noites conversar sobre os negócios correntes e jogar comigo sua partida de dados. Reexaminávamos minuciosamente as probabilidades que Lúcio tinha de desempenhar convenientemente uma carreira de imperador. Meus amigos admiravam-se de meus escrúpulos; alguns, encolhendo os ombros, aconselhavam-me a tomar o partido que me agradasse: essa gente imagina que se pode legar a qualquer um a metade do mundo tal como lhe deixaríamos uma casa de campo. Voltava a pensar no assunto durante a noite: Lúcio mal atingira a trintena: quem era César aos trinta anos senão um filho-família crivado de dívidas e coberto de escândalos? Como nos maus dias de Antioquia, antes da minha adoção por Trajano, pensava com um aperto no coração que nada é mais lento do que o verdadeiro nascimento de um homem: eu próprio ultrapassara meu trigésimo ano na época em que a campanha da Panônia me abrira os olhos sobre as responsabilidades do poder; Lúcio parecia-me, por vezes, mais completo do que eu naquela idade. Decidi-me bruscamente, em seguida a uma crise de sufocação mais grave que as anteriores, e que veio lembrar-me de que eu não tinha mais tempo a perder. Adotei Lúcio que tomou o nome de Élio César. Era ambicioso apenas com uma certa indiferença, e exigente sem ser ávido. Habituado desde sempre a alcançar tudo, recebeu minha decisão com desenvoltura. Cometi a imprudência de dizer que aquele príncipe louro ficaria admiravelmente belo sob a púrpura; os mal-intencionados apressaram-se em concluir que eu pagava com um império a intimidade voluptuosa de outrora. É não compreender nada da maneira pela qual funciona o espírito de um chefe, por pouco que este mereça seu posto e seu título. Se tais considerações tivessem desempenhado algum papel, Lúcio não seria, aliás, o único sobre o qual eu teria podido fixar minha escolha.

Minha mulher acabava de expirar em sua residência do Palatino, que continuara a preferir a Tíbur e onde vivera cercada de uma pequena corte de amigos e parentes espanhóis, os únicos que contavam para ela. As atenções, as conveniências, as fracas veleidades de entendimento haviam cessado pouco a pouco entre nós e deixado a nu a antipatia, a irritação, o rancor e, de sua parte, o ódio. Visitei-a nos últimos tempos; a doença azedara ainda mais seu caráter áspero e rabujento; essa entrevista foi-lhe ocasião de recriminações violentas, que a aliviaram e que ela teve a indiscrição de fazer diante de testemunhas. Felicitou-se por morrer sem filhos; por certo, meus filhos assemelhar-se-iam a mim; teria nutrido por eles a mesma aversão que sentia pelo pai. Essa frase, na qual transparece tanto rancor, é a única prova de amor que ela me deu. Minha Sabina: remexi em algumas lembranças toleráveis que restam sempre de um ser quando nos damos ao trabalho de procurá-las; lembrei-me de um cesto de frutos que ela me enviara por ocasião do meu aniversário, após uma discussão. Ao passar de liteira pelas ruas estreitas de Tíbur, diante da modesta casa de recreio que pertenceu a minha sogra Matídia, evocava com amargura as noites de um longínquo verão em que tentara em vão sentir algum prazer junto à jovem esposa fria e dura. A morte de minha mulher impressionou-me menos do que a da boa Areteia, governanta da Vila, arrebatada no mesmo inverno por um acesso de febre. Como o mal a que a imperatriz sucumbiu, mediocremente diagnosticado pelos médicos, causou-lhe, nos últimos momentos, dores atrozes nas entranhas, acusaram-me de tê-la envenenado. Esse rumor insensato encontrou crédito fácil. Desnecessário dizer que tão supérfluo crime jamais me tentou.

O falecimento de minha mulher impeliu talvez Serviano a arriscar tudo: a influência de que ela gozava em Roma era uma sólida aspiração dele; com ela, desmoronava-se um dos seus apoios mais respeitados. Além disso, acabava de entrar no seu nonagésimo ano; também ele não tinha muito tempo a perder. Havia alguns meses que se esforçava por atrair à sua casa pequenos grupos de oficiais da guarda pretoriana; ousou algumas vezes explorar o respeito supersticioso que a idade avançada inspira, para se fazer tratar, entre quatro paredes, por imperador. Eu tinha reforçado recentemente a polícia secreta militar, instituição repugnante, concordo, mas que os acontecimentos provaram útil. Eu não ignorava nada dos seus conciliábulos, pseudossecretos, em que o velho Urso ensinava a seu neto a arte das conjuras. A nomeação de Lúcio não surpreendeu o ancião; há muito tempo ele tomava minhas incertezas quanto a esse assunto como uma decisão bem dissimulada; mas aproveitou para agir no momento em que o ato de adoção era ainda matéria controversa em Roma. Seu secretário Crescêncio, cansado de quarenta anos de fidelidade malretribuída, divulgou o plano, a data do golpe, o lugar e o nome dos cúmplices. A imaginação dos meus inimigos não se preocupara em inovar: copiavam simplesmente o atentado outrora preditado por Nigrino e Quieto; eu seria abatido durante uma cerimônia religiosa no Capitólio; meu filho adotivo cairia comigo.

Tomei minhas precauções na mesma noite: nosso inimigo já vivera demais; deixaria a Lúcio uma herança livre de perigos. Por volta da décima segunda hora, numa madrugada cinzenta de fevereiro, um tribuno portador de uma sentença de morte para Serviano e seu neto apresentou-se em casa do meu cunhado; tinha instruções para esperar no vestíbulo que a ordem de que era portador fosse cumprida. Serviano mandou chamar seu médico: tudo se passou de maneira conveniente. Antes de morrer, desejou-me uma morte lenta, sofrendo os tormentos de um mal incurável, sem ter como ele o privilégio de uma agonia rápida. Seu voto já foi atendido.

Não ordenei essa dupla execução com alegria; não me causou depois qualquer pena e, ainda menos, remorso. Uma velha conta acabava de ser encerrada. Foi tudo. A idade jamais me pareceu uma desculpa para a malignidade humana; nela verei antes uma circunstância agravante. A sentença de Akiba e dos seus acólitos fizera-me hesitar por mais tempo: velho por velho, preferia o fanático ao conspirador. Quanto a Fusco, por medíocre que pudesse ser, e por muito que seu odioso avô o houvesse afastado de mim, era neto de Paulina. Mas digam o que disserem, os laços de sangue são muito frágeis quando nenhuma afeição os reforça; é fácil observar isso entre os particulares, quando tratam dos mais insignificantes negócios de heranças. Apiedava-me um pouco mais da extrema juventude de Fusco; tinha apenas 18 anos. Mas o interesse do Estado exigia esse desfecho, que o velho Urso tinha, por capricho, tornado inevitável. De resto, eu estava muito próximo do meu próprio fim para perder tempo com meditar sobre essas duas mortes.

Durante alguns dias, Márcio Turbo redobrou a vigilância: os amigos de Serviano teriam podido vingá-lo. Mas não aconteceu nada, nem atentado, nem sedição, nem rumores. Eu já não era o recém-chegado que tentava colocar do seu lado a opinião pública depois da execução de quatro consulares; 19 anos de justiça decidiam a meu favor; meus inimigos eram execrados em bloco; a multidão aprovava que me tivesse desembaraçado de um traidor. Fusco foi lamentado sem, contudo, ter sido julgado inocente. O Senado, bem sei, não me perdoava por ter, uma vez mais, atingido um dos seus membros; mas calava-se e calar-se-ia até minha morte. Como outrora também, uma dose de clemência mitigou depressa a dose de rigor; nenhum partidário de Serviano foi perturbado. A única exceção a essa regra foi o eminente Apolodoro, rancoroso depositário dos segredos do meu cunhado e que com ele morreu. Esse homem de talento fora o arquiteto favorito do meu predecessor; removera com arte os grandes blocos de mármore da Coluna de Trajano. Não gostávamos um do outro; noutros tempos, ridicularizara meus desajeitados trabalhos de amador, minhas conscienciosas naturezas-mortas de abóboras; por minha vez, critiquei suas obras com uma presunção de jovem. Mais tarde, ele denegriu as minhas; ignorava tudo dos belos tempos da arte grega; voltado para uma logística insípida, censurava-me por ter povoado nossos templos com estátuas colossais que, se se levantassem, quebrariam com a cabeça as abóbadas dos seus santuários: crítica estúpida, que mais fere Fídias que a mim. Os deuses, porém, não se levantavam; não se levantam nem para nos advertir, nem para nos proteger, nem para nos recompensar, nem para nos punir. E não se levantaram naquela noite para salvar Apolodoro.

Na primavera, a saúde de Lúcio começou a inspirar-me sérios cuidados. Uma manhã, em Tíbur, descemos após o banho à palestra onde Céler se exercitava em companhia de outros jovens; um deles propôs uma dessas provas nas quais cada participante corre armado apenas com um escudo e uma lança; Lúcio esquivou-se, como de hábito; mas cedeu por fim aos nossos gracejos amigáveis. Ao equipar-se, queixou-se do peso do escudo de bronze; comparado com a sólida beleza de Céler, aquele corpo delicado parecia realmente frágil. Ao cabo de alguns passos, parou sufocado, expectorando sangue. O incidente não teve maiores consequências; refez-se sem dificuldade. Mas eu estava alarmado; deveria ter-me tranquilizado menos apressadamente. Opunha aos primeiros sintomas da doença de Lúcio a confiança obtusa de um homem por muitos anos robusto, a fé implícita nas reservas inesgotáveis da juventude, no bom funcionamento do corpo. É verdade que ele próprio também se enganava; uma débil flama o sustentava; sua vivacidade o iludia tanto quanto a nós. Passei meus anos de juventude em viagens, nos acampamentos, nas linhas avançadas; apreciei por mim mesmo as virtudes de uma vida rude, o efeito salutar das regiões secas ou geladas. Decidi nomear Lúcio governador daquela mesma Panônia onde eu fiz minha primeira experiência de chefe. A situação nessa fronteira era menos crítica que outrora; sua função limitava-se aos calmos trabalhos de administrador civil ou a inspeções militares sem perigo. Esse país difícil o arrancaria da inércia da vida de Roma; aprenderia a conhecer melhor o imenso mundo que a cidade governa e do qual depende. Ele temia os climas bárbaros e não compreendia que se pudesse gozar a vida em outro lugar que não Roma. Aceitou, entretanto, com a complacência que usava quando queria agradar-me.

Durante todo o verão, li cuidadosamente seus relatórios oficiais e os outros, mais secretos, de Domício Rogato, homem de confiança que coloquei ao seu lado na qualidade de secretário encarregado de vigiá-lo. Os relatórios satisfizeram-me: Lúcio soube das provas, em Panônia, da seriedade que eu exigia dele, de que se teria talvez relaxado depois da minha morte. Saiu-se, inclusive, brilhantemente de uma série de combates de cavalaria nos postos avançados. Na província, como em qualquer outro lugar, ele conseguia agradar: sua secura um tanto arrogante não o prejudicava; pelo menos, não seria um desses príncipes complacentes governado por um grupo de intrigantes. No começo do outono, ele apanhou um resfriado. Depressa o consideraram curado, mas a tosse voltou; a febre persistiu e instalou-se para ficar. Uma melhora passageira resultou apenas numa súbita recaída na primavera seguinte. Os boletins dos médicos aterraram-me; a posta pública que eu acabava de instalar, com as suas mudas de cavalos e carruagens em territórios imensos, parecia funcionar apenas para me trazer mais depressa, a cada manhã, notícias do doente. Não me perdoava por ter sido desumano para com ele, com receio de ser ou parecer fácil. Tão logo se sentiu suficientemente restabelecido para suportar a viagem, mandei-o voltar à Itália.

Acompanhado pelo velho Rufo Éfeso, especialista em tísica, fui eu próprio esperar no porto de Baias o meu frágil Élio César. O clima de Tíbur, melhor que o de Roma, não é, entretanto, bastante ameno para pulmões atingidos; decidi fazê-lo passar o fim do outono naquela região mais segura. O navio ancorou em pleno golfo; uma pequena embarcação trouxe à terra o doente e seu médico. Seu rosto sério parecia ainda mais magro sob a barba rala com que cobria as faces na intenção de se parecer comigo. Mas os olhos haviam guardado o duro brilho de pedra preciosa. A primeira palavra que pronunciou foi para me lembrar de que vinha somente por minha ordem; sua administração fora irrepreensível; obedecera-me em tudo. Comportava-se como um estudante que justifica o emprego do seu dia. Instalei-o na Vila de Cícero, onde ele passara outrora, em minha companhia, uma temporada dos seus 18 anos. Teve a elegância de nunca mencionar aquela época. Os primeiros dias pareceram uma vitória sobre o mal; o regresso à Itália já era, por si mesmo, um remédio; nessa fase do ano, este país é todo púrpura e rosa. Mas as chuvas começaram; um vento úmido soprava do mar cinzento; a velha casa, construída no tempo da República, não tinha o conforto mais moderno da Vila de Tíbur; observava Lúcio aquecendo melancolicamente no braseiro seus longos dedos carregados de anéis. Hermógenes regressou pouco depois do Oriente, para onde eu o enviara a fim de renovar e completar sua provisão de medicamentos: experimentou em Lúcio os efeitos de uma lama impregnada de sais minerais poderosos; tais aplicações passavam por curar tudo. Mas não beneficiaram mais aos seus pulmões do que às minhas artérias.

A doença punha a descoberto as piores facetas de seu caráter seco e superficial. A mulher visitou-o; como sempre, a entrevista terminou em palavras amargas. Ela não voltou mais. Levaram-lhe o filho, um lindo menino de sete anos, desdentado e risonho; olhou-o com indiferença. Informava-se com avidez das notícias políticas de Roma; interessava-se por elas como jogador, não como homem de Estado. Entretanto, sua frivolidade era uma forma de coragem; despertava de longas tardes de sofrimento ou de torpor para se entregar por completo a uma das suas brilhantes conversações de outrora; o rosto molhado de suor ainda sabia sorrir; o corpo descarnado erguia-se com graça para acolher o médico. Seria até o fim o príncipe de marfim e ouro.

À noite, não podendo dormir, instalava-me no quarto do doente; Céler, que gostava pouco de Lúcio, mas que me é demasiado fiel para recusar-se a servir com solicitude os que me são caros, dispunha-se a velar ao meu lado. Uma respiração ofegante subia dos cobertores. Invadia-me uma amargura profunda como o mar: ele nunca me amou; nossas relações transformaram-se rapidamente no relacionamento do filho dissipador e do pai complacente; sua vida escoara-se sem grandes projetos, sem pensamentos graves, sem paixões ardentes; ele dilapidara seus anos como um pródigo atira fora moedas de ouro. Compreendi que me apoiara a um muro em ruínas: pensava com cólera nas enormes somas despendidas com sua adoção, nos trezentos milhões de sestércios distribuídos aos soldados. Em certo sentido, minha triste sina me seguia: havia satisfeito meu velho desejo de dar a Lúcio tudo quanto se pode dar; mas o Estado não sofreria com isso; não me arriscaria a ser desonrado por aquela escolha. Bem no fundo de mim, comecei a temer que ele melhorasse; se por acaso se aguentasse ainda por alguns anos, eu não podia legar o império àquela sombra. Sem jamais formular uma só pergunta, ele parecia penetrar no meu pensamento quanto a esse ponto; seus olhos seguiam ansiosamente meus menores gestos; tinha-o nomeado cônsul pela segunda vez; ele preocupava-se por não poder desempenhar suas funções; a angústia de me desagradar agravou-lhe o estado. *Tu Marcellus eris*... Repetia para mim mesmo os versos de Virgílio consagrados ao sobrinho de Augusto, ele também destinado ao império, e que a morte detivera a meio caminho. *Manibus date lilia plenis... Purpureos spargam flores...* O amante das flores não receberia de mim senão inanes ramos fúnebres.

Julgou-se melhor; quis regressar a Roma. Os médicos, que já não discutiam entre si senão o tempo que lhe restava a viver, aconselharam-me a fazer-lhe a vontade; levei-o por pequenas etapas até a Vila. Sua apresentação ao Senado na qualidade de herdeiro do império devia realizar-se na sessão que se seguiria quase imediatamente ao ano-novo; o uso exigia que ele me dirigisse nessa ocasião um discurso de agradecimento; essa peça de eloquência preocupava-o há meses; líamos juntos as passagens difíceis. Trabalhava nela durante uma manhã das Calendas de janeiro, quando lhe sobreveio súbita expectoração de sangue; sentiu uma vertigem; apoiou-se ao encosto da cadeira e fechou os olhos: a morte não foi senão um atordoamento para aquele ser frívolo. Era o dia de ano-novo: para não interromper os festejos públicos e os regozijos privados, impedi que divulgassem imediatamente a notícia do seu fim. Só foi oficialmente anunciada no dia seguinte. Lúcio foi enterrado discretamente nos jardins da sua família. Na véspera da cerimônia, o Senado enviou-me uma delegação encarregada de me apresentar as condolências e oferecer a Lúcio as honras divinas a que tinha direito na qualidade de filho adotivo do imperador. Mas recusei: aquele processo de sucessão já custara muito dinheiro ao Estado. Limitava-me a mandar construir em sua memória algumas capelas fúnebres e erigir-lhe estátuas aqui e ali, nos diferentes lugares onde vivera: o pobre Lúcio não era um deus.

Agora, cada momento urgia. Mas tive todo o tempo para refletir à cabeceira do doente; meus planos estavam feitos. Notara no Senado um certo Antonino, homem de uma cinquentena de anos, originário de uma família provinciana, aparentado de longe à de Plotina. Impressionara-me pelas atenções ao mesmo tempo deferentes e ternas com que cercava o sogro, velho frágil que se sentava a seu lado; reli sua folha de serviço; esse homem de bem mostrara-se, em todos os postos que ocupara, funcionário irreprochável. Minha escolha fixou-se nele. Mais convivo com Antonino, mais minha estima por ele tende a transformar-se em respeito. Esse homem simples possui uma virtude na qual eu havia pensado muito pouco até então, mesmo quando me acontecia praticá-la: a bondade. Não é isento dos modestos defeitos de um justo; sua inteligência, aplicada ao cumprimento meticuloso das obrigações cotidianas, preocupa-se mais com o presente do que com o futuro; sua experiência do mundo é limitada por suas virtudes; suas viagens não foram além de algumas missões oficiais, de resto bem-desempenhadas. Conhece pouco as artes; não inova senão forçado pelas circunstâncias. As províncias, por exemplo, nunca representarão para ele as imensas possibilidades de desenvolvimento que sempre representaram para mim; continuará mais do que ampliará minha obra; mas continua-la-á bem; o Estado terá nele servidor honesto e bom chefe.

Contudo, o espaço de uma geração parecia-me pequeno quando se trata de firmar a segurança do mundo; desejava, se possível, prolongar até mais longe essa prudente linha adotiva, preparando para o império uma outra muda na estrada do Tempo. A cada regresso a Roma, nunca deixei de ir saudar meus velhos amigos, os Veros, espanhóis como eu, uma das famílias mais liberais de alta magistratura. Conheci-te desde o berço, pequeno Ânio Vero que, por minha iniciativa, te chamas Marco Aurélio. Durante um dos anos mais solares da minha vida, na época assinalada pela construção do Panteon, te fiz eleger, por amizade pelos teus, para o Sacro Colégio dos Irmãos Arvais, a que preside o imperador e que perpetua piedosamente nossos velhos costumes religiosos romanos; dei-te a mão durante o sacrifício que se realizou naquele ano, às margens do Tibre; observei com ternura divertida teu comportamento de criança de cinco anos, assustada pelos grunhidos do porco imolado, mas esforçando-se como podia para imitar a atitude dos adultos. Preocupei-me com a educação do menino excepcionalmente ajuizado, ajudei teu pai a escolher para ti os melhores mestres. Vero, o Veríssimo: brincava com teu nome; tu és talvez o único ser que jamais me mentiu. Eu te vi ler com paixão os escritos dos filósofos, vestir-te de lã grosseira, dormir sobre o leito duro, submeter teu corpo um pouco franzino a todas as mortificações dos estoicos. Há excesso em tudo isso, mas o excesso é virtude aos 17 anos. Pergunto-me, por vezes, qual escolha fará naufragar tanta virtude, porque naufragamos sempre: será uma esposa, um filho muito amado, enfim, uma dessas armadilhas legítimas que aprisionam os corações timoratos e puros? Será simplesmente a idade, a doença, o cansaço, o desengano que nos dizem que, se tudo é vão, a virtude também o é? Imagino, em lugar do teu rosto cândido de adolescente, tua fisionomia cansada de velho. Sinto o quanto tua firmeza tão bem-educada esconde de doçura e talvez de fraqueza; adivinho em ti a presença de um gênio que não é forçosamente o do homem de Estado; contudo, o mundo será certamente beneficiado para sempre por te haver visto associado ao poder supremo. Tomei todas as providências necessárias para que fosses adotado por Antonino; sob esse novo nome que usarás um dia na lista dos imperadores, serás, a partir de então, meu neto. Creio dar aos homens a única probabilidade que poderão ter algum dia de realizar o sonho de Platão, de ver reinar sobre eles um filósofo de coração puro. Aceitaste as honras com repugnância: tua posição te obriga a viver no palácio; Tíbur, este lugar onde reúno até o fim tudo o que a vida tem de doçuras, inquieta tua jovem virtude; vejo-te vaguear gravemente nas alamedas entrelaçadas de rosas; observo-te, com um sorriso, quando te vejo atraído pelos belos objetos de carne postados à tua passagem; hesitas entre Verônica e Teodoro, mas rapidamente renuncias a ambos em favor da austeridade, esse puro fantasma. Não me escondeste teu melancólico desdém pelos esplendores que duram pouco, por esta corte que se dispersará depois da minha morte. Não me amas absolutamente; tua afeição filial dirige-se antes a Antonino; adivinhas em mim uma sabedoria contrária à que te ensinam teus mestres, e vês no meu abandono aos sentidos um sistema de vida oposto à severidade da tua e que, entretanto, lhe é paralelo. Não importa: não é indispensável que me compreendas. Há mais de uma sabedoria, e todas são igualmente necessárias ao mundo. Não há mal em que se alternem.

Oito dias depois da morte de Lúcio, fiz-me conduzir em liteira ao Senado. Solicitei permissão para entrar assim na sala das deliberações e pronunciar minha mensagem deitado, apoiado a uma pilha de almofadas. Cansa-me falar: pedi aos senadores que formassem um círculo estreito à minha volta, para não ser forçado a levantar a voz. Fiz o elogio de Lúcio; essas poucas linhas substituíram no programa da sessão o discurso que ele deveria ter feito no mesmo dia. Anunciei em seguida minha decisão: nomeei Antonino; pronunciei teu nome. Tinha contado com a adesão mais unânime, e a obtive. Manifestei uma última vontade, que foi aceita como as outras: pedi que Antonino adotasse também o filho de Lúcio, que teria assim, como irmão, Marco Aurélio. Governareis juntos. Conto contigo para teres com ele as atenções de um irmão mais velho. Quero que o Estado conserve alguma coisa de Lúcio.

Pela primeira vez, depois de longos dias, ao regressar a minha casa, senti vontade de sorrir. Havia manobrado especialmente bem. Os partidários de Serviano, os conservadores hostis à minha obra, não haviam capitulado; todas as minhas atenções para com aquele grande corpo senatorial antigo e obsoleto não compensavam, para eles, os dois ou três golpes com que eu os atingira. Não hesitariam em aproveitar-se do momento da minha morte para tentar anular meus atos. Mas meus piores inimigos não ousariam opor-se a seu mais íntegro representante e ao filho de um dos seus membros mais respeitados. Minha missão pública estava cumprida: dali em diante podia voltar para Tíbur, entrar nessa inatividade que é a doença, experimentar meus sofrimentos, mergulhar no que me restava de prazeres, retomar em paz meu diálogo interrompido com um fantasma. Minha herança imperial estava a salvo nas mãos do piedoso Antonino e do grave Marco Aurélio; o próprio Lúcio sobrevivera no filho. As coisas não me pareciam mal-arranjadas.

Patientia
Paciência

Arriano escreve-me:

Conforme as ordens recebidas, terminei a circum-navegação do Ponto Euxino. Fechamos o círculo em Sinope, cujos habitantes ser-te-ão para sempre reconhecidos pelos grandes trabalhos de reconstrução e alargamento do porto, conduzidos a bom êxito sob tua fiscalização, há alguns anos... A propósito, erigiram-te uma estátua que não é nem muito semelhante, nem muito bela: envia-lhes uma outra, de mármore branco... Mais a leste, não sem emoção, abrangi com o olhar esse mesmo Ponto Euxino, do alto das colinas de onde o nosso Xenofonte avistou-o outrora pela primeira vez e de onde tu mesmo o contemplaste não há muito...

Inspecionei as guarnições costeiras: seus comandantes merecem os maiores elogios pela excelente disciplina, pelo emprego dos mais novos métodos de treinamento e pela boa qualidade da engenharia... Por toda a parte selvagem e ainda pouco conhecida das costas, ordenei que fossem feitas novas sondagens, retificando, onde necessário, as indicações dos navegadores que me precederam...

Percorremos a Cólquida. Sabendo o quanto te interessas pelas narrativas dos antigos poetas, interroguei os habitantes acerca dos encantamentos de Medeia e das façanhas de Jasão. Mas parece que ignoram essas histórias...

Na costa setentrional desse mar inóspito, tocamos numa pequena ilha, bem grande na fábula: a ilha de Aquiles. Tu o sabes: Tétis passa por ter mandado criar seu filho nessa ilhota perdida nas brumas; subia do fundo do mar e vinha todas as noites conversar com o filho na praia. A ilha, hoje desabitada, só alimenta cabras. Existe ainda um templo de Aquiles. As gaivotas, os alcatrazes e todas as aves do mar a frequentam, e o movimento de suas asas impregnadas de umidade marinha refresca continuamente o átrio do santuário. Mas a ilha de Aquiles é também, como é óbvio, a ilha de Pátroclo, e os inumeráveis ex-votos que decoram as paredes do templo são dedicados tanto a Aquiles como a seu amigo, porque, bem-entendido, os que amam Aquiles estimam e veneram a memória de Pátroclo. O próprio Aquiles aparece em sonhos aos navegantes que visitam essas paragens: protege-os e adverte-os dos perigos do mar, como o fazem aliás os Dioscuros. E a sombra de Pátroclo aparece sempre ao lado de Aquiles.

Conto-te estas coisas porque julgo que vale a pena serem conhecidas e porque aqueles que mas contaram as conhecem diretamente, ou as ouviram de testemunhas dignas de fé... Aquiles parece-me por vezes o maior dos homens, pela coragem, pela força de alma, pelos conhecimentos do espírito unidos à agilidade do corpo, e por causa do ardente amor pelo jovem companheiro. Nele, nada me parece maior do que o desespero que o levou a desprezar a vida e desejar a morte quando perdeu o bem-amado.

Deixo cair sobre os joelhos o volumoso relatório do governador da Pequena Armênia, chefe da esquadra. Arriano, como sempre, trabalhou satisfatoriamente. Mas, desta vez, faz mais: oferece-me um dom necessário para morrer em paz. Envia-me uma imagem da minha vida tal como eu teria querido que ela fosse. Arriano sabe que o que conta é o que não figurará nas biografias oficiais, o que não será inscrito nos túmulos. Sabe igualmente que a passagem do tempo não faz senão adicionar uma vertigem a mais à desgraça. Vista por ele, a aventura da minha existência adquire um sentido, organiza-se como num poema; a única ternura desprende-se do remorso, da impaciência, das manias tristes como tantas fumaças, tantas poeiras. A dor decanta-se, o desespero torna-se puro. Arriano abre-me o profundo empírio dos heróis e dos amigos: não me julga demasiado indigno disso. Meu quarto secreto no centro do pequeno lago da Vila não é um refúgio suficientemente íntimo: nele, arrasto este corpo envelhecido; nele, sofro. Meu passado, sem dúvida, propõe-me aqui e ali refúgios, onde pelo menos escapo a uma parte das misérias do presente: a planície nevada às margens do Danúbio, os jardins da Nicomédia, Claudiópolis dourada pela colheita do açafrão em flor, não importa qual rua de Atenas, um oásis onde os nenúfares flutuam sobre o lodo, o deserto sírio à claridade das estrelas no regresso ao acampamento de Osroés. Mas esses lugares tão caros estão associados, com demasiada frequência, às premissas de um erro, de uma decepção, de certo fracasso conhecido somente de mim mesmo: nos meus maus momentos, todos os meus caminhos de homem feliz parecem conduzir ao Egito, a um quarto de Baias, ou à Palestina. Há mais ainda: a fadiga do meu corpo comunica-se à minha memória; a imagem das escadas da acrópole é quase insuportável para um homem que se sente sufocado ao subir os degraus do jardim; o sol de julho sobre a planície de Lambessa prostra-me hoje como se eu expusesse ali minha cabeça descoberta. Arriano oferece-

-me coisa melhor. Em Tíbur, em pleno maio ardente, ouço nas praias da ilha de Aquiles o longo queixume das vagas; aspiro seu ar puro e frio; vagueio sem esforço no átrio do templo banhado pela umidade marinha; avisto Pátroclo... Aquele lugar que jamais verei, torna-se minha morada secreta, meu supremo refúgio. Estarei lá certamente no momento da minha morte.

Dei outrora ao filósofo Eufrates a permissão do suicídio. Nada me parecia mais simples: um homem tem o direito de decidir a partir do momento em que sua vida deixa de ser útil. Não sabia então que a morte pode tornar-se objeto de um desejo cego, de uma fome tão grande como a do amor. Não previ as noites em que enrolaria meu cinturão em torno da adaga para me obrigar a pensar duas vezes antes de usá-la. Arriano foi o único a penetrar no segredo desse combate sem glória contra o vazio, a aridez, o cansaço, o tédio de existir que conduz ao desejo de morrer. Já não havia cura para mim: a velha febre derrubou-me várias vezes; tremia antecipadamente, como um doente advertido da próxima crise. Todos os pretextos me pareciam bons para afastar a hora da luta noturna: o trabalho, as conversas prolongadas loucamente até a madrugada; os beijos, os livros. Convencionou-se que um imperador não se suicida, a menos que a isso seja forçado por razões de Estado; o próprio Marco Antônio teve a justificativa de uma batalha perdida. E meu severo Arriano admiraria menos esse desespero trazido do Egito se eu não tivesse triunfado sobre o mesmo. Meu próprio código proibia aos soldados a saída voluntária que concedia aos sábios; não me sentia com mais liberdade para desertar do que qualquer legionário. Mas sei o que significa aflorar voluptuosamente com a mão a estopa de uma corda ou o gume de uma lâmina. Acabei por fazer do meu desejo mortal uma barreira contra ele mesmo: a constante possibilidade do suicídio ajudava-me a suportar menos impacientemente a existência, da mesma forma que a presença, ao alcance da mão, de uma poção sedativa acalma o homem sujeito à insônia. Por uma íntima contradição, a obsessão da morte não cessou de se impor ao meu espírito senão quando os primeiros sintomas da doença vieram distrair-me dela. Recomecei a interessar-me por esta vida que me abandonava. Nos jardins de Sidon, quis apaixonadamente usufruir do meu corpo alguns anos mais.

Desejava morrer, mas não queria sentir a asfixia; a doença acaba por nos fazer desgostar da morte; passamos a desejar a cura — o que é uma maneira de querer viver. Mas a fraqueza, o sofrimento, as mil misérias a que o corpo é submetido, depressa desencorajam o enfermo de tentar refazer o caminho de volta: já não desejamos as tréguas que são outras tantas armadilhas, as forças vacilantes, os ardores quebrados, a eterna expectativa da próxima crise. Passei a espreitar a mim mesmo: esta dor surda no peito não seria apenas um mal-estar passageiro, o resultado de uma refeição apressada, ou deveria esperar da parte do inimigo um novo assalto que, desta vez, não seria repelido? Já não entrava no Senado sem me dizer que a porta se fechara atrás de mim tão definitivamente como se eu tivesse sido esperado, como César, por cinquenta conjurados armados de punhais. Durante as ceias em Tíbur, receava cometer para com meus convidados a indelicadeza de uma súbita partida. Temia morrer no banho, ou entre braços jovens. Funções que no passado eram fáceis, ou mesmo agradáveis, tornam-se humilhantes desde que passam a ser penosas; cansamo-nos do vaso de prata oferecido todas as manhãs ao exame do médico. O mal principal arrasta consigo todo um cortejo de aflições secundárias: meu ouvido perdeu sua antiga acuidade; ontem ainda, fui forçado a pedir a Flégon que me repetisse uma frase inteira: envergonhei-me mais do que se estivesse cometendo um crime. Os meses que se seguiram à adoção de Antonino foram terríveis: a temporada em Baias, o regresso a Roma e as negociações que se seguiram excederam o que me restava de forças. A obsessão da morte reapoderou-se de mim, mas agora as causas eram visíveis, confessáveis; meu pior inimigo não conseguiria sorrir diante delas. Nada mais me prendia: teriam compreendido que o imperador, retirado em sua casa de campo depois de ter posto em ordem os negócios do mundo, tomasse as medidas necessárias para facilitar seu fim. Mas a solicitude dos meus amigos equivale a uma constante vigilância: todo doente é um prisioneiro. Já não sinto o vigor de que necessitaria para mergulhar a adaga no local exato, marcado há tanto tempo, a tinta vermelha, sob o seio esquerdo. Em suma, não teria feito mais que acrescentar ao mal presente uma repugnante mistura de ataduras, esponjas ensanguentadas, cirurgiões discutindo ao pé do leito. Era necessário preparar meu suicídio com as mesmas precauções do assassino que planeja seu crime.

Pensei inicialmente no meu chefe de caçadas, Mastor, o sármata belo e bruto, que me segue há anos com uma dedicação de cão de guarda, a quem costumam encarregar algumas vezes de velar à noite à minha porta. Aproveitei-me de um momento de solidão para chamá-lo e explicar-lhe o que esperava dele: a princípio não me compreendeu. Súbito, a luz se fez; o espanto enfeou ainda mais sua carranca loura. Julga-me imortal; vê os médicos entrarem noite e dia no meu quarto; ouve-me gemer durante as punções sem que sua fé seja abalada. Era para ele como se o senhor dos deuses, decidido a submetê-lo a prova, descesse do Olimpo para exigir-lhe que o matasse. Arrancou-me das mãos seu gládio, de que me apoderara, e fugiu gemendo e gritando. Foi encontrado ao fundo do parque, divagando sob as estrelas, murmurando coisas ininteligíveis no seu jargão bárbaro. Acalmaram o melhor que puderam aquela fera enlouquecida; ninguém me tornou a falar sobre o incidente. No dia seguinte, porém, notei que Céler havia substituído por um cálamo de caniço o estilete de metal que estava sobre a mesa de trabalho ao lado do meu leito.

Procurei um aliado melhor. Depositava confiança irrestrita em Iolas, jovem médico de Alexandria que Hermógenes escolhera para substituí-lo no verão passado, durante sua ausência. Costumávamos conversar: agradava-me debater com ele as múltiplas hipóteses prováveis sobre a natureza e a origem das coisas. Amava seu espírito intrépido, sonhador, e o fogo sombrio dos seus olhos cercados por profundas olheiras. Sabia que ele havia encontrado no palácio de Alexandria a fórmula de venenos extraordinariamente sutis, combinados em outros tempos pelos químicos de Cleópatra. O exame dos candidatos à cátedra de medicina que acabo de fundar no Odeon, serviu-me de pretexto para afastar Hermógenes durante algumas horas, proporcionando-me assim a oportunidade de uma conversa secreta com Iolas. Bastou uma palavra para que me compreendesse. Lamentava-me e só podia dar-me razão. Mas seu juramento hipocrático o proibia de administrar a um doente uma droga nociva sob qualquer pretexto. Recusou, inflexível na sua honra de médico. Insisti, exigi, empreguei todos os meios para tentar comovê-lo ou corrompê-lo. Foi o último homem a quem supliquei alguma coisa. Vencido, prometeu-me enfim buscar a dose de veneno. Esperei-o inutilmente até o anoitecer. Era noite alta quando vieram dizer-me que acabavam de encontrá-lo morto em seu laboratório, com um pequeno frasco de vidro entre as mãos. Aquele coração isento de qualquer compromisso encontrara o meio de permanecer fiel a seu juramento sem nada me recusar.

No dia seguinte, Antonino fez-se anunciar; o amigo sincero mal continha as lágrimas. A ideia de que um homem a quem ele estava habituado a amar e venerar como um pai sofria a ponto de procurar a morte era-lhe insuportável. Parecia-lhe ter faltado às suas obrigações de bom filho. Prometia-me unir seus esforços aos dos que me rodeavam para me tratar, para me aliviar dos meus males, para tornar-me a vida mais doce e mais fácil até o fim, para curar-me talvez. Contava comigo para continuar a guiá-lo e a instruí-lo por maior tempo possível; sentia-se responsável perante o império pelo resto dos meus dias. Sei o pouco que valem esses pobres protestos, essas ingênuas promessas: no entanto, propiciavam-me alívio e reconforto. As simples palavras de Antonino convenceram-me; retomo posse de mim mesmo antes de morrer. A morte de Iolas, fiel ao dever de médico, exorta-me a conformar-me até o fim com as conveniências do meu ofício de imperador. *Patientia:* falei ontem com Domício Rogato, nomeado procurador das moedas e encarregado de presidir a uma nova cunhagem; escolhi esta legenda que será a minha última determinação. Minha morte parecia-me a mais pessoal das minhas decisões, meu supremo reduto de homem livre; enganava-me. A fé de milhões de Mastores não deve ser abalada; outros Iolas não serão colocados à prova. Compreendi que, ao pequeno grupo de amigos devotados que me cercam, o suicídio pareceria prova de indiferença, ingratidão talvez. Não quero legar à sua amizade a imagem desagradável de um supliciado incapaz de suportar uma tortura a mais. Outras considerações ocuparam meu pensamento lentamente durante a noite que se seguiu à morte de Iolas. A existência me deu muito ou, pelo menos, eu soube obter muito dela. Neste momento, como nos meus tempos felizes, e por razões absolutamente contrárias, parece-me que a vida nada mais tem a oferecer-me, mas não estou certo de não ter nada mais a aprender sobre ela. Escutarei suas instruções secretas até o fim. Confiei toda a minha vida na sabedoria do meu corpo; procurei desfrutar com discernimento as sensações que este amigo me proporcionava: devo a mim mesmo a obrigação de apreciar também as últimas. Já não recuso esta agonia programada para mim, este fim lentamente elaborado no fundo das minhas artérias, herdado talvez de um antepassado, nascido do meu temperamento, preparado pouco a pouco por cada um dos meus atos ao longo da vida. A hora da impaciência passou. No ponto em que me encontro, o desespero seria tão de mau gosto quanto a esperança. Renunciei a insultar minha própria morte.

Tudo está por fazer. Meus domínios africanos, herdados da minha sogra Matídia, devem constituir um modelo de exploração agrícola; os camponeses da aldeia de Borístenes, fundada na Trácia em memória de um bom cavalo, têm direito a um auxílio depois de um inverno penoso. É necessário, ao contrário, recusar subsídios aos ricos cultivadores do vale do Nilo, sempre prontos a se aproveitarem da solicitude do imperador. Júlio Vestino, prefeito dos Estudos, envia-me seu relatório sobre a abertura das escolas públicas de gramática. Acabo de terminar a reforma do código comercial de Palmira: tudo está previsto, desde o imposto das prostitutas até a licença das caravanas. Acha-se reunido neste momento um congresso de médicos e de magistrados encarregados de estabelecer os limites máximos da gravidez, colocando assim um ponto final à série de intermináveis reivindicações legais. Os casos de bigamia multiplicam-se nas colônias militares; esforço-me o possível por persuadir os veteranos a não fazerem mau uso das novas leis que lhes permitem o casamento e a desposar prudentemente uma só mulher de cada vez. Em Atenas constrói-se um Panteon à maneira de Roma. Componho a inscrição que será gravada em suas paredes; enumero aí, a título de exemplos e de compromissos com o futuro, os serviços prestados por mim às cidades gregas e aos povos bárbaros. Quanto aos serviços prestados a Roma, falam por si. Continua a luta contra a violência judiciária: fui obrigado a admoestar o governador da Cilícia, que condenou à morte por suplício os ladrões de gado da sua província, como se não bastasse a morte simples para punir um homem e desembaraçar-se dele. O Estado e as municipalidades abusavam das condenações e trabalhos forçados a fim de obter mão de obra barata; proibi essa prática tanto para os escravos como para os homens livres; convém, no entanto, fiscalizar o cumprimento dessa proibição, a fim de que esse detestável sistema não se restabeleça sob outros nomes. Praticam-se ainda sacrifícios de crianças em certos pontos do território da antiga Cartago; urge proibir aos padres do Baal a alegria de atiçar suas fogueiras. Na Ásia Menor, os direitos dos herdeiros dos selêucidas foram vergonhosamente lesados por nossos tribunais civis, sempre maldispostos com relação aos antigos príncipes; reparei essa longa injustiça. Na Grécia, o processo de Herodes Ático ainda continua. A caixa dos despachos de Flégon, suas raspadeiras de pedra-pomes e os bastões de cera vermelha ficarão comigo até o fim.

Como nos meus tempos felizes, julgam-me deus; continuam a dar-me esse título no próprio momento em que oferecem ao céu sacrifícios pela Augusta Saúde. Já te disse quais as razões pelas quais essa crença tão benéfica não me parece insensata. Uma velha cega veio a pé da Panônia; empreendeu a viagem exaustiva para me pedir que tocasse com o dedo suas pupilas extintas. Recobrou a visão sob minhas mãos, tal como seu fervor esperava. Sua fé no imperador-deus explica esse milagre. Outros prodígios se realizaram; há doentes que contam ter-me visto em seus sonhos, como os peregrinos de Epidauro veem Esculápio em sonhos; pretendem ter acordado curados ou, pelo menos, aliviados. Não sorrio ante o contraste entre meus poderes de taumaturgo e meu mal; aceito esses novos privilégios com gravidade. A velha cega caminhando do fundo de uma província bárbara à procura do imperador tornou-se para mim o que o escravo de Tarragona fora outrora: o símbolo das populações do império que governei e servi. Sua imensa confiança me recompensa dos vinte anos de trabalhos a que me dediquei com tanto entusiasmo. Flégon leu-me ultimamente a obra de um judeu de Alexandria que me atribui poderes sobrenaturais; acolhi sem ironia sua descrição do príncipe de cabelos grisalhos que é visto ir e vir em todas as estradas da terra, penetrando nos tesouros das minas, despertando as forças geradoras do solo, estabelecendo por toda a parte a prosperidade e a paz; do iniciado que reedificou os lugares santos de todas as raças; do entendido em artes mágicas; do vidente que pôs uma criança no céu. Terei sido mais bem-compreendido por esse judeu entusiasta do que por muitos senadores e procônsules. O adversário reconquistado completa Arriano, enquanto me surpreendo de me ter tornado para certos olhos, com o tempo, o que desejava ser, e que esse triunfo seja causado por tão pouca coisa. A velhice e a morte próxima acrescentam daqui em diante sua majestade a esse prestígio; os homens afastam-se religiosamente à minha passagem; já não me comparam, como antigamente, ao Zeus resplandecente e calmo, mas ao Marte Gradivo, deus das longas campanhas e da austera disciplina, ao grave Numa inspirado pelos deuses. Nos últimos tempos, meu rosto pálido e abatido, os olhos fixos, o grande corpo ainda ereto por um esforço da vontade, lembram-lhes Plutão, o deus das sombras. Apenas alguns íntimos, alguns amigos experimentados e queridos escapam ao terrível contágio do respeito. O jovem advogado Fronton, magistrado de futuro que será sem dúvida um dos bons servidores do teu reinado, veio discutir comigo uma representação a ser dirigida ao Senado; sua voz tremia; li nos seus olhos a mesma reverência mesclada de receio. As alegrias tranquilas da amizade já não são para mim; adoram-me, veneram-me demais para me amar.

Coube-me um destino análogo ao de certos jardineiros: tudo o que tentei implantar na imaginação dos homens criou raízes. O culto de Antínoo parecia a mais louca das minhas empresas, o transbordamento de uma dor que só a mim dizia respeito. Contudo, nossa época é ávida de deuses; prefere os mais ardentes, os mais tristes, aqueles que misturam ao vinho da vida o mel amargo do além-túmulo. Em Delfos, o menino transformou-se em Hermes, guardião do limiar, senhor das passagens obscuras que levam à morada das sombras. Elêusis, onde sua idade e sua qualidade de estrangeiro lhe haviam proibido outrora ser iniciado a meu lado, fez dele o jovem Baco dos Mistérios, príncipe das regiões limítrofes entre os sentidos e a alma. A Arcádia ancestral o associa a Pã e a Diana, divindades dos bosques; os camponeses de Tíbur assimilam-no ao doce Aristeu, Rei das Abelhas. Na Ásia, os devotos reencontram nele seus ternos deuses quebrados pelo outono ou devorados pelo verão. Na orla dos países bárbaros, o companheiro das minhas caçadas e das minhas viagens tomou o aspecto do Cavaleiro Trácio, do misterioso andante que cavalga nas sarças à claridade do luar, levando as almas numa dobra do seu manto. Tudo isso podia ser apenas uma excrescência do culto oficial, uma lisonja dos povos ou subserviência dos sacerdotes ávidos de subsídios. Mas a jovem figura escapa-me; cede às aspirações dos corações simples: por uma dessas renovações inerentes à natureza de todas as coisas, o efebo melancólico e delicioso tornou-se, para a piedade popular, o amparo dos fracos e dos pobres, o consolador das crianças mortas. A imagem das moedas da Bitínia, o perfil do rapaz de 15 anos de anelados cabelos flutuantes, de sorriso maravilhado e crédulo que conservou por tão pouco tempo, é pendurada ao pescoço dos recém-nascidos como um amuleto; nos cemitérios das aldeias colocam-na sobre os pequenos túmulos. Recentemente, pensando em meu próprio fim, como um comandante despreocupado com a sua própria segurança, mas receoso pelos passageiros e pela carga do navio, dizia a mim mesmo, amargamente, que essa lembrança desapareceria comigo. O jovem ser cuidadosamente embalsamado no fundo da minha memória parecia-me destinado a perecer uma segunda vez. Esse temor, justificado aliás, acalmou-se em parte; compensei como pude essa morte precoce; uma imagem, um reflexo, um frágil eco sobreviverá pelo menos durante alguns séculos. Não se pode fazer nada melhor em matéria de imortalidade.

Revi Fido Áquila, governador de Antinoé, a caminho do seu novo posto em Sarmizegetusa. Descreveu-me os ritos anuais celebrados nas margens do Nilo em honra do deus morto, os peregrinos vindos aos milhares das regiões do Norte e do Sul, as oferendas de cerveja e cereal, e as preces. A cada três anos, realizam-se em Antinoé jogos comemorativos de aniversário, assim como em Alexandria, Mantineia, e na minha amada Atenas. Essas festas trienais renovar-se-ão neste outono, mas já não espero viver até este nono regresso do mês de Atir. É muito importante que cada detalhe dessas solenidades seja regulado com antecedência. O oráculo do morto funciona na câmara secreta do templo faraônico reconstruído por minha ordem; os sacerdotes distribuem diariamente algumas centenas de respostas preparadas para satisfazer todas as perguntas formuladas pela esperança ou pela angústia humana. Censuram-me por ter eu próprio composto várias dessas respostas. A mim, isso não me parecia falta de respeito para com meu deus, nem muito menos de compaixão para com a mulher do soldado que pergunta se o marido voltará vivo de uma guarnição da Palestina, para com o enfermo ávido de reconforto, para com o mercador cujos navios jogam sobre as vagas do mar Vermelho, ou ainda para com o casal que desejaria um filho. Quando muito, prolongava dessa forma os jogos de logogrifos, as charadas versificadas com as quais, juntos, nos entretínhamos por vezes. Espantaram-se igualmente de que eu permitisse instalar aqui, na Vila, ao redor da capela de Canopo onde seu culto é celebrado à moda egípcia, pavilhões de prazer do bairro de Alexandria que tem esse nome; admiram-se igualmente das facilidades e distrações que ofereço aos meus hóspedes e nas quais me acontece tomar parte. Ele próprio havia adquirido o hábito dessas coisas. E não podemos encerrar-nos durante anos num pensamento único sem deixar entrar nele, pouco a pouco, todas as rotinas de uma vida.

Fiz tudo que me haviam recomendado. Esperei, por vezes orei. *Audivi voces divinas*... A tola Júlia Balbila acreditava ouvir, às primeiras claridades da aurora, a voz misteriosa de Memnon: escutei os sussurros da noite. Fiz as unções de mel e óleo de rosas que atraem as sombras; preparei a tigela de leite, o punhado de sal, a gota de sangue, sustentáculos da sua existência de outrora. Estendi-me no pavimento de mármore do pequeno santuário. A claridade dos astros infiltrava-se pelas fendas abertas na parede, lançando aqui e ali reflexos, inquietantes luzes pálidas. Lembrei-me das ordens murmuradas pelos sacerdotes ao ouvido do morto, do itinerário gravado no seu túmulo: *E ele reconhecerá o caminho... E os guardiões da entrada deixá-lo-ão passar... E por milhões de dias ele irá e virá em torno daqueles que o amam*... Por vezes, com longos intervalos, julguei sentir o afloramento de uma aproximação, um toque ligeiro como um bater de cílios, tépido como a palma da mão. *E a sombra de Pátroclo aparece ao lado de Aquiles*... Jamais saberei se aquele calor e aquela doçura emanavam simplesmente do mais profundo de mim, últimos esforços de um homem em luta contra a solidão e o frio da noite. Mas a pergunta que formulamos também relativamente aos nossos amores vivos, cessou de me interessar hoje: pouco me importa que os fantasmas evocados por mim venham do limbo da minha memória ou provenham de um outro mundo. Minha alma, se possuo uma, é feita da mesma substância dos espectros; este corpo de mãos inchadas, de unhas lívidas, esta triste massa meio desfeita, este odre repleto de males, de desejos e sonhos não é mais sólido nem mais consistente do que uma sombra. Não me diferencio dos mortos senão pela faculdade de me sentir sufocar por alguns momentos mais. Em certo sentido, sua existência parece-me mais assegurada que a minha. Antínoo e Plotina são, pelo menos, tão reais quanto eu.

A meditação sobre a morte não nos ensina a morrer; não torna a saída mais fácil, mas a facilidade já não é o que procuro. Pequena figura desconfiada e voluntariosa, teu sacrifício não terá enriquecido minha vida, mas minha morte. A aproximação da morte restabelece entre nós uma espécie de estreita cumplicidade: os vivos que me cercam, os servidores dedicados, por vezes importunos, jamais saberão até que ponto o mundo deixou de nos interessar. Penso com desgosto nos negros símbolos dos túmulos egípcios: o seco escaravelho, a múmia rígida, a rã dos partos eternos. A acreditar nos sacerdotes, deixei-te naquele lugar onde os elementos de um ser se despedaçam como uma veste usada da qual nos desembaraçamos, naquela encruzilhada sinistra entre o que existe eternamente, o que foi e o que será. Pode ser, afinal, que essa gente tenha razão e que a morte seja feita da mesma matéria fugidia e confusa que a vida. Mas as teorias da imortalidade me inspiram desconfiança; o sistema das recompensas e dos castigos deixa frio um juiz prevenido sobre a dificuldade de julgar. Por outro lado, acontece-me achar demasiado simples a solução contrária, o nada definitivo, a cavidade vazia onde ressoa o riso de Epicuro. Observo meu fim: a série de experiências feitas em mim prossegue o longo estudo começado na clínica de Sátiro. Até o presente, as modificações são tão exteriores como aquelas a que o tempo e as intempéries submetem os monumentos sem lhes alterarem nem a matéria, nem a arquitetura: creio, por vezes, perceber e tocar através das fendas a base indestrutível, a matéria eterna. Sou o que era; morro sem mudar. À primeira vista, o menino robusto dos jardins de Espanha, depois o oficial ambicioso que regressava à sua tenda sacudindo os flocos de neve acumulados no ombro parecem tão destruídos como eu o serei quando tiver passado pela fogueira; mas estão lá; sou inseparável deles. O homem que chorava sobre o peito de um morto continua a gemer num recanto de mim, a despeito da calma mais ou menos humana de que já participo. O viajante encerrado dentro do enfermo para sempre sedentário, interessa-se pela morte porque ela representa uma partida. Esta força que eu fui parece ainda capaz de impulsionar muitas outras vidas, de erguer mundos. Se, por milagre, alguns séculos viessem juntar-se aos poucos dias que me restam, voltaria a fazer as mesmas coisas, inclusive os mesmos erros. Frequentaria os mesmos Olimpos e os mesmos Infernos. Uma tal constatação é excelente argumento a favor da utilidade da morte, conquanto me inspire ao mesmo tempo dúvidas sobre a sua total eficácia.

Durante certos períodos da minha vida, anotei meus sonhos; discutia sua significação com os sacerdotes, com os filósofos e com os astrólogos. A faculdade de sonhar, amortecida há alguns anos, foi-me restituída durante estes meses de agonia; os incidentes do estado de vigília parecem-me menos reais, algumas vezes menos significativos do que aqueles sonhos. Se o mundo larvar e espectral, onde o trivial e o absurdo se multiplicam ainda mais abundantemente do que na terra, nos oferece uma ideia das condições da alma separada do corpo, passarei sem dúvida minha eternidade a lamentar o delicioso comando dos sentidos e as perspectivas reajustadas da razão humana. Contudo, mergulho com certa doçura nas vãs regiões dos sonhos; possuo ali, por um instante, alguns segredos que depressa me escapam; mas bebo nas nascentes. Há dias, estava no Oásis de Amon, na noite da caça ao leão. Sentia-me alegre e tudo se passou como nos tempos em que era forte: o leão ferido caiu, depois ergueu-se; precipitei-me para acabar com ele. Desta vez, porém, meu cavalo empinou-se e lançou-me por terra; a horrível massa sangrenta rolou sobre mim: suas garras rasgaram meu peito; voltei a mim no meu quarto de Tíbur, pedindo socorro. Mais recentemente ainda, revi meu pai, no qual, todavia, penso raramente. Estava deitado no seu leito de doente, numa peça da nossa casa de Itálica, que deixei logo depois da sua morte. Tinha sobre a mesa um pequeno frasco contendo uma poção sedativa da qual lhe supliquei que me desse uma dose. Acordei sem que ele tivesse tido tempo de me responder. Admiro-me de que a maioria dos homens tenha tanto medo dos espectros, eles que aceitam tão facilmente falar com os mortos nos seus sonhos.

Os presságios também se multiplicam: daqui por diante tudo me parece uma ordem, um sinal. Acabo de deixar cair e partir-se uma pedra preciosa engastada num anel; meu perfil fora talhado nela por um artífice grego. Os augúrios abanam gravemente a cabeça; quanto a mim, apenas lamento a perda dessa pura obra-prima. Acontece-me, às vezes, falar de mim no passado: ao discutir no Senado certos fatos acontecidos após a morte de Lúcio, equivoquei-me e fui apanhado várias vezes mencionando essas circunstâncias como se tivessem ocorrido depois da minha própria morte. Há alguns meses, no dia do meu aniversário, ao subir em liteira as escadas do Capitólio, encontrei-me face a face com um homem de luto que chorava; vi empalidecer meu velho Chábrias. Nessa época, eu saía ainda; continuava a exercer pessoalmente minhas funções de Sumo Pontífice, de Irmão Arval, celebrando eu próprio os antigos ritos da religião romana que acabei por preferir à maior parte dos cultos estrangeiros. Estava de pé diante do altar, prestes a acender a chama; oferecia aos deuses um sacrifício por Antonino. De repente, a ponta da minha toga que me cobria a fronte deslizou e recaiu sobre meus ombros, deixando-me a cabeça descoberta; passava assim da categoria de sacrificador à de vítima. Na verdade, é chegada a minha vez.

Minha paciência produz seus frutos; sofro menos, a vida torna a ser quase doce. Já não discuto com os médicos; seus remédios idiotas mataram-me, mas sua presunção, seu pedantismo hipócrita é obra nossa; mentiriam menos se não tivéssemos tanto medo de sofrer. Faltam-me as forças para os acessos de cólera de outrora: sei de fonte segura que Platário Nepo, a quem muito amei, abusou da minha confiança. Não procurei confundi-lo, nem o puni. O futuro do mundo já não me inquieta; já não me esforço por calcular, com angústia, a duração mais ou menos longa da paz romana; entrego-a aos deuses. Não que tenha adquirido maior confiança na justiça, que não é a nossa; nem mais fé na sabedoria do homem, a verdade é justamente o contrário. A vida é atroz, nós o sabemos. Mas precisamente porque espero pouca coisa da condição humana, os períodos de felicidade, os progressos parciais, os esforços para recomeçar e para continuar parecem-me tão prodigiosos que chegam a compensar a massa imensa de males, fracassos, incúria e erros. As catástrofes e as ruínas virão; a desordem triunfará; de tempos em tempos, no entanto, a ordem voltará a reinar. A paz instalar-se-á de novo entre dois períodos de guerra; as palavras liberdade, humanidade e justiça recuperarão aqui e ali o sentido que temos tentado dar-lhes. Nossos livros não serão todos destruídos; nossas estátuas quebradas serão restauradas; outras cúpulas e outros frontões nascerão dos nossos frontões e das nossas cúpulas; alguns homens pensarão, trabalharão e sentirão como nós: ouso contar com esses continuadores colocados, com intervalos irregulares, ao longo dos séculos, nessa intermitente imortalidade. Se os bárbaros se apoderarem alguma vez do império do mundo, serão forçados a adotar alguns dos nossos métodos; acabarão por se parecer conosco. Chábrias preocupa-se com a ideia de ver um dia o Pastóforo de Mitra ou o Bispo de Cristo instalarem-se em Roma, e aí substituir o Sumo Pontífice. Se por desgraça esse dia chegar, meu sucessor na Colina Vaticana terá deixado de ser o chefe de um círculo de adeptos ou de um bando de sectários para se tornar, por sua vez, uma das figuras representativas da autoridade universal. Herdará nossos palácios e nossos arquivos; diferirá de nós menos do que poderá parecer. Aceito com calma essas vicissitudes de Roma eterna.

Os medicamentos já não surtem efeito; o edema das pernas aumenta; adormeço sentado de preferência a deitado. Uma das vantagens da morte será estar de novo estendido sobre um leito. Cabe-me agora consolar Antonino. Lembro-lhe que a morte parece-me há bastante tempo a solução mais elegante para o meu problema; como sempre, meus votos realizam-se enfim, mas de forma mais lenta e mais indireta do que julguei. Felicito-me pelo fato de meu mal ter deixado intacta minha lucidez até o fim; alegro-me de não ter de me submeter à prova da idade avançada, de não estar destinado a conhecer o endurecimento, a rigidez, a secura, a atroz ausência de desejos. Se meus cálculos não falham, minha mãe faleceu pouco mais ou menos na idade em que me encontro hoje; minha vida já ultrapassou em duração mais da metade da vida do meu pai, morto aos quarenta anos. Tudo está pronto. A águia encarregada de levar até os deuses a alma do imperador está reservada para a cerimônia fúnebre. Meu mausoléu, no alto do qual se plantam neste momento os ciprestes destinados a formar em pleno céu uma pirâmide negra, ficará concluído a tempo para o traslado das minhas cinzas ainda quentes. Solicitei a Antonino que, em seguida, mande transportar Sabina para lá; negligenciei em lhe prestar, quando morreu, as honras divinas que, afinal, lhe são devidas; é conveniente que esse esquecimento seja reparado. Desejaria também que os restos de Élio César fossem colocados a meu lado.

Trouxeram-me para Baias; o trajeto foi penoso sob o calor de julho, mas respiro melhor à beira-mar. As ondas fazem na praia seu murmúrio de seda amarrotada e de carícia; desfruto ainda de longos entardeceres rosados. Já não seguro as tabuinhas de anotações senão para ocupar minhas mãos, que se agitam independente da minha vontade. Ordenei que fossem chamar Antonino; um correio partiu a toda pressa para Roma. Ruído dos cascos de Borístenes, galope do Cavaleiro Trácio... O pequeno grupo dos meus íntimos está reunido à minha cabeceira. Chábrias faz-me pena; as lágrimas assentam mal às rugas dos velhos. O belo rosto de Céler permanece, como sempre, estranhamente calmo; procura cuidar-me sem deixar transparecer nada que possa aumentar a inquietação ou a fadiga do doente. Mas Diotimo soluça, com a cabeça enterrada nas almofadas. Assegurei seu futuro. Ele não ama a Itália; poderá realizar seu sonho de retornar a Gadara e abrir ali com um amigo uma escola de eloquência. Nada tem a perder com minha morte. Entretanto, o frágil ombro agita-se convulsivamente sob as dobras da túnica; sinto sob meus dedos lágrimas deliciosas. Adriano terá sido humanamente amado até o fim.

Pequena alma, alma terna e inconstante, companheira do meu corpo, de que foste hóspede, vais descer àqueles lugares pálidos, duros e nus, onde deverás renunciar aos jogos de outrora. Por um momento ainda contemplemos juntos os lugares familiares, os objetos que certamente nunca mais veremos... Esforcemo-nos por entrar na morte com os olhos abertos...

AO DIVINO ADRIANO AUGUSTO
FILHO DE TRAJANO
CONQUISTADOR DOS PARTOS
NETO DE NERVA
SUMO PONTÍFICE
INVESTIDO PELA XXII VEZ
DO PODER TRIBUNÍCIO
TRÊS VEZES CÔNSUL DUAS VEZES TRIUNFANTE
PAI DA PÁTRIA
E SUA DIVINA ESPOSA
SABINA
ANTONINO SEU FILHO

A LÚCIO ÉLIO CÉSAR
FILHO DO DIVINO ADRIANO
DUAS VEZES CÔNSUL

Caderno de notas das *Memórias de Adriano*

a G.F.

Este livro foi concebido, depois escrito, no todo e em parte, sob diversas formas, entre 1924 e 1929, dos vinte aos 25 anos. Todos esses manuscritos foram destruídos, e mereciam sê-lo.

*

Encontrei de novo num volume da correspondência de Flaubert, muito lido e sublinhado por mim por volta de 1927, esta frase inesquecível: "Os deuses, não existindo mais, e o Cristo, não existindo ainda, houve, de Cícero a Marco Aurélio, um momento único em que só existiu o homem." Grande parte de minha vida ia passar-se tentando definir, depois descrever, esse homem sozinho e, no entanto, ligado a tudo.

*

Trabalhos recomeçados em 1934; longas pesquisas; umas 15 páginas escritas e supostas definitivas; projeto retomado e abandonado várias vezes entre 1934 e 1937.

*

Durante muito tempo imaginei a obra sob a forma de uma série de diálogos, em que todas as vozes do tempo se fizessem ouvir. Contudo, por mais que tentasse, o detalhe sobrepujava o conjunto; as partes comprometiam o equilíbrio do todo; a voz de Adriano perdia-se abafada por todos aqueles gritos. Não conseguia organizar o mundo visto e ouvido por um homem.

*

A única frase que subsiste da redação de 1934: "Começo a discernir o perfil de minha morte." Como o pintor instalado diante de um horizonte desloca sem cessar o seu cavalete ora para a direita, ora para a esquerda, eu tinha afinal encontrado o ponto de vista do livro.

*

Tomar uma vida conhecida, acabada, fixada (tanto quanto possa sê-lo) pela história, de modo a abranger com um único olhar a curva inteira; mais ainda, escolher o momento em que o homem que viveu essa existência a avalia, a examina, e por um instante chega a ser capaz de julgá-la. Fazer de modo que ele se encontre perante a sua própria vida na mesma posição que nós.

*

Experiências com o tempo: 18 dias, 18 meses, 18 anos, 18 séculos. Sobrevivência imóvel de estátuas que, como a cabeça de Antínoo Mondragona, no Louvre, vivem ainda no interior desse *tempo morto*. O mesmo problema considerado em termos de gerações humanas; uma cadeia de duas dúzias de mãos descarnadas, não mais que 25 velhos bastariam para estabelecer um contato ininterrupto entre Adriano e nós.

*

Em 1937, durante uma primeira temporada nos Estados Unidos, fiz para este livro algumas leituras na biblioteca da Universidade de Yale; escrevi a visita ao médico e a passagem sobre a renúncia aos exercícios físicos. Esses fragmentos subsistem, remanejados, na versão atual.

*

Em todo caso, eu era demasiado jovem. Existem livros que não devemos ousar escrever antes de termos ultrapassado os quarenta anos. Antes dessa idade, corremos o risco de desconhecer a existência das grandes fronteiras naturais que separam, de pessoa para pessoa, de século para século, a infinita variedade de seres, ou, pelo contrário, de dar exagerada importância às simples divisões administrativas, às formalidades da alfândega, ou às guaritas do corpo de guarda. Foram-me precisos todos esses anos para aprender a calcular exatamente as distâncias entre o imperador e eu.

*

Deixo de trabalhar neste livro (exceto durante alguns dias em Paris) entre 1937 e 1939.

*

Encontro com a lembrança de T.E. Lawrence, que retraça na Ásia Menor a de Adriano. Mas o pano de fundo de Adriano não é o deserto, são as colinas de Atenas. Quanto mais pensava nisso, mais a aventura de um homem que recusa (e primeiro se recusa) fazia-me desejar apresentar através de Adriano o ponto de vista do homem que não renuncia aqui senão para aceitar mais adiante. É claro, de resto, que esse ascetismo e esse hedonismo são, em muitos pontos, permutáveis.

*

Em outubro de 1939, o manuscrito foi deixado na Europa com a maior parte das notas; levei, entretanto, para os Estados Unidos alguns resumos feitos anteriormente em Yale, um mapa do império romano por ocasião da morte de Trajano, que me acompanhava há anos, e o perfil de Antínoo do Museu Arqueológico de Florença, comprado ali mesmo em 1926, e que é jovem, grave e doce.

*

Projeto abandonado de 1939 a 1948. Pensava nele por vezes, mas com desânimo, quase com indiferença, como no impossível. E quase me envergonhava de ter algum dia tentado semelhante coisa.

*

Mergulho no desespero de um escritor que não escreve.

*

Nas piores horas de desencorajamento e de inércia, ia rever, no belo Museu de Hartford (Connecticut), uma tela romana de Canaletto, o *Panteon*, escuro e dourado recortando-se no céu azul de um fim de tarde de verão. Ao sair, sentia-me sempre tranquila e reanimada.

*

Por volta de 1941, descobri, por acaso, numa loja em Nova York, quatro gravuras de Piranesi, que G. e eu compramos. Uma delas, uma vista da Vila Adriana, que me era desconhecida até então, representa a capela de Canopo, de onde foram retirados no século XVII o Antínoo de estilo egípcio e as estátuas de sacerdotisas em basalto que se veem hoje no Vaticano. Estrutura arredondada, aberta como um crânio rachado, de onde pendem tufos de mato como mechas de cabelos. O gênio quase mediúnico de Piranesi pressentiu aí a alucinação, os longos caminhos da memória, a arquitetura trágica de um mundo interior. Durante muitos anos, contemplei essa gravura quase todos os dias, sem dedicar um só pensamento a meus projetos de outrora, aos quais julgava haver renunciado. Tais são os curiosos desvios daquilo a que chamamos esquecimento.

*

Na primavera de 1947, arrumando papéis, queimei as notas tomadas em Yale: pareciam ter-se tornado definitivamente inúteis.

*

Entretanto, o nome de Adriano figura num ensaio sobre o mito da Grécia, redigido por mim em 1943 e publicado por Caillois nas *Lettres Françaises* de Buenos Aires. Em 1945, a imagem de Antínoo afogado, levada de certo modo pela corrente do esquecimento, volta à superfície num ensaio inédito. *Cantique de l'Âme Libre,* escrito às vésperas de uma enfermidade grave.

*

Repetir a mim mesma que tudo quanto narro aqui é desmentido pelo que não narro; estas notas procuram apenas preencher uma lacuna. Não se trata do que eu fazia durante esses anos difíceis, nem dos pensamentos, nem dos trabalhos, nem das angústias, nem das alegrias, nem da imensa repercussão dos acontecimentos exteriores, nem da constante prova de nós próprios na pedra de toque dos fatos. Deixo passar em silêncio as experiências da enfermidade, em silêncio ficam outras experiências mais secretas, levadas umas pelas outras, e a permanente presença ou procura do amor.

*

Não importa: era necessária talvez esta solução de continuidade, esta fratura, esta noite da alma que tantos de nós experimentamos nessa época, cada um a seu modo, e frequentemente de forma bem mais trágica e mais definitiva do que eu, para me obrigar a tentar preencher não somente a distância que me separava de Adriano, mas sobretudo aquela que me separava de mim própria.

*

Utilidade de tudo que cada um faz para si mesmo, sem intenção de tirar proveito. Durante esses anos de desenraizamento, continuei a leitura dos autores antigos: os volumes de capa vermelha ou verde da edição Loeb-Heinemann tornaram-se uma pátria para mim. Uma das melhores maneiras de recriar o pensamento de um homem: reconstituir sua biblioteca. Durante anos, antecipadamente e sem o saber, trabalhei assim para prover de novo as estantes de Tíbur. Só me restava imaginar as mãos inchadas do doente sobre os manuscritos desenrolados sobre a mesa.

*

Refazer por dentro aquilo que os arqueólogos do século XIX fizeram por fora.

*

Em dezembro de 1948, recebi da Suíça, onde eu a havia deixado em depósito durante a guerra, uma mala cheia de papéis de família e de cartas velhas de dez anos. Sentei-me junto da lareira para concluir essa espécie de horrível inventário feito após a morte: passei assim, sozinha, muitos serões. Desatava maços de cartas; relia, antes de destruí-los, aquele acúmulo de correspondência com pessoas já esquecidas e que, por sua vez, me haviam esquecido, umas vivas ainda, outras mortas. Alguns desses escritos datavam de uma geração anterior à minha; os próprios nomes não me diziam nada. Lançava mecanicamente ao fogo aquela troca de pensamentos mortos com Maries, François, Pauls desaparecidos. Desdobrei quatro ou cinco folhas datilografadas; o papel estava amarelecido. Comecei a ler: "Meu caro Marco..." Marco... De que amigo, de qual amante, de qual parente afastado se tratava? Não me lembrava desse nome. Foram necessários alguns momentos para que me recordasse de que Marco se referia ali a Marco Aurélio e de que eu tinha diante dos olhos um fragmento do manuscrito perdido. Desde aquele momento, a questão era reescrever o livro, custasse o que custasse.

*

Naquela noite reabri dois volumes dentre os que acabavam de me ser entregues, destroços de uma biblioteca dispersa. Eram *Díon Cássio* na bela impressão de Henry Estienne, e um tomo de uma edição qualquer da *História Augusta*, as duas principais fontes da vida de Adriano, comprados na época em que me propunha escrever este livro. Tudo quanto o mundo e eu havíamos atravessado nesse intervalo enriquecia aquelas crônicas de um tempo já cumprido, projetava sobre aquela existência imperial outras luzes, outras sombras. Pouco antes, tinha pensado sobretudo no homem de letras, no viajante, no poeta, no amante; nada disso se desvanecia, mas via pela primeira vez desenhar-se com extrema nitidez, entre todas aquelas figuras, a mais oficial e, ao mesmo tempo, a mais secreta: a do imperador. Ter vivido num mundo que se desfazia ensinava-me a importância do príncipe.

*

Senti prazer em fazer e refazer o retrato de um homem quase sábio.

*

Uma única figura histórica tentara-me com insistência quase igual: Omar Khayyam, poeta-astrônomo. Mas a vida de Khayyam é a do contemplativo, e do contemplativo puro: o mundo da ação foi-lhe excessivamente estranho. Além disso, eu não conhecia a Pérsia e não sabia sua língua.

*

Impossibilitada também de tomar como personagem central uma figura feminina, de dar, por exemplo, como eixo à minha narrativa Plotina em lugar de Adriano. A vida das mulheres é demasiado limitada, ou demasiado secreta. Basta que uma mulher narre sua história e a primeira censura que lhe será feita é a de deixar de ser mulher. Já é bastante difícil colocar qualquer verdade na boca de um homem.

*

Parti para Taos, no Novo México. Levava comigo as folhas em branco sobre as quais tencionava recomeçar este livro: nadador que se lança à água sem saber se atingirá a outra margem. Pela noite adentro trabalhei entre Nova York e Chicago, encerrada em minha cabine do vagão-leito como num hipogeu. Depois, durante todo o dia seguinte, no restaurante de uma estação de Chicago, onde esperava um trem bloqueado por uma tempestade de neve. Em seguida, de novo, até a madrugada, sozinha no carro panorâmico do expresso de Santa Fé, cercada pelos picos negros das montanhas do Colorado e pelo eterno desenho dos astros. As passagens sobre a alimentação, o amor, o sono e o conhecimento do homem foram escritas assim, de um só jato. Não me lembro de um dia mais ardente, nem de noites mais lúcidas.

*

Passo o mais rapidamente possível sobre três anos de pesquisas, que não interessam senão aos especialistas, e sobre a elaboração de um método de delírio que só interessa aos insensatos. Esta última palavra concede ainda ao romantismo o maior lugar: falemos antes de uma participação constante — e a mais clarividente possível — naquilo que foi.

*

Um pé na erudição, outro na magia, ou, mais exatamente e sem metáfora, nesta *magia simpática* que consiste em nos transportarmos em pensamento ao interior de alguém.

*

O retrato de uma voz. Se optei por escrever estas *Memórias de Adriano* na primeira pessoa, foi no sentido de eliminar o máximo possível qualquer intermediário, inclusive eu. Adriano podia falar de sua vida mais firmemente e mais sutilmente do que eu.

*

Aqueles que incluem o romance histórico numa categoria à parte esquecem que o romancista nunca faz mais que interpretar, com a ajuda dos processos do seu tempo, um certo número de fatos passados, de lembranças conscientes ou não, pessoais ou não, tecidos do mesmo material que a história. Tanto como *Guerra e Paz*, a obra de Proust é a reconstituição de um passado perdido. O romance histórico de 1830 versa, é certo, o melodrama e o folhetim de capa e espada; não mais do que a sublime *Duquesa de Langeais* ou a espantosa *Jovem dos Olhos de Ouro*. Flaubert reconstrói laboriosamente o palácio de Amílcar com a ajuda de centenas de pequenos detalhes; procede da mesma maneira com Yonville. No nosso tempo, o romance histórico, ou o que, por comodidade, se admite designar como tal, só pode ser imerso num tempo reencontrado, tomada de posse de um mundo interior.

*

O tempo aqui não interfere. Surpreende-me sempre que meus contemporâneos, que julgam haver conquistado e transformado o espaço, ignorem que se pode reduzir à vontade a distância dos séculos.

*

Tudo nos escapa, e todos, e nós mesmos. A vida de meu pai é-me mais desconhecida que a de Adriano. Minha própria existência, se eu quisesse escrevê-la, seria reconstituída por mim pelo exterior, penosamente, como a de outra pessoa; teria de recorrer a cartas, a lembranças de outrem, para fixar essas memórias flutuantes. Não passam nunca de paredes desmoronadas, cortinas de sombra. Conseguir que as lacunas de nossos textos, no que se refere à vida de Adriano, coincidam com o que teriam sido os seus próprios esquecimentos.

*

O que não significa, como se diz exageradamente, que a verdade histórica seja sempre e em tudo inacessível. Acontece com essa verdade o mesmo que com todas as outras: enganamo-nos *mais ou menos*.

*

As regras do jogo: tudo aprender, tudo ler, informar-se de tudo e, simultaneamente, adaptar ao objetivo a ser atingido os *Exercícios* de Inácio de Loyola ou o método do asceta hindu que se esgota, durante anos, para visualizar um pouco mais exatamente a imagem que ele criou sob suas pálpebras fechadas. Perseguir, através de milhares de registros, a atualidade dos fatos; tentar restituir a mobilidade, a leveza do ser vivo a essas faces de pedra. Quando dois textos, duas afirmativas, duas ideias se opõem, procurar conciliá-los de preferência a anular um pelo outro; ver neles duas facetas diferentes, dois estados sucessivos do mesmo fato, uma realidade convincente porque complexa, humana porque múltipla. Trabalhar lendo um texto do século II com olhos, alma e sentidos do século II; deixar-se mergulhar nessa água-mãe que são os fatos contemporâneos; afastar, se possível, todas as ideias, todos os sentimentos acumulados por camadas sucessivas entre essas pessoas e nós. Servir-se, entretanto, mas prudentemente, e unicamente a título de estudos preparatórios, das possibilidades de aproximação e de reconstituição das novas perspectivas elaboradas pouco a pouco por tantos séculos, ou dos acontecimentos que nos separam desse texto, desse fato, desse homem; utilizá-los de certo modo, como outras tantas balizas no caminho de regresso a um ponto especial do tempo. Interditar a si mesmo as sombras projetadas; não permitir que o bafo de um hálito se espalhe sobre o aço do espelho; aproveitar somente o que há de mais duradouro, de mais essencial em nós, nas emoções dos sentidos ou nas operações do espírito, como ponto de contato com aqueles homens que, como nós, comeram azeitonas, beberam vinho, besuntaram os dedos com mel, lutaram contra o vento agreste e a chuva que cega, ou procuraram no verão a sombra de um plátano, e gozaram, e pensaram, e envelheceram, e morreram.

*

Submeti várias vezes ao diagnóstico dos médicos as breves passagens das crônicas que se referem à enfermidade de Adriano. Não muito diferentes, em última análise, das descrições da morte de Balzac.

*

Utilizar, para melhor compreender, o início de uma moléstia do coração.

*

Que é Hécuba para ele? pergunta a si próprio Hamlet perante o ator ambulante que chora por Hécuba. E eis Hamlet obrigado a reconhecer que o comediante que chora lágrimas verdadeiras conseguiu estabelecer com a morte três vezes milenária uma comunicação mais profunda do que ele próprio com seu pai sepultado na véspera, e cujo infortúnio ele não sente tão completamente que seja capaz de vingá-lo sem demora.

*

A substância, a estrutura humana não mudam absolutamente. Nada de mais estável do que a curva de um tornozelo, o lugar de um tendão, ou a forma de um dedo do pé. Há, porém, épocas em que o calçado se deforma menos. No século de que falo, estamos ainda muito próximos da livre verdade do pé nu.

*

Atribuindo a Adriano pontos de vista sobre o futuro, mantinha-me no domínio do plausível, com a condição, no entanto, de que esses prognósticos permanecessem vagos. Em geral, o analista imparcial dos negócios humanos equivoca-se muito pouco acerca da marcha posterior dos acontecimentos; pelo contrário, acumula os erros quando se trata de prever o rumo que tomarão os detalhes e os desvios. Napoleão, em Santa Helena, anunciava que um século depois de sua morte a Europa seria revolucionária ou cossaca; colocava muito bem os dois termos do problema; não podia imaginá-los sobrepondo-os um ao outro. Mas, no conjunto, é somente por orgulho, por ignorância grosseira, por covardia, que nos recusamos a ver, no presente, os lineamentos das épocas que virão. Os sábios livres do mundo antigo pensavam como nós em termos de física, ou de fisiologia universal: encaravam o fim do homem e a morte do globo terrestre. Plutarco e Marco Aurélio não ignoravam que os deuses e as civilizações passam e morrem. Não somos os únicos a olhar face a face um futuro inexorável.

*

A clarividência atribuída por mim a Adriano não era, aliás, senão uma forma de valorizar o elemento quase faustiano do personagem, tal como se revela, por exemplo, nos *Cantos Sibilinos*, nos escritos de Élio Aristides ou no retrato de Adriano envelhecido, traçado por Fronton. Com ou sem razão, atribuíam-se àquele moribundo virtudes quase sobre-humanas.

*

Se este homem não tivesse mantido a paz do mundo e renovado a economia do império, suas felicidades e seus infortúnios interessar-me-iam menos.

*

Nunca será excessivo o trabalho apaixonante de comparar os textos. O poema do troféu de caça de Téspias, consagrado por Adriano ao Amor e à Vênus Uraniana "sobre as colinas do Hélicon, à beira da fonte de Narciso", é do outono do ano 124; o imperador passou, pela mesma época, em Mantineia, onde Pausânias nos informa que ele fez reconstruir o túmulo de Epaminondas e ali gravou um poema. A inscrição de Mantineia permanece desaparecida, mas o gesto de Adriano não assume talvez todo o seu significado senão quando posto em relevo diante de uma passagem das *Moralia* de Plutarco, que nos diz que Epaminondas foi sepultado naquele lugar entre dois jovens amigos mortos a seu lado. Se aceitamos para o encontro de Antínoo e do imperador a data da estadia na Ásia Menor, de 123-124 — de todo modo a mais plausível e a mais confirmada pelas descobertas dos iconógrafos — esses dois poemas fariam parte do que se poderia chamar o "ciclo de Antínoo", inspirados ambos por aquela mesma Grécia amorosa e heroica que Arriano evocou mais tarde, depois da morte do favorito, quando comparou o jovem a Pátroclo.

*

Um certo número de seres cujo retrato gostaríamos de desenvolver: Plotina, Sabina, Arriano, Suetônio. Mas Adriano só podia vê-los obliquamente. O próprio Antínoo só pode ser visto por refração, através das lembranças do imperador, isto é, com uma minúcia apaixonada, e alguns enganos.

*

Tudo o que se pode dizer do temperamento de Antínoo está inscrito na menor das suas imagens. *Eager and impassionated tenderness, sullen effeminacy:* Shelley, com a admirável candura dos poetas, diz em seis palavras o essencial, ao passo que os críticos de arte e os historiadores do século XIX sabiam apenas derramar-se em declamações virtuosas, ou idealizar em falso e de forma vaga.

*

Retratos de Antínoo: são abundantes e vão do incomparável ao medíocre. Apesar das variações devidas à arte do escultor ou à idade do modelo, à diferença entre os retratos executados em honra do morto, todos perturbam pelo inacreditável realismo da figura sempre imediatamente reconhecível conquanto tão diversamente interpretada, pelo exemplo, único na Antiguidade, de sobrevivência e de multiplicação na pedra de uma face que não foi nem a de um homem de Estado, nem a de um filósofo, mas simplesmente a de alguém muito amado. Entre tais imagens, as duas mais belas são as menos conhecidas: são também as únicas que nos revelam o nome de um escultor. Uma é o baixo-relevo assinado por Antoniano de Afrodísias, encontrada há uns cinquenta anos nos terrenos de um instituto agronômico, os *Fundi Rustici*, em cuja sala de administração está hoje colocado. Como nenhum guia de Roma lhe assinala a existência na cidade já atravancada de estátuas, os turistas a ignoram. A obra de Antoniano foi esculpida num mármore italiano; foi, portanto, certamente executada na Itália, sem dúvida em Roma, pelo artista instalado na Vila ou trazido por Adriano de alguma de suas viagens. É de uma delicadeza infinita. A folhagem de uma videira emoldura com os mais leves arabescos o jovem rosto, melancólico e inclinado: pensa-se irresistivelmente nas vindimas da vida breve, na atmosfera perfumada por todos os frutos de um entardecer de outono. A obra traz as marcas dos anos passados num porão durante a última guerra: a brancura do mármore desapareceu temporariamente sob as manchas terrosas; três dedos da mão esquerda estão quebrados. Assim sofrem os deuses com as loucuras dos homens.

(As linhas escritas acima foram publicadas pela primeira vez há seis anos; nesse meio tempo o baixo-relevo de Antoniano foi adquirido por um banqueiro romano, Arturo Osio, homem curioso, que teria interessado Stendhal ou Balzac. Osio nutre por um belo objeto a mesma solicitude que dispensa aos animais que mantém em liberdade em sua propriedade a dois passos de Roma e pelas

árvores que plantou aos milhares nos seus domínios de Orbetello. Rara virtude: "Os italianos detestam as árvores", já dizia Stendhal em 1828 — e que diria hoje, quando os especuladores de Roma matam com injeções de água quente os belíssimos pinheiros "guarda-sol", tão protegidos pelos regulamentos urbanos, que os estorvam na construção de suas termiteiras? Luxo raro também: quão poucos homens ricos animam suas florestas e seus prados com animais em liberdade, não pelo prazer da caça, mas pelo de reconstruir uma espécie de admirável Éden? O amor pelas estátuas antigas, esses grandes objetos tranquilos, ao mesmo tempo duráveis e frágeis, é quase igualmente pouco comum entre os colecionadores da nossa época agitada e sem futuro. Sob a orientação de especialistas, o novo proprietário do baixo-relevo de Antoniano acaba de submetê-lo às mais delicadas limpezas, feitas por mãos hábeis; uma lenta e leve fricção com a ponta dos dedos desembaraçou o mármore de suas manchas e crostas, devolvendo à pedra o suave brilho do alabastro e do marfim.)

A segunda dessas obras-primas é a célebre sardônica que leva o nome *Gema Marlborough*, porque pertence a essa coleção hoje dispersa; esse belo entalhe parecia extraviado ou soterrado há mais de trinta anos. Um leilão em Londres trouxe-o de novo à luz em janeiro de 1952; o gosto esclarecido do grande colecionador Giorgio Sangiorgi trouxe-o para Roma. Fiquei devendo à sua benevolência ver e tocar essa peça única. Lê-se no rebordo uma assinatura incompleta, que se supõe, não sem razão, ser de Antoniano de Afrodísias. O artista encerrou com tamanha mestria o perfil primoroso no quadro estreito de uma sardônica, que aquele pedaço de pedra ficou sendo, tanto quanto uma estátua ou um baixo-relevo, o testemunho de uma grande arte perdida. As proporções da obra fazem esquecer as dimensões do objeto. Na época bizantina, o reverso da obra-prima foi moldado numa ganga do mais puro ouro. Assim passou de colecionador desconhecido a colecionador desconhecido até Veneza, onde sua presença é assinalada numa grande coleção no século XVIII; o célebre antiquário Gavin Hamilton comprou-a e levou-a para a Inglaterra, de onde volta agora a seu ponto de partida, que foi Roma. De todos os objetos ainda hoje presentes na face da Terra, é o único de que se pode presumir com relativa certeza ter estado muitas vezes nas mãos de Adriano.

*

Há que penetrar nos recessos de um assunto para descobrir as coisas mais simples e do mais amplo interesse literário. Foi somente ao estudar Flégon, o secretário de Adriano, que vim a saber que se deve a esse personagem esquecido a primeira e uma das mais belas dentre as grandes histórias de espectros, essa sombria e voluptuosa *Noiva de Corinto*, na qual se inspiraram Goethe e o Anatole France das *Noites Coríntias*. Flégon, aliás, anotava com a mesma tinta, e com a mesma curiosidade desordenada por tudo que ultrapassa os limites humanos, absurdas histórias de monstros de duas cabeças e de hermafroditas que concebem e dão à luz. Tal era, pelo menos em certos dias, o assunto das conversas à mesa imperial.

*

Aqueles que teriam preferido um *Diário de Adriano* às *Memórias de Adriano*, esquecem que o homem de ação raramente mantém um diário: é quase sempre mais tarde, do fundo de um período de inatividade, que ele recorda, anota e, na maioria das vezes, se surpreende.

*

Na falta de qualquer outro documento, a carta de Arriano ao imperador Adriano acerca do périplo do mar Negro seria suficiente para recriar em suas grandes linhas esta figura imperial; minuciosa exatidão do chefe que tudo quer saber; interesse pelos trabalhos da paz e da guerra; gosto pelas estátuas verossímeis e bem-feitas; paixão pelos poemas e lendas de outrora. E o mundo, raro em qualquer tempo, que desaparecerá completamente depois de Marco Aurélio, e no qual, por mais sutis que sejam as gradações da deferência e do respeito, o letrado e o administrador se dirigem ainda ao príncipe como a um amigo. Tudo, porém, está ali: melancólico retorno ao ideal da Grécia antiga; discreta alusão aos amores perdidos e às consolações místicas procuradas pelo sobrevivente; obsessão pelos países desconhecidos e pelos climas bárbaros. A evocação, tão profundamente pré-romântica, das regiões desertas habitadas por aves marítimas faz pensar no admirável vaso encontrado na Vila Adriana e exposto hoje no Museu das Termas, no qual, na brancura do mármore, abre as asas e voa em plena solidão um bando de garças selvagens.

*

Nota de 1949. Quanto mais tento traçar um retrato fiel, mais me afasto do livro e do homem que poderiam agradar. Apenas alguns amantes do destino humano compreenderão.

*

O romance devora hoje todas as formas; somos quase forçados a fazê-las passar por ele. Este estudo sobre o destino de um homem que se chamou Adriano teria sido uma tragédia no século XVII; e, na Renascença, um ensaio.

*

Este livro é a condensação de uma obra enorme, elaborada só para mim. Adquiri o hábito de escrever todas as noites, quase automaticamente, o resultado das longas visões provocadas em que eu me instalava na intimidade de um outro tempo. As menores palavras, os menores gestos, as gradações mais imperceptíveis eram anotados; cenas que o livro, tal como ele é, resume em duas linhas, passavam-se nessas notas em todos os seus detalhes, como em câmara lenta. Reunidos uns aos outros, essas espécies de relatórios teriam dado um volume de alguns milhares de páginas. Contudo, todas as manhãs eu queimava o trabalho da noite. Escrevi assim um grande número de meditações demasiado obscuras e algumas descrições bastante obscenas.

*

O homem apaixonado pela verdade ou, no mínimo, pela exatidão é frequentemente o mais capaz de perceber, como Pilatos, que a verdade não é pura. E, por isso mesmo, misturada a afirmações as mais incisivas, a hesitações, sinuosidades, subterfúgios e desvios de que um espírito convencional não seria capaz. Em certos momentos, aliás pouco numerosos, aconteceu-me sentir que o imperador mentia. Era preciso então deixá-lo mentir, como, de resto, todos nós.

*

Ignorância daqueles que dizem: "Adriano é você." Ignorância talvez tão grande como a daqueles que se espantam de que tenha sido escolhido um assunto tão remoto e tão estranho. O feiticeiro que golpeia a si mesmo no momento de evocar as sombras sabe que elas só obedecerão a seu apelo porque lhe sorvem o sangue. Sabe também, ou deveria saber, que as vozes que lhe falam são mais sábias e mais dignas de atenção do que seus próprios gritos.

*

Bem depressa compreendi que escrevia a vida de um grande homem. Desse momento em diante, impôs-se maior respeito pela verdade, maior atenção e, de minha parte, maior silêncio.

*

Em certo sentido, toda vida, quando narrada, é exemplar; escrevemos para atacar ou para defender um sistema do mundo, para definir um método que nos é próprio. E não é menos verdade que é pela idealização ou pela crítica mordaz a todo custo, pelo detalhe fortemente exagerado ou prudentemente omitido, que se desqualificam quase todos os biógrafos: o homem construído substitui o homem compreendido. Nunca perder de vista o gráfico de uma vida humana, que não se compõe, digam o que disserem, de uma horizontal e de duas perpendiculares, mas de três linhas sinuosas, prolongadas até o infinito, incessantemente reaproximadas e divergindo sem cessar: o que o homem julgou ser, o que ele quis ser, e o que ele foi.

*

Façamos o que fizermos, reconstruímos sempre o monumento à nossa maneira. Mas já é muito não utilizar senão pedras autênticas.

*

Todo ser que viveu a aventura humana sou eu.

*

O século II interessa-me porque foi, durante muito tempo, o século dos últimos homens livres. Pelo que nos diz respeito, já estamos talvez muito distantes desse tempo.

*

A 26 de dezembro de 1950, por uma noite gelada, na orla do Atlântico, no silêncio quase polar da ilha dos Montes Desertos, nos Estados Unidos, tentei reviver o calor, a sufocação de um dia de julho do ano 138 em Baias, o peso do lençol sobre as pernas trôpegas e cansadas, o ruído quase imperceptível do mar sem maré chegando, de um lado e de outro, até um homem ocupado com os sons de sua própria agonia. Tentei ir até a última gota de água, a última agonia, a derradeira imagem. Ao imperador só lhe resta morrer.

*

Este livro não é dedicado a ninguém. Deveria tê-lo sido a G.F..., e tê-lo-ia sido se não houvesse uma espécie de impudor em colocar uma dedicatória pessoal numa obra em que eu desejava justamente apagar-me. Mas a mais longa dedicatória é ainda uma maneira incompleta e banal de honrar uma amizade tão pouco comum. Quando tento definir este bem que desde alguns anos me é concedido, digo comigo mesma que um tal privilégio, por mais raro que seja, não pode, todavia, ser único; que, na aventura de um livro levado a bom termo, ou numa vida feliz de escritor, deve haver por vezes, um pouco na sombra, alguém que não deixa passar a frase inexata ou fraca que por fadiga gostaríamos de manter; alguém que relerá vinte vezes conosco, se necessário, uma página sobre a qual temos alguma dúvida; alguém que alcance para nós nas estantes das bibliotecas os grossos volumes onde poderíamos encontrar uma indicação útil, e se obstina em consultá-los ainda no momento em que o cansaço nos terá levado a fechá-lo; alguém que nos ampara, nos aprova, por vezes nos combate; alguém que partilha conosco, com igual fervor, as alegrias da arte e as alegrias da vida, seus trabalhos jamais tediosos e jamais fáceis; alguém que não é nossa sombra, nem mesmo nosso complemento, mas ele próprio; alguém que nos deixa divinamente livres e, contudo, nos obriga a ser plenamente aquilo que nós somos. *Hospes Comesque*[1].

*

Soube, em dezembro de 1951, da morte bastante recente do historiador alemão Wilhelm Weber, e, em abril de 1952, da do erudito Paul Graindor, cujos trabalhos me foram muito úteis. Conversei, um desses dias, com duas pessoas, G.B... e J.F..., que conheceram em Roma o gravador Pierre Gusman, na época em que ele se ocupava em desenhar com paixão os sítios da Vila. Sentimento de pertencer a uma espécie de *Gens Ælia,* de fazer parte da multidão dos secretários do grande homem, de participar dessa espécie de rendição da guarda imperial que os humanistas e os poetas fazem, revezando-se em torno de uma grande lembrança. Forma-se assim através do tempo (e certamente sucede o mesmo com os especialistas em Napoleão, com os que amam Dante) um círculo de espíritos unidos pelas mesmas simpatias ou preocupados com os mesmos problemas.

*

Os Blázios e os Vádios existem, e seu gordo primo Basílio ainda está de pé. Aconteceu-me uma vez, e não mais que uma vez, encontrar-me perante essa mistura de insultos e zombarias de caserna, de citações truncadas ou deformadas com arte para fazer nossas frases dizerem disparates que elas não dizem, de argumentos capciosos, apoiados em asserções ao mesmo tempo bastante vagas e bastante peremp-

[1] Hóspede e Companheiro

tórias para merecerem crédito do leitor respeitoso do homem munido de diplomas, leitor que não tem tempo, nem desejo de ir, ele próprio, informar-se na fonte. Tudo isso caracteriza um certo gênero e uma certa espécie, felizmente raros. Em compensação, quanta boa vontade de tantos eruditos, que, em nossa época de especialização furiosa, podiam desdenhar em bloco todo o esforço literário de reconstrução do passado susceptível de parecer invadir o campo deles... Entretanto, foi elevado o número dos que, entre eles, quiseram espontaneamente incomodar-se para retificar um erro, confirmar um detalhe, sustentar uma hipótese, facilitar uma nova pesquisa, razão pela qual não posso deixar de dirigir aqui um agradecimento amigo a esses leitores benévolos. Todo livro reeditado deve alguma coisa às pessoas honestas que o leram.

*

Fazer o melhor possível. Refazer. Retocar, ainda imperceptivelmente, esse retoque. "É a mim mesmo que corrijo ao retocar minhas obras", dizia Yeats.

*

Ontem, na Vila, pensei nos milhares de vidas silenciosas, furtivas como as dos animais, irrefletidas como as das plantas, boêmios do tempo de Piranesi, saqueadores de ruínas, mendigos, pastores, camponeses alojados bem ou mal num canto dos escombros, que se sucederam aqui, entre Adriano e nós. Na orla de uma plantação de oliveiras, num antigo corredor meio desobstruído, G... e eu nos encontramos diante do leito de caniços de um pastor, do cabide improvisado para seu capote, fixado entre dois blocos de cimento romano, das cinzas de sua fogueira mal-apagada. Sensação de intimidade humilde quase semelhante àquela que se experimenta no Louvre, depois de fechar, à hora em que os leitos de campanha dos guardas surgem entre as estátuas.

*

(Nada a mudar em 1958 nas linhas precedentes; o cabide do pastor, senão o seu leito, está lá ainda. G... e eu fizemos novamente uma parada sobre a relva de Tempe, entre as violetas, no momento sagrado em que tudo recomeça, a despeito das ameaças que o homem dos nossos dias faz pesar sobre si mesmo em toda parte. Entretanto, a Vila sofreu uma insidiosa mudança. Incompleta, é verdade: não se altera tão depressa um conjunto que os séculos destruíram e formaram lentamente. Mas, por um erro raro na Itália, perigosos "embelezamentos" vieram juntar-se às pesquisas e consolidações necessárias. Oliveiras foram cortadas para dar lugar a um indiscreto estacionamento de automóveis e a um quiosque-bar, gênero parque de exposições, que transformam a nobre solidão do Pécile numa paisagem de praça mediocremente ajardinada; uma fonte de cimento mata a sede dos passantes através de uma inútil carranca de gesso que se pretende antiga; outra carranca, mais inútil ainda, ornamenta o muro de uma grande piscina, decorada agora com uma flotilha de patos. Copiaram, também em gesso, algumas estátuas bastante vulgares de jardim greco-romano, recolhidas aqui em escavações recentes, e que não mereciam nem esse excesso de honra nem essa indignidade; tais réplicas, nessa feia matéria inchada e flácida, colocadas um pouco ao acaso sobre pedestais, dão ao melancólico Canopo a aparência de um recanto de estúdio para reconstituição filmada da vida dos Césares. Nada mais frágil que o equilíbrio dos belos lugares. Nossas fantasias de interpretação deixam intactos os próprios textos, que sobrevivem a nossos comentários; mas a menor restauração imprudente infligida às pedras, a menor estrada asfaltada cortando um campo onde a relva crescia em paz há séculos criam para sempre o irreparável. A beleza afasta-se; a autenticidade também.)

*

Lugares escolhidos para neles vivermos, residências invisíveis que construímos para nós à margem do tempo. Habitei Tíbur e morrerei talvez ali, como Adriano na ilha de Aquiles.

*

Não. Uma vez mais, revisitei a Vila e seus pavilhões feitos para a intimidade e o repouso, e seus vestígios de um luxo sem ostentação, tão pouco imperial quanto possível, de rico amador que se esforça por unir as delícias da arte às doçuras campestres; procurei no Panteon o lugar exato onde, numa manhã de 21 de abril, pousou uma mancha de sol; refiz, ao longo dos corredores do mausoléu, o caminho fúnebre tantas vezes palmilhado por Chábrias, Céler e Diotimo, amigos dos derradeiros dias. Deixei, porém, de sentir a presença imediata desses seres, desses fatos, sua atualidade: conservam-se próximos de mim, mas ultrapassados, nem mais nem menos que as recordações de minha própria vida. Nosso comércio com outrem só tem um tempo; cessa uma vez obtida a satisfação, aprendida a lição, prestado o serviço, concluída a obra. Tudo o que fui capaz de dizer foi dito; o que eu podia aprender foi aprendido. Ocupemo-nos, por um tempo, de outros trabalhos.

Nota

Uma reconstituição desse gênero, isto é, feita na primeira pessoa e colocada na boca do homem que se tratava de apresentar, abrange dois aspectos simultâneos: o romance e a poesia; poderia, portanto, dispensar peças justificativas; contudo, seu valor humano é fortemente aumentado pela fidelidade aos fatos. O leitor encontrará adiante uma relação dos principais textos sobre os quais a autora se baseou para construir o livro. Respaldando assim uma obra de ordem literária, não fez mais, de resto, que conformar-se com o costume de Racine que, nos prefácios das suas tragédias, enumera cuidàdosamente suas fontes. Contudo, primeiramente, e para responder às questões mais instantes, seguimos também o exemplo de Racine indicando certos pontos, pouco numerosos aliás, em vista dos quais a história foi acrescida ou prudentemente modificada.

O personagem Marulino é histórico, mas sua característica principal, o dom divinatório, foi tomada de empréstimo a um tio e não a um avô de Adriano; as circunstâncias de sua morte são imaginárias. Uma inscrição nos informa que o sofista Iseu foi um dos mestres do jovem Adriano, mas não há certeza de que o estudante tenha feito, como foi dito aqui, a viagem a Atenas. Galo é real, mas o detalhe relativo ao malogro final desse personagem foi criado para acentuar um dos traços do caráter de Adriano mais frequentemente mencionado: o rancor. O episódio da iniciação mitríaca foi inventado: naquela época, esse culto já estava em voga nos exércitos; é possível, mas não está provado que Adriano, jovem oficial, tivesse a fantasia de se fazer iniciar nesse culto. Sucede, naturalmente, o mesmo com o taurobólio ao qual Antínoo se submete em Palmira: Meles Agripa, Castoras e, no episódio precedente, Turbo, são evidentemente personagens reais; sua participação nos ritos da iniciação é inventada em todos os detalhes. Seguiu-se, nessas duas cenas, a tradição que diz que o banho de sangue fazia parte do ritual de Mitra, bem como do ritual da deusa síria, do qual certos eruditos o consideram exclusivo, sendo ainda psicologicamente possíveis essas reproduções de um culto no outro, numa época em que as religiões de salvação se "contaminavam" na atmosfera de curiosidade, de ceticismo e de vago fervor que foi a do século II. O encontro com o gimnosofista não é, no que se refere a Adriano, fornecido pela história; foram utilizados textos dos séculos I e II que descrevem episódios do mesmo gênero. Todos os detalhes relativos a Atiano são exatos, salvo uma ou duas alusões à sua vida privada, de que não sabemos nada. O capítulo sobre as amantes é totalmente baseado em duas linhas de Espartiano (XI, 7) sobre o assunto; criando aqui e ali onde era preciso, esforçamo-nos por nos restringirmos às generalidades mais plausíveis.

Pompeu Próculo foi realmente governador da Bitínia; apenas não é certo que o tenha sido em 123-124, quando da passagem do imperador. Estratão de Sardes, poeta erótico e compilador do décimo segundo livro da *Antologia*, vivia provavelmente no tempo de Adriano; nada prova que ele tenha convivido com o imperador, mas me pareceu tentador promover o encontro desses dois homens. A visita de Lúcio a Alexandria em 130 foi deduzida (como já fez também Gregorovius), de um texto frequentemente contestado, a *Carta de Adriano a Serviano*, e a passagem que diz respeito a Lúcio não torna obrigatória, de forma alguma, tal interpretação. As probabilidades de sua presença no Egito são mais do que incertas; os pormenores relativos a Lúcio durante esse período são, pelo contrário, extraídos quase todos da sua biografia da autoria de Espartiano, *Vita Ælii Caesaris*. A história do sacrifício de Antínoo é tradicional (Díon, LXIX, 11; Espartiano, XIV, 7); o detalhe das operações de feitiçaria é inspirado nas fórmulas dos papiros mágicos do Egito, mas os incidentes da noite em Canopo são inventados. O episódio da criança que caiu de um balcão durante uma festa, situado aqui durante a escala de Adriano em File, é extraído de um relatório dos *Papiros de Oxirrinco* e passou-se na realidade cerca de quarenta anos depois da viagem de Adriano ao Egito. A ligação da execução de Apolodoro à conjura de Serviano não passa de uma hipótese, talvez defensável.

Chábrias, Céler, Diotimo são inúmeras vezes mencionados por Marco Aurélio, o qual, entretanto, só indica seus nomes e sua fidelidade apaixonada à memória de Adriano. Servimo-nos deles para evocar a corte de Tíbur nos últimos anos do reinado: Chábrias representa o círculo de filósofos platônicos ou estoicos que cercavam o imperador; Céler (que não deve confundir-se com o Céler mencionado por Filostrato e Aristides, que foi secretário *ab epistulis Græcis*), o elemento militar; e Diotimo, o grupo dos *erômenos* imperiais. Esses três nomes históricos serviram, portanto, de ponto de partida para a invenção parcial de três personagens. O médico Iolas, pelo contrário, é personagem real de quem a história não nos deu o nome; não nos diz igualmente que tenha sido originário de Alexandria. O ex-escravo Onésimo existiu, mas não sabemos se ele ocupou junto a Adriano a função de intermediário; o nome Crescêncio, secretário de Serviano, é autêntico, mas a história não nos revela que tenha traído seu amo. O mercador Opramoas é real, mas nada prova que tenha acompanhado Adriano na viagem pelo Eufrates. A mulher de Adriano é personagem histórica, mas não sabemos se era, como o diz aqui Adriano, "fina e altiva". Somente alguns comparsas, o escravo Eufórion, os atores Olimpo e Bátilo, o médico Leotíquides, o jovem tribuno britânico e o guia Assar são totalmente inventados. As duas feiticeiras, a da ilha da Bretanha e a de Canopo, personagens fictícias, resumem o mundo dos astrólogos e praticantes das ciências ocultas de que Adriano se cercava de bom grado. O nome de Areteia provém de um poema autêntico de Adriano (*Ins. Gr.*, XIV, 1089), mas é arbitrariamente dado aqui à governanta da Vila; o correio Menécrates é encontrado na *Carta do Rei Fermes ao Imperador Adriano*, texto inteiramente lendário, de que a história propriamente dita não se poderia servir, mas que pode ter aproveitado esse detalhe de outros documentos hoje perdidos. Os nomes de Benedita e de Teódoto, pálidos fantasmas amorosos que atravessam os *Pensamentos* de Marco Aurélio, foram mudados, por motivos de estilo, em Verônica e Teodoro. Finalmente, os nomes gregos e latinos gravados na base do Colosso de Memnon, em Tebas, são, na sua maior parte, copiados de Letronne, *Recueil des Inscriptions Grecques et Latines de l'Égypte*, 1848; o personagem, imaginário, de um certo Eumênio, que teria estado naqueles lugares seis séculos antes de Adriano, tem, como razão de ser, medir, para nós e para o próprio Adriano, o tempo decorrido entre os primeiros visitantes gregos do Egito, contemporâneos de Heródoto, e os visitantes romanos de uma manhã do século II.

O breve esboço do meio familiar de Antínoo não é histórico, mas tem em conta as condições sociais que prevaleciam nessa época na Bitínia. Sobre certos pontos controvertidos — como o afastamento de Suetônio, a origem livre ou servil de Antínoo, a participação ativa de Adriano na guerra da Palestina, a data da apoteose de Sabina e do enterro de Élio César no Castelo de Santo Ângelo — foi preciso escolher entre as hipóteses dos historiadores; esforçamo-nos no sentido de que as decisões a serem tomadas só o fossem por boas razões. Em outros casos — como a adoção de Adriano por Trajano, a morte de Antínoo — procurou-se deixar pairar sobre a narrativa uma incerteza que, antes de ser a da história, foi, sem dúvida, a incerteza da própria vida.

Anotamos rapidamente que as duas fontes principais do assunto que nos ocupa são o historiador grego Díon Cássio, que escreveu o capítulo de sua *História Romana* consagrado a Adriano cerca de quarenta anos após a morte do imperador, e o cronista latino Espartiano, que redigiu pouco mais de um século mais tarde sua *Vita Hadriani*, um dos textos mais sólidos da *História Augusta*, e sua *Vita Ælii Cæsaris*, obra mais ligeira, que apresenta uma imagem muito lógica do filho adotivo de Adriano, superficial apenas porque o personagem assim era. Esses dois autores basearam-se em documentos desaparecidos mais tarde, entre outros as *Memórias* publicadas por Adriano sob o nome do seu ex-escravo Flégon, e uma coletânea de cartas do imperador compiladas por este último. Nem Díon nem Espartiano são grandes historiadores, ou grandes biógrafos; contudo, precisamente por sua falta de arte e, até certo ponto, de sistema, estão significativamente mais próximos dos fatos vividos. Inclusive, as pesquisas modernas têm confirmado frequentemente e de modo surpreendente o que eles disseram. É em grande parte sobre esse acervo de pequenos fatos que se baseia a interpretação que se acabou de ler. Mencionamos também, sem, de resto, tentarmos ser completos, alguns detalhes coligidos nas *Vidas* de Antonino e de Marco Aurélio, por Júlio Capitolino; e algumas frases tiradas de Aurélio Vítor e do autor do *Epítome*, que já tem uma concepção legendária da vida de Adriano, mas cujo estilo, repleto de esplendor, coloca numa categoria à parte. As notícias históricas do *Dicionário* de Suidas forneceram dois fatos pouco conhecidos: a *Consolação* dirigida a Adriano por Numênio, e as músicas fúnebres compostas por Mesomedes por ocasião da morte de Antínoo.

Resta um certo número de obras autênticas do próprio Adriano que utilizamos: correspondência administrativa, fragmentos de discursos e de relatórios oficiais, como a célebre *Mensagem de Lambessa*, conservados em geral por inscrições; decisões legais transmitidas por jurisconsultos; poemas mencionados por autores da época, tais como o notável *Animula Vagula Blandula*, ou encontrados nos monumentos onde figuravam a título de inscrições votivas, como o poema ao Amor e à Afrodite Uraniana, gravado na parede do templo de Téspias (Kaibel, *Epigr. Gr.* 811). As três cartas de Adriano referentes à sua vida pessoal (*Carta a Matídia, Carta a Serviano, Carta Dirigida pelo Imperador Agonizante a Antonino*) são de autenticidade discutível; não obstante, as três têm, ao máximo, a marca do homem a quem são atribuídas; algumas indicações fornecidas por elas foram utilizadas neste livro.

Recordamos aqui que as inúmeras menções de Adriano ou do seu círculo íntimo, dispersas por todos os escritores dos séculos II e III, completam as indicações das crônicas e preenchem-lhes as lacunas. Foi assim, para citar apenas alguns exemplos, que o episódio das caçadas na Líbia nasceu inteiro de um fragmento do poema de Pancrates, *As Caçadas de Adriano e de Antínoo*, encontrado no Egito e publicado em 1911 na coleção dos *Papiros de Oxirrinco*; que Ateneia, Aulo Gélio e Filostrato forneceram numerosos detalhes sobre os sofistas e os poetas da corte imperial; ou que Plínio, o Jovem e Marcial acrescentaram alguns traços à imagem um tanto desvanecida de um Vocônio, ou de um Licínio Sura. A descrição da dor de Adriano por ocasião da morte de Antínoo inspira-se nos historiadores de seu reinado, mas também em certas passagens dos padres da Igreja, reprovadoras, sem dúvida, mas por vezes mais humanas nesse ponto e, sobretudo, mais variadas do que nos comprazemos em dizer. Algumas passagens da *Carta de Arriano ao Imperador Adriano por Ocasião do Périplo do Mar Negro*, que contêm alusões sobre o mesmo assunto, foram incorporadas à presente obra, concordando a autora com a opinião dos eruditos que acreditam, de forma geral, na autenticidade daquele texto. O *Panegírico de Roma* do sofista Élio Aristides, obra do tipo nitidamente adriânico, forneceu algumas linhas ao esboço do Estado ideal traçado aqui pelo imperador. Alguns detalhes históricos misturados, no *Talmude*, a um vasto material lendário vêm juntar-se, para a guerra da Palestina, à narrativa da *História Eclesiástica de Eu-*

sébio. A menção do exílio de Favorinos provém de um fragmento de um manuscrito seu publicado em 1931 pela Biblioteca do Vaticano (*Studi e Testi*, LIII); o atroz episódio do secretário cujo olho foi vazado, é extraído de um tratado de Galiano, médico de Marco Aurélio; a imagem de Adriano agonizante inspira-se no trágico retrato do imperador envelhecido feito por Marco Cornélio Fronton.

Outras vezes foi aos monumentos figurados e às inscrições que recorremos para a minúcia de fatos não registrados pelos historiadores antigos. Certos apontamentos sobre a selvageria das guerras dácias e sármatas, prisioneiros queimados vivos, conselheiros do rei Decébalo que se envenenam no dia da capitulação, provêm dos baixos-relevos da Coluna de Trajano (W. Frohner, *La Colonne Trajane*, 1865, I.A. Richmond, *Trajan's Army on Trajan's Column*, 1935); uma grande parte dos acontecimentos das viagens é inspirada nas moedas do reinado. Os poemas de Júlia Balbilla gravados na perna do Colosso de Memnon servem de ponto de partida à narrativa da visita a Tebas (Cagnat, *Inscrip. Gr. ad Res Romanas Pertinentes*, 1186-7); a precisão relativa ao dia do nascimento de Antínoo é devida à inscrição do colégio de artífices e escravos de Lanuvium, que em 133 tomou Antínoo como protetor (*Corp. Ins. Lat.* XIV, 2112), precisão contestada por Mommsen, conquanto aceita por eruditos menos hipercríticos; algumas frases dadas como inscritas no túmulo do favorito foram tiradas do grande texto hieroglífico do Obelisco de Píncio, que relata seus funerais e descreve as cerimônias do seu culto (A. Erman, *Obelisken Romischer Zeit*, 1896, O. Marucchi, *Gli obelischi egiziani di Roma*, 1898). Quanto ao relato das honras divinas prestadas a Antínoo, e o caráter físico e psicológico deste, o testemunho das inscrições, dos monumentos figurados e das moedas, ultrapassa bastante a história escrita.

Não existe até hoje uma boa biografia de Adriano à qual se possa remeter o leitor; a única obra do gênero que merece menção, e também a mais antiga, é a de Gregorovius, publicada em 1851, não de todo desprovida de vida e de cor, mas fraca em tudo que se refere a Adriano administrador e príncipe, e obsoleta em grande parte. Da mesma forma, os brilhantes esboços de um Gibbon ou de um Renan envelheceram. A obra mais recente de B.W. Henderson, *The Life and Principate of the Emperor Hadrien*, publicada em 1923, superficial apesar da extensão, não oferece mais que uma imagem incompleta do pensamento de Adriano e dos problemas de seu tempo, e utiliza insuficientemente as fontes. Mas, se ficou por fazer uma biografia definitiva de Adriano, em compensação abundam os resumos inteligentes e os sólidos estudos de detalhe, e em muitos pontos a erudição moderna renovou a história do seu reinado e da sua administração. Para não citar mais que algumas obras recentes, ou quase, na maior parte todas de primeira plana, e mais ou menos accessíveis, mencionamos, em língua francesa, os capítulos consagrados a Adriano em *Le Haut-Empire Romain*, de Léon Homo, 1933, e em *L'Empire Romain*, de E. Albertini, 1936; a análise das campanhas partas de Trajano e da política pacifista de Adriano na *Histoire de l'Asie*, de René Grousset, 1921, seguida de perto na descrição da campanha parta; o estudo sobre a obra literária de Adriano em *Les Empereurs et les Lettres Latines*, de Henri Bardon, 1944; as obras de Paul Graindor, *Athènes sous Hadrien*, 1934; de Louis Perret, *La Titulature Impériale d'Hadrien*, 1929; e de Bernard d'Orgeval *L'Empereur Hadrien, Son Œuvre Législative et Administrative*, 1950. Os trabalhos mais profundos sobre o reinado e a personalidade de Adriano continuam sendo, todavia, os da escola alemã, J. Dürr, *Die Reisen des Kaisers Hadrian*, Viena, 1881; J. Plew, *Quellenuntersuchungen zur Geschichte des Kaisers Hadrian*, Estrasburgo, 1890; E. Kornemann, *Kaiser Hadrian und des Letzte grosse Historiker von Rom*, Leipzig, 1905, e sobretudo a breve e admirável obra de Wilhelm Weber, *Untersuchungen zur Geschichte des Kaisers Hadrianus*, Leipzig, 1907, e o substancial ensaio, mais fácil de ser consultado, que publicou em 1936 na coleção *Cambridge Ancient History*, vol. XI, *The Imperial Peace*, pp. 294-324. Em língua inglesa, veja-se principalmente o importante capítulo consagrado às reformas sociais e financeiras de Adriano na grande obra de M. Rostovtzeff, *Social and Economic History of the Roman Empire*, 1926; os preciosos estudos de R.H. Lacey, *The Equestrian Officials of Trajan and Hadrian: Their Careers, with Some Notes on Hadrian's Reforms*, 1917; de Paul Alexander, *Letters and Speeches of the Emperor Hadrien*, 1938; de W.D. Gray, *A Study of the Life of Hadrian Prior to his Accession*, Northampton, 1919; de F. Pringsheim, *The Legal Policy and Reforms of Hadrian*, no *Journal of Roman Studies*, XXIV, 1934. Sobre a estadia de Adriano nas ilhas Britânicas e a construção da muralha na fronteira da Escócia, consultar especialmente a obra clássica de J.C. Bruce, *The Handbook to the Roman Wall*, edição revista por H.G. Collingwood em 1933, e, do mesmo Collingwood, em colaboração com J.N.L. Myres, *Roman Britain and the English Settlements*, 2ª ed., 1937.

Para a numismática do reinado (com exceção das moedas de Antínoo, abaixo mencionadas), vejam-se sobretudo os trabalhos relativamente recentes de H. Mattingly e E.A. Sydenham, *The Roman Imperial Coinage, II*, 1926; e de P.L. Strack, *Untersuchungen zur Römische Reichsprägung des zweiten Jahrhunderts, II*, 1933.

Sobre a personalidade de Trajano e suas guerras, veja-se R. Paribeni, *Optimus Princeps*, 1927; R.P. Longden, *Nerva and Trajan*, e *The Wars of Trajan*, em *Cambridge Ancient History, XI*, 1936; M. Durry, *Le Règne de Trajan d'après les Monnaies, Rev. His.*, LVII, 1932, e W. Weber, *Traian und Hadrian*, 1923. Sobre Élio César, A.S.L. Farquharson, *On the Names of Ælius Cæsar, Classical Quarterly, II*, 1908, e J. Carcopino, *L'Hérédité Dynastique chez les Antonins*, 1950, cujas hipóteses foram afastadas como pouco convincentes, a favor da interpretação literal dos textos. Sobre o caso dos quatro consulares, ver principalmente A. von Premerstein, *Das attentat der Konsulare auf Hadrian in Jahre 118*, em *Klio*, 1908; J. Carcopino, *Lusius Quietus, L'Homme de Qwrnyn*, em *Istros*, 1934. Sobre os gregos que cercavam Adriano, ver particularmente A. von Premerstein, *C. Julius Quadratus Bassus*, em *Sitz. Bayr. Akad. d. Wiss*, 1934; P. Graindor, *Un Miliardaire Antique, Hérode Atticus et sa Famille*, Cairo, 1930; L. Boulanger, *Aelius Aristide et la Sophistique dans la Province d'Asie au IIe Siècle de Notre Ère*, nas publicações da *Bibliothèque des Écoles Françaises d'Athènes et de Rome*, 1923; K. Horna, *Die Hymnen des Mesomedes*, Leipzig, 1928; Martellotti, *Mesomede*, publicações da *Scuola di Filologia Classica*, Roma, 1929; H.C. Puech, *Numénius d'Apamée*, em *Mélanges Bidez*, Bruxelas, 1934. Sobre a guerra judaica, W.D. Gray, *The Founding of Ælia Capitolina and the Chronology of the Jewish War Under Hadrian, American Journal of Semitic Language, and Literature*, 1923; A.L. Sachar, *A History of the Jews*, 1950; e S. Lieberman, *Greek in Jewish Palestine*, 1942. Algumas descobertas arqueológicas feitas em Israel durante os últimos anos, relativas à revolta de Bar-Kochba, enriqueceram em certos detalhes o nosso conhecimento da guerra da Palestina; a maior parte dessas descobertas, realizadas depois de 1951, não puderam ser utilizadas na presente obra.

A iconografia de Antínoo e, de maneira mais acidental, a história do personagem, não cessaram de interessar os arqueólogos e os estetas, sobretudo em países de língua germânica, desde que em 1764 Winckelmann deu à coleção de retratos de Antínoo, ou pelo menos a seus principais retratos conhecidos naquela época, um lugar importante na *História da Arte Antiga.* A maior parte desses trabalhos, datando do fim do século XVIII e mesmo do século XIX, não têm hoje, no que nos diz respeito, nenhum interesse além da mera curiosidade: a obra de L. Dietrichson, *Antinoüs,* Cristiânia, 1884, de um idealismo demasiado confuso, continua, no entanto, digna de atenção pelo cuidado com que o autor reuniu a quase totalidade das alusões antigas sobre o favorito de Adriano; o lado iconográfico, não menos cuidadoso, representa hoje, porém, um ponto de vista e métodos ultrapassados. O pequeno livro de F. Laban *Der Gemütsaudruck des Antinoüs,* Berlim, 1891, percorre as teorias estéticas em moda na Alemanha da época, mas não enriquece em nada a iconografia propriamente dita do jovem bitínio. O artigo singularmente penetrante, embora em estilo um tanto antiquado, consagrado a Antínoo por J.A. Symonds nos seus *Sketches in Italy and Greece,* Londres, 1900, conserva grande interesse, assim como uma nota do mesmo autor, sobre o mesmo assunto, em seu notável e raríssimo ensaio sobre a inversão na Antiguidade, *A Problem in Greek Ethics* (dez exemplares fora do mercado, 1883, reimpressos cem exemplares em 1901). A obra mais recente de E. Holm, *Das Bildnis des Antinoüs,* Leipzig, 1933, tem, pelo contrário, os defeitos típicos da dissertação acadêmica puramente rotineira, não acrescentando ao assunto nem informações, nem pontos de vista novos. Para os monumentos figurados de Antínoo, com exceção da numismática, o melhor texto, relativamente recente, é o estudo publicado por Pirro Marconi, *Antinoo. Saggio sull' Arte dell' Etá Adrianea,* no volume XXIX dos *Monumenti Antichi,* R. Accademia dei Lincei, Roma, 1923, estudo aliás pouco acessível ao grande público, pelo fato de que os numerosos tomos dessa coleção só são encontrados completos em muito poucas das grandes bibliotecas.[2] O ensaio de Marconi, demasiado medíocre sob o ponto de vista da discussão estética, estabelece, em com-

[2] A mesma observação aplica-se naturalmente a muitas obras mencionadas aqui. Nunca será demais afirmar que um livro raro, esgotado, encontrado apenas nas estantes de algumas bibliotecas, ou um artigo aparecido num número antigo de uma publicação erudita, é totalmente inacessível para a grande maioria dos leitores. Em 99% dos casos, o leitor desejoso de se instruir, mas com falta de tempo e de algumas técnicas familiares só ao erudito profissional, mantém-se, queira ou não, tributário de obras de vulgarização escolhidas um pouco ao acaso, e as melhores das quais, quase nunca reimpressas, tornam-se por sua vez

pensação, um grande progresso na iconografia, apesar de tudo ainda incompleta, do assunto, e põe termo, por sua precisão, às nebulosas fantasias elaboradas em torno do personagem de Antínoo até mesmo pelos melhores críticos românticos. Vejam-se também os breves estudos consagrados à iconografia de Antínoo nas obras gerais que tratam da arte grega, ou greco-romana, tais como as de G. Rodenwaldt, *Propyläen-Kunstgeschichte,* III, 2, 1930; E. Strong, *Art in Ancient Rome,* 2ª ed., Londres, 1929; Robert West, *Römische Porträt-Plastik,* II, Munique, 1941; e C. Seltman, *Approach to Greek Art,* Londres, 1948. As notas de R. Lanciani e C.L. Visconti, *Bullettino Communale di Roma,* 1886, os ensaios de G. Rizzo, *Antinoo-Silvano,* em *Ausonia,* 1908, de S. Reinach, *Les Têtes des Médaillons de l'Arc de Constantin,* na *Rev. Arch.*, série IV, XV, 1910, de P. Gauckler, *Le Sanctuaire Syrien du Janicule,* 1912, de H. Bulls, *Ein Jagddenkmal des Kaisers Hadrian,* em *Jahr. d. arch. Inst.*, XXXIV, 1919, e de R. Bartoccini, *Le Terme di Lepcis,* em *Africa Italiana,* devem ser citados entre muitos outros acerca dos retratos de Antínoo identificados ou descobertos no fim do século XIX e no século XX, e acerca das circunstâncias, por vezes curiosas, da sua descoberta.

No que diz respeito à numismática do personagem, o melhor trabalho, segundo os numismatas mais qualificados que se ocupam hoje desse assunto, continua a ser a indispensável publicação intitulada *Numismatique d'Antinoos,* no *Journ. Int. d'Archéologie Numismatique,* XVI, p. 33-70, 1914, por G. Blum, jovem erudito morto durante a guerra de 1914, e que deixou também alguns estudos iconográficos consagrados ao favorito de Adriano. Para as moedas de Antínoo cunhadas na Ásia Menor, consulte-se especialmente E. Babelon e T. Reinach, *Recueil Général des Monnaies Grecques d'Asie-Mineure,* I-IV, 1904-1912, e I., 2ª ed., 1925; para suas moedas cunhadas em Alexandria, ver J. Vogt, *Die Alexandrinischen Munzen,* 1924; e para algumas das suas moedas cunhadas na Grécia, C. Seltman, *Greek Sculpture and Some Festival Coins,* em *Hesperia (Journ. of Amer. School of Classical Studies at Athens)*, XVII, 1948.

Relativamente às circunstâncias tão obscuras da morte de Antínoo, ver W. Weber, *Drei Untersuchungen zur aegyptischgriechischen Religion,* Heidelberg, 1911. O livro de P. Graindor, já citado, *Athènes sous Hadrien,* contém (p. 13) interessante alusão ao mesmo assunto. O pro-

---

dificílimas de encontrar. Aquilo a que chamamos a nossa cultura é, mais do que se julga, uma cultura a portas fechadas.

blema da situação exata do túmulo de Antínoo nunca foi esclarecido, apesar dos argumentos de C. Hülsen, *Das Grab des Antinoüs* em *Mitt. d. deutsch. arch. Inst., Röm. Abt.*, XI, 1896, e em *Berl. Phil. Wochenschr.*, 15 de março de 1919, e das opiniões contrárias de H. Kahler sobre o assunto em sua obra, mencionada mais abaixo, sobre a Vila Adriana. Assinalamos ainda que o admirável tratado de P. Festugière sobre *La Valeur Religieuse des Papyrus Magiques*, publicado em 1932, e sobretudo sua análise do sacrifício de *Esiès*, da morte por imersão e da divinização conferida por esse modo à vítima, sem conter qualquer referência à história do favorito de Adriano, nem por isso esclarecem menos as práticas que até então só conhecíamos por uma tradição literária desvitalizada, e permitem arrancar essa lenda de dedicação voluntária ao armazém dos acessórios trágico-épicos, para colocá-la no quadro bastante preciso de uma certa tradição oculta.

Quase todas as obras gerais que se ocupam da arte greco-romana conferem um grande lugar à arte adriânica; algumas dentre elas foram mencionadas no parágrafo consagrado às efígies de Antínoo; para uma iconografia mais ou menos completa de Adriano, de Trajano, das princesas de suas famílias, e de Élio César, deve-se consultar a obra já citada de Robert West, *Römische Porträt-Plastik*, e, entre muitos outros, os livros de P. Graindor, *Bustes et Statues-Portraits de l'Égypte Romaine*, Cairo, s.d., e de F. Poulsen, *Greek and Roman Portraits in English Country Houses*, Londres, 1923, que contêm um certo número de retratos de Adriano e dos que o rodeavam, mais ou menos conhecidos e raramente reproduzidos. Sobre a duração da época adriânica em geral, e sobretudo para as relações entre os motivos empregados pelos cinzeladores e os gravadores e as diretrizes políticas e culturais do reinado, merece menção especial a belíssima obra de Jocelyn Toynbee, *The Hadrianic School, A Chapter in the History of Greek Art*, Cambridge, 1934.

As alusões às obras de arte encomendadas por Adriano, ou pertencentes às suas coleções, só tinham de figurar nesta narrativa na medida em que acrescentassem um traço à fisionomia de Adriano: antiquário, amador das artes ou amante preocupado em imortalizar um rosto amado. A descrição das efígies de Antínoo, mandadas fazer pelo imperador, e a própria imagem do favorito vivo apresentada repetidamente no curso da presente obra são naturalmente inspiradas nos retratos do jovem bitínio, encontrados em sua maioria na Vila

Adriana, que existem ainda hoje e que passamos a conhecer pelos nomes dos grandes colecionadores italianos dos séculos XVII e XVIII, nomes que Adriano evidentemente não teria pensado em dar-lhes. A atribuição ao escultor Aristeas da pequena cabeça que se encontra atualmente no Museu Nacional, em Roma, é uma hipótese de Pirro Marconi, num ensaio citado anteriormente; a atribuição a Pápias, outro escultor da época adriânica, do Antínoo Farnese do Museu de Nápoles, não passa de simples conjectura da autora. Finalmente, a hipótese que pretende que uma efígie de Antínoo, hoje impossível de ser identificada com certeza, teria ornado os baixo-relevos adriânicos do Teatro de Dioniso, em Atenas, é tirada de uma obra já citada de P. Graindor. A propósito de um detalhe, a proveniência das três ou quatro belas estátuas greco-romanas ou helenísticas encontradas em Itálica, pátria de Adriano, que ele deixou ainda criança e antes da idade em que viria a se interessar pelas artes, a autora adotou a opinião que classifica essas obras — uma das quais, pelo menos, parece saída de uma oficina alexandrina, com mármores gregos datando do fim do século I ou do princípio do século II — como sendo doação do próprio imperador à sua cidade natal.

As mesmas observações gerais aplicam-se à menção dos monumentos erigidos por Adriano, cuja descrição excessivamente documentada teria transformado este volume num "manual disfarçado", e particularmente à descrição da Vila Adriana: homem de gosto, o imperador não apreciaria impor a seus leitores o inventário completo de sua propriedade. Nossas informações sobre as grandes construções de Adriano, tanto em Roma como nas diferentes partes do império, nós as recolhemos através do seu biógrafo Espartiano, da *Descrição da Grécia* de Pausânias, quanto aos monumentos edificados na Grécia, ou de cronistas mais tardios, como Malalas, que insiste especialmente nos monumentos construídos ou restaurados por Adriano na Ásia Menor. Foi por Procópio que ficamos sabendo que a parte superior do mausoléu de Adriano era decorada por inúmeras estátuas, que serviram de projéteis aos romanos na época do cerco de Alarico; foi pela breve descrição de um viajante alemão do século VIII, *O Anônimo de Einsiedeln*, que nos foi possível conservar uma imagem do que era, no princípio da Idade Média, o mausoléu já fortificado desde a época de Aureliano, mas ainda não transformado em Castelo de Santo Ângelo.

A essas alusões e a essas nomenclaturas, os arqueólogos e os epigrafistas acrescentaram depois as suas descobertas. Para dar apenas um exemplo destas últimas, lembremos pelo menos que foi em data relativamente recente, e graças às marcas da fábrica de tijolos que serviram para edificar o monumento, que a honra da construção ou da reconstrução total do Panteon foi atribuída a Adriano, durante muito tempo considerado apenas o seu restaurador. Sobre a arquitetura adriânica, remetemos o leitor à maior parte das obras gerais sobre a arte greco-romana citadas acima, e em particular à de E. Strong, *Art in Ancient Rome*, como também a C. Schultess, *Bauten des Kaisers Hadrianus*, Hamburgo, 1898, e, para o Panteon, a G. Beltrani, *Il Panteone*, Roma, 1898, e a G. Rosi, *Bollettino della Comm. Arch. Comm.*, LIX, p. 227, 1931; para o mausoléu de Adriano, M. Borgatti, *Castel S. Angelo*, Roma, 1890; S.R. Pierce, *The Mausoleum of Hadrian and Pons Aelius*, no *Journ. of Rom. Stud.*, XV, 1925. Para as construções de Adriano em Atenas, além da obra várias vezes citada de P. Graindor, *Athènes sous Hadrien*, 1934, recordamos também o excelente capítulo de G. Fougères, no seu *Athènes*, 1914, que, apesar de antigo, e modificado em alguns pontos pelas pesquisas mais recentes, contém sempre o essencial.

Mencionamos aqui, para o leitor que se interessa mais especialmente por esse lugar único que é a Vila Adriana, que os nomes das suas diferentes partes, enumeradas por Adriano na presente obra e que ainda hoje se mantêm, provêm igualmente de indicações de Espartiano, indicações que as escavações ali realizadas têm, até agora, confirmado e completado mais que invalidado. Acrescentamos que nosso conhecimento dos estados antigos dessa bela ruína, entre Adriano e nós, provêm de toda uma série de documentos escritos ou gravados desde a Renascença, os mais preciosos dos quais são talvez o *Rapport* dirigido pelo arquiteto Ligório ao cardeal d'Este em 1538, as admiráveis gravuras dedicadas a essa ruína por Piranesi por volta de 1781, e, quanto a detalhes, os desenhos do Cidadão Ponce (*Arabesques Antiques des Bains de Livie et de la Villa Adriana*, Paris, 1789), que conservam a imagem dos estuques hoje destruídos. São ainda essenciais os trabalhos mais recentes de Gaston Boissier, em *Promenades Archéologiques*, 1880, de H. Winnefeld, *Die Villa des Hadrian bei Tivoli*, Berlim, 1895, e de Pierre Gusman, *La Villa Impériale de Tibur*, 1904. Ver também, mais próxima de nós, a obra de R. Paribeni, *La Villa dell' Imperatore Adriano*,

1930, e o importante trabalho de H. Kähler, *Hadrian und seine Villa bei Tivoli*, 1950. Os mosaicos dos muros da Vila, aos quais Adriano faz alusões aqui, são aqueles das êxedras, das paredes que enquadram os nichos das ninfas, muito frequentes nas vilas da Campânia do século I e que provavelmente ornamentaram também os pavilhões do palácio de Tíbur, aqueles que, segundo numerosos testemunhos, revestiam a base das abóbadas (sabemos por Piranesi que as abóbadas de Canopo eram brancas), ou ainda as dos *emblemas*, dos quadros e mosaicos que era comum incrustar nos muros. Para todos esses detalhes e para os realces de ouro que por vezes figuram sobre os mosaicos desde a época antonina, ver, além de Gusman, já citado, o artigo de P. Gauckler, em Daremberg e Saglio, *Dictionnaire des Antiquités Grecques et Romaines*, III, 2, *Musivum Opus*.

Aos que se interessam pelo episódio da fundação de Antinoé, lembramos aqui que as ruínas da cidade fundada por Adriano em honra do seu favorito estavam ainda de pé no começo do século XIX, quando Jomard desenhou as gravuras da monumental *Description de l'Égypte*, iniciada sob encomenda de Napoleão, e que contém impressionantes imagens desse conjunto de ruínas hoje destruídas. Cerca de meados do século XIX, um industrial egípcio transformou em cal esses vestígios e empregou-os na construção de fábricas de açúcar nos arredores. O arqueólogo francês Albert Gayet trabalhou com ardor, mas, segundo parece, com pouco método, nesse lugar devastado, e as informações contidas nos artigos publicados por ele entre 1896 e 1914 são ainda, à falta de coisa melhor, extremamente úteis. Os papiros recolhidos nos locais onde se erguiam Antinoé e Oxirrinco, e publicados entre 1901 e nossos dias, não nos trouxeram nenhum novo detalhe sobre a arquitetura da cidade adriânica ou sobre o culto do favorito; um deles, porém, forneceu-nos uma lista bastante completa das divisões administrativas e religiosas da cidade, evidentemente estabelecidas pelo próprio Adriano e que testemunham uma forte influência do ritual eleusíaco no espírito do seu autor. Ver sobre o assunto a obra citada mais acima de Wilhelm Weber, *Drei Untersuchungen zur aegyptischgriechischen Religion*, como também E. Kühn, *Antinoopolis, Ein Beitrag zur Geschichte des Hellenismus in römischen Aegypten*, Göttingen, 1913, e B. Kübler, *Antinoupolis*, Leipzig, 1914. O breve artigo de M. J. Johnson,

Antinoe and Its Papyri, no *Journ. of Egyp. Arch.*, I, 1914, dá excelente resumo da topografia da cidade de Adriano.

Uma inscrição antiga encontrada no próprio local (*Ins. Gr. ad Res. Rom. Pert.*, I, 1142) revela-nos a existência de uma estrada aberta por Adriano, conquanto o traçado exato do seu percurso pareça jamais haver sido reconstituído; as distâncias indicadas por Adriano nesta obra são apenas aproximadas. Finalmente, uma frase da inscrição de Antinoé, atribuída aqui ao próprio imperador, foi tirada da narrativa de Sieur Lucas, viajante francês que visitou Antinoé no princípio do século XVIII.

Direção editorial
Daniele Cajueiro

Editora responsável
Maria Cristina Antonio Jeronimo

Produção editorial
Adriana Torres
Daniel Borges do Nascimento
Pedro Staite

Revisão
Leonardo Vianna

Diagramação
Elza Maria da Silveira Ramos

Este livro foi impresso em 2016 para a Nova Fronteira.
O papel do miolo é chambril avena 80g/m²
e o da capa é cartão 250g/m²